众神之河：从澜沧江到湄公河

楚尘

文化
Chu Chen

北京楚尘文化传媒有限公司 出品

众神之河

从澜沧江到湄公河

于坚 文字+摄影

中信出版集团 | 北京

杂多，荒原上的玛尼堆　2006

澜沧江　2006

中甸　1992

老挝，万荣 2003

老挝，琅勃拉邦的黄昏　　2005

吴哥窟　2007

吴哥窟　2007

吴哥窟　2014

越南，南瓜丰收了　2003

南方以南　高原是我故乡

古代的黄金　深夜的天堂

当诸神隐匿　河流闪着原始之光

逝者如斯　黎明滚滚不息

沧桑大道　日夜在我灵魂中激荡

1

现在，也许是我这一生走得最慢的时候，那条大河，澜沧江-湄公河的源头已经不远了，还有十几米吧，我想我应该欢呼着雀跃过去，电视里的探险队抵达目标时都是这样的嘛。但我跑不动，这里不是山顶，海拔4875米，呼吸困难，只可以小步小步气喘吁吁慢慢地挪。就像遥远的婴孩时代，后面有一只大手扶着。其实后面什么也没有，回头看了一眼，那是亘古的荒原，沉默得令人绝望，有些干燥，九月，高蓝的天空上挂着刺眼的太阳，无数溪流在戈壁滩上闪闪发光。这源头不过是扎那日根山一处山包中部的一片小沼泽，长年细细地渗着水，像一只腐烂的眼。

令我惊奇的不是这源头，而是在它的旁边，建着一个红色的小寺庙，叫作嘎玛寺。当时我没有多想其意义。许多日子过后，回想起来，在一条大河的源头，立着一个寺庙，这情况在世界上也许是独一无二的。而且，这是澜沧江-湄公河的第一座神寺。那时我还不知道，世界上没有第二条河流，会像澜沧江-湄公河这样，沿水而下，屹立着无数的庙宇。

在我们知道的时间之前的时间中，某一次，造物主或者别的什么神灵，把地球上今天喜马拉雅这个部位抓了一把，大地就像一块桌布那样耸起来，黑暗的内部被撕开，地质运动像一场革命那样爆发，火山喷涌，岩浆溢出，板块错位，地壳剧烈沉降或者上升，峡谷深切，巨石、泥土、洪流，携带着未来的高山、平原、峡谷、河流、森林、温泉、坝子、洞穴，滚滚而下，一直滚到大海中，苍茫大地，面目全非。说是一次，其实那是在无数时间中无数次运动的结果，那时间漫长到任何人类的历史都只是弹指一挥。可是当我从青藏高原的"案发现场"出发，沿着澜沧江-湄公河流域旅行的时候，我依然可以看到那惊心动魄的巨大运动的最后一瞬，似乎巨大的拉扯撕裂刚刚结束，创造大地的造物主刚刚拔腿离去，还听得见它的脚步声在天空下咚咚回响；无数的碎裂、堆积、垮塌、平铺、抬升、压制、填充、空转、搓捏、喷射、号叫、跌仆、漫溢、散落、突出，最阴森黑暗的、最光明灿烂的、阻隔压抑郁闷煎熬的、无边无际坦荡雄阔的……刚刚凝固，世界现场方才尘埃落定。

在地质学上，这个运动叫作喜马拉雅运动。喜马拉雅运动是新生代地壳运动的总称，因为这个运动形成了喜马拉雅山而得名，这一运动对亚洲地理环境产生了重大影响，科学界认为，在上新世末期至更新世初期，在印度板块的强大推挤下，中国和印度之间的古地中海消失，青藏高原整体强烈上升，隆起为世界最高的高原，产生了无数新的峡谷、河流，形成了我们今天所见的地貌格局。

山河各得其所，天空了无痕迹，大地被完成了。大地是什么意思呢，没有意思，就是这样，你第一次看到的样子。老子说，天地无德。2006 年的秋天，我在澜沧江大峡谷中漫游，河流在高原的底部沉闷地响着，很难看见它，它只是在刀背一样笔直切下的褐色山脊的裂缝里偶尔闪一下粼光。忽然，一块巨石如囚徒越狱般地脱离了山体，一跃，向着峡谷滚去，带起一溜黄灰，滚了很久。以为会听见石块砸进河水的声音，却像流星划过宇宙那般哑然了。在遥远的童年时代，朦胧中我经常感觉到遥远群山后面有流动者的声音传来，来自西方的风中似乎藏着滚滚车马。那时候，我不知道群山深处藏着一条河流。而现在，这河流就在我脚下的地缝里，我们的越野车停在碎石路上，我们将前往这河流的源头。

当我在地图上查找澜沧江源头的时候，我发现我无法在纸上找出它的源头，在它的开始之地，青海省杂多县境内，这河流像掌纹一样呈现于高原，无数的细线。我们习惯为事物确定它的核心、主流、中央、开始。我查阅了科学界的报告，发现直到现在，关于澜沧江的源头一直是个悬案。在地理学界，世界著名大河源头的确定一直被视为重大的地理发现。19 世纪 60 年代到 20 世纪末，包括法国国家地理学会、美国国家地理学会和英国皇家地理学会在内的国际著名机构资助和支持了十几支探险队进入澜沧江-湄公河河源区，寻找源头。1866 年，六个法国人出发去寻找澜沧江-湄公河源头，他们跨越了近四千公里的旅程。最后被无数的水源和恶劣的气候弄得晕头转向，千头万绪，根本找不到源头。1997 年，已是花甲之年的法国著名探险家米歇尔·佩塞尔（Michel Peissel）出版了《最后一片荒蛮之地》，在书中他自称在五十八岁的时候找到了澜沧江源头。他宣布澜沧江-湄公河发源于海拔 4975 米的鲁布萨山口，以注册世界探险纪录闻名的英国皇家地理学会接受了佩塞尔的说法，但佩塞尔对他找到的源头的精确位置的地理坐标却语焉不详，而地图上也找不到"鲁布萨山口"。在过去的一百三十多年里，至少有十二拨人前往寻找澜沧江-湄公河的源头，各种资料上记载的关于源头的所在有十几种，而以不同源头为起点的河流长度也有多种，估测的长度从 4000 公里到 4880 公里不等。

1999 年 6 月，有两支中国科学考察队先后出发：一支为中科院自然资源综合考察委员会关志华教授带队的德祥澜沧江考察队，中国德祥澜沧江考察队测定的澜沧江源头坐标为东经94度41分44秒，北纬33度42分31秒，在海拔5224米的拉赛贡玛的功德木扎山上。另一支是中科院遥感所刘少创的澜沧江考察队，这个考察队其实就是他和几个带路的当地牧民，三次考察后，他确定澜沧江的源头在青海省玉树藏族自治州杂多县吉富山，海拔5200米，地理坐标是东经94度40分52秒，北纬33度45分48秒。如从这里算起，澜沧江-湄公河的长度是4909公里。刘少创的考察是科学界对澜沧江源头考察的最后数据。

我抵达的这个源头位于扎那日根山海拔4875米处的一块岩石旁。2006年的9月18日正午，我来到这里，看到未来的大河就从这石头下泪水般地冒出来。我踉跄几步跪了下去，我一生从来没有这样心甘情愿地下跪过。泉水在我的两膝下汩汩而出，那不只是出水的地方，也是诸神所出的地方，是我的母亲、祖先和我的生命所出的地方，一个世界的源头啊！

在科学界看来，这里也许算不上是澜沧江的源头，因为它并不是河源地区众多水源最长最远的那一个。可在当地人看来，这就是源头。科学家的源头是科学家的源头，当地人的源头是当地人的源头。当地人确定的源头比科学家确定的早很多年，在科学还没有出世的黑暗时代，这源头就已经存在了。这个源头是万物有灵的产物，这是黑暗时代的光，给人类启示，人类通过它意识到生，它是大地母亲的一个胎盘。神是什么，就是那种能够生的东西，许多生的迹象隐匿了，但水源敞开着。神灵在此栖居，这就够了。人们立了一座寺庙，并没有像科学界那样大惊小怪，所有的神迹都要侍奉。出水的岩石上靠着一块石片，上面用红色油漆写着几个笨拙的字："澜沧江源头，青海省旅游局探险队立。"油漆都还没有干透，队员们刚刚发现这里，大喜过望，一个旅游资源！开着吉普车一溜烟跑回单位报告去了。源头，当地人立的是一个神庙，后来者立的是一个单位标志及随后的开发计划，这是古代和现代的区别。

澜沧江源头有多股，西边的两股是扎那曲和扎阿曲，从扎那日根山一带流出，这两源与东边的日阿东拉山流出的布当曲在杂多附近汇合成一股，叫作扎曲。藏族人把河流的源头叫作扎曲，澜沧江的源头是扎曲，长江、黄河的源头也是扎曲。扎曲的意思就是"从山岩中流出的水"。各源头相距几十公里。从此源到彼源就是开车也得走上一天。源头当然不止这些，许多是地图上看不见的，没有名字，只是有水冒出来。

科普电影给人造成的印象是，大河源头都藏在杳无人迹的地区。地老天荒或者冰封雪冻，普通人是永远去不到的，去到的那就是英雄豪杰、仁人志士。所以当我站在澜沧江的一个源头旁的时候，真有些不敢相信，虽然也在路上折腾了十多天，但到达这大河的源头并没有想象的那么艰辛，是吃了些苦，可还没有辛苦到可以撰写丰功伟绩的地步。我在两年前就已经到过湄公河的出海口，当我乘着一艘越南快艇顺着湄公河驶向南海的时候，曾经回首遥望远方，云深地阔，心中茫然，也许我是永远也到不了这大河的开始之地吧。可现在，就那么不起眼的一块石头下冒出的水，人家说这就是那大河源头。很难相信，就这么一点点哭泣般的细流，到后来会成为那样滔滔滚滚的大河。而且眼前这场面与我期待的是多么不同，当我们走向源头的时候，后面跟着一群来看热闹的藏族人，大人少年，他们搭了帐篷住在那个小寺庙旁边，正在为嘎玛寺刻玛尼石。玛尼石，就是刻了佛教经文的各种石头。有人摸了摸我穿着的彩条毛衣，回头看，是一蓬头垢面、胡子拉碴的中年汉子，正咧嘴笑呢，贾赛洛说，这位是村党支部书记。不过，此地的居民也就这七八人而已，世界的尽头再没有别人了，陌生人的到来就是节日。我费力地捧起一些水，水很浅，捧得太多就要搅动泥沙，喝了一口，很凉。

　　三天前，我和几个旅伴到了青海省的杂多县，这是澜沧江源头地区的行政中心。从玉树出发到杂多，里程是一百七十六公里。在距离玉树三十六公里的一个路口右转，就进入了荒原。道路基本是柏油路，但有些路段已经被车轮啃成洗衣板了。河流中游群峰耸立的景象消失了，大地平展，形成了一个巨大的台面，可可西里大戈壁已经不远。高山无影无踪，只剩下些光秃的头，骑着马就可以奔上去。有时候大地裂开巨缝，汽车就得驶到深沟下，再爬上来。这是世界上最壮丽的道路之一，景象荒凉动人，看不见一棵树，白云低垂在地平线上，偶尔有个头在山包的边缘一晃，那是旱獭的脑袋，它们在地面啃了无数的洞。乌鸦停在天空，一动不动。牦牛远远地站着，看看什么也没有发生，又继续埋头吃草。大地像一位苍老的父亲，宽厚而沧桑。世界美到完全丧失了意义，我明确地感受到何谓伟大。美是平庸的东西，伟大其实是平庸的累积。天地有大美而不言，你也不要说话，任何赞美都相当弱智。伟大其实是枯燥的，为了这伟大的荒凉，你不远万里而来，但只是几分钟，已经厌倦。偶尔会经过一些帐篷，没有电，居民们用太阳能发电机取电。夜晚来临时，道路两边时不时出现一丛丛幽蓝的光，里面藏着一台台孤独的电视机。当我们晚上十二点左右到达杂多的时候，县城已经停电，就像古代的村庄，灯光细微，偶尔有手电筒在黑暗深处一晃。

　　杂多县只有一条街道，街道两边是铺面、住房，之后就是荒野。一条弱智的水泥大街，看起来有点敷衍了事，只是象征着现代化已经来到这个遥远的地方，是否实用倒在其次。风一吹，大街似乎就飘起来，旗开得胜的总是那些外地做买卖的人带来的塑料袋，一个比一个飞得高。全城通电才两个月，供电是定时的，到晚上十点就停电了。大街两边有新开张的小店和旅馆，都关着门。一个人骑着摩托从荒凉的远处驰来，敦实的藏族汉子，毫无戒心地笑着，他是杂多县的旅游局局长，五十多岁，名叫贾赛洛，过去是县冷冻厂的经理，去年才被任命为县旅游局局长。局长先生其实是个光杆司令，上任一年了，并没有办公室和经费，从来没有念过一份文件。外面来了人，他就陪着走走，当个向导。他将带着我们去莫云乡，澜沧江的一些源头属于这个乡管理。打过招呼，老贾从摩托车后座卸下一个大包，里面装着他老伴做好的羊排、糌粑粉和酒。

从杂多到莫云得走半天，土路，有的地方路已经断了，汽车得自己开路，爬上爬下，说过沟就要过沟，说涉水就要涉水，除了越野车和摩托，一般的车是没法开的。没有加油站，我们装在车里的一桶汽油漏了，整个车厢全是汽油味，熏得人人欲呕。老贾是个健谈的人，一路上舌头就没有停过。车行一个多小时后，我已经知道了他的历史，都是些小人物在大时代里逆来顺受的遭遇。他说话十分随性，刚刚说到他父亲如何被抓起来，忽然就指着车窗外说，那里有头牦牛，你们那里有没有啊？正说着他和一姑娘的往事，忽然又说，右边这条路可以去到扎青乡，考察队都会去的。接下去又讲到扎青乡的乡长是谁，他儿子在喇嘛寺出家。他家隔壁住着央宗，是个美人啊，他的一袋青稞粉还放在她家呢。"是不是去一趟？"他真的认为我们可以立即打转方向盘到数十公里外的扎青去。话题偏移了几十公里，接着又回来了，继续说他父亲，如何成了孤儿，如何挨饿。"要不要吃块羊排？"说时迟，那时快，他已经拉开大袋子，搜出一块，腰间解下一把藏刀，割下肥硕的一片，往嘴里一塞。继续讲他父亲后来如何参加工作，如何结婚，没有一句抱怨，他有一种把地狱说得跟天堂般美好有趣的本事。每经过一个垭口，山包上就会出现一个玛尼堆，上面缠着彩色的经幡。他总是要取下毡帽，露出白发苍苍的头，垂下，默念几句经文。如果停车的话，他就要跪到地上顶礼膜拜。一路走，一路介绍着外面的荒原，凹下去的这一大片是格萨尔王的头发，那边是他的眼睛，这个山包是他的老婆，这一群疙瘩是他的大便，这边是他的帐篷，这里是他女儿的庄园，这是他的四个传令兵……他说的就是大地，他说扎那日根山是格萨尔王的守护神，是这个地区的众山之王。他指向大地的手势非常肯定，决不会搞错的样子。是母亲告诉我的，老贾说。科学考察队可从来没有告诉过我们这些，他们好像集体虚构着一个源头无人区的神话。跟着老贾走这一路，我才知道在当地人眼里，这里根本不是什么荒凉之地，伟大的格萨尔王及其子民已经在这片大地上住了无数个年头，对于人民来说，这源头地区的每一块土地都是有神性的，都是被命名了的，都是诸神住着的，散落着各式各样的传说、遗迹。是了，如此荒芜、严寒、生存艰难的地方，如果居民们没有诸神的陪伴，如何能够传宗接代。

从地图上看，莫云已经是可可西里大戈壁的边缘地区。莫云乡是澜沧江源头地区的最后一个居民点，行政的末梢，但大地上的居民点并没有到此为止，在那些没有行政人员驻扎的广大区域，人民依然像古代那样逐水而居。老贾告诉我，莫云是藏语，莫是一种红里带黑的颜色，云是地方的意思，就是褐色的地方。这里冬天不会下雪。汽车进入了戈壁滩，到处是溪流和卵石，一片高地上出现了几排灰砖砌的小平房，那就是莫云乡政府。一下车，就看见平房外面的空地上搭着一个帆布大帐篷。我不由自主低头就钻进去，里面的场面把我镇住了。一位裹着红色袈裟的大喇嘛高坐在中间的蒲团上，正闭目捻珠，两边各坐着一位僧人。这光景就像是一个活着的大雄宝殿。活佛一动不动，面有笑容，如微放的莲花。两位弟子见我如此唐突地闯进来，只是笑了笑。我若有所悟，一言没发，退了出来。后来知道，他们是从果洛来的，正乘着一辆大卡车在高原上漫游说法。天色已晚，我去忙自己睡觉的事，次日六点起来，外面还是星光灿烂，活佛已经走了，留下一片空地，被残月照着。

从莫云乡到澜沧江源头还有三十多公里。我们以为源头也就是溪流一股，顺着走就到了。到了大地上一看，才发现现场同时有无数的溪水流着，根本不知道哪条是源头。乡政府的老春答应带我们去，他是个结实的小个子，身上一大股羊骚味。我们昨夜就住在他家，吃酸奶和老贾带来的羊排和糌粑粉。在高原上，酸奶像水一样，人们很乐意你吃他们的酸奶。酸奶做得好不好，标志着这家的生活质量。屋子里燃着火炉，暖融融的。老春他儿子是个驼背，很英俊的小伙子，长得像个意大利人，表情高傲，默默地把自己盖的羊毛毡子递给我，只是微笑，牙齿雪白，我们不能说话，语言不通。杨柯把他的面霜送给老春的两个女儿，她们一晚上闹来闹去，把面霜抠出来，在彼此的脸上抹花脸。次日吃过早饭，老春就带我们去澜沧江的源头。他说，那里有一个国家立的碑，在莫云，只有我一个人知道那里，我跟着考察队去过，我们本地人的源头是在另一边。我这才知道，当地人的澜沧江源头与国家考察队确立的并不是一个。老春已经带着几拨人去过那里，这是他的任务，没有任务他是不会随便去的，那里离他的生活范围太远了。这几年天气热，雪化得多，那个源头好像已经干了，不出水了，老春在车子走到半路的时候，偶然说起，这是个重大消息。我们愣住了。老春安慰说，会干的就不是源头，那就是雪水，他说出了一个真理。大地面目全非，老春已经看不出原来的模样，他只知道大概的方向，我们在荒原上绕来绕去，看上去是一马平川，但是寸步难行，到处是坑坑洼洼、沼泽、碎石、裂缝、洞子、溪流，车子经常搁浅，一直走到天黑，已经到了水源所在的大概地点，但是没有水流过来，就怎么也找不到那个标志着水源的石碑，这烟头般的小石片已经被大地藏起来了。只好放弃，回去的时候完全迷路，在夜里转了很久，才摸回原路。老春说，明天去我们本地人的那个源头，那里还有水。老春不跟我们去，他说这个源头很好找，当地人都知道，经常要去那边念经的。

天空蔚蓝，强巴的脸黑暗如夜，这是被高原的阳光给烤的。两颗眼睛像宝石一样藏在帽檐下，雪亮。黎明时我们遇到了他，他正在荒原上游荡，站在纵横交错的溪流之间扔石子，试图击中点什么。偌大的荒原，如果建为城市的话，也许可以住几十万人。空阔、透明，几公里开外有任何动静，立即就能看见。我们已经迷路，原地打转，不断地沦陷，要去的方位是大体知道的，可就是走不出戈壁滩，过路的藏羚羊集体停下，翘起脖子，惊讶地望向我们，只一瞬，像是被谁戳了一下似的，又旋风般地驰向荒原深处，使我深感内疚。已经多次，但我还是不能确定我是否真的看到过它们。强巴就像是藏羚羊派来搭救我们的神灵，他远远站在河滩上举起双臂挥舞着，司机扎西鼓足勇气猛踩油门横越流水，将它们一道道砍成两扇，终于挣扎到了他身边。少年上了我们的越野车，带来了大地的湿气。他显然不是第一回为外来的车子带路，他握着弹弓，老练地指引着路线，在这原始之地，他就是道路。他的路线是步行的路线，是用脚的，汽车跟起来相当困难，有的地方车子倾斜到几乎就要失去平衡翻将过去，它已经成了摇摆舞明星。我其实不知道强巴的名字，他没有问我的名字，我也没问他的名字。我过去看过《农奴》这个电影，觉得藏族人都叫强巴，就把他叫作强巴。

地图上标出扎那日根山海拔5550米，就想象那是一群积雪的雄伟高峰。其实只是平坦大地上的一个个敦实饱满的山包，像是女性身体的凸起部分。大地，高处是没有峰的，低处是平原大海，中间部分才群峰对峙，犬牙交错。这是我从澜沧江的源头到湄公河出海口走了一路后留下的印象。山包顶部残留着一片片积雪，很多正在融化，雪水顺着山体裂隙淙淙而下，流到平地上，千条万道，方向不一，有的向东，有的往西，滚滚跳跳，忙忙碌碌，各自埋头运着什么，令人眼花缭乱。越野车开上一片高地，不能再走，我们得步行了。下了车，强巴指着不远处的一个山包，嗒了一声。就看见了红色的嘎玛寺，然后看见寺庙右边光秃的山包上湿着一片，莹莹闪光，有一股水刚刚淌进世界。

四年前，我开始澜沧江-湄公河的旅行，我的梦想是抵达这条大河的源头。旅行不断地开始，又不断地中断，那些发誓和你一起抵达终点的人失踪了。当你到达的时候，只是独自一人，与我同时抵达的伙伴，来自另一些信誓旦旦的人群，同样的只剩了他一个。出发地的群众消失了，抵达终点的都是孤独的人。当时肯定有某种力量鼓舞我出发，这种旅行并非易事，是要拿命抵在现场的。我已经说不出我是怎么走的这一路，不知道为什么来到这里，没有任何理由，完全莫名其妙，内心有些空虚。等我慢慢地像忽然老掉般挪到源头的时候，强巴已经蹲在那里，看见我跪下去磕头，他并没有惊讶。贾赛洛对国家探险队确立的源头不以为然，这个才是源头，那个是国家的。扎那日根是领导众神的，嘎玛寺是祭祀这座神山的，这个水源才是澜沧江的正源，这是老贾和他的乡亲们的道理。

大河的源头绝不是单一的，就像文明的起源一样，你无法说一个文明的起源只与某个地区、某种生活方式有关，简单的文明可能如此，但作为一种伟大的文明，它的起源是复杂的。

河源唯长，是科学家的观念，而对于人民来说，源头并非唯长，哪里有水出来，哪里就是一个源头。就是河源唯长也无法一锤定音，大地活着，大地不是钢卷尺上的各种僵死刻度，河源会变化消失，会从别的地点再生。人民并不遵循河源唯长的原则，民间的源头与生命、神灵有关。我在澜沧江上游地区漫游的时候，在大地上听到居民们谈起源头，我听说的澜沧江源头至少有五处，有一个源头被认为来自查加日玛，藏语的意思是"多彩的山"。而老贾告诉我，还有一个源头是五世达赖认定的，五世达赖当年步行去北京回来的路上经过杂多，途中休息，指出一处水源。五世达赖是神在世间的代表，他说那是源头那就是源头。

嘎玛寺非常耀眼，混沌、灰暗、贫瘠、荒芜的大地，没有丝毫文明迹象，突然间出现了这个建筑，仿佛一尊穿红袍的神从天而降。寺庙是新修复的，但历史悠久，建立于依然在世的人们之前的时间中。知道其历史的人已经杳然，传说只是道听途说。但这个寺院供奉着一个水源，这个水源是澜沧江的母亲之一，这一点确凿无疑。

嘎玛寺是石头垒建起来的。青藏高原到处散落着石头，在这个地区，山是神圣的，水是神圣的，石头是神圣的……也许宗教就起源于人类对大地上石头的挪动。也许在某一个遥远时间中，某人第一次挪动了大地上摆着的石头，把它们堆砌起来，原始世界就被改变了，"高于周围的世界"——这种东西被创造出来，这是崇高的起源。这些被挪动的石头忽然就与众不同了，不再是普通的石头了，它们高了，从石头中出来了。也许最初只是高起来，成为一个实用的火塘，给人热力和光芒，人因此可以烹烤食物，黑暗得以照亮，生命得以延续、丰富。而同时，这些垒起来的石头也形成了坛——宗教的基础。意大利考古学家杜齐在《西藏考古》一书中也说到大地上那些被神秘地移动过的石头。直到今天，当我在高原上漫游，还经常可以看见无名者用石头垒起来的坛，只是一堆石头垒叠起来，没有任何文字，没有用途，被雨雪阳光洗刷之后，比周围的石头更白。除了无名的石头堆，澜沧江源头地区还有无数佛教徒用石头垒起来的玛尼堆，信徒们穿越大地的时候，经常在他们感觉神灵会出没的地点垒一个玛尼堆，大大小小的刻着经文的石头堆垒在垭口、村庄边上、寺庙外面、河岸、山谷……有个传说是关于玛尼堆的，在世界创世的时代，在白色的冰川上筑了一个石堆，创世的玛尼堆。

嘎玛寺里面的陈设色彩艳丽，供奉着我没见过的神像。贾赛洛告诉我，这是一个噶举派（白教）的寺院。噶举派是藏传佛教的教派之一，是在十一二世纪藏传佛教后弘期发展起来的，属于新译密咒派。创立者为玛尔巴（1012—1097），后由弟子米拉日巴（1040—1123）继承。噶举派的经典主要是《四大语旨教授》，祖师与弟子通过口语相承，几百年血脉不断，遂被称为语传。

寺院外面的空地上，几组用绳子拉起来的彩色风马旗搭成一个塔形的圆，地面上摆着无数刻了经文的圆石。经文刻得很美，像是花纹，涂成红色，就像一张张笑开了的面具。荒凉无人，亘古的大地上摆着无数石头，忽然间，这一群出现了花纹，与众不同了，得道成仙了，高于荒天大野，荒于是退隐，此地有神灵驻守，这就是文明。如果不是刻石头的人们就在旁边，我会以为这是来自黑暗宇宙的秘符。藏族人自己带着粮食和工具，走很远的路来到嘎玛寺，搭了帐篷住在寺院旁边，蓬头垢面，吃简单的食物，长期不洗澡，每天找来石头，用凿子在上面刻下经文，已经刻了很多，密密麻麻的一片。完全无用的劳动。他们每年都来一段时间，平时在家务农。没有人要求他们这么做，都是自觉自愿，这是一个功德。做这工作可以转世，得到善果。他们刻得非常认真，越刻越好，自己并不在意好坏，没有刻得好刻得坏这种区别，没有这种标准。只要刻，那就是好，要是用心去刻，那就是善。这真是一个雕刻的好地方，石头垂手可得，乌鸦走近又离开，饮用水淌在大地上，随便取用。安静，遥远，地老天荒，只有叮叮当当的声音，有人已经成为石雕大师，刻得精美绝伦，自己并不知道。

石头、寺院、经幡、刻石头的匠人，组成了一个坛城，安静地守护着那微弱的水源，并不在乎其将来在高原下面滔滔滚滚。这是一个永不张扬的圣地。

觉悟者自会觉悟。

本书作者在澜沧江的一个源头　2006

澜沧江源头地区　　2006

澜沧江源头的第一寺庙嘎玛寺　　2006

澜沧江源头地区，牧人桑吉　2006

澜沧江源头地区，单增大爷和他儿子茨旦　2006

澜沧江上游　2006

澜沧江上游，巴桑和卓玛　2006

2

　　如今，高原上骑马的人越来越少了，昔日传说中的骑手如今纷纷改骑摩托。一匹马过去卖两万元，现在卖八千，相当于中档摩托，摩托进入澜沧江源头地区不过几年，高原上骑手们已经把它玩得跟骑野马似的。通过电视，骑手们很快领悟了那些西方摩托车手与他们的共同之处，他们在摩托车上安装橡皮飘带，挂上青铜制作的老鹰头像，戴起墨镜和传统的毡帽，行装在放牧牦牛的劳动中打磨得风尘仆仆，将现代时髦与原始粗犷结合得毫不做作，时髦而自然。令人恍然大悟，摩托本来就是为野性、强壮的体格、行动、旺盛的繁殖力、女人和自由的奔驰而设计的，起源自美国西部牛仔圈或者某个波希米亚部落的世界性时髦在这里回归了它的本色，而且比本色更真实。我们经常遇见这些骑手，提起肌肉绷紧，似乎就要绷裂的大腿一踩发动机，扬起灰尘奔驰而去，转眼间，已经在山梁上腾空一越不见了。那些在电视里被观众大惊小怪的摩托障碍赛真是小巫见大巫。经常，后座上坐着女子，同样彪悍，吃得苦耐得劳，美如希腊女神，肤色比她们更深，因为离太阳更近，巨人安泰的妻子，摩托呼啸远去时，似乎后面有一大群孩子跟着跑呢。

　　摩托车手阿金邀请我们去他的帐篷里喝酸奶，他刚花六千五百元买了一辆红色摩托车，翘首等在帐篷外面，擦得雪亮，好像已经获得了生命。藏獒漆黑如夜，站在摩托车旁边，藏獒也许视摩托车为兄弟，它吼陌生人，但不吼摩托。阿金一家分住在三个帐篷里，他父亲母亲和弟弟住一个，他哥哥家住一个，他自己家一个。有一个新帐篷还没有住人，那是给他弟弟结婚用的，四个帐篷散布在一条蜿蜒的溪流旁。不远处是尖利的山峰，像是从大地深处刺出来的短剑。高原上有些峰只有最高最尖的这一截，下半部被远古的泥石流埋掉了。天堂般的风景，只住着阿金一家。阿金的生活来源一个是靠养牦牛，一个是靠挖药草。牦牛是不卖的，家族成员之一，永不抱怨的奶妈，跟着这个家族直到老死。他们一家有两处牧场，冬天和春天的牧场在山背后，夏天和秋天的牧场就在这条溪水旁。溪流来自哪里，不知道；那座山是什么名字，不知道；那朵云是什么名字，不知道。教育给害的，我们经常忍不住要问些考察队的傻问题，都被回答不知道。为什么要知道呢？在者自在。日常用品是到杂多去买，骑摩托车得六七个小时，那不叫远，从前，他们骑马或者走路去。每年都要搬两次家，这是祖先传下来的规矩，牧场轮换放牧，有利于恢复生机。他父亲有三个妻子，其中一个是阿金的母亲，都是老妈妈，坐在草地上捻毛线。他们每天的生活就是放牧牦牛，挤牛奶，制作各种奶制品，拿奶酪到集市换青稞粉、面粉，这些已经足够他们过日子。他家养着一百多头牦牛。冬天的时候，在山上挖虫草、贝母、大黄……收入不菲。但是，越来越少，越来越少，挖虫草的人太多了。许多牧民发了财，就在杂多盖房子。阿金并不想搬到杂多去，"我不喜欢杂多"，阿金说。牦牛群足够他一家安居乐业了，这个世界并不需要很多钱，但他还是拼命地挖虫草，他对未来有一种担心。雪越来越少了，水越来越小了，草也在减少，与童年时代的高原相比，高原已经瘦了很多。他父亲是位高山一样的人物，岩石已经刻入他的灵魂，来自遥远的时代，他说的那种藏语已经很少人可以听懂了。他说起格萨尔王可以滔滔不绝地说个几天，但平常一言不发。阿金的哥哥在寺院里当喇嘛，帐篷里也有他的铺盖。睡觉的铺盖白天就卷起来顺着帐篷边放着，前面铺个毯子，就是简易的沙发。帐篷里的地就是土地，春实了，晚上睡觉把牛毛毡子一铺，很暖和。土和石头砌的灶安在帐篷口，帐篷顶上有个口，烟子可以从那里出去，烧火用的是晒干的牦牛粪。牦牛真是大恩人，穿的、垫的、吃的、烧的……全靠它。阿金给我舀了一大碗酸奶，酸得要命，洁白得要命，我从来没有吃过这么纯正的酸奶，我来的那个世界真是太甜了，什么都加了糖。阿金的妹妹卓玛与一个小伙子相好，结婚的日子就要到了，他住在另外一条溪流旁。高原，到哪里都很遥远，我以为阿金一家很孤独，没有邻居，就是有，也不是一时半会就能赶到的。可是等我喝了酸奶走出帐篷，外面已经停着七八辆摩托，一群高原汉子已经盘腿坐在外面的草地上了，孌没有叫，所以我不知道。他们怎么知道阿金家有陌生人来访，这里没有手机、电话，天空中没有暗藏无线网络，这是高原生活的秘密。遥远只对生人，对当地人来说，我们那种遥远并不存在。他们的时空与我们完全不同。这样的事情在高原上很正常，两个朋友在杂多一家小酒馆见面，吃羊肉，喝烈酒，互赠宝石。分手时说一年后的今天还在这里见面，一年后的今天，都来了。其中一个小伙子就是卓玛的未婚夫。他抱着一个琴，已经弹起来，天国的音乐，流水、风、白云。牦牛也竖着耳朵。后来他们要求与越野车合影，琴手坐到方向盘前，边弹边照了一张，还不够，又戴上墨镜，再来一张。有一头牦牛是牦牛群里的美人，黑的身子，脸却是白的，有着温柔可爱的表情，大家早就公认，把它赶过来，也照上一张。另一只鹜独自蹲在荒原深处，默默地看着一切，仿佛黑夜被它卷成了一团，藏在它的身体里。

玉树县是青海省玉树藏族自治州的首府，海拔 3600 多米。我们到达的时候已经是晚上，看上去没有灯红酒绿的夜生活，大街上空旷无人，有的小店还亮着灯，有人在喝酒说话。旅馆是过去的招待所模样，仅仅让你睡个觉而已，房间里除了有个图像不甚稳定的电视机外，就没有更多睡觉、洗漱以外的东西，豪华在这里没有用处，身体之外的符号在这里没有优势，有辆珠光宝气的车子算个啥呢，如果它无法在戈壁滩上奔驰，无法在陷入泥石流时一吼而起。在这里，身体太重要了，养尊处优相当于受罪，要讨生活，就得随时准备迎着毒日头，与那些行动敏捷的藏羚羊一道穿越荒原。电压不稳，房间里光线昏暗，催人睡觉，才九点钟左右，大部分居民已经睡去。黎明时拉开窗子，就看见远处有一座独立的山屹立在光辉中，山顶上有一个红色寺院。拔腿就朝着它去了，有一种吸引力。世界的宗教建筑总有一种吸引力，去看看，谁在那儿。穿过古老的居民区，随时会遇见举着转经筒缓慢行走的老人，就像一只只已经得道的老山羊。自来水龙头被锁在黑漆漆的小房子里，接水的小姑娘不想站在里面，她把桶放进去接水，自己站在外面听着水声。安放着转经筒的小庙与居民房紧紧相连。普通的土墙上，标语、外乡人乱贴的广告什么的，忽然消失了，墙上出现了一排像是从土里钻出来的转经筒，前面的转经者刚刚离开，还咕噜地响着，不由自主就伸出手来，跟着一把一把地转起来，转了十几个。一个巨大的转经筒出现了，高悬在黑暗的房间里，流溢着金光。下面，转经的人一人把着一个柄，跟着巨筒转三圈才离去，一边转，一边念念有词。一位老妈妈低头离开了，我插进去，跟着转起来，握着转经筒的柄，我感到一种悬空的力量，你必须用力去推动它，但转动起来的东西是无形的，那绝不是一个铜皮和木头制造的圆形器物。转经筒令人着迷，许多转经的人整日转着经筒，从不疲倦，仿佛经筒已经成为他们身体的一部分。在另一个转经房里，我看到人们搬来椅子，坐在经筒下，长时间地转着，聊着天。转经房与水井、碾坊、榨油坊、小卖部、厕所……一样，是人们日常生活中须臾不可或缺的东西。这里是本地居民的客厅，谁都可以进去，具有社交的功能，人们在这里见面、聊天；而更重要的是，使人们保持着敬畏之心。神与我们同在，做什么事都要想着它。宗教生活在这里不是那种刻意做作的仪式，就是挑水吃饭一类的事情。就是孩子们放学归来，也玩耍着转转经筒，也许他们的学校永远都不会告诉他们谁是释迦牟尼，但通过故乡的这个转经房，他们冥冥中感觉到神灵的在场。所有经筒都已经被磨旧了，看起来就像古老的家具、公共的家具，将所有居民的家联系起来。这是一个其乐融融的街区，房子低矮、破旧，有些地方很脏，势利眼会以为这是贫民窟。其实人们幸福得很，他们的故乡深处住着神灵。穿过居民区就开始上山，上山的路经幡飘扬，山顶的寺院叫作结古寺，这是一个萨迦派寺院。经过粉红色的僧舍，大殿里没有人，安静得"一根针掉在地上都听得见"，似乎都在聆听某个没现身的布道者。神像一座座金光灿烂，很新，看起来是不久前才塑的，也许更久，由于高高在上，不能碰，出门，忽然飘来一喇嘛，在我身后把大殿锁了，原来进去是要收费的，我不经意闯了进去。下山的时候看见城，孤零零的，像是广漠中卷起的一堆狂石，周围荒凉、原始，有人打马远去，扬起一股烟。

城里人欢马叫，灰尘被风扬起又落下，女人大笑着弯下腰。在中国内地，一般笑得比较矜持，抿嘴而笑。此地没有江南的那种杨柳腰，情绪的表达很直接。男子酒气冲冲，坐在街边不停地喝着。人们戴着毡帽，穿着氆氇。在这个地区谋生的人身体必须强壮，能吃肉喝酒，耐得住高海拔的地理环境，耐得住大漠孤烟、飞沙走石。必须有点信仰，不那么过分地唯物，多少得有点英雄气质、浪漫精神，多少得会唱点歌，跳支舞，牵匹马来，你要有本事一跃而上。天高云淡的时候，在荒野上高吭一曲，可以缓解孤独。如果天生嗓子好的话，那可就艳遇无穷了，姑娘们喜欢那些嗓子里藏着大地高山的汉子。随时得准备单枪匹马行事，结伴而行只是暂时的，到了下一个岔路口，情投意合的兄弟也许就此分道扬镳了，只是空间中的分道扬镳，不是情义上的分道扬镳。天地之间隐藏着无限生机，魅力无穷，没有历史、档案、前科，谁都可以重新开始。这边的世界太辽阔了，天高皇帝远，孤独、自由，远离中国内地那种高密度控制。这是伟大河流开始的地方啊，长江、黄河、澜沧江都从这里冒出来，在河流的终结处可没有这种气氛，水已经满了，流烂了，累了，浑了。这里什么都是潺潺的、汩汩的、清清的，就是走在黄沙大路上的女子，也是野性十足，没见过世面，只是痴迷着海枯石烂的爱情，眼睛亮如刚刚脱离黑暗的宝石，热情如炉中烈火，随时要喷发。马一停下，跟着那马背上的无名英雄就远走高飞了。古代有个叫岑参的诗人，本来是儒雅文人，到了戈壁荒漠，潜伏在内心的野性就解放了，开始写"一川碎石大如斗，随风满地石乱走"，相当豪气，这景象今天依然。超现实主义的地方，许多康巴人甩着长袖子在大街上游荡，长辫子缠在额头。卖电视机的商场前，站着打扮得与时髦的广州女子一模一样的姑娘。一条河穿城而过，沿河是个牛羊肉市场，扒了皮的牲口血淋淋地挂了一街。河水被屠宰牲口流出的污血搞得浑浊不堪，这是个大块吃肉大碗喝酒的地方。有人傲慢地牵着长得像熊或狮子的獒穿街而过，那家伙脑袋上带着红色绒圈，表情深奥。在这个地方，从前，纯种的藏獒叫花子般满街乱钻。现在，濒临绝种，因此身价百万，牵着条纯种藏獒，你就是国王，行人自动让路，驻足观看、赞叹。何况那康巴汉子本身就是非凡的男子，高大挺拔如岩石，腰间别着短刀，头上系着红色丝带，本人也许没有什么勋业，但那相貌就是大家想象中的大英雄的样子，天生英雄，绝不是贴假胸毛的家伙，偶尔说话，天真得就像刚刚从石头下流出来的水。有谣言说，有些欧洲女人偷偷入境，专门找这些康巴人借种，这是我在昌都城里听一位司机说的。一黑壮的康巴人朝我走过来，要干什么啊，你的毛衣我们这里没有卖的，把你的卖给我吧！他是站在街头卖山货的藏族人之一，他们成天站在街上向过往的游客兜售刀子、石头、兽皮什么的。另一位忽然从氆氇里摸出一物，在我眼前一晃，一只皮带子吊着的白铜火镰，古代的工具，取火用的，现在都用打火机了。要价一千五百元，我还五百。他把长袖子伸过来，露出粗壮有力的大手，要把我的手捉进去手谈，就是掰手指谈价格，我可谈不来，在我的文化中，习惯用嘴而不是手，赶紧灰溜溜地藏起自己的手。笨重如车间的大卡车出出进进，司机被烤得焦黑，已经在高原上行驶了无数昼夜，真个是风尘仆仆。马匹蹄子踏踏，不习惯柏油路面，偶尔打滑。摩托最多，毒烟呛人，载人的车是小面包，三块钱，城里的旮旯角落随便你去，没有这些车不敢走的路，汽车在这里下贱得很，就是一工具，可没有谁把它当轿子。步行的最多，很多人背着行囊，自己带着吃的，大步而来，越过荒原直抵城市，这里没有所谓的城乡接合部，城区与大地直接联系，离开大街几步就进入野外。步行者横冲直闯，见缝插针，混乱、鲜活，还没有被现代化一刀切，红绿灯形同虚设，没人敢阻止来自荒原的居民骑马进城。太阳白热，刺得人睁不开眼，最好戴上墨镜。广场上正在安装格萨尔王的铜像，他一直活在大地上，一直活在人民记忆的深处。澜沧江-湄公河各民族的记忆深处总是藏着英王：在柬埔寨，那是吴哥国王；在云南，那是皮罗阁或者阁罗凤；在老挝，那是澜沧王；在缅甸，那是阿奴律陀；在泰国，是勇敢而伟大的坤兰甘亨；在越南，那是传说中的英雄雒王。玉树，一个屹立着格萨尔王的地方，气象万千，蕴藏着复活。这才是真正的中国西部，中国的西部是成吉思汗，是格萨尔王，是南诏王阁罗凤或者大理王段思平。

玉树放着一大堆石头，占了二十五亩地，东西长二百八十三米，南北宽七十四米，高二米五。这些石头都是藏传佛教的信徒们从大地上搬来的，许多石头上刻着经文。普通的石头，搬到这块圣地就成了玛尼石，仿佛出家了。三百多年前，相传由藏传佛教高僧第一世嘉那活佛多德松却帕旺将第一块石头放在这里起，到今天据说估计已经有二十五亿块石头放在这里。许多行者，风尘仆仆背着行囊来到这里，将一块已经揣了很多日子的石头往玛尼堆上一扔，放心地走了。玛尼石来自千千万万个不同信徒之手，大小不等，可以根据每个人的意愿放置在不同的地点，我记不起世界上还有哪儿有如此巨大的石头堆，并没有垒成坛或什么形式，只是一块块放在这里。如果一人搬来一块的话，就有二十五亿人来过这地方。是的，同一个人也许来过一百次，但每一次都是一个人，这一个人也不是同一个人。无数匿名者共同完成的伟大业绩，从不张扬，在旅游界鲜为人知。石头间盖了一个庙，三百年前嘉那活佛放下的第一块石头，被供奉在庙里。那石头放在供桌上，是一块灰黑的石头，我不确定它是不是石头。它放在那里，仿佛正在打坐。没有别人，阴暗空旷的大殿里，好像有群鼠的眼睛在发光。只有我和守庙的老喇嘛，那石头多年来被酥油涂抹，腻腻的，仿佛正在微微地呼吸，它肯定是有灵魂的。我也往玛尼堆上放了我的一块。我曾经去到缅甸的仰光，仰光有个世界著名的大金塔，塔顶上镶着信徒们在数世纪中捐献的数万颗宝石，灿烂夺目。这是自我完善的南传佛教与普度众生的大乘佛教的不同，大金塔上镶嵌着的是自我完善者献给诸神的财产，空是一种幸福。嘉那活佛的玛尼石堆只是一大堆大地上取来的最普通的石头，任何人都可以搬一块来，啪一扔，那就是一个善果。旅游局的资料说，嘉那玛尼堆目前正以每年三十万块的速度扩大，它的积累在"文革"中曾一度中断，玛尼石被运往城镇做建筑材料，玉树的老房子有许多是玛尼石建造的，石头的磨难，从大地上出来，成为信仰者的证据，又回到世界中，为人们建造栖居之所。现在，石头又滚滚而来，每天，从黎明到夜晚，环绕着嘉那玛尼堆转经的人络绎不绝。转动、环绕，也许是人类各种行为中最神秘的行为，普通的石头，当世界环绕着它转动，它就像获得了神性似的，无人再敢轻易取走了。

我们沿着昂曲前往昌都。昂曲现在已经不是小溪流，而是一条河了，清澈发蓝。有时候顺着公路，有时候隐没在山间。现在地势已经没有源头地区那么平坦，囊谦与类乌齐之间是开阔低缓的山谷，公路经常开辟在峡谷的底部，峡谷中一有险峻奇特处，就会出现经幡和玛尼堆，被崇拜起来。玛尼堆上刻着经文，令人在大地上不敢轻举妄动，同时也镇压着那些制造灾难的魔鬼。溪流纵横，山势平和，忽然进入了一片天堂般的谷地，旧得发黄的村庄，多年前完工后就再也没有动过，在大地上被建造起来又隐匿于大地，朴素接纳了它。古老的秋天，我少年时代在父亲单位的农场见过，眼含热泪就要夺眶而出，突然间一座土红色的巨殿出现在大地上，一个楔形的坛，巍峨如希腊的某种建筑，有意大利中世纪的感觉，拔地而起，屹立在秋天灰色的光芒中。通向罗马、印度的大道上空无一人，尘土像是从未动过那样摆着。我们的汽车像贸然闯入天堂的野兽，低头停了下来，哑巴般愣住。有几个穿着暗红色袈裟的僧人坐在大路边的石头上，一动不动。这是查杰玛大殿。在藏传佛教地区，除了布达拉宫，这是我见过的最高大雄伟的建筑了，就像红色的希腊神庙，但没有柱子，整个外墙用泥土和草一层层舂起来，墙面用石灰和矿物质颜料刷出具有象征意味的红白黑三色线条，巍峨入云，在铅灰色的天空下，周围是开阔的土地和仿佛朝它顶礼膜拜、匍匐在地的乡村，崇高而神秘，我不能确定我是不是在梦里。孤独伟大的建筑，没有旅游者，几个老人沿着大殿周围的木头柱廊慢慢地走。中世纪的下午，狗在寺院的回廊下睡觉。转经者们已经围绕着查杰玛大殿转了一生，他们都是本地居民，生命的意义就是环绕着这个圣殿旋转。对于当地人来说，查杰玛大殿就是大地上最神圣最美丽的，心灵的归宿、智慧的高峰、美学的经典、人生的依托，没有谁会想到要去与它试比高低。世上最美丽的女人、最勇敢的男子、最伟大的君主都要在大殿前面跪下来，这不是谦卑，也不仅仅是信仰，这是依托。转经人一边走一边漫不经心地扳一下安在墙上的经筒，那些经筒精美绝伦，有的箍着铜皮，有的绷着羊皮，都已经被转经者流水般的手磨出了圣光。转经人一过，经筒就咿呀响起，那声音像是来自一排老蟾的嗓子。神态安详的穷乡僻壤，世界已经到达终点，远方并不存在，故乡、神殿、被秋风轻轻梳起的几根白发，人们神一样微闭着眼睛，已经不用看了，大殿的一寸一尺，都已经烂熟在心中。

　　查杰玛大殿是澜沧江上游最伟大的宗教场所，藏传佛教最精华的寺院之一。我孤陋寡闻，在藏区，它声名赫赫，有个谚语说："先去朝拜拉萨的大昭寺，再去查杰玛大殿。"查杰玛大殿建于 1285 年，是达垅噶举派的主寺。现在这个大殿是"文革"之后重建的，但规模和气势与过去一样，黄钟毁弃了，灵魂、信仰和手艺没有失传，20 世纪 80 年代重建起来，看上去已经历尽沧桑。重建者的智慧不在于建造新，而是要复原旧，这是神的建筑，神是最旧的，比大地还旧。传说大殿里珍藏着许多稀世宝物，格萨尔王用过的马鞍和战刀、八瓣莲花的金刚像……都在里面，用三把锁锁在某处，钥匙由三个喇嘛掌管。三人同时在场，才可以开启。对于不速之客，三个喇嘛同时在场是奇迹或者命令。总是有一喇嘛收自家的麦子去了，或者另一喇嘛去了拉萨。两个在，第三个必然不在，这是一个诗意的借口。为什么要亲眼看见呢，听听传说就够了。高原上谁也没有见过伟大的格萨尔王，他被人民保管在语言深处。我迈进查杰玛大殿，门槛很高，一棵横躺着的老树，殿门高大厚重，料子来自古代森林，只有最古老的树木才能裁出这么大的方形料子。殿门半开着，里面透出阴森，寒气微微逼来，洞穴般深邃，光线阴阳交错，空中垂着各色经幡，一抬眼望见巨大的佛像一座座微闭眼睛，妙相庄严，高踞在黑暗的天空中，若隐若现。神像坐在四周，大殿中间是个小天井，昏暗的日光从天宇垂下，阴郁秋日的下午，大殿里好像空无一人，我蹑手蹑脚地走着，生怕惊动诸神，一齐睁眼看我。忽然看见两排喇嘛们正坐在正殿前面的蒲团上闭目沉思，仿佛坐在高山脚下，他们刚刚念毕一段经文。这场合太遥远太古老了，完全在我的经验之外，新人初来乍到，无法适应，心中害怕，头重脚轻，觉得自己像粒灰尘似的飘着。所谓进入另一个世界，那得从世界观、灵魂的重塑开始。大殿靠墙的地方经书堆积如山，从来没有见过堆到这么高的书。一个喇嘛提着一桶水从外面轻轻进来，绕过我，推开一门，抬腿进去了。对我这个穿着如此奇怪，还拿着照相机，射击般瞄来瞄去的怪物，他无动于衷，好像我本来就是殿中的一物。

玉树　2006

玉树，玛尼堆　2006

玉树，新寨玛尼堆　2006

高原上的喇嘛　2006

高原上的摩托手　2006

3

　　澜沧江正源扎曲汇合众多细源，逐渐成河，一路向南。与此同时，另一个源头也在扎曲的西部逐渐聚集起来，形成昂曲，也向着南方袭来。昂曲和扎曲在昌都境内终于会师，成为滚滚洪流一股，叫作澜沧江的大河就此开始。藏语"昌都"的意思是两河汇合之处。这一带开始进入横断山脉，群山逐渐涌起，峡谷逐渐往深处切下，有些地方从谷底到山顶高差达两千多米，险象环生，地质结构不稳定，是泥石流、滑坡多发地区，土壤是红色的，因此影响了水色，清澈蔚蓝的澜沧江开始变浑，翻着土红色的波浪，难得见底了。

　　昌都是西藏东部的重镇，前往昌都主要是通过川藏公路，从西端的拉萨或东端的成都乘客车，要走五天左右。也可以沿着澜沧江从上游或者下游的滇藏公路抵达这里，那是最危险的道路，比较快的路线是从成都乘坐飞机。从成都起飞，一小时二十分钟到邦达机场上空，孤独的机场，简陋地修在几个荒凉的山头之间，一条跑道，几排房子。隔着机舱的窗子，看见头上扎着红带子的康巴人正在把机舱内的行李往外搬。要降落在这个机场是非常不容易的事情，经常是飞到这里，无法降落，又飞回去了。航班并不多，成都飞邦达机场的航班只在每周一、三、五飞行。飞机在灰色的云层里犹豫了一阵，终于鼓起勇气跳了下去。顷刻间，机舱门打开，我们已经来到这个世界的尽头。这是世界上最高的机场，海拔 4334 米。距离昌都还有一百三十公里，开车得两小时，也许这是世界上距离城市最远的机场了。一个半小时前，世界还珠光宝气、红男绿女、香水缤纷，电梯不停地输送着此起彼伏、弱不禁风的奢侈、时尚，火锅里熬着已经散失了天然的美味佳肴。现在，你面前站着的都是高原上的人们，天真、坚强，持有另一种世界观，相信神灵，轻视物质，吃喝不是为了品味，而是身强力壮之必需。脸膛黑里透红，与太阳、风沙、冰雪和牦牛整日厮磨的结果。化妆品在这些岩石般的皮肤上太可笑了，粗糙但耐看，手掌厚实，脚板稳沉，善于劳动远足，许多人显然刚刚从长途卡车或者马匹上下来，空气里弥漫着汗液和酥油的气味，说着流利的藏语或者笨拙的普通话。落后于时代的机场，看起来更像是县城里的长途汽车站。下了点雨，非常冷，嘴唇发紫，刚刚落地的汉人担心着自己的心脏。忽然阳光出现了，如一只金色大鹏，翅膀一晃，晃出万里蓝天。公路延伸在荒凉的群山之间，看不见人和建筑，蔚蓝色溪流夹在谷底，秃鹫背负天空，车慢慢地走着。

昌都城里大多是新的水泥房子和街道，沿着澜沧江两岸分布，也许只有强巴林寺的大佛是旧的了。过去昌都有三多，"寺院多，僧侣多，活佛多"。地委的赵副书记说，他热爱这个地方。北方人，来了就永远不想走了。他很担忧，他的政见与众不同，"保护也是发展"，他的意思是要保护那些古老的事物。饭馆大多是四川盆地来的汉人开的，经常听到餐馆里歌声起伏，人们喜欢在吃饭的时候唱歌，或独唱，或合唱。这是过去时代的传统，人们干什么都要唱歌，歌子是劳动和生活的节奏，沿着河流，你经常可以看见两岸村庄盖新房的人们边唱歌边舂屋顶。歌唱不只是嗓子出众者的个人表演，更不是歌舞团的专利，唱歌与说话一样日常，不存在专业与非专业，不唱歌你就是哑巴。人们总是在歌声中收割、播种、过节、婚嫁、交往，大地上到处是歌声。昌都城是本地最先现代化的地方，是行政中心，水泥钢筋不断扩大，离大地越来越远，但人们延续了唱歌的传统，成为喝酒吃饭时最后的保留项目。往往是饭吃到一半，酒酣耳热，一人起立或者全体起立，就唱起来。不唱不行，要是来了客人，那就更要唱一唱了。歌舞团的姑娘们发现了增加收入的好机会，组成专门唱歌的小队，为食客凑个热闹，挣点零花钱。她们会唱的歌就多了，不只是地方上的，革命歌曲、流行歌曲、俄罗斯歌曲都能唱，而且首首唱得情真意切，感觉不到是要收费的。姑娘们会唱许多仓央嘉措的情歌，我过去以为这个圣者的歌已经失传，只有民间文学调查队艰难寻找到的少数印在书上的几首，其实民间一直在暗暗地唱着，他的歌一直活在高原深处，也许这些歌子的原作者并非仓央嘉措，但姑娘们说那是仓央嘉措的，那就是仓央嘉措的。在她们看来，仓央嘉措并不是一个作者，谁是作者并不重要，仓央嘉措，那就是爱情、真、善和美丽本身，每个人都可以加入这个作者里，只是那些一定要搞清源头所在或者版权归属的知识分子们不知道罢了。也有无数的歌曲被创造出来，好听就传开了，都不知道作者是谁，没有人关心这个，一首歌在高原上像风那样传开，是这首歌的光荣。席间，有人告诉我，唱歌的姑娘们唱了一首住在拉萨的民间诗人美朗多吉的歌："慈祥的母亲，是美人中的美人，像白度母一样心地善良。"美朗多吉是谁，酒意朦胧，我已经搞不清楚了，但这歌声令我刻骨铭心，20世纪以来高原下面甚嚣尘上的现代派文学，有哪首诗歌如此歌颂过母亲？我想起母亲过七十岁生日时，想给她置一身新衣，走遍昆明大街，竟然买不到一件为母亲之美设计的衣服，裁缝们消失了，中国的服装设计师如今只为模特儿和青春服务。昌都的母亲和少女都很美丽，穿的是古代传下来的藏式衣裙，没有年龄，只是青春和庄重在色彩上略有不同。夜里比较冷，要穿外套。一阵风卷过去，把柳树吹得很疯狂地晃起了脑袋，我从来没有觉得它们是有脑袋的。

在距离昌都十二公里的澜沧江岸，有一块赭红色的台地。上面建了一个水泥厂。1977年，水泥厂的工人在施工过程中发现了石器、陶片。考古队后来发现，这些器物具有新石器时代的全部特征。卡若遗址还发现了用勒瓦娄哇技术（Levallois Technique）制作的器皿，与中亚、南亚或者欧洲、近东地区旧石器文化有某种神秘的联系，考古学界将此命名为"卡若文化"。"若"，有碉堡、围在一起的意思。澜沧江在谷底哑哑地流着，高处的山崖上残留着两堵墙，翻译说那是古代的城堡。水泥厂后来废弃了，遗址还留着。高塔、车间、炉子，糊着过期的水泥灰，有一种旧工业的美。废弃的东西总是美的，落后的事物、古老的事物总是美的。大楼上的窗子给拆了，像是幽灵们被挖去了眼球的眼眶，人去楼空的工业废墟总是有点灾难过后的感觉。许多生锈的自来水龙头、阀门、开关遗留在墙上。翻译说，将来要利用这些建筑搞个博物馆，很后现代的想法。工厂后面有一个用围墙围起来的空地，长满荒草，铁门上了锁，这就是卡若遗址。一位老人看守着这片空地，钥匙找不到了，找来个石头，像遗址上最初的居民那样，把锁砸开。从上游澜沧江到下游湄公河，我多次遇到被锁住的古迹，钥匙找不到了，也许人们不认为古迹与锁有什么关系，博物馆教他们使用了锁，但锁起来后，钥匙和锁同时被遗忘了。我记得在缅甸的蒲甘，我们想看一个12世纪的塔里面的佛像，一把生锈的锁挡着。这样的文物在别的地方，肯定是修建得监狱般坚固，还有重兵把守，还安装着红外线报警器。那天我们运气好，在一棵菩提树下找到了管钥匙的男子，他正在呼呼大睡呢。20世纪 70 年代的遗址和五千年前的遗址，都是人类活动的遗址，给我的感觉并没有时间上的差距，这座荒凉的水泥厂，就像是原始人的水泥厂，只是生产的不是带有花纹的美丽陶片而是丑陋的灰。卡若是遗址，水泥厂是遗址，而澜沧江是历史更悠久的遗址，这是一个中国盒子般复杂的隐喻。我在旧水泥车间里走了走，有股气味，某种东西曾经在无人的时刻停留，然后离开。

扎曲、昂曲和澜沧江这三股水都是土红色的，红色是这个地区大地的主色。人也受到土地的影响，僧袍是深红的，人们的皮肤被阳光烤成古铜色，妇女们喜欢穿深浅不同的红色服饰。昂曲和扎曲的汇合处在一处红色高崖底下，那高崖一看就是风水宝地，犹如后面的群山飞出的一只巨鹰，高崖就是鹰头，神鹰闭目吐出两股水来，在它嘴下合为一路奔腾而去，澜沧江就此开始。写这段时，我以为巨鹰是我自己的形容，后来一看历史，宗喀巴早就说强巴林寺所在是"两水间雄鹰落地式的岩岛"，也许我是在旅途中听某位僧侣说的，也许是梦里宗喀巴告诉我的。宗教独具慧眼，总是为它的寺院选择奇山胜水，就在这高崖上，建造了藏传佛教的强巴林寺。1373 年，宗喀巴大师途经昌都，环顾大地后预言，将来在此地定能兴寺弘佛。1437 年，宗喀巴的弟子喜饶桑布在这高台上建了寺庙，寺内主佛为强巴佛。强巴林寺在昌都地区藏传佛教格鲁派寺院里是规模最大的，按格鲁派规定，可拥有二千五百名僧人，寺院里有二十二口专门装水的大铜锅，每口锅能装一百多桶水。

有强巴林寺在着，昌都就不会是一个无聊乏味的地方。人们有去处，有牵挂，有信任，也有玩场。强巴林寺是昌都的精神和文化中心，不仅宗教活动在这里举行，这里也是昌都人的娱乐和社交中心，情人们也喜欢在这里约会，一道祈求神灵的保佑。每天，从黎明开始，强巴林寺的白墙外面，就围绕着转经的人们。转经的路线从昂曲这边开始，转向扎曲，然后转向澜沧江，圆心是强巴林寺，周而复始。许多人一天不去那里走一趟，心里就不踏实。许多地方他们一辈子只去过一次，而强巴林寺陪伴了他们一生。强巴林寺绕着走一圈得半个小时左右。任何人都可以加入，上路，跟着走，就进入了古代的道路，进入了中世纪的某日，好像是走在通往罗马的大道上。这时代所有的道路都改变了，而转经的道路依然是古代的道路，汽车决不会加入这条道路，它的速度不是通向诸神的。偶尔有一辆给寺院送物资的大卡车闯进来，像悔过的大象似的低头缓缓跟着走。转经的人终日不绝，人们一个跟着一个，一群跟着一群，大家都慢慢地走，走一步是一步，每一步都是在走向结局的样子。有的人赤着脚，有些人衣冠褴褛，气氛有点悲壮，看上去像是跟着部落领袖背井离乡的迁移运动，其实这是吉祥幸福的归家之路，内心喜悦，信任，安全，已经被接纳。没有终点，神不是终点，信仰环绕的是一个圆。路边的石头炉子里燃烧着柏枝，青烟袅袅，这种植物在藏区像香一样被用来表达对神的敬意。转到某一段，有个很小的千手观音殿，世界上最美丽的小殿，里面的墙壁上画着观音，美丽动人。前面供着油灯，两边是已经发黑的转经筒。转经筒的基本模式是一样的，大的要七八人方可转动，小的如一只鸟牵在手中，但没有一个相同。转经筒千转万转，日复一日的手灸心印之后，像是已经受孕于转经者，被托生了似的，千差万别，美轮美奂。强巴林寺色彩鲜明，殿宇巍峨，穿红色袈裟的僧侣们沿着白墙走过的时候，就像来自天空。一个侧门开着，里面是辩经场，场子是铺着鹅卵石的空地，一群穿着深红色袍子的喇嘛席地而坐。秋天的前端已经到达高原，场子上散落着金色的树叶，不知道来自何树。护法神殿里挂着无数的长刀、匕首、猎枪……全是来自放下屠刀、缴械皈依佛祖的信徒们。许多武器已经挂了多年，不只是生锈，已经快风化了。

　　噶玛寺是藏传佛教噶举派的祖寺，距昌都一百十三公里。沿着扎曲向北，一百多公里的毛路，只可以走小车、摩托或者骑马，马匹和汽车的速度差不多，得走一天。司机还得胆子大，一般的司机是进不去的。路线毒蛇般搭在悬崖边上，当仁不让的家伙没法在这里通行，随时要考虑着如何在一公里外就给对面来车让路，有的弯连九十度都不到，车头过了，屁股还悬在半空，猛踩着油门挣扎过去。给我们开车的是康巴人扎桑和土金尼玛，两个朴素天真的青年，与他们相处只会友情日深。这是旧世界留下的天堂之一，得以幸存，全因为那些家伙们还来不及修柏油路。山区，河水清蓝，离它的源头还不太远，刚刚走入世界的样子，森林和积雪的山峰退到一边，给河流让路。扎桑们在宽阔的柏油马路上害怕开车，在交通信号灯密集的城市里害怕开车，越原始的道路他们开得越好，完全凭感觉，车子给他们开得跟猎狗似的。有一个夜晚，扎桑开着车居然睡着了，我们正在驶下峡谷，迷糊中觉得车子怎么忽左忽右，才发现扎桑正在一边开车一边做梦，赶紧叫醒，停车，把他扶到后面去，刚一挨上座位，这家伙就睡死啦。

　　汽车在日通附近越过一座水泥大桥，到了扎曲的西岸，进入土路，景色愈发原始，一路上地形变化很大，时而高山巨峡，时而森林草甸。海拔

4500 米的碧拉山腰生长着一片柏树，老得就像恐龙，彼此搀扶，郁郁苍苍，穿过的时候担心着它们会倒下来。据说是唐代的，树龄已有一千两百年。越向上游走风景越好，河流两岸变成了开阔的平地，麦子已经黄了，牦牛低头吃着草。藏式的土掌房坐落在山坡上，一般是两层，没有受到内地马赛克建筑的影响，墙壁大都是就地采泥巴春的，颜色与大地一致，从世界中出来，成为人的栖居之所，又隐匿在大地上，被大地保管着。也掺入了些无害本质的现代因素，现代建筑材料被引进一部分，许多人家把窗子改成了铝合金材料。藏族民居的窗子都很大，几乎是半面墙，铝合金窗子开关起来很方便。窗子直接朝着田野，没有围墙。出现了巨大的石头山，有一座就像一个白色的大萝卜，超现实的景象，做梦也想不到大地还有这样的场面。扎桑平稳地开着车，经常停车与路上的人寒暄两句，人们住在辽阔而且交通不便的区域，但人们彼此的联系却相当密切，扎桑带着不少东西，给这个村的大妈捎去一袋面粉，给等在那个路口的哥们丢下两瓶白酒。就是素昧平生的人，你要去他家吃顿饭，借个宿，那也是随时可以敲开大门的。扎桑没有手机，他将要到来的消息是如何传递到大地上的，这是一个古老的秘密。土金尼玛有一个小灵通，他用过几次，每次都是打给他的妻子，也许那是他手机上的唯一号码。沿着扎曲行使了大约五小时，汽车转进谷地深处，又进入一个小坝子，噶玛乡的乡政府就在这，立即出现了这一路上唯一的水泥盒子，白色的，两层楼，高踞在几栋灰暗的藏居之间。一扇大铁门被拉开了，车子进入了水泥场院，一条狗追进来咬，被轰了出去。几个孩子闻声赶来，站在门口张望。这个乡政府辖地 688 401.8 亩，牲口 20 079 头，草场 391 226.5 亩，森林 259 166.4 亩，耕地 7384 亩。467 户 3023 人，12 个村委会，有 43 个自然村，平均海拔 4200 米。有一个汉子喝醉了酒，沿着乡村大道骂骂咧咧地走过来，忽然躺在地上，仰面朝天地睡去。一辆土渣渣的摩托车驶过村庄，忽然看到醉汉，歪了一下，绕过他，继续飞驰。一群马长发飘飘地奔来，马背上都安着彩色的毯子。骑手们下了马，把马匹拴在乡政府大门对面的树上。这是一群彪悍的人，不说话，留着长发，梳成了辫子，盘在额头。乡政府落脚的地方只有五六户人家，每家之间都有大片的空地，乌鸦们低头点击着，似乎为一把无形的锤子所控制。我们得在这里睡一夜。晚餐是罐头、土豆、鸡蛋、麦饼和酥油茶，我们是乡政府的客人，这已经是很丰盛的了。乡政府住着几个干部，自己的家都在大地上，这里只是随便住住，住得很马虎。干部给我们弄了吃的，大家就坐着看电视，等着睡觉，偶尔说两句藏语，我一直没搞清楚谁是乡长。乡政府一关灯，噶玛乡就进入古老的黑夜，唯一的灯在天空中，随后被乌云挡去，大地上伸手不见五指，不需要用窗帘。

噶玛乡后面，大地忽然高上去一大截，如果从那边来，扎曲就是在峡谷下面，地缝里，但在噶玛乡，世界却是开阔平坦的，河流走向远方，白云低垂。我们的汽车沿着高峡攀登，道路刚刚修起来，峡谷里有瀑布，乡政府正在利用它的水力修一个小水电站，要运输水泥，就铺设了便道，汽车也勉强通行了。峡谷垂直上去两百米，又是一个大平台，高山草甸，无边无际。一个草甸接着一个草甸，巨大的地区，地图上看不见，空着。噶玛寺到了，背靠一个山包，对面是绿色的大草甸，溪流汩汩，一位穿着暗红色袍子的老尼姑正跪在水边，用一个勺子不停地舀水，远处是石头垒成的小屋和灰色的天空。几片经幡在植物和天空之间飘着。这场景就像一幅16世纪的西方宗教绘画。另一边，几个穿红色袈裟的喇嘛正坐在原木上晒太阳，这神话般的世界里矗着一幢灰蒙蒙的泥土春成的大殿，单檐歇山，没有金碧辉煌，隐匿得几乎看不出来。一部分正在维修，曾经遭遇了一场大火。现在主持寺院的活佛娶了个老婆，没在寺院里。

噶玛寺是由噶举派高僧都松钦巴在1147年三十八岁时创建的，名为噶玛丹萨寺，都松的意思是三世，据说都松钦巴能知过去、现世、未来三世之事，噶玛噶举派因这个寺院而得名。噶举派创始人玛尔巴和米拉日巴在修法时都穿白色僧裙，故噶举派又称白教。噶玛噶举是噶举派的黑帽系，西藏史书《贤者喜宴》说，都松钦巴剃度时智慧空行母和上乐诸神给他戴上由空行者头发制成的黑帽，从此都松钦巴就戴黑帽。后来，噶玛噶举派开始在教派内实行活佛转世制度，黑帽成为转世仪轨中的重要证物，被认定的转世活佛要戴上黑帽。这种传统也被其他教派效仿，"活佛转世"体系因此在西藏地区流行开来。都松钦巴是噶玛噶举派的创建人，在西藏佛教史上占有重要地位，对日后的噶玛噶举派有着深远的影响，被追认为噶玛噶举黑帽系一世活佛。

这是圣者创造的寺院，远离普遍追求破旧立新的世界，可以肯定许多地方还有都松钦巴留下的痕迹，也许他的手迹还留在某处原封未动。当时我懵懂不知，没有知识，冒昧来访，但也不敢轻举妄动，这寺院有一种古老的力量，令我顿生敬畏之心。主寺内的光来自屋顶阁楼的窗子，投到下面的时候创造了一个深渊，喇嘛们在大殿里打坐念经的时候，被照亮的是顶。壁画、佛像靠墙隐没在黑暗中，点起酥油灯也只依稀可见。大殿由几十根木头圆柱支撑着，正在维修。左边是祖师殿，里面塑着噶举派的几位祖师的塑像，完好如初。楼上是僧舍，僧侣们正在咿咿呀呀地念经，大都是年轻人，生猛、天真，像是战士，没有人会说汉语。一个胖喇嘛带我去看护法神殿，一个小殿，经幡缠绕，香烟迷茫，挂着许多刀具、兽皮，铺着毛毡，几个喇嘛正坐着喝茶，抬头笑着看我，伸手来摸我的头，就像闯入了中世纪的一幅壁画，唯唯而退，我完全是在一场梦游之中。庙里还有许多阴暗的房间和楼梯，没在暗处，还有未露面者在着。资料上说这个寺院藏着许多珍宝，明朝使臣当年来噶玛寺时赠送的万岁牌、旌旗、缎带、丝绸刺绣品、近百幅传世唐卡，以及不少佛像、陶器、高僧遗物、贝叶经、瓷器等。还有一棵柳树，是噶举派第二世祖师噶玛拔希从内地带来的，依然活着，根深叶茂。

噶玛寺附近的一个村庄里住着唐卡大师。这村庄只有四五户人家，远远看去，就像是大地上的一堆土疙瘩，色彩朴素，其貌不扬。看不出来与五彩斑斓的唐卡有什么关系，唐卡在外面世界里，可是东方美术史上辉煌的一页，我想象中的唐卡大师是伦勃朗那样的人物。大师出现了，一位白胡子老农，站在院落里，正在指挥小孙女喂鸡呢。带我们去看他的画，到了一个大房间，一看就知道是这家堆放农产品的地方，胡乱摞着几匹画布，地上散落着颜料筒、画棒、土豆、青稞粉什么的。有些已经勾勒好线条，靠着土豆堆等着上色。大爷领着儿子及同村的几个小伙子一起画，说是要共同富裕。作品供不应求，要提前半年预订，价格数千到上万的都有。只有一幅留着不卖，是二十年前画的，那时候唐卡没有现在这么值钱。大师已经画了六十年，他说起画画的事来滔滔不绝，他不是说他的绘画理论，而是说如何画，我们已经成了他的徒弟，只差立即动手了。画唐卡最重要的是勾线，这个不能有错，哪一个像就是哪一个像，都是有样式的，这个两个月就可以学会。佛的基本造像是一样的，但在每个画师的手上，色调、细节、功夫、灵气就不同了。图式是不能标新立异的，当然可以在细节上发挥。都是同一个图样，看上去却千差万别，就像千眼千手观音的无数只手和眼，都源自一个身，这是一个深刻的隐喻。我们告别了大师，汽车来到野地里，原野上只有黑压压的植物和还在天边依稀亮着的雪山，道路消失了，连扎桑们也嗅不出它在哪里，磨蹭间陷到泥巴里，轮子打滑，走不动了，大家都下车去推，不动。正无奈间，突然，黑暗的土地中钻出来几个藏族人，不出声地帮起来，用手扒开稀泥，往车轮下垫石头，一起推，汽车开出了泥坑，指给道路，又在土地上消失了，有一个声音是女性的，看不出是谁。

路上，我们的车子在一个大雪覆盖着顶部的峡谷中被重型车队堵住，大家冷飕飕地对峙到半夜，我等着你让路，你等着我让路，快要冻僵了。高原司机们终于意识到只有大家团结起来互相让路才能通车，双方的车子开始倒车腾路，车与车的间距只有几厘米，一丝差错，靠峡谷边的车子就会被拱下去。几位具有将军风度的司机出现了，挥着手，在车灯前指挥车辆打方向盘，这时候才看出他们在高原上开车的真功夫，对车子与车子的间距的估计已经接近游标卡尺，分分钟千钧一发但平安无事。

左贡在澜沧江与怒江之间，只有一条街道，但是很现代化，两边铺面都是金属的灰色卷帘门，铺子关门后，街道就很荒凉。水泥、玻璃、钢筋、塑料，以及长盒子式的现代建筑一应俱全，没有丝毫想象力，给人的感觉是，有住的就不错了，还要怎么着。其中一个卷帘门的楼上是一家小歌舞厅，几个身份暧昧的姑娘坐在里面烤火。唯一的文化场所，可以唱卡拉OK。有些气味浓烈的年轻人在里面的一个小型卡拉OK厅里漫不经心地唱流行歌曲，唱得很不流利，听得出来，他们小时候唱的不是这些歌。才九月，天气已经转冷，夜晚来临，外面已经刮北风了。一姑娘忽然拿起话筒摇晃着满头的卷发唱起来，看来她年纪不小，唱的是崔健的《假行僧》，这是 20 世纪 80 年代的老歌。我这一路已经走了近两年，顺着澜沧江-湄公河从南到北，从北到南，已经走了几千公里，许多地方就像在刀锋上走，没有余地，只要一步不小心，那就玩完，我可不是假行僧。澜沧江上游从来没有人提到过崔健，下游湄公河就更没人知道他了，这是我这一路唯一一次听到崔健。我认识这哥们，1992 年，在北京，我们一起喝过酒，我喜欢他的歌。

左贡出去，向南翻越海拔 5008 米的东达山垭口，河流就进入了澜沧江大峡谷。造物主的巨斧劈开大地，这是斧头砍得最重的地区，红色的伤口切得相当深。这里就是澜沧江大峡谷，是横断最激烈的地方，河流两岸滚落着巨石，而且还在滚，总是千钧一发，场面犹如一个巨大的矿山，到处是将要碎裂的山体，有许多地方在开裂，裂缝里可以看见澜沧江的鳞。地理学上这一带被称为北澜沧江断裂带，它西起青海省杂多，向南延经囊谦、妥坝、芒康，直到云南省德钦以西附近。这个断裂带属于深断裂，在云南境内最强烈，造成了很大的高差，澜沧江在德钦县境内流程一百五十公里，这一段江面海拔 2006 米，直线往上到海拔 6740 米的当地最高的卡瓦格博峰，相对高差 4734 米。从江面到顶峰的坡面距离为十四公里，每公里平均上升三百三十八米。道路不能再沿着河谷修建了，而是修在山腰上，2006 年的时候，这些道路依然是土石路，坑坑洼洼，非常危险，永不停止的泥石流、塌方使得在这里修建永久性的公路简直是幻想，人们对与大地搏斗已经厌倦了，道路刚刚修好、理顺、达标，不久就被塌方或泥石流重新搞得乱七八糟、凸凹不平，大地像一个顽皮而又残忍的捣蛋鬼，让筑路部门永不安宁。有个退休的养路工对我说，他养了一辈子的路，从来没有哪一天他负责的路段是平安无事的。永不完工的大工地，垮了又修，修了又垮。在澜沧江大峡谷这一带，大地就像河流一样永远在改变着，爆发着，使人类人定胜天的豪言壮语荒唐可笑。灰尘滚滚，碎石沙沙作响，下一个坡就是数十公里，汽车滚石般沿着既定路线行走，随时处于失控的危险中，司机提心吊胆，抓着方向盘像是抓着悬崖绝壁上的藤子，就像困在弹子游戏机里，只要稍微出格，就完蛋。有些地方，打开车门你无法下车，车子的外厢板直接与绝壁连成一体。

越向南走，世界越热闹，养路的人多起来了，人间烟火也逐渐稠密。滚滚黄灰中会忽然冒出一队骑自行车的西方旅游者，衣冠鲜艳，红黄蓝绿，镀铬材料、尼龙布闪着现代工业的光，在原产地俗不可耐，在此地这些人看上去就像刚刚从宇宙飞船上走下来。行头都是西方户外运动用品公司生产的名牌，但在这里完全失效，没有人知道这些名牌，土著们流行的名牌是解放牌胶鞋，耐用而且便宜。他们与灰头土脸的当地人格格不入，营养过剩、精力充沛、无忧无虑、神气活现，正沿着一条很时髦的旅游路线度假呢，从昆明骑自行车向西北，经过大理、德钦，沿着澜沧江进入西藏，直到尼泊尔的加德满都，大约一个月，在那里把自行车卖掉，然后乘飞机回到欧洲。当地土著停下来，默默地望着这些从天而降的西方人，不知道他们这么干是为了什么，也许觉得如此冒着烈日在高原上瞎逛很无聊，吃饱了撑的，劳动者们也只是一笑了之，递上一瓢本地山中流出的泉水，请他们解渴。灰尘散开处，也可以遇见走一步磕一个头的香客，他们是前往拉萨朝圣的。这些香客的出现使滇藏公路神圣起来，香客们有的已经在路上走了一年半载，局外人以为这是受罪，其实那是一种漫游，与塞万提斯在《堂吉诃德》那本书里描写的差不多。有时候看见他们在落日中停下，在泉水边搭起帐篷，点燃篝火，黑暗里他们在唱歌。在澜沧江-湄公河流域，西方人在下游地区比上游地区要自在得多，在下游，他们暗藏着重返前殖民地的优越感，那里到处有咖啡和刀叉，一些日常生活的风俗已经深受西方影响。但在澜沧江上游地区，当地人无论如何亲切友善，骨子里总是将他们视为外人。天主教从19世纪起就一直在努力打进澜沧江上游地区，努力了一百多年，势力仅到达西藏的边沿，只建立了若干个孤零零的教堂而已。芒康天主教堂相当有名，这是西藏境内唯一的教堂，如果从上游往下数的话，它是第一个。距离我前面说过的那个澜沧江源头地区的萨迦派寺庙，还有几百公里。芒康天主教堂建立于1865年，从1865年到1949年，先后有十七位来自西方的神父在这里布道，神父们一度甚至使用英语。神父们与佛教势力进行了悲壮的较量，多次被赶走，又回来。如今这个教堂附近有近80%的居民，近六百人信奉天主教，每个人都有教名，如马达丽娜、加比额尔、德里翠、圣保罗什么的，但并不在日常生活中使用，如果叫一个人的教名，那就有闹着玩的意思。现在的神父是藏人，每周礼拜，念的是译成藏语的《圣经》。佛教已经容忍了天主教，有些家庭，佛教徒和天主教徒共处一室。当我们跨越千山万水来到这里，却发现老教堂已经不在了，原址上屹立着崭新的建筑物。多年前，我曾经到过澜沧江边的另一座教堂——茨中教堂，夜里聊天，听教堂主管老吴谈起上游的芒康教堂，说起那里的嬷嬷如何滑着雪橇在冬天到来，说起在欧洲已经失传的布道方式，说起法国神父传下来的古法酿制的葡萄酒，就像说起中世纪，令我想入非非。中世纪并不遥远，沿着河流上溯三天就到了。新教堂扩大了规模，马赛克、玻璃、水泥钟楼，很呆板，受到这个时代好大喜功风气的影响，我怀疑这不是教会人士的主意。教堂里贴着一个清单，说明新教堂是各地的教会捐资修建的，用了两百多万元。19 世纪的遗物，只剩着几棵树干发黑的老梨树，我发现当年神父们似乎受到中国文化的影响，也许是本地工匠们自作主张，为教堂选择了风水宝地，站在教堂的钟楼可以看见宽阔的澜沧江峡谷，气象万千，而它安全地靠山而建，像孩子依偎在母亲怀中。

芒康又以盐井出名，这一带澜沧江岸的岩石下藏着盐，人们在遥远的时代就发现了，沿江岸打了几口盐井，几百年来一直在出卤水，江水落下去的时候卤水就升起来。西岸出的是红盐，供牲口食用，东岸产的是白盐，人吃。居民沿岸搭建了一排排晒盐的木头架子，凝结着许多钟乳石般的盐柱，不是采盐的季节，棚子里没有人。江水在峡谷中咆哮着，如血盆大口喷出的血液。芒康也多温泉，前往温泉的道路很原始，崎岖坎坷，是供驮运盐巴的马帮走的，现在，小车也可以摸索着进入，在道路末端，居然出现了马赛克瓷砖贴的游泳池和宾馆，已经被开发为旅游休闲的场所，这是我在澜沧江上游见到的第一个休闲地。过去，温泉自然地沿江散布，江水涨起来就消失，落下的时候就出现，任何人及野兽都可以钻进去泡泡洗洗，就像从河流中打一桶水来饮那样。如今被度假区的围墙隔起来，收费，主要供各式各样的会议使用。

大峡谷逐渐开阔，山势越来越雄伟陡峭，可以感觉到大地的形势正在发生阶段性的变化，澜沧江已经流到了高原的坡面，在深切的裂缝里冲突着，似乎在平稳的高原上养成了惯性，惨重的下跌令它晕头转向，不知所措，不时逆流形成回旋之态，犹豫着是继续走呢还是回去，但已经来不及了，短暂的平静被河流暗藏在底部的力量推着，表面看是逆流，其实大趋势依然在滚滚向前，忽然崩溃，垮掉，暴发出万马奔逃之势，河流起义似的响起来，震撼河谷，令闻者胆战心惊，感觉自己脚下坚实的道路也在粉末般地溶解，赶忙后退两步，风景再壮丽也无心欣赏了，开着车赶紧逃吧。江水落下的季节，才看见河谷里散布着那样巨大的石头，一坨就有一间房子那么大，犹如一颗颗黑暗的光头，只有这样的脑袋才能想象出这样的河流。这河流令我害怕，走在它旁边，就像走在狮子的身旁。

早上从芒康开车出发，将近下午的时候，梅里雪山出现了，澜沧江鞋带般消失在它脚下，世界像大幕那样退去，一座大雄宝殿似的山峰在大地和天空之间升起，诸神的头上戴着巍峨雪冠，比天空还高，好像刚刚获得谁的加冕。这是伟大的山峰，整个澜沧江-湄公河流域最伟大的山峰。冰川从山顶蜿蜒而下，犹如诸神的披肩，那是明永、斯农、纽巴和浓松四大冰川，它们是世界稀有的低纬、低温、低海拔的现代冰川。这个世界上，令人意识到山峰之伟大的并非一处，但许多伟大者藏在人迹难至之地，普通人只能知晓少数探险英雄转述的传奇故事，比如珠穆朗玛。梅里雪山不同，它与世界的距离很近，站在一条公路上，你就能朝拜它；再坐上一两个小时的汽车，渡过澜沧江，你就能到它的脚下。有些轻狂的唯物主义者因此估计它比较容易征服，事实却是，那些征服狂的登山靴虽然几乎踏遍地球上的各座高峰，但只有梅里雪山，自1902年英国的一支登山队开始尝试征服，直到今天，也没有任何一支登山队能够成功攀登。最近的一次是1991年的中日联合登山队，结局非常悲惨，遭遇大规模雪崩，十七人遇难。伟大者平易近人，这不意味着你可以对它轻狂。

自从在澜沧江源头下跪之后，我再次在大地上跪下，朝着卡瓦格博三叩。你不必去阅读经文，或皈依寺院，你不必作为藏传佛教的信徒才下跪。

我像一个原始人，一个看见卡瓦格博的最初之人那样下跪，我再次感觉到促使第一个下跪者下跪的那种伟大的召唤。宗教是这之后才开始的，宗教其实是从大地得到的觉悟，道法自然，没有大地的启示，人无论怎么苦思冥想，也虚构不出宗教世界来。卡瓦格博令人感受到那种我们后来称之为崇高、敬畏、尊重、崇拜、信仰的东西，它自身先验地保管着这些东西，就算宗教有一天灰飞烟灭，这些东西也不会消失。我跪下去的时候是一个下午，山峰之间乱云飞渡，云烟在峰群之间悲剧般聚散着，峰顶时而在阳光下闪亮，时而又隐匿了。雪峰偶尔露出时，像是诸神正在闭目微笑，它们就是诸神。在藏传佛教中，梅里雪山就是诸神。当地人将梅里雪山称为"太子十三峰"，这十三座山峰平均海拔在 6000 米以上。缅茨姆峰，传说是卡瓦格博大神的妃子；洛拉争归贡布（红脸神峰），它躲在缅茨姆的身后；加瓦仁安，是一顶佛冠，海拔 5470 米；玛兵扎拉旺堆峰，也称无敌降魔战神；巴乌八蒙峰，藏语的意思是英雄女儿峰；巴乌八蒙的右侧是帕巴尼顶九焯峰，藏语意为十六尊者……主峰卡瓦格博，是一座金字塔形的山峰，海拔 6740 米。在拉萨有这样的传说：登上布达拉宫便可在东南方向的五彩云层之中看到卡瓦格博。当地人认为，卡瓦格博统领着诸神山，包括七大神山、二百二十五座中神山，以及无数小神山。人们认为，每一座山的山神都掌管着一方自然，而卡瓦格博统领着整个大地。在一篇藏族作者介绍卡瓦格博的文章里，这位作者坚定地告诉我们，在卡瓦格博山下，你不能谈论一切细微之处的美，因为对大地上的任何微瑕之美的称赞都只是在赞美卡瓦格博山神统领的大地上的极其微小的细节，而这种赞美是对卡瓦格博山神的不敬，也是对广博而和谐的大地的不敬。在藏传佛教的典籍中，前贤是如此描述卡瓦格博的："……外形如八座佛光赫弈的佛塔，内似千佛簇拥集会诵经……千佛聚于顶上，成千上万个勇猛空行盘旋于四方。这神奇而令人向往的吉祥圣地，有缘人拜祭时，会出现无限奇迹。戴罪身朝拜，则殊难酬已愿……"民间传说，在松赞干布时期，卡瓦格博曾是当地一座无恶不作的妖山（人类无法征服它，征服者无法征服，所以意味着它是妖山。对于那些狂妄的征服者来说，它永远是邪恶的死亡之地，这一性质在日本登山者那里再次得到证实），密宗祖师莲花生大师历经八大劫难，驱除各般苦痛，最终收服了卡瓦格博山神。卡瓦格博从此受居士戒，改邪归正，皈依佛门，做了千佛之子格萨尔麾下一员剽悍的神将，也成为千佛之子岭尕制敌宝珠雄狮大王格萨尔的守护神，升华为胜乐宝轮圣山极乐世界的象征，众生绕匝朝拜的胜地。"胜地"一词在汉语中意味深长，最终得胜的是大地而不是人。这些传说其实表达了人们理解大地的过程，卡瓦格博从妖山到保护神的这个转变，意味着人承认"胜地"，在大地面前甘拜下风，人类顺应了大地，大地通过人类富有想象力的宗教语言获得升华，成为神圣不可侵犯、不可征服者，人类因此避免了灾难。人终于承认自己的局限，产生了对大地的敬畏之心，人因此将获得大地的庇护、保管，人从此心安理得，安居乐业于是开始。相传，噶玛噶举派黑帽系第二世活佛噶玛拔希和第三世活佛攘琼多吉都曾朝圣卡瓦格博。这些伟大的朝圣与世界通常的朝圣不同，它不是前往麦加、罗马、梵蒂冈或者印度，而是环绕高山、河流、积雪、瀑布、森林，以及落日、明月。这个朝圣其实可以追溯到更遥远的时代，我前面说过，从对一块石头的膜拜开始。

一直从卡瓦格博山顶垂到半山腰的冰川是明永冰川，它从海拔 6740 米处往下呈弧形一直铺展到 2600 米的原始森林地带，绵延 11.7 公里，平均宽度 500 米，面积有 13 平方公里，年融水量 2.32 亿立方米，是中国境内纬度最低，冰舌下延最低的现代冰川。这也是河流的一个源头。在云南德钦县附近离开滇藏公路，顺着简易危险的土路越过澜沧江，可以到达冰川的边沿。藏族诗人阿布司南带着我去，他在此地用汉语写诗，很孤独，渴望被承认。冰川前的山谷里藏着一个藏族村子，到了面前才发现，冰川并不像远远看见的那样狰狞、荒凉，人民已经在它旁边安居了几百年。前往冰川的道路上挂着密集的经幡，这使人无法勇往直前，最狂妄的家伙见了这些神秘的布条也要不寒而栗，铁了心肠继续前进，但已经没有那么理直气壮，脚跟发软。冰川席子般铺在一片泥石流之上，不断地传来碎裂声、坍塌声，仿佛一场战争刚刚结束。如今村子里的人们正在筹划着如何进一步利用冰川来开展旅游，已经进了一步，但继续筹划着再进一步，谁也不知道这个进步要到何时才到终点。富起来的愿望现在非常普遍、非常急迫，不只是穷乡僻壤，就是那些历史上一直得天独厚、安居乐业的鱼米之乡也丧失了传统的自信，惶惶不可终日，思量着如何进一步破旧立新。新起来很容易，但之后是否依然安居乐业，那就未必了。因为许多新是以摧毁过去的生活经验为代价的，经验是在故乡积累起来的，而新世界却是模仿别人的东西，许多新事物与故乡的传统格格不入，与本地完全不匹配，比如游客带来的塑料垃圾。对此，冰川附近的居民完全不知所措，他们从来没有对付怪物的经验，以为所有的垃圾都会像传统的垃圾那样，最终为大地所吸纳。结果不是，这些据说需要几百年才可以化解的怪物如今在冰川地区随处可见，不知道如何是好。而事实上，附近数百公里的地区也没有处理它们的特殊设备。旅游确实增加了居民的收入，可也令人困惑，村里的人们发现冰川正在一年一年向山顶后退，似乎正在抛弃他们。那些响了数千年的冰块碎裂声越来越响，越来越频繁，越来越激烈，令人隐隐不安。

故乡大地上有许多古老的事物消失了，这些事物科学界永远不知道，只有当地人知道。有个老人对我说，在他童年时代，这地方有什么什么，这样那样的，现在都不见了。这样的话我已经听了一路，从河流的源头开始，人们一直在告诉我大地上许多东西在失踪，在离开，越来越少。这是一个重大事件，其意义之重大超过了人类历史上的任何革命，革命之后，被镇压者最终会卷土重来，历史一再这样演绎。但大地的消失永远不会卷土重来，谁能令后退的冰川卷土重来？这可怕的事情只是在人民中间悄悄地传着，他们在大地上劳动，只有他们知道。人民无可奈何，不知道这是怎么回事，谁来了，带走了它们？

香格里拉　2018

香格里拉，松赞林寺　2018

扎桑　1992

中甸　1992

香格里拉，陶匠　2017

香格里拉，巫师　2017

澜沧江　2006

4

河流

在我故乡的高山中有许多河流
它们在很深的峡谷中流过
它们很少看见天空
在那些河面上没有高扬的巨帆
也没有船歌引来大群的江鸥
要翻过千山万岭
你才听得见那河的声音
要乘着大树扎成的木筏
你才敢在那波涛上航行
有些地带永远没有人会知道
那里的自由只属于鹰
河水在雨季是粗暴的
高原的大风把巨石推下山谷
泥巴把河流染红

真像是大山流出来的血液

只有在宁静中

人才看见高原鼓起的血管

住在河两岸的人

也许永远都不会见面

但你走到我故乡的任何一个地方

都会听见人们谈论这些河

就像谈到他们的神

1983 年

　　我是夜里来到江边的，借着满庭月光，可以看见干涸的河床里停着些比夜色更黑的大东西，河水流星般地闪着微光，绕开了它，像是一群巨大的头颅，令我害怕。到天亮，我再走到江边，才看出这是一个个大石头，被河流打磨得周身乌黑。走上前摸摸，像孕妇的腹部，绷得很紧，质地生涩。蓦然收手，后退，感觉它在呼吸，会突然张开裹在黑暗里的血盆大口，说起话来。这巨石的内部，一定藏着谁，某种思想、秘密，守口如瓶，也许那正是河流滔滔不绝万年而没有说出的。

　　就像镜子，如果你不打碎它，你的样子总是在它里面，一旦打碎，就什么也不在了。谜底的魅力就在于你总是被谜底吸引，因此激动、困惑、抓狂、发疯，并深深地热爱，但谜底永不揭晓。这些石头像谜一样停在河床上。

　　晚秋，河流落下，在河床最低处小声嘀咕着，这位雕塑大师失败了。

它曾经组织了一支浩荡雄狮，日日夜夜攻克这些巨堡，一直在劝说它们归顺，随洪水滚滚而下，直到化为恒河沙数。沉舟侧畔千帆过，它们不是沉舟，而是水落石出。"千帆"在不为所动者面前，第一次没有那种高视阔步、得胜回朝的喜悦了。河流的深曾经遮蔽着这些不为所动者的深，现在它们露出来，另一种深不可测。河流有河流的深，石头有石头的深。这些大石头使我对另一种深有了直观的感受。如此巨大的石头我第一次看到，这是我的福气，有如来到河流的寺院，来到得道成仙者身边，心怀敬畏。河滩上，如此不为所动者并不多，碎石、沙粒触目皆是。或许它们在上游本来都是庞然大物，身体最深处已经裹着一粒红钻石，就像人体裹着心脏。一颗红心，跟着河流磨炼，一次次投机取巧，越来越圆滑，越来越小，最终脱颖而出，获得出席证，出现在苏富比拍卖行的玻璃展柜中，光芒四射，一锤定音，在世界最美丽的胸部千秋流传。但是不为所动，坚持了无用的深度，又大又笨地抱一为式。另一个夏天，洪流从高原泻下，它们将再次被湮没，也会再次出现，地老天荒。

澜沧江峡谷深切在大地中，只是一条缝。悬崖绝壁，朝下面伸头看一眼，只看到几棵干草，挂着云。扔个石头下去，赶出来的鸟向下逃，遁入第一重天。这也是深。我怎么能深入河谷，到达这些石头旁边？居然还摸了它。本地人把我带下来的。他们先是在江边发现了盐，修了羊肠小道，打出盐井，采盐，然后赶着马帮驮到外面去换粮食。当地人背着盐巴，在峡谷里飞上飞下，个个身轻如燕、如神。又发现了温泉，采盐之余，就在里面泡泡。温泉有一千只温暖的无形之手，是一头类似母亲、女性的瑞兽，随着江水的涨落出没无常。从那条只有一人宽的小路深入温泉，要有孤胆，就像英雄回家。老人告诉我，在已经远去的时代，本地人男女同浴，自有风俗。

最近，开发旅游资源，就把羊肠小道砸了，破开山体，修起能走大卡车那么宽的水泥路。汽车可以直接开到江边，深邃被破坏了。那头瑞兽被混凝土挡截下来，关进温水游泳池，旁边盖起宾馆。于是这些大石头从深处脱颖而出，最后的深。

几辆大卡车正向河谷驶去，滚滚灰尘把背盐人逼到路边，面壁站着。那些巨石中够标准的，已经被卖掉，将要运到没有河流的地方去。

那个日子已经不远，水落，没有石出，只有沙。

我赶在这一日到来之前，拍下这些巨石，就像在白垩纪拍下活着的恐龙。

梅里雪山往南，澜沧江开始进入它的中下游地区，大地越来越平缓，依然是群山万壑，但整个形势已经没有那么危急险峻了，平均海拔降到2000米左右。道路有时候沿着河岸的绝壁，离开源头几百公里后，现在我再一次接近了河流。江水更红了，像从染缸里流出来，漩涡密集，流速飞快，烧开的锅似的，碰都碰不得。河流上各式各样的桥逐渐多起来，但还没有出现船只，很难想象如此荒凉的大河，将来会是百舸争流的场面。桥的变迁现在可以沿江看出。在上游，许多地方人们一跃而过，或者搭根大树。逐渐地，岸与岸之间越来越宽，在山势险峻的地方，人们通过溜索来过河。最古老的溜索是用藤子编成的，渡河的时候，抓一把山草，抹些香油，然后包住藤索，双手抓紧，悬空溜过。后来改进为钢丝索，上面装了滑轮，人可以坐在钢索秋千上。但依然非常危险，钢丝索的滑翔力很大，从高的一岸向低的一岸飞去时，溜索上的人要注意控制速度，否则就可能撞上岩石。更先进的桥是栈桥，用藤子和木板搭成，人可以走过去。水泥大桥在澜沧江上的出现是20世纪的事情。它曾经是一个神话，在20世纪50年代，它就像外星人一样受到土著们的憧憬，当大卡车从水泥大桥上滚滚而过的时候，横断山脉的封闭时代就结束了。

喜马拉雅运动在中国西部创造了无数河流，就像巨兽蹼上的纹路。其中金沙江、澜沧江、怒江，形似汉字的爪字，自北向南书写。三条大河开始的时候，距离最近，有时仅各隔着一道山岭，彼此几乎都能听得见流动的声音。但到最后，却各奔东西，怒江去了缅甸，长江在横断山脉中转了个弯，流向东方，爪字中间这一竖是澜沧江，它一直顺着横断山脉的南北走向，最后穿过中南半岛到达大海。横断山脉造就了世界上最复杂的地理单元，彼此隔绝，交通不便，有许多地方要与别处交通，人得飞檐走壁才行，李白曾经在一首诗中描写了这种形势："……难于上青天！蚕丛及鱼凫[1]，开国何茫然！尔来四万八千岁，不与秦塞通人烟。""横断"导致了强势文明在这个地区束手无策，无法一化了之。横断山脉形成的天然屏障，有效地保护了各民族独立的生活世界。此地区西有印度，北有中原，都是古代同化力最强大的文明，夹缝中的横断山脉，却保持了各式各样的小型文明单元，"不与秦塞通人烟"。世界上没有哪条河流的两岸像澜沧江流域这样有着如此众多的民族、部落、信仰、语言、服饰、风俗、生活方式……"群蛮种类，多不可记。"（《新唐书·两爨蛮传》）据清代的文献，云南地区被记录的各种民族达一百四十多种。他们信奉万物有灵，大地不仅仅是人的大地，也是神的大地，而这个神不是一个单一的偶像，而是人之外的几

1　扬雄《蜀王本纪》曰："蜀王之先，名蚕丛、柏濩、鱼凫、蒲泽、开明。是时，人民椎髻咙言（语音杂乱），不晓文字，未有礼乐。"

乎一切，森林、河流、草木、野兽……都属于一个庞大的神灵系统。有时人们甚至为从大地上获得过多的食物而内疚，有些民族甚至要通过仪式为此忏悔。知足是各民族的生活真理。各部落合而不同，很少通过武力来争夺地盘。各民族彼此尊重各自的信仰、生活方式，天经地义。从来没有出现过将其他民族的信仰视为异教予以消灭的情况，就是外来宗教进入，也是和睦相处，接纳、宽容，一笑置之。许多时候，与男权主义的世界大趋势不同，这个地区的主宰者是女性。土著们之间有许多天然契约，互相尊重，各得其所。有一个古老的风俗流行在这个地区，就是部落战士如果打到猎物，必要分出几块置于小路，给外族人享用。在古代中国的典籍中，横断山脉地区的各民族被称为西南夷。"西南夷君长以什数""地多雨潦，俗好巫鬼禁忌""各立君长，其人皆椎结，耕田，有邑聚""南蛮久不通中国，各自为酋长""群蛮种类，多不可记""因其故俗，羁縻勿绝"。羁縻的意思是来去任便，彼此不相干涉。横断山中的酋长们完全不知道外面的世界，有个故事说，当汉朝的使者来到滇池附近，地方领袖竟然问："汉孰与我大。"汉代时，澜沧江中游保山地区的哀牢国也许是古代澜沧江各部落中主动臣服于中国的一个，这是传说中的一个小型王国。"自柳承以前，俱分立小王。散居溪谷，未尝通中国。""柳承死，子柳貌代，柳貌死，子扈栗代。"公元 47 年，扈栗遣兵乘箄（木筏），南下江汉，领着六个王去攻打一个叫鹿茤的地方，几经战役，死伤无数，六个王都被杀了。乃惊叹"我曹入边塞，自古有之，今攻鹿茤，辄被天诛，中国其有圣帝乎"，遂率众投降。向当时的汉朝边防长官郑鸿求内属。汉遂将哀牢纳入行政版图，在今天的保山一代设置了永昌郡。这也许是距离汉朝中心洛阳最远的郡了，当时有民谣唱道："汉德广，开不宾（不宾，指不归顺的蛮荒之地）。度博南，越兰津。度兰仓（澜沧），为它人。"这是中国典籍中第一次提到澜沧江。直到唐朝开始的时候，横断山脉中的西南夷才兴起了一个超越一般部落联盟的王国南诏。

南诏发迹于澜沧江中游的苍山洱海地区。大理一带的地势属于横断山脉的尾声，从青藏高原裹挟着众河流滚滚呈梯形逐级而下的大地，来到大理地区的时候，地势进一步大规模下降，平缓开阔，山矮了，峡谷浅了，丘陵、坝子（小平原）和湖泊越来越多，形势不再那么险峻。自梅里雪山之后，横断山脉中群山虽风起云涌，但大多平庸，忽然出现了点苍山，一脱俗气，气象万千，令人震撼。明朝大诗人杨慎被朝廷流放后，多年在各地奔波，见过的奇山异水太多了，已经厌倦。忽然，"一望点苍，不觉神爽飞越……然后知吾向者之未尝见山水，而见自今始"（明·杨慎《游点苍山记》）。点苍山是横断山脉的一支，云岭山脉南端的主峰，由十九座山峰自北而南组成，长约五十公里，这些山峰海拔一般均在 3500 米以上，最高的马龙峰海拔为 4122 米。蜿蜒五十公里的群峰向着东方面对洱海跪下，像是一群灰色的大象。大地在苍山脚下辽阔地展开，洱海如一枚蓝色的半月形耳朵镶嵌在中间。洱海是澜沧江的另一个源头，澜沧江-湄公河流域的第一个大湖，它的水源来自湖北面的弥苴河、罗莳河、永安河，南面的波罗河，以及西面点苍山的十八条溪流。湖水经西洱河向西南流入漾濞江，再转南注入澜沧江。洱海南北长约四十公里，东西平均宽八公里左右，湖水面积约二百四十六平方公里，蓄水量约三十亿立方米。洱海地区气候温和，年平均气温 15.7℃，最高气温为 34℃，最低气温为 -2.3℃。苍山每两座山峰之间都有一条溪水从岩石中出来，流进洱海，溪流共十八条，它们穿过苍山与洱海边之间的带状平原，那平原令人激动，古老的村庄，田园阡陌，白鹭炊烟,一派天堂景象。这片土地有个传说,远古某个秋天,一牧童在洱海边的沼泽地里找野稻吃,忽然飞来一仙鹤,化为金童玉女,对牧童说:"此乃福泽仙地,人栖之可大发。"牧童担心沼泽地会陷下去,两个童子说:"开沟导水,良田自现。收稻种之,可得佳食。沧海桑田,神农勤开。鹤拓佳境,功荫万代。"言毕,长鸣西去。牧童于是引人入泽,伐荆棘、红柳、水桑,开沟疏暗泽,农耕牛犁,以稻舂米而食。这个传说是明初张继白在《叶榆稗史》中记载的,不说远古,就是这个故事被记下来也有六百年左右了,当我来到苍山下的田园时,我的感觉就像是那仙鹤方才离去,一切照着他们说的刚刚完成。

这样的地方迟早要诞生伟大的文明。公元 8 世纪,澜沧江-湄公河流域伟大的古代王国——南诏出现了。南诏的开国君主叫细奴逻,这是一个方言的译音。细奴逻祖先世代居住在哀牢,后来避难来到大理的巍山地区。《南诏野史》说,唐太宗在位的时候,星象师观测星象,曰:西南有王者起。太宗就命令使者去云南搜寻,发现了细奴逻,他于是逃到巍山。这个细奴逻是个天生的异人。传说观音菩萨已经显身见过他,命他为王。当时云南首领是张乐进求,听说观音命细奴逻为国王,将信将疑,心里不舒服,就请来九大酋长祭天卜卦,卜其吉者而王之,细奴逻也到场。祭毕将卜,忽然有一只五色的布谷鸟飞来,落到细奴逻的左肩上,大家都呆了。这只鸟在细奴逻肩膀上停了十八天才飞走。于是众酋长不再占卜,顿首请细奴逻为王。张乐进求也主动相让,但细奴逻不受。相让再三,细奴逻说,我当为王,剑入此石,剑遂入石三寸。乃受众推立为王,是为蒙舍诏。诏就是南诏话"王"的意思。当时,大理地区有六个诏,蒙舍诏的地盘在其他五诏的南面,所以称南诏。南诏在国中建立孔庙,开始使用汉字,在昆明建城，将佛教从中原引进。皮罗阁是南诏功勋卓著的国王，公元 738 年，在唐朝的帮助下，皮罗阁收服了北面的五诏，建立南诏国，被封为云南王。他慧眼识珠，把都城迁到苍山洱海之间的平原上。8 世纪中叶的时候，南诏国盛极一时，"其西，缅、暹罗、大秦，其南，交趾（越南北部一带）、八百、真腊（柬埔寨）、占城（越南中部地区）、老挝诸国皆岁进奇珍"，成为澜沧江-湄公河流域最强大的王国。

　　南诏尚武，与唐帝国的关系并不稳定，时而依附唐朝，时而依附澜沧江上游的吐蕃。公元 748 年，一番瓜葛之后，南诏再次反唐。唐王朝在天宝十载（751）派剑南节度使鲜于仲通领兵八万征剿南诏，全军覆没。754 年，再派将军李宓带着七万大军攻打南诏，再次全军覆没，"弃之死地，只轮不返"。这次与南诏的战争削弱了唐朝的实力，有些历史学家认为天宝战争削弱了唐朝，是导致唐灭亡的原因之一。南诏存在了近二百年，然后被大理国取代，大理国更为辉煌，存在了三百十七年，与宋王朝差不多同始终。野史说，965 年，宋统一中国，宋大将王全斌灭掉后蜀国，欲乘胜攻击云南，宋太祖"鉴唐之祸基于南诏"，对着地图一挥玉斧（镇纸），指着大渡河以西说，"此外非吾有也"。大理国因此"不通中国"三百多年。

　　当我来到大理的时候，南诏、大理国早已灰飞烟灭，洱海之旁依然屹立着苍山，天地之间，继续弥漫着伟大气象，似乎在等待着另一个王者。但大理古城已经看不出昔日国都的痕迹，元朝以后，大理逐渐隐匿，趋于低调，收起了指点江山的野心，老老实实地过着日子，倒也过得有滋有味。一年一度的三月街、火把节、渔潭会、绕三灵等节日如期举行，都是澜沧江中游地区盛大的节日。从前，每当节日将至，在大地各处安居乐业的居民全体出动，从四川盆地、从印度那边、从湄公河畔的琅勃拉邦、从西藏、从西双版纳，甚至还有吉卜赛人。"三月十六，王见诸部酋、异邦使者于五华楼。始赐以酒席佳肴，奏以《奉圣乐》《锦江春》等诏乐、段氏名曲。亦有异域之音，来自天竺、波斯。中有罗摩人，亦称吉普色人之女。不分老少常至叶榆（大理古名），以唱乞、巫卜为生……喜浪游……三月移居于大理、蒙化、永昌，亦有西走天竺祭祖者，秋凉始归，所唱之曲有梵曲、龟兹曲，善诸异域语，精通汉话。"（明·李浩《三迤随笔》）人们带着土产、织物、美女、宝刀、良马、玉石、皮货、茶叶、药材……翻越高山，渡过河流，集聚到苍山下平原上，换上新衣服，祭祀诸神，货物交易，跣足踏歌，舞态婆娑，吹木叶、葫芦笙，"日夜作歌，无老少之忌"。打情骂俏，饮酒吃肉……入夜围着火堆跳舞，"巫者裸身舞于火塘，踩刀而足不伤"。累了倒头就睡在大地上。"日间群游各觅佳侣，入夜双栖双宿，苟且之事。河蛮之俗，合欢会夜，男女萍水共宿，多一夕之会而孕育，当事者一夜鸳鸯，故不知子属于谁。""未成家男女可欢乐通宵，而父母、官府不管。"（明·李浩《三迤随笔》）盛会往往连续十天半月，就是到了今天，这些活动的规模和热烈也不减当年，只是已经相当局限，浪漫式微，以经济活动为主了。世界时兴国境和护照，外国来的人就少见了。

如今的大理古城是 14 世纪以后逐步建造的旧物，看不见国王妃子、大臣武士，但依然古色古香。小街小巷，少有汽车，房屋受到汉式四合院的影响，雕梁画栋，四季为鲜花簇拥。南诏、大理国时代，大理是都城，据说用了二十八年才建造起来，模仿长安，周长十六里，围着高大的砖墙，城里有王宫，王宫内有二十四院，全为奇花异树抱拢。城里有三街六市，钟楼、鼓楼，王宫前面是五华楼，"楼高五层……雕龙画凤……楼前有校场，可容六万将士操兵演阵。秋立社火，万人踏歌楼前。诏王诸妃与民同乐踏歌……"（明·李浩《三迤随笔》）这些已经了无痕迹，从前家家信佛，如今变成了户户养花。大理当年被称为妙香佛国，佛教具有压倒一切的优势，国王们都信仰佛教，有文献说，南诏时，每代国王都要大修佛寺佛塔，"劝民每家供奉佛像一堂"，家家户户"皆以敬佛为首务"。在崇圣寺里面，供着一万多尊佛像。大理国时代，国王段思平"年年建寺，铸佛万尊"。元代作家郭松年在《大理行记》中说："此邦之人，西去天竺为近，其俗多尚浮屠法，家无贫富皆有佛堂，人不以老壮，手不释数珠，一岁之间，斋戒几半。"大理国二十二位皇帝中，有九位出家为僧。帝王们除了信佛，还热爱养花，皇帝段智兴即位后干的一件大事是下令所属三十七部遍寻各种奇花异草来献，"取而养于王宫"。那时候，大理国的各藩司、土府，风行养花，王宫、衙门、寻常巷间，终年芳菲，有一品兰花香极，称为"麝兰"。大理古代佚书记载的野史，争权夺利、著书立说的事情很少，大多是神仙、妖怪、佛爷、花鸟虫鱼、飞禽走兽，就是经汉族文人筛选雅正，读起来依然山野气十足。其中多处说到花，兹录二三。

　　《三迤随笔》的作者李浩酷好养花，他的部属知道他喜养诸花及幽兰，每入山，得到好花或芝兰，"皆由诸驿站带至余家"。二十余年，得兰花百余种。洪武二十九年（1396）冬，得一丛兰花五十余苗，奇香无比。又："至大理国段素兴时，山茶已增至八十品。"又："火焚大理总兵府。劫后，达果移茶花一千余株，兰花千株于无为寺翠华楼前。"又：母生功，梦一天神赐兰一株，悟而兰执手中，馨香四溢，后生功。功天性好兰，后主管大理。养兰二百余品，四季菲芳。常携高夫人游南中诸地，游于石门，于溪边小道闻兰香，寻而得巨兰一丛，叶宽一指，每束七叶，高三尺余，花由根出，色白如乳，绿心素净无瑕，花奇香。高夫人叹曰："一代君王若见此花，当下马取之。"（见明·张继白《叶榆稗史》）帝王们的丰功伟业、宫殿楼宇已经找不到丝毫痕迹，"文革"之后，庙宇佛寺也所剩无几，但最基本的东西已经流传下来：比如温柔敦厚、宽容谦和、浪漫天真……已经成为风俗，成为世道人心；比如养花种草，已经成为与吃饭同等重要的事情。昔日的妙香佛国，如今是座花城。城中的"显贵"不再是国王、大臣、高僧，而是花匠。其中的佼佼者，被民间封为兰花大王、茶花大王……备受崇敬，他们像国王一样，香车宝马，暗中领导着大理的审美风气，主导着经济生活。

郭松年《大理行记》中称，大理"宫室、楼观、言语、书数，以至冠婚丧葬之礼，干戈战阵之法，虽不能尽善尽美，其规模服色动作，云为略本于汉，自今观之，犹有故国遗风焉"。大理地方，深受汉文明的影响，但毕竟隔着千山万水，某些东西是无法被彻底"德化"的。大理有位国王叫段素兴，恐怕在中国帝王中绝无仅有，完全是国王中的另类，蛮子。野史传说，这位国王的立国方针是"君之志，将把京城建成锦绣乾坤、花花世界"。"朕让南中大理国土如锦绣，家花野花四季鲜，流水曲觞醉美人，拥香抱玉翠竹间。"即位才三天，听说当时大理国的东京昆明多美女，就把国事交给别人，跑到昆明去了，修了行宫。段素兴酷爱素馨花，昆明没有，就派一万多士兵从大理运来，人工开掘两条河，在河堤种满素馨。每次出游，三百美女伴随。春天，美女们头上插着白色的素馨花，骑着白马。夏天，头上插着玫瑰。"游龙舟于昆海，击水为戏。与美女识水者，赤身共游，曰'鱼龙戏水'。夜夜笙歌。"国王才当了三年，就给废了，根本不以为然，说是"当皇帝有多稀奇，听大臣奏事耳朵割麻……观我的花，行我的乐"。

"只要拥花抱玉，为帝哪有女中一主乐上乐，何必为帝忧天下，焉及美人窝中共唱竹枝曲。"（以上见《大理古佚书钞》）

　　南诏发迹于洱海以南的巍山地区，前蒙舍诏距大理州的行政中心约六十公里。公元 739 年，南诏王皮罗阁迁都大理太和城。巍山如今是大理白族自治州的一个县。沧海桑田，云南省的大部分地方已经高楼林立，高速公路、铁路及飞机航线密集，从五星级宾馆的窗口，依然可以看见群峰之上的古代积雪，但已经凋零，另一代人大约只可以通过古代的诗歌来想象了。生活的最高标准是向美国、欧洲看齐，风景稍有姿色，旋即被旅游部门想象为阿尔卑斯或者日内瓦之类的地区，立即被星级酒店占领。从前南诏王打猎的山野里，如今出现了高尔夫球场，而这一切的肇始者巍山却沉默在光明之外。大理南郊，水泥高速公路忽然变成了颠簸不平的便道，其实这是国家二级公路，因为多年使用、缺乏保养已经看不出来了，许多地段被卷土重来的泥石流吞噬。我很惊讶，十年前我就来过巍山，那时候，这样的公路遍布云南，这样的公路曾经带给人们走向新世界的生机，但如今，它们似乎已经成为现代化的最大障碍了。我的经验是，这样的道路必然通往人们的故乡。果然如此，巍山距离巍峨显赫、新潮洋派的大理州行政中心下关不过几十公里，越过一片丘陵，古老的田野突然扑面而来，一直涌向远方的蓝色山峦，继续向着远方漫延。与古代曾经有过的田野比起来，这田野算不上辽阔，但已经绝无仅有，这是大地上幸存下来的，不可思议，现代化的铁梳子居然漏过了此地。建筑物导致的窒息一扫而光，起风了，空气中飘来玉米的气味，心旷神怡。

　　将巍山坝子与大理隔开来的丘陵就像一条时间隧道，隧道尽头，前蒙舍诏散布在一个狭长的谷地之间，这是险峻高昂的喜马拉雅山脉南延的终端，以及山势缓和的无量山脉的开始之处，距离澜沧江只有数十公里，另一条大河——红河在这里起源，穿过云南进入越南，最后流入北部湾，在大海上与湄公河相汇。公路在宽约五公里的坝子中间笔直穿过，两边是丰满碧绿的田野，田野之间是红河，此地称为瓜江。田野一望无边，矮的是水稻，高的是玉米，南瓜似乎刚刚从地里一个个滚出来，肥胖而结实，水牛站在雾气弥漫的田埂沉思；牧童出现了，背着簑帽，披着蓑衣。他后面屹立着唐代或者清代留下来的石塔。田野之间散落着由泥巴、稻草、碎石，以及木料斗拱、窗棂、回廊、灰瓦结构起来的村庄，鸡鸣犬吠，小桥流水，庙宇庄严。土主庙、寺院、道观、清真寺、教堂在这里还保存着三百多个，其中有七十八个供奉着原始的地方神——本主。宋代或明朝诗人耳熟能详的世界，已经被写成了不朽的陈词滥调，我没有什么要补充的。多出来的东西是灰扑扑的汽车、拖拉机，它们正忙着运输各种土产，马车夫在大道上哼着歌子，马车昂然奔驰，汽车司机并不因为自己的车子速度快而理直气壮，赶马车的说不定就是熟人。水泥建筑物也有，但是不多。古老得发霉，巍山似乎已经在土地上生了根，或者它并非人工建造，而是被祖先们种植出来的。

进入县城，依然要经过建于1389年的城门——拱辰楼。朱红色城墙高八米五，中间是椭圆顶的门洞，大门一关，固若金汤，似乎还在严阵以待着骑马挥剑的敌人来袭。城楼上只是多出了一块匾，刻着四个苍劲有力的大字"魁雄六诏"，暗示着这个古城往日的光荣。世界后退了，仿佛电影中的慢镜头，街道没有向汽车投降，继续着古代的传统，人是街道上的王者，街道只是如奴仆般垂手恭立于两侧，没有世界大街普遍流行的那种珠光宝气、骄横霸道。平民的街道，就是兜里一分钱没有，也不会自惭形秽。这个城总是有一种星期日的氛围，人们可以在街心像春天微风里的落花那样缓缓踱步，不必担心有什么在后面催你让路。还得了，那就是没有礼貌！有人提着一只刚刚从咸菜铺打满的酱油瓶子转进了小巷深处。理发店、明器铺、棺材铺、裁缝铺、药铺、马店、补鞋店、中医堂、杂货店、米铺……这些在外面已经基本绝迹的店铺依然在营业，店主昏昏欲睡，绝不主动招揽客人。有的铺子坚持只营业到中午，卖的就是那一锅，就是长年累月门庭若市也是那一锅，决不多卖，下午打牌。街道就像一个个连续的院落，居民坐在自家门前的石头上与对门的邻居聊天，说到好玩处，一条街都笑起来。这种聊天已经持续了数代人。少年时代沉默寡言，蹲在石头狮子旁写作业，老了开始唠叨，说什么都是经验之谈。人生如流水，每家门口用来当坐垫并镇宅的石块被臀部磨得发亮，成为一种宝石。偶尔可以听到马蹄声由远而近，踩碎了月光或者日光。某家白发苍苍的祖母坐在阴暗的老宅里打盹，对着街道的门开出一条缝，留给家猫摸出去偷条鱼或什么杂碎又溜回来。朴素，没有什么伤害眼睛的亮点。举城弥漫着花香，居民要么正在往布片上绣花，要么在纳鞋底，要么在做买卖，要么在聊天打麻将，要么在讨论培养兰花的心得，要么在根据祖传秘方卤制某种美食。炊烟此起彼伏。人们判断一家的主妇是否称职，是依据她腌制的腐乳味道的厚薄。偶然朝小巷里的某个门洞大开的小院一瞥，深处全是兰花、文竹、奇石，蝴蝶翩翩，狗盘着腿做梦。随便进入一家，中堂必然摆着供桌，供奉着神灵、祖先的牌位，敬惜字纸。窗明几净，文房四宝是必备的日常家什。中学生也与别处不同，坐在家门口，腿上摆着一本书，读着。书香气极为浓重，毛笔字到处都是，门上，梁上，布告上，悼念死者的对联，庆祝婚姻的喜字，春天残留下来的押着韵的诗联……到处是中国外省 19 世纪生活之场景，冬烘先生摆个桌子在街头，专门为不识字的农民写信，用的是毛笔和信笺。一家铺子专门卖秤，做工精细，度量准确。在外地的超级市场，年轻顾客已经不知道这是什么东西。土木结构、画栋雕梁的房屋已经褪色歪斜甚至腐朽，但大部分继续结实。另一家是马店，专供马锅头们歇脚，虽然许多地方都通了公路，但马帮依然在偏僻地方运输，交通警察还没有趋炎附势到不准马匹进城。世界似乎睡着了，一个漫长的白日梦，居然没有在革命运动如火如荼的 20 世纪醒来，居然可以碰见某人站在路边闻花。

某个大院被改成了餐馆，人们坐在花坛、水井和老枇杷树之间，品尝巍山秘制的美味佳肴，食客忽然大笑，鸟粪从天而降，落在一盘椒盐荷包豆里。这种饱满肥大的豆子只有巍山的土壤才能生长，一位巍山文人解释道，这就是云南的"生物多样性"。"我是文人，不是文化人。"这位前中学校长补充道。这顿饭包括：炖猪脚、炒鸡枞、干巴菌、三角臭豆腐、腊猪脸、某种美味的树皮、几种野花炒的小菜，以及苞谷酒。另一家是棺材铺，令流行火葬地区的唯物主义者们害怕的黑色木棺在房间深处一具具对着街道垒起来，发出幽暗的光芒，似乎鬼魂们已经提前入住。这里看不见世界越来越普遍的那种风风火火的人物，这个小城仿佛集体退休了。但如果细察，会发现人们也在辛勤工作，劳动、工作是一种天职，是颐养生命的方式，而不是仅仅为了赚钱显阔而不得不疲于奔命的乏味活动。机关单位、作坊铺面正常运转，日用品供应充足，最充足的是粮食、蔬菜。生活的内在哲学是知足常乐，随遇而安，适可而止。人们做什么都有一种玩的态度，玩而不丧志，巍山的"志"不是如今风行世界的"斗志"。在古代汉语中，玩字从玉从元，元就是开始，玉石乃石中之石，玩就是在对玉石的研摩、体会中感悟生命的本真大道，是对功利主义生活世界的一种超越，达到雅致。玩物丧志，是玩得过度，那是黩。巍山保持的是玩而有志，这种玩是"君之玩物，衣以文绣"（《晏子春秋》），是"君子居则观其象而玩其辞，动则观其变而玩其占"（《易经》）。人生就是要好玩，玩出味道，玩出感觉，因为是玩而不是追求某种唯一正确的生活方式，所以巍山尊重各式各样的生活方式，只要你玩得有趣就行。趣的本义是疾走，引申为意趣、志趣、兴趣。暗示着人生的意义是活的、流动的，而不是绝对正确、唯我独尊的死道理。在该城，各种生活兴趣都得到尊重，没有人因为开着轿车就牛哄哄的，没有人敢跟在老人后面狂按喇叭。知书所以识礼。按照约定俗成的规矩，发财成了大户人家的，也决不会显山露水，朱门酒肉臭，但是暗藏在小巷深处，门面只是不起眼的铺子，做些寻常生意，后面才是"庭院深深深几许"，"坐中多是豪英……杏花疏影里，吹笛到天明"。

十年前，我来过此地，曾在一家已经开了三十年的理发店里剃头，十年后我再进这家理发店，唯一的变化只是墙壁粉刷了一下，剃的还是十年前农民们最喜欢的发型。重返巍山我有些担忧，在理直气壮、意气风发、摧枯拉朽的现代化运动面前，有什么能够剩下来的呢？居然守住了旧！以不变应万变，这偏执是基于什么呢？有人解释是由于政府没有投入大量的资金，但这个理由不充分。积极进取是当代教育的宗旨，积极分子遍布这个国家，积极已经改变了世界。当年南诏六部，何以只剩下蒙舍诏这一座消极主义的孤城？巍山暗藏着基于历史和经验的生活哲学，一切体现出来的似乎是荷尔德林式的理想——"充满劳绩，但诗意地栖居"。有些渴望前进、变化的后生跑掉了，大多数人继续留在故乡，此地有一种永久的魅力吸引着他们，电视节目和教科书从来不对此提供任何解释。人们一方面日复一日地感受着故乡的诗意、悠闲、舒适、消极，但是养人；一方面在观念上日益自卑，落后于时代是居民们内心深处抹不去的一道阴影。某位居民对我说，在我们巍山这个地方，过小日子倒是好，但是不利于进取。可是他显然也决不想离开巍山到外面去加入积极进取的世界潮流，他既说不清楚过小日子的巍山好在何处，也说不清楚那种无休无止的"进取"又好在哪里？他说，外面太烦了。他像个哲学家那样一语道破了新世界的谜底——"烦"。对于他，巍山世界与积极进取的新世界之间有个无法调和的矛盾，二者必择其一。要么留在巍山过日子，要么到外面"进取"。外面总是处于他关于世界乌托邦的最完美的想象中，但每次出去，总是与他的生活经验抵牾。满足了虚荣，但身体不适，心不安。"太烦了，搞不清楚。"他说。巍山是个所谓只能"过小日子"的地方，"过小日子"为20世纪以来的正确世界观所鄙夷。人生不是为了过小日子，把每个日子都过得平安无事、波澜不惊、津津有味，具有存在感，而是某种崇高的价值体系中的隐喻、象征，这是庸俗。高尚、有为、正确的生活方式是改造世界，不断进取，但改造了世界来干什么呢？世界语焉不详。进步并非放之四海而皆准的真理，有的地方需要进步，有的地方，进步只是勉为其难。如果人们在保守中感受到人生的快乐幸福，为什么不能容忍呢？没有什么力量能挡住现代化的钢铁履带，旧世界的一切与它的强大比起来，只是螳臂而已。人们只是指望它偶尔高抬贵手，放过那些更迷信经验、传统的地方。巍山的矛盾不是一个地方性的矛盾，而是一个世界矛盾。记得三十多年前，我阅读俄国作家冈察洛夫的长篇小说《奥勃洛摩夫》，里面讲了一个终老故乡的邋遢鬼奥勃洛摩夫的故事。奥勃洛摩夫不思进取，耽于"过小日子"，他的朋友希托尔兹和少女奥尔加作为新世界的代表，决心把奥勃洛摩夫从"消沉""懒散"和"萎靡"中拯救出来，催促奥勃洛摩夫到"别处"去，投入时代的洪流。但奥尔加们最终失败了，奥勃洛摩夫与一个厨娘终老于落后的故乡。列宁非常感慨："俄国经历了三次革命，但仍然存在着许多奥勃洛摩夫。"在评论家们的笔下，奥勃洛摩夫是个反面人物，"多余的人"。相对于 20 世纪的俄国革命，这个人确实多余，不仅多余，到斯大林时代，还成为革命的对象。但冈察洛夫作品中暗藏着更深刻的东西，这种东西今天水落石出了，"多余的人"只是拒绝跟着时代盲目前进，他热爱生活，热爱每个日子，相信世世代代积累下来的生活经验。这部小说不仅仅意味着俄罗斯农奴制度衰亡之必然，还肯定了俄罗斯那种古老的生活力量，也许作者是不自觉的。他一味地要贬抑奥勃洛摩夫，但生活本身的力量已经被作者有力的现实主义表现唤醒了。时过境迁，"生活在别处"在当代世界思想界已经有点声名狼藉，人们已经厌倦了"在路上"，生活再次大规模地卷土重来。奥勃洛摩夫其实是巍山的居民，我担心的是，当人们意识到"过小日子"乃是存在的基础的时候，这个基础已经被完全摧毁了。

古代社会依据"过小日子"的理想设计了这座城市，巍山古城始建于明朝洪武二十三年，就是 1390 年，据说模仿的是明朝的昆明城。这个小城包括：二十五条宽不过五米的街道和十八条最窄只容一人通过的小巷，以及自然延伸的部分，家家户户鸡犬之声相闻。城邦有东、西、南、北四道城门，有菜市场、马店、茶馆、铺面……以及文庙（精神与文化生活的最高场所，其地位相当于教堂）、书院（知识分子讲学的高级场所）、尊经阁（相当于图书馆）、玉皇阁、东岳宫、玄珠观、圆觉寺、云隐寺等各种适应精神需要的寺院道观，寺院道观其实不仅仅只是供奉神灵的圣殿，也是音乐厅、剧院、茶馆和养老院。城中还有中医坐堂的诊所，这些医生熟知左邻右舍的身体状况，他就是本城的一位大爷、老伯、父亲……以及能够与诸神秘密沟通的地方代表，绝不令人望而生畏，什么病症都可以对症下药。疾病并不存在，大夫擅长的不是西医那种将病人作为一个身体犯了错误的病理对象来分析治疗，所谓治病救人。大夫的秘方不是高人一等的"比你较为神圣"的上帝式的拯救，而是道法自然的调养，将容易偏执一端的生命调整回中庸状态，重返有无相生的阴阳之道。大夫靠的并非高深的专业，而是生命经验的积累，其潜在的基础是"久病成医"，号脉抓药其实是与患者进行一种关于养生之道的讨论。不朽的经典《黄帝内经》《本草纲目》等等不是专业知识的教科书，而是每个知识分子的必修书，其基本思想来自哲学和诗歌。在这种医堂里，药乃是乐，而不是摧毁细菌的可怕武器。环绕并培养着这些的是一个个大大小小的四合院，三坊一照壁，四合五天井，走马转角楼……巍山深受中国文化中的道家思想影响，它是那种为过日子，为人们生下来，生长、繁殖、养生、齐物……最后终老故乡、无疾而终而建造的城市。人们建造它是因为迷信"开始就是结束"。它不是为了"更×"的世界运动而建造的，它不是未来的一个过渡、一个驿站、一个旅馆、一个出发点、一个奥林匹克运动会上赛跑运动用的助跑器，它是世界的终点、人生的窝。它是被作为与世无争的故乡、地久天长的老家来建造的。这城市不仅适合生殖繁衍、养老送终，更重要的是，在漫长的人生中使居民能够顺天承命地颐养天年。与其他文明将生命视为原罪、孽债，以某种"更正确、健康"的标准来解放、拯救生命于"苦海"不同，在巍山世界，生命和大地被先验地视为好。"天地之大德曰生。"人之初，性本善，对于生命，世界的方向不是"比你较为神圣"的拯救，而是颐养。居民暗中被想象为投胎天堂中的人士，没有什么来世的天堂了，巍山就是天堂，死亡也不能令我们离开。在这座城市，你不需要钟表，手表更多的时候只是一个手镯之类的饰件，人们不是根据格林尼治的世界时钟生活，而是日出而作，日落而息。人们表达时间的方式是：太阳下山啦，该吃饭啦！花落啦，秋天了吧！柿子熟的时候，你来我家吧。桃花开的时候，她就出嫁了。他在冬至的第二天走了。死亡是一个最长的季节。为什么棺材铺公然在闹市营业，人们意识到死亡是存在的一个方面，死亡并不可怕，那只是人生的归宿、轮回，不是必须千方百计逃避、对付的地狱。人生不是为了怕死而生，人们把死亡叫作回老家。那些用上等木材做成的长盒是一个古老的家。当人们为死者殓棺的时候，要在里面放上枕头、棉被、衣服、鞋子和金银细软，死亡只是进入家的另一个房间。死者从不离去，他们永远与活着的人住在一起。对死去先人的尊重，使先人上升到神明的地位，普通的死者庇护着自己的后代，德高望重、功勋显著者则庇护整个族群。前者如一个家庭的祖父祖母，后者如南诏国王。造神运动其实非常日常，已经成为一种礼仪，任何死者都会进入灵魂世界，保佑或者警戒生者。安身立命，巍山不仅安身，还要立命。立命，就是将生命负责到底。巍山将托儿所、学校、寺院、剧院、音乐厅、沙龙、酒吧、作坊、单位、医院、卧室、餐厅、市场、法院、园林等等，以及环绕着它的大地混为一谈，这些功能性的机构之间不是界限分明、分科别类的，它们也并非唯利是图、斤斤计较、漠不关心的，而是营造出了一种颐养、温暖、安全、守护、亲和、好玩、友爱的氛围，界限模糊，道通为一。这是一个以人情、仁爱而不是契约为基础的，彼此关心尊重照顾着的大家庭氛围。落地即为尘，何必骨肉亲。幼吾幼以及人之幼，老吾老以及人之老。死亡、诞生、婚姻、就业、身体舒适与不适……种种人生大事小事都被视为"易",而不是正确或者错误。易是变化,也是好。房屋用大地上的泥巴、草叶、树干建造,这也是道法自然,意识到易的不可抗拒。在巍山,做人比做事更重要,事功再伟大,做人没有修养,也是孤家寡人。巍山城里的各种设施功能不同,但都是一个巨大的家的一部分,坐堂号脉的中医会与刚刚路过的老伯伯打个招呼。吃啦?吃啦!做棺材的伙计会去卖秤杆的大爷家借磨刀的石头。某人病危,前去看望的不只是亲朋好友,也包括街坊邻居。婚礼,城中一半的居民几乎都去赴宴了。人们亲如一家,但并不影响彼此把账目算个清楚,尊卑有序,修敬无阶,并不反对个人奋斗、发家致富,尊重不同的价值观,富也可,贫也得。颜回这样的穷人在陋巷过日子不会自惭形秽,却由于人品和文品而备受尊敬。富甲一方而知书识礼也受人尊重,但一切取舍都要有道,仁义礼智信。儿童可以在街道上度过无拘无束的童年,青年人没有"奋斗创业"的焦虑,对经验、历史的尊重使人们只需要继承生活的技艺。遗产不仅来自家族,也来自时间和各行各业。没有谁会在孤独中死去,人们彼此关照、关心,也许有时候存着小心眼,但最后没有谁寂寞而终。不需要养老院,老人在普遍的敬意中无疾而终;也没有疯人院,精神出轨者被视为自然,易之一种,疯人们依然有生活在大家庭中的权利。疯子鼓盆而歌,当街而过,坐在茶铺深处出神入化,人们只当是庄子再世。在世界的很多地方,精神病人被当作罪犯逮捕,送往精神病院;在古代社会中,巍山从未出现过精神病院这种设施。如果精神空虚,寺院就在你家隔壁,你可以直接面对神灵。但大多数时候,神灵的教化是通过诗歌和艺术的方式暗藏在人生的种种细节中。这个神不是高高在上的某个孤家寡人,而是普遍的文明。原始的万物有灵被升华为文化,以文明照亮人生,照亮万事万物，文明的光芒寓于人生的万事万物。一张雕满花朵的黄花梨木大床，使你意识到睡眠与大地的联系，似乎是睡在大地上，安稳踏实；不同形式的椅子，使你意识到尊卑有序；而一盆兰花，又使你日日清心，从它的朴素学习做人的高尚纯洁，明白每个人都可以成为圣人，修敬无阶；一块印着特殊符号的瓦当，使你感知到先人的智慧；一扇雕着马鹿梅花的门，使你进家的时候有登堂入室的自豪和珍重；一个悬挂在中堂的先人书写的仁字，使你牢记文明的终极价值；一块澜沧江中的奇石，随便搁在桌上，使你日日潜移默化，养成坚韧不拔的品格；八月十五的月光，将亲人们团聚在一起，彼此相爱；六月二十四的火把，使人们回到文明之前的黑暗里，感受生命的原始激情；就是一个青花瓷碗，也要做得花团锦簇，似乎米饭是盛在花朵中，令人内心怀着感激，不敢浪费；一个建水黑陶花瓶，上面用苍劲的毛笔字刻出家训，家训就没有那么枯燥了，不再是脱离于生活的教条；许多典雅至极的卷轴暗藏在居民们的箱匣里，当澜沧江上游的喇嘛寺在特定的时间将珍藏的佛像铺开在灿烂的山岗向信众展示的时候，巍山的居民却将那些传了三代的墨宝时不时翻出来徐徐展开在后生眼前，对文明的敬畏油然而生；就是一个刮土豆泥的刮子，也要做成一条鱼，暗示着"有余"（就是今天所谓的"可持续发展"）……日常器皿、楼台亭阁、风花雪月都是精神的寓所，通过艺术的方式，缓慢地雅驯着人生。城市是一座整体的艺术品，不是展览馆中孤悬在墙壁上的欣赏对象。就是你日日使用的碗碟、柜子、拉手等一切家什，从童年到晚年，人一生都被雅的氛围熏陶着，寓教于乐，寓教于生活。本雅明在回忆他童年时代的柏林时写道：

　　贫困在这里没有位置，即便是死亡也难以在此落脚。由于在这儿没有地方可供以死亡，因此这种公寓里的居民都死在疗养院里。而那些家具在第一代继承者的手里就被卖给了旧货商。在这里人们没有把死亡预先计划进去。所以这些房间在白天看起来非常舒适宜人，但到了夜晚却成了噩梦的活动场所……事实证明它们是梦魇的栖息地。(《驼背小人》)

在巍山，人们在辛勤劳作的同时，也通过日复一日地对花鸟奇石、诗书画乐、松竹梅兰的赏玩，来缓和人生的乖戾、无聊，文明的僵化、凝滞。养是生活的内在哲学，雅是美学的最高标准，也是生活的风度。文人在这个城邦中有着最高地位，他们是雅的创造者、继承者和普及者。本城人民最骄傲的是，自明朝以来出过进士二十多位，举人两百多个。清乾隆年间，该城被皇帝御封为"文献名邦"。城里最高的建筑物是建造于明朝某个春天的观景楼——星拱楼。星拱楼建造在古城中央，楼底四面是门洞，通着四条街道。楼有三层，登斯楼也，令人产生古代诗人的那种冲动，想要即兴赋诗一首，不必了，名句已经被写就。

> 人事有代谢，往来成古今。
> 江山留胜迹，我辈复登临。
> 水落鱼梁浅，天寒梦泽深。
> 羊公碑尚在，读罢泪沾襟。
> （孟浩然《与诸子登岘山》）

灰色的瓦片像波浪一样起伏，落日从西面的山岗上投来古代的光芒，没有受到任何阻挡，平等地分布于每一户的屋顶。晴朗的黄昏，整个城邦都沉浸在光芒带来的喜悦中，鸟群翱翔，纷纷从天堂落下。这是一个过去的天堂，一个梦境，令我想起苏轼的诗句——"故国神游"。这是一个希腊式的城邦，我不是指建筑风格，而是说这座城市奇迹般继续着的古代生活的氛围和基础。如果许多地方正在日益成为某种"次欧洲"的话，那么巍山还坚持着希腊。入夜，拱辰楼前的小广场上，彝族青年男女手拉手开始打歌，领舞的男子一边吹芦笙一边跳舞，为了使自己看起来更像自己的祖先，他特意披着磨腻了的羊皮褂子。一种来自荒野，跳了数千年的舞蹈，不在于舞姿的优美，而在于群舞的力量，跳到疯狂的时候，黑暗不寒而栗，后退三步。

　　过去，巍山的集市是在街道上展开，使这座城市每隔三四天就要进入一次狂欢节。集市不只是买卖，最重要的是交流、娱乐。在这集市上，你可以遇到彝族史诗中的某个女性，她"用通海城里买来的剪子，蒙自城里织的丝线，建水城里做的棉纸，剪花又绣花。马樱花开鲜又美，姑娘绣花沾露水。蝴蝶采花不酿蜜，姑娘剪蝶能做媒。街头摆起大花摊，四方人群围不散。哪怕是个老头子，也要偏头来看看"。赶集日，各民族的劳动者将大地上的各种物产带到城里，也包括自己创造的各种作品，陶器、编织品、衣服、刺绣……大家暗暗比较着，谁的大米颗粒最饱满，谁的南瓜最圆，谁的茄子最紫，谁的菜油最香，谁的刺绣最漂亮，谁纳的鞋底最结实，谁的山歌唱得最好听，谁的篾器编得最耐用……瞟美女睄帅哥就更寻常了，山区来的彝族汉子普遍英俊，被太阳晒成古铜色，纯种的阳刚男子，每个都会生下一个幼儿园。就是大嫂们摆摊子卖个小吃，碗碟佐料、酱油瓶、醋罐子也要摆得别出心裁，味道之妙的暗中较劲就更不用说了。剃头铺的门口坐着一溜人等着剃头，摸着脑袋出来的后生总是引来一顿大笑，憨了！

剃憨了！有些人卖了货，就在杂货店买些土制白酒，然后去小酒店里喝上一盅。小酒店，总是漫延到街道上，他们坐在街边，一边看街道上的万花筒般不断变化的博览会，一边品头论足。马匹驮着干柴在街心穿过，磨刀师傅在人群中吆喝着，小伙子掀开姑娘们的裙子，转身就跑，满街大笑。兴奋、活跃、喜悦、欢乐、嘈杂，但并不放肆。老人是街道上的王者，大家拱手相让。入夜，全城在城门前面打歌，黎明时分，街面上总是躺着些酩酊大醉的土著。作为过小日子的基地，菜市场通常被视为家庭主妇的庸俗去处，在越来越现代化的地方，菜市场总是光线昏暗，甚至有些鬼鬼祟祟，城管的眼中钉，脏乱差的滋生地。城市设计者很少认真地为妇女和母亲们设计过菜市场，总是敷衍了事，他们设计了那么多气派堂皇的行政大楼，却没有设计过一座像样的菜市场，这就是中国生活的隐秘所在。在本雅明的童年时代，柏林的菜市场被建造得就像歌剧院。近年，巍山持续了无数年的狂欢节般的露天集市被取消了（巍山其实也一直在遵照文件慢吞吞地自我改造），但人们还是建造了宽阔明亮的菜市场。这建筑物随波逐流式的粗糙简陋，但与别处不同，大方、光明、坦荡也被建造出来了，实用、舒服，图纸千篇一律，但施工者热爱菜市场，同一份图纸，细节完全不同。在巍山城里，我看到了澜沧江-湄公河流域第一个鲜活、灿烂的菜市场，很快我就发现，这样的菜市场将沿着澜沧江-湄公河一个接一个地摆开，从西双版纳，到万象、暹粒、蒲甘、曼谷直到湄公河的出海口……一条热爱生活的河流，它的菜市场光明磊落、美丽大方。巍山早晨的菜市场，就像大海退潮后的海滩，蔬菜们在闪烁跳跃，男子和妇女在其间翩翩起舞。屠夫在跳庖丁之舞，猪的各个部位他已经烂熟于心，他不是在肢解猪体，而是在猪的形而上中游刃，将暗藏在它们黑暗身体中的诗意释放出来，充满对自己营生的自信和热爱，完全没有大城市里将这一行视为下里巴人而产生的自卑感。鱼贩子的大盆总是沸腾着，就像一个小型的集市。到了九点钟，整个菜市场进入高潮，贸易并不重要，玩才是最重要的，养才是最重要的。吆喝的声音就像唱歌，妇女们站着闲聊，鱼在水池里闷不住了，一跃而起。菜摊上那些苦瓜、毛豆、鸡枞、大辣椒、大葱、茄子、小瓜、韭菜、土豆、南瓜、姜、鲤鱼、莲花白、冬瓜、茭白、慈姑、红萝卜、番茄、大蒜、豆腐、莴笋……毛刺刺的、水灵灵的、活泼泼的、脆梆梆的、湿漉漉的，刚刚离开大地，带着星星点点的泥巴，还挣扎着哭着喊着要回去呢。色彩分明纯粹，没有由于使用化学药剂催命地拔苗助长而色衰质次，咬一口，本来的味道，童年袭来，想起遥远的某日，外祖母提箩里来自伊甸园的瓜果。

　　古老的节日——火把节依然在中国农历的六月二十四或二十五日举行，这节日来自原始时代对火的崇拜与感激。彝族的创世史诗《尼苏夺节》唱道："火啊，你使我们生存！用石刀使劲地摩擦石头，火焰就出来了，用白色的艾草引出火焰啊，把火种留在人间！……摆上供品，烧起香烛，向创世的神灵献饭！"印度古诗也唱道："由火尝味的祖先啊！请降临。……请各就各位，请食用在草垫上献的祭品，然后请赐财富和英雄子孙！"澜沧江-湄公河的文明，隐秘或明确，总是与恒河文明有着某种联系。"就基督教和伊斯兰教而言，神性意味着完美和绝对，印度宗教承认神性的不同阶段和不同程度。"（《剑桥东南亚史》）这种联系更深刻的东西恐怕还不是宗教，而是比宗教更遥远的对火的崇拜。在南诏，火的崇拜被演绎出另一个故事：

（南诏皮罗阁）赂剑南节度王昱，求合六诏为一。朝命许之，使人谕五诏："六月二十四日，祭祖不到者罪。"建松明大楼，敬祖于上。至期五诏至，惟宁北妃止夫行，夫不听。妃以铁镯穿夫手而别。二十五日，五诏登楼祭祖，享胙食生。至晚醉，阁（皮罗阁）独下楼，焚钱发火，兵围。火起，五诏死。报焚钱失火烧死，请各妃收骨。各妃至，难辨，惟宁北妃因铁镯得夫骨。至今，滇人以为火节。王灭五诏，取各诏宫人。妃美，遣兵取之。妃曰："誓不二夫。"即自死。

在大理，火把节是悲剧，是对先王的纪念。火的祭祀赞美的是一位女性，她的坚贞忠诚。巍山火把节依然保持着古代的热烈，节日到来前几天，人们已经在忙着准备火把，几乎家家户户都要准备。火把用劈裂的小松树支起来，上面挂着彩纸扎成的小神龛，挂上火把梨等祭品，象征着消除灾难、吉祥丰收，是对诸神的感激。到六月二十五日的黄昏，家家户户烹羊炖牛，打酒上菜，先敬奉诸神、祖先，然后开怀畅饮。火把已经一支支沿着街道、小巷在各家门前支好，酒酣耳热之际，忽然间，某家率先点燃了自家门前的火把，浓烟闯起，邻居路人一齐欢呼。火焰燎得别家心慌慌的，也赶紧点了自家的火把。渐渐地，一支支火把在各处燃烧起来。各机关单位也跟着民众迷信，扎的火把又高又大，比个财大气粗，但总是没有普通人家的火把自然朴素。黑夜降临，火把一支支熊熊燃烧，浓烟滚滚，整个巍山看上去就像一个巨大的祭坛。人影在火光中晃动，大家准备了晒干的松子粉，朝火把一撒，就闯出一丛丛火星。年轻人胆子大，取把火，凑向心仪的人儿脚边，一把松粉撒过去，火把一燎，那人的脚下就爆出一片火花，惊叫，嗔怪，大笑，逃开。那边空地上，打歌已经开始，各族男女，不管是否相识，手一拉就是兄弟姐妹，一起跟着跳舞，歌声飞扬，拍子越来越快，很快就进入了迷狂。那舞蹈仿佛是酒精，一加入就如痴如狂，退不出来。在往昔，这是男女们滥情的好时机，相慕者悄悄地捏捏手心，一起往野地去了。就是在今天，一夜风流也没有被完全禁住。时间迅速后退，回到原始时代的荒野上，人们像是第一次获得火焰，内心充满着对温暖和光明以及它们带来的浪漫的感激。

巍山其实已经意识到自己的价值，它开始悄悄地保护自己，县政府修整了几条街道，保护了一些老宅，将新的小区限制在老城外面，使居民意识到故乡的某种价值，失落多年的自豪感正在巍山缓慢地复苏。骨子里的与世无争依然没有动摇，迷信的依然是酒好不怕巷子深，并没有装模作样、涂脂抹粉、伤筋动骨地取媚旅游者，令旅游者感到迷惘，他们在任何一个地方都被当地曲意奉承、奉若神明。而在巍山，他们发现宾馆依然是老派的政府招待所或者居民家多出的几个客房，朴素安静，住在里面仅仅是使你踏实地睡觉，而不是增加旅客的"五星级"优越感。物以稀为贵，云南世界，本来处处是巍山，但现在越来越少，寥若晨星了。人们将巍山当作古董，这个古董可太大了，它不仅仅是一群老房子、一些老街道，而是从离开大理下关进入巍山坝子的那一刻开始，就是与众不同的一个"小世界"。那田野、河流、青山、老牛、石桥、乌鸦、村庄、庙宇、鸡狗鸭鹅、鱼塘、蓑衣、渔夫、老农、炊烟、白酒、咸菜、南瓜、泥泞的道路，以及火把节……无不是古董。这个古董在虎视眈眈的经济利益、发展前进的时代趋势面前非常脆弱，巍山必须有更高的智慧才能保护自己，当我离开巍山的时候，听说高速公路就要动工了，那玩意可是具有摧枯拉朽的魔力。听天由命吧，巍山。

在六七世纪的某些时间中，澜沧江-湄公河似乎不约而同地开始了一场规模宏大的造神迎神运动，在上游，佛教自东向西越过高原而来；在下游的真腊地区，高棉民族审慎地端详着那些来自印度的神灵们的各种面容。在澜沧江中游，造神运动丰富多彩，地方原始宗教继续着古老的造神活动，万物有灵，神灵不只是雷电火焰、河流大树、猛虎怪石……人间世的英雄仁人、国王村姑也纷纷走上神坛，成为一方神灵。之后，中原的道教，藏传佛教的密宗、伊斯兰教、基督教都纷至沓来，大家各造各的神，绝不强求一统。情况有点像基督教胜利以前的希腊罗马时代："罗马宗教惊人地复杂，因为罗马人不仅承认许许多多的神，而且还有无数种相互独立的教派。像希腊城市国家一样，罗马也有他自己的官方性的市民之神——朱庇特、密涅瓦和玛尔斯，以及许许多多其他的神。"最伟大的本主是南诏的各代国王，它们就是"官方性的市民之神"。巍宝山是澜沧江-湄公河流域最神奇的一座神山，一座澜沧江流域的奥林匹斯神山。巍宝山在巍山县城东南，充满灵气，植被依然原始。曾经有一百多种野生动物生活在山中，包括鹿、獐、熊、飞鼠、绿孔雀、锦鸡、金丝画眉等等。山上到处是云南松、华山松、高山栲，以及大片针叶林、阔叶林、混合林，此外还有部分原始森林和唐代高山栲、古柏、古山茶、古银杏、古玉兰、云头柏等珍稀古树。花卉就更多了，品种有上百种，最名贵的是兰花，还有大唐凤羽、包草、药草、元旦兰、朱兰等等。在历史上，朱兰曾经被作为贡品向中原朝廷进贡。从汉代开始，人们就把巍宝山作为神山来崇拜。最初进入巍宝山的外来宗教是来自中原的道教，道士们将巍宝山当作"道法自然"的圣地，顶礼膜拜。如今山上还有二十多座寺院，不仅是道观，还有比道观更古老的南诏本主庙及佛寺……整座山就像一座坛城，但最高处的庙宇并非终极之地，而是下山的开始之处。底蕴深厚、灵气十足的寺院隐藏在半山。山下有一个温泉，人们在进山朝香之前要在那里沐浴。

巍宝山保持了某种唐朝的氛围，神仙鬼怪游荡在山林之间。就像颜真卿在《麻姑仙坛记》中写的："麻姑于此得道。坛东南有池，中有红莲，近忽变碧，今又白矣。池北下坛，旁有杉松，松皆偃盖……源口有神，祈雨辄应。"差不多吧，完全是那种气氛。唐以后，南诏与宋朝主要是生意上的来往，前朝的许多风气被保存着。文明，当其自由发展的时代，地方总是择其善者而从之，并非进化论式的与时俱进。在古代云南的澜沧江流域，有的地方受的是汉唐的影响，有的地方保存着元的遗风，有的地方继承的是明清的风俗。大理古城有宋的影子，巍山古城受的是明清的影响，距离它十公里的山林却保存着唐朝的氛围。山上最古老的庙是南诏土主庙，供奉的是南诏始祖细奴逻，细奴逻死后，被人民尊为大地之神，继续保佑芸芸众生。生前死后，他从来不是一个孤独的国王。守庙的老太太是巍宝山下前新村的农民，据说这个村庄就是细奴逻的耕牧之地，庙里的细奴逻被塑造得文绉绉的。每年农历的二月十五是祭祀的日子，人们把这叫作探亲。大殿旁边的墙上靠着一尊石像，老太太说，那是我们的树神。在一个小寺院里，守庙的老太太写上几个先人的名字，立个牌位，就支起香炉，开始上香，香客就跟着拜，神就是这么造出来的。老太太也在诸神塑像和牌位之间养鸡、洗衣、做饭、聊天、睡觉、养花，寺院被她收拾得就像一个大杂院，仿佛那些坛子上的神仙只是她家的孩子或老人，而香客也决不问神仙出处，见了就拜。在同一个寺院里，自然神、太上老君、菩萨、祖先……牌位同时并列。何方神圣、仪轨戒律并不重要，重要的是它们都是神。诸神并没有高高在上，每个寺庙都有一种家庙的氛围。人们在这里并不战战兢兢，而是观花赏梅，玩牌喝茶，烧两炷香给自己心仪的神灵。

大理的本主崇拜起源于原始时代的万物有灵，起先是对自然的敬畏，一块石头、一棵大树都可能是神灵附体的本主，后来发展到对人间各种英雄、善人的崇拜，任何人都有可能成为本主，塑个像烧香供奉起来。有个叫阁辟的人是个巫师，能兴云布雨，三千里路四日达。唐朝派来征剿南诏的大军覆灭后，阁辟收尸一万二，筑万人冢。感其收天宝战殁战士，功业千秋，后人敬之，"神龛供一牌位标阁辟祖师名"。又，南诏王劝利晟一天在苍山中巡游，遇到一老叟在放牧两匹马，劝利晟与老叟交谈，老叟指点南诏王开引苍山雪峰顶流下的十八条溪水，"可利良田千顷，足千家之食"。言毕骑马，二马升天而去。劝利晟知是天人点化，建水神庙，"内供一牧马叟，为点苍水神"。（以上见《大理古佚书钞》）在大理，几乎每个村庄都供奉着自己的本主，据已故的民俗学家徐嘉瑞先生调查，20世纪50年代以前，七十多个村落就有本主神祇六十二位。连唐朝派来攻打南诏的将军李宓，后来都成了本主。许多本主是神话传说中的人物，奉为本主就把他们偶像化了，与一神教的世界趋势不同，大理地区有无数的偶像，彼此和平共处，它们象征着人们的世界观、价值观，代表着神秘原始的力量。"文革"时代，佛寺、道观、教堂，包括本主的偶像大部分被摧毁了，但红卫兵无法摧毁大地本身，无法摧毁人民对万事万物最原始的崇拜，对大树、石头、苍山、洱海……的崇拜。"文革"之后，从最原始的万物有灵的崇拜开始，大理地区逐步恢复了宗教活动。数千年的历史似乎重新演绎了一遍，先是没有偶像的原始信仰，然后偶像才重新塑起来。十多年前，我在苍山中看到人们祭祀苍山大神，作文《苍山清碧溪遭遇神灵记》一篇，下面是我当时的记录：

在云南，山峰、河流以及负载着一切的大地，自古以来一直被当地人崇拜和敬畏着。神灵住在大地之上，而不是天国或者寺庙里。神灵住在青山中、流水上、岩石上、丛林深处、山洞湖泊之内，这是不言自明的事，人们天生就知道。即使流行于这个世纪的彻底的唯物论，也没有完全动摇人们对大地的迷信和敬畏之心。在云南，我经常听到关于大地上神出鬼没的传说，不是神话，也不是民间故事，就是大地上的事情，只是叙述者往往有一种告密者的神情，窃窃私语，仿佛有一只无所不在的耳朵在听。云南有许多伟大的山峰，但云南从未出现过现代意义上的登山队，山峰是神圣不可侵犯之地。挑战者在梅里雪山遇难是必然的，他们触犯了神灵。人们肯定秘密地抵达过山顶，作为猎手或者樵夫，作为神的家奴，而不是"喝令三山五岳开道，我来了"的征服者。胆战心惊，"不敢高声语，恐惊天上人"，总是在恐惧和敬畏中归来，登山的事从不提起，归于沉默。苍山是云南最雄伟的山峰之一，苍山肯定是神出鬼没之地，许多登山者死在那里，但樵夫却可以自在上下。当地人崇拜苍山，并不仅仅表现在民俗学所热衷的各种盛大的祭祀活动、节日之中。在大理，谈论苍山绝不亚于谈论白族人最大的神——本主，或者传教士们谈论上帝。但这种敬畏之心，不是罕见的、寺庙之内的，或需要献身成仁的，而是生活的常识。你可以从当地人做的事情、谈论它的口气中感受到敬畏之意。起初，我并不意识到这一点，我和民俗学者一样，以为敬畏只存在于本主庙或火把节。但今年五月的一天，在马龙峰和圣应峰之间的清碧溪上，我发现民俗学离大地是多么遥远啊，如果你轻信它的话，你会发现你最终对民俗一无所知。它的功能，不客气地说，就是按照去粗取精的原则把大地上的事情遮蔽起来。

这一天在民俗学上没有记载，不是任何与祭祀有关的日子。我从感通寺上山，绕过朱红色的寺院，穿过一段约两公里的石板小路，小路已经掩没在野草中，路旁长满松树，一直向山顶延伸过去。在开阔处，可以看见洱海，蓝色的牧神，在红色高原的大盆里睡觉。寂静，只有叶子在响。风像在捉迷藏的神，在林间隐隐一晃。

到了马龙峰下的清碧溪，出现了许多旅游者，彻底的唯物者，无所畏惧，在云南最美丽的溪流中撒尿，大叫大喊，折断树枝，把带来的物——塑料袋、可口可乐瓶、卫生纸……无所畏惧地抛弃在溪流两旁，似乎完全不为仙境所动。我失了再往源头去的兴致，就沿着清碧溪往下走。

到了下游，忽然看见下面一处峡谷里有一大群人在溪流两岸活动，有许多是穿蓝色短褂的老太太，我好奇，立即奔了下去。问，才知道她们在祭献山神。这是什么日子吗？也不是。人约齐就来了，一位老太太说。再问为什么，老太太大惊小怪地望着我，仿佛我是刚刚从山上下来的猴子。只好默默地在一边看，最先，我看到在这群人的最高处，十多位穿蓝色白族短褂的老太太排成两路，对着苍山念念有词，每人手上还摇晃着一个绣着花穗的小铃。她们表情庄重，不断地重复唱着一个调子，仿佛是唱诗班在一个巨大的教堂里歌唱。她们的歌声很清爽，山歌飘荡在山谷之间，很快就消散了，一群女神。我不知道她们唱的是什么意思，问一位白发女神，她说是传下来的，她也不知道是什么意思，只晓得是神喜欢听的。其他人散布在溪流两岸，有人在杀鸡，有人在切肉，有人在淘米洗菜，孩子们在溪流间的石块上跳来跳去。大多数是妇女、老人和小孩，一个小伙子也没有。"他们不迷信，也没有时间。"

先是站着唱，后来又坐下唱，不是所有人都可以去唱的，每次总是那几个老太太，据说在村庄里德高望重。其他人开始搭灶、煮饭、煮肉和鸡。男人坐在一边，抱着手看着一切。一大群妇女，只有两三个高龄的男子。这个地点距住人的村庄至少有五公里，甚至十公里，妇女们步行，背着一切到来。一直在念念有词，直到米饭煮熟，有人放了鞭炮，老太太们在一块石头下面点起了香火，把各种食物供上。又盛饭，每个人端了一碗，举过头顶，拜了又拜，再放回大地上。之后，每人抬着一样供品，沿着溪流两岸绕行，从溪流上飘然而过，不断地朝各处叩拜，向石头拜，向树木拜，向青山拜，向流水拜，向草叶拜，向天空拜，看上去像是一次小型的"绕三灵"（白族的祭祀活动之一）。最后，大家才在地上坐下来，开始野餐。没有领导人，但一切进行得井井有条，他们有一百多人。

神在哪里？唉！老太太说。指了指，朝她指示的方向看过去，我唯物的眼睛只看见紫气苍苍的群山、森林，其间，清碧溪汩汩而出。

她们祭祀神灵的这一带我八年前来过，我记得附近是一片巨石垒垒的高地。当年，在这片高地上，背靠苍山，我深深感动。这些巨石是远古的泥石流冲下来的，青黑色，一半埋在荒草中，另一半高耸在深蓝的天空下，像是石雕的巨兽，远处开山炸石的声音使大地微微颤动，像是巨兽们在呼吸，刹那间，我感觉它们就要拔地而起，迈着恐龙的步子大摇大摆而去。高地下面是一直伸到洱海的平原，秋天，黄金之仓，云影飞越，苍山风来，万草摇动，白日向西飘去，清碧溪在石头中响。站在高地上，有君临世界的感觉。

我再次登上高地，发现这里已经被挖成一个个大窟窿，巨石已经被炸毁运走，杯盘狼藉的工地。起风时，满目灰沙。

写于 1997 年夏

宗教给人的印象一般是，高高在上，绝对正确，容不得异己。我曾经阅读天主教的历史，中世纪对异教徒、巫师的迫害可谓惨烈，猎捕烧死巫师竟然成为一个大规模的运动。而佛教在大理的传播却是另一番景象，佛教进入大理以前的地方上的原始信仰一直保持到今天。经历了道教、佛教及汉化（汉文化对大理的影响非常深刻。"南诏诸官，多精汉语，与诸汉使语言无阻。蒙氏记事有二：以汉言记事为主，为往来文牒；也有蒙诏语以汉字记之，多为秘事。"明·李浩《三迤随笔》），甚至在"文革"后，大理本土的原始信仰依然保存下来，古代的巫师依然在活动，他们受到人民的普遍尊重。在世界范围内，这也许是一个奇迹；而在亚洲，尤其是澜沧江-湄公河流域却是一个传统。后来我发现，沿澜沧江而下，各地基本上都是妙香佛国，但原始的萨满教也一直存在着。2008 年 5 月的一天，我在澜沧江流域的一个村庄遇到巫师毕，他从一辆轿车中钻出来，那轿车穿过灰尘滚滚的山路专程将他从一个山村接到另一地去做法事。他显然不习惯深陷在轿车的沙发上，扭了一阵才出了车厢。现代物质丝毫不影响他的法力，他是前来为一个家族中的死者超度的。在彝族人那里，做法事的巫师叫作毕摩。祭祀神灵、消灾解难、治病、婚礼、葬礼、盖房子的仪式，决定地方的大事……都是毕摩主持。请他做法事的人很多，每次他可以得到一两百元人民币或更多些，根据各家经济情况不同而看着办，但他决不会根据人家的经济状况来做法事，请了，就是没有钱也要做。钱物无论多少，念唱的内容、方式都一样，重要的是要召唤神灵，他是这个民族与世界诸神联系的代表，他深知这一使命的神圣。毕今年五十四岁，身材精干有力，脸膛黝黑，穿着解放牌胶鞋、蓝布裤子，头上戴着插着野鸡羽毛的高帽子，披着白色麻布缝制的披风，一看就是来自古代的人。他从一只袋子里拿出法器，那是由猴骨、鹰爪、羽毛、树枝、宝石、铜铃铛等组成的一串东西，放在地上，插好画着彩色神符的牌子，就开始念念有词，一边念一边变换方向，越念越快，忽然间，他像公鸡般腾跃起来，似乎已经超然物外，获得了某种力量，脱离了世界的正常控制，就要飞起来似的，面部绷紧，眼睛看着我们看不到的东西，他显然看到某些在现场但没有显形的东西。令人害怕，我们远远退开，他腾跳着，旋转着，蹲下、站起、呼唤、呐喊，时而轻声细语，祈求原谅接纳似的，时而欢呼雀跃，酒醉或者吸了大麻似的入迷，他没有饮过一滴酒或其他东西。最后，他慢慢安静下来，从某个场里面解脱出来，抬腿迈出。看的人都呆了，中魔似的张着嘴不动。一场法事已经完成，死者的灵魂被送到了祖先那里，获得永久的庇护，不会孤独地在荒野上找不到家了。后来我们一起吃饭，席间，毕唱起彝族的《梅葛》，用的是另一种调子，与送魂的调子不一样，旋律简单缓慢，总是同一曲调的重复，深藏着某种原始的东西。我不知道他唱的是什么，但他的歌声具有穿越时空的力量，我们仿佛来到了古代的一棵大树底下。梅葛，就是唱过去的故事。从开天辟地一直唱到人如何在大地上过上幸福的生活。其中包括如何生殖、如何播种、如何盖房子等等，可以一直唱几天几夜。民族的世界观、道德观、思想、审美、历史、诗歌、文学等就靠这种方式传承下来。作为一个毕摩，他必须精通民族的各种史诗，这些史诗是口口相传的，因此毕摩必须要有非凡的记忆力。而他也不能死记硬背，基本的叙事内容不变，但总是根据具体情况即兴发挥，他必须在现场令这些东西活起来，像祖先那样将灵魂召唤。因此他必须保持着激情、创造力，以及与日常生活的亲和力。他熟记经典，但不是书斋里与世隔绝的知识分子，他必须漫游在大地上，从一个村庄到另一个村庄。他是哲学家、诗人、歌手、通灵者、农人，精通各种农事，也是村庄中的长老和精神领袖。毕说，他做法事是跟着父亲学的，学了二十年他才敢给别人做法事。现在不同了，出现了假毕摩，用录音机给人家做法事，只是为钱。他生于1954年，1954年也是我出生的年头，当毕在学习做一个毕摩的时候，我在学习诗歌。那一天，我们坐在一起，素昧平生而心心相印，我没有告诉他我写诗，汉语中的诗人是什么，如何与世界发生关系，发表诗歌的纸张与毕摩作法的现场有何关系，无文的文化与文字传承的文明有何关系，很难三言两语说清楚，但我知道他的那一套就是我的这一套。

南诏造神运动最伟大的作品出现在六诏最北端的剑川石宝山，这是以前浪穹诏的地盘，剑川石宝山在剑川县城西南二十五公里处。这里散布着十六个石窟，一百三十九尊造像，以佛教密宗神祇居多。石窟有天启十一年七月二十五日题记一处，南诏天启十一年相当于唐大中四年（850）。石窟有着巍宝山的风格，但各种造像非常精美，登峰造极，并且有着一种云南传统的写实风格，石钟寺区的第二窟"阁罗凤出行图"像纪录片镜头一样记录了南诏王出行坐朝的场面。剑川石窟给我的感受是，仿佛云南世界野怪黑乱、生动活泼的造神运动即将结束，准宗教的霞光就要升起，一个影响更广泛的神降临了，即将统一南诏世界的精神领域。犹如罗马的某些时候，"宗教态度发生了根本性的转变，对于传统的家神、土地神和城市神的崇拜慢慢地让位于从近东进口的诸超乎经验的抽象之神"（沃伦·霍利斯特《西方传统的根源》）。但已经来不及了，云南的奥林匹斯已经坚不可摧，由横断的地理形势导致的多元的本土神灵体系已经根深蒂固。外来的佛爷，佛教密宗的神祇只取得诸神之一的地位。但佛教成熟精湛的雕刻技术，不仅升华了佛教诸神，也升华了地方的原始诸神。在剑川石窟中，南诏领袖细奴逻、阁罗凤、异牟寻、本主、巫师、清平官、女性生殖器都有其位，都被当作伟大的神灵虔诚地雕刻出来，彼此并列。"即使国王在某种程度上被当作神，他们与其他许多生灵共同分享这种'神性'，包括母牛，甚至是蛇类和树木。"（《剑桥东南亚史》）第八窟白族话叫作"阿央白"，凿的是一座高八十厘米的浮雕阴门，阴门左右的两壁上，各有线刻佛像，左为多宝佛，右为大日如来佛，还有两行汉字："广集生化路，大开方便门。"地方上的原始崇拜现在解释着佛教，说到底，宗教难道不是为了解放芸芸众生，使他们脱离各种私心杂念、政治正确的苦海，重返生命的本真吗？而开启生命之门的不就是"阿央白"嘛！"阿央白"下面有块大圆石头，是供人们跪拜的，无数的膝盖已经将石头磨出了膝盖的痕迹，而其他神祇的下面没有这块石头。这是南诏的"阿央白"，也是道家的"天地之大德曰生"，也是大乘佛教的普度众生。第七窟"甘露观音"是澜沧江-湄公河流域佛教雕塑艺术最伟大的杰作之一。与吴哥窟对神的理解不同，观音菩萨在这里被想象为一位美丽的母亲，容貌端庄，目光安详，宽厚仁慈，有着印度犍陀罗艺术的某些影响，更像是大理州从前某个集市上卖荷花的妈妈。她从苍茫大地中升起，光辉灿烂，庇护着芸芸众生。就像歌德在那不朽的诗篇中歌咏的："永恒的女性，引领我们上升。"剑川石窟不是高高在上的，令人畏惧，而是像家神一样，亲切、安全。我去的时候正好下雨，石窟外面是朦胧的灰色山岗，雨袍裹着风飘摇而过，倏忽渐远。我与诸神同在了一阵，避雨在它们家里。感受与吴哥窟完全不同，那些巨大的头颅升入天空，独自抵挡着宇宙的苍凉冷漠，崇高而伟大，恐怖而庄严。那也是一个雨季，当阵雨袭过湄公河平原时，我仓皇逃走。

云南，彝族夫人　2007

大理，苍山大神之祭祀　1997

楚雄，毕摩　2012

大理，在喜洲附近的田埂上遇到的羊倌　2016

喜洲的铜匠　1998

5

阳光只抵达河流的表面

阳光只抵达河流的表面

只抵达上面的水

它无法再往下　它缺乏石头的重量

可靠的实体　介入事物

从来不停留在表层

要么把对方击碎　要么一沉到底

在那儿　下面的水处于黑暗中

像沉底的石头那样处于水中

就是这些下面的水　这些黑脚丫

抬着河流的身躯向前　就是这些脚

在时间看不见的地方

改变着世界的地形

阳光只抵达河流的表面

这头镀金的空心鳄鱼

在河水急速变化的脸上　缓缓爬过

1991 年

同一河流，叫作澜沧江的就要结束，叫作湄公河的就要开始。伟大的河流总是有无数名字，就像千手观音那样，每个名字都是来自神身上的一只手。河流经过大地，每一处文明随之发生，所有的文明都热爱它，感激它，敬畏它，崇拜它，它是那与生俱来者，它和母亲一起到来，谁会对河流产生邪念呢？澜沧据说是傣语，澜的意思是百万，沧则是大象，澜沧就是百万大象。远古时代，人们对世界的命名与我们不同，那些名字不是指出世界的意义、联系，而是说出所见所闻所感。人们也许看见那河流的岸上站着象群，他们说，"那里，百万大象"。"那里"没有说出来，只是一个手势。他们也许要说的是，"那边有很多大象"。很多大象，这就是一种力量，这既是他们从象群中感受到的，也是他们从河流森林中感受到的。"人们尊崇这个力量，而人的崇拜又赋予这个力量越来越确定的形式。"（恩斯特·卡西尔《语言与神话》）"澜沧"一词的起源已经语焉不详，它在遥远的时代也许是指一种无所不在的力量，逐渐地才专指这条河流。古代世界对大地的命名并不是为了分类，而是表达人们的世界经验，命名往往是混沌的，有着万物同一的性质。稍后，澜沧江流到另一些民族居住的地区，它被叫作"湄公"，"湄公"这个发音也代表某种巨大、宏伟的力量，其发音就像汉语的"宏"，与澜沧的意义相似。

澜沧江流出横断山脉，就进入了西双版纳。西双版纳位于横断山系纵谷区的最南端，北回归线以南，地势由北向南倾斜，上狭下广，就像一只向着北面高原扑腾的蝴蝶，属于热带的北缘及南亚热带地区，日照充足，年平均气温在 18—20℃，年平均降水量在 1500 毫米左右，平均湿度在 80% 以上，具有温热湿润的气候特征，海拔在 400—2500 米，河流在这里进入了热带雨林、季雨林和受季风影响的湿润亚热带常绿阔叶林，越来越宽阔，成为一条被绿色簇拥着的河流。喜马拉雅运动造就的地势由青春激越的爆炸式的群峰骈列、大起大落、激荡切割、奔突咆哮，趋向平缓、辽阔、坦荡。现在澜沧江似乎进入了它的中年。河流的中年比较复杂，绿色、红色、棕色，并不确定，有时候是，有时候不是。

进入一条河流有无数道路，大地并没有规定河流的首尾、方向，那是人类的自我感觉、假定。世界的文明运动一直在为大地定位，形成着关于大地的各种观念、坐标、数据，并且放之四海而皆准，但大地只是各得其所。对于澜沧江某处的一头豹子来说，它的嘴首次碰到水的地方，就是源头。我个人的澜沧江源头是从西双版纳的某一点开始的，1990 年的夏天，我第一次来到西双版纳，某个黄昏，我追随着一头豹子的足迹，走向我心仪多年的河流，下面是我当年的记录：

　　我在黄昏时分进入澜沧江水中，那是炎热的夏日，澜沧江是红色的，因为水在奔下高原的途中，被泥土染红了。我一丝不挂，进入水中。大河像液体的风，环绕着我；又像无情的手，将爬在我皮肤上的热，一片片刮掉。我则像一棵风中的树，在水中摇摆。水是温凉的，我在这新鲜的温度中丧失了对世界的意识。像在古代的黄昏渡过这条河流的豹子或狼那样，我成了一个潮湿的、在河流中的东西。我不能站稳，我不断地后退，我只有在后退中才能保持住身体的平衡。当一回真正的而不是隐喻的"中流砥柱"的诱惑，使我企图在河道上站住脚跟，但我立即被河流推倒，我碰到了那使河流流动的看不见的东西。我立即明白了所谓"不可抗拒"指的是什么。它推着我，不因为我是人而姑息，在这伟大的力量面前，一切都是只能后退的事物。名叫基督的站在这水中，他也得后退。这力量不是局部的，而是一种整体的厚度和力。我可以用手把局部的水推回去一些，或者用拳头在水面上砸出一些小坑，但我不能对抗它的流动，那力量柔韧而强大，犹如液体的广场，在革命的前夜，万众一心的群众。但这不是革命的手，是河流的手，是自然而不是群众赋予它伟大的力量。但是在河流中，站不住脚的事物后退的方向，就是世界前进的方向。于是我归顺大河，在水面上漂起来，不是中流砥柱，而是泳者，这才是我的位置，我立即获得了河流的速度，像架着云层行走的仙人，我的手臂只随便划动了几下，数分钟的时间我已经漂出去很远。当我顺着河岸返回我放衣服的地方时，我发现，我必须走半小时才能到达。

这次西双版纳之行使我下了一个决心，我一定要把这条大河从源头到出海口走上一遍，这决心一下就是十多年，在 20 世纪 90 年代，实现这个旅行的希望非常渺茫，这种旅行困难的不是路途上的种种艰险，而是一本护照！那时候，穿越国境，仅仅为了一条河流，是不可思议的，根本没有为此而获得护照的可能。国境线，要么意味着逃亡，要么意味着外交。大地上的河流滚滚而去的时候，文明之河也在暗中流动。十三年后，我已经怀揣着一本来之不易的中国护照，登上前往西双版纳的飞机，我将从这个州的一个口岸出境，开始我的澜沧江-湄公河下游的旅行。

　　冬天，河流的上游不太适合旅行，有些地区已经大雪封山。而下游湄公河，却是阳光灿烂，一年中气温最低的时候，所谓的低，也是在30℃左右。我们将从西双版纳的关累出境，从关累出去，大河就叫作湄公河了。从关累前往湄公河的游客相当少，为了避免旅途上的许多麻烦，我们把这次旅途的行程安排交给了一家旅行社，这家旅行社从来没有安排过这样的旅行路线，他们习惯的是风景区和大城市，而我们要求的是沿着湄公河一直到达它的入海口。我们并不要求交通工具的讲究，汽车、船、步行都可以，必要的时候，也可以乘飞机，我们希望可以从大地和天空全方位地进入这条河流。旅行社一开始很畏难，他们的客人从来没有这样旅行的，一般客人要求的是享受、安全，有空调的汽车、星级宾馆，而我们的旅行听起来像是自己找罪受。再三强调，我们是去完成一次采访，而不是旅游，旅行社最后半信半疑地为我们安排了差强人意的路线，这条路上有许多地方是他们的业务盲点，他们从未开辟过的路线，但出于对未来商业利益的考虑，他们决定试试。事实证明，这是有远见的。2003年的时候，从昆明出发，沿着湄公河穿越中南半岛的路线依然少人问津，前途未卜，但几年后，这条路已经是旅游热线了。

　　2003年12月29日，我们从昆明乘飞机直抵西双版纳州的首府景洪，飞机在晚上七点二十分起飞。我们进入机舱的时候普通舱不知道是什么原因已经没有座位，而我们的票是有效的，乘务员很抱歉地安排我们在空着的特等舱就座。我们因为走在队伍的最后而享受了坐在机舱最前面的待遇，一个好兆头。飞机被扎了一针似的，激烈地颤抖起来，忽然噌的一下向着黑暗的天空翻滚而去，在那边，南方冬夜的深处，一条河流并没有因为黑夜的浸淫而停止。世界睡觉了，但那河流还有事情要做，像一条有着银鳞的大鱼，它的大部分身体隐藏在黑暗中，但鳞片在这里闪一下，那边闪一下，看得出它在动着。河流是没有时间的，我知道就在这河流之岸的某处丛林里，吴哥也在黑暗里，众神保持着那不朽的微笑，那些巨大的布满苔藓的头颅之上是灿烂的星空。而在这河流的源头青藏高原上，大乘寺院紧闭大门，佛陀在大殿中央也一样，微闭着眼睛，月光照耀着他的鬓角。大理地区的土地神，那些有着普通人相貌的本主也在黑暗的土地庙里聆听着什么，它们的寓所也许不那么高大，与普通白族人家的房间差不多，而且它们作为神的身份也没有得到普遍的认同，它们只是一个民族的土地之神，但丝毫不影响它们的神性。当一个白族人在苍山神祠向本主下跪的时候，他的虔诚与泰国或者越南寺院里的信众是一样的，他将得到的庇佑也是一样的。澜沧江的出海口一带，西贡建立于1880年的大教堂广场上的圣母像也一样，保持着守护芸芸众生的姿势。这种庇护并非就有什么实际的作为，人们只是需要一个通灵的偶像，使他们的心灵世界有一个家，一个归宿，而不必像原始人那样惶惶不可终日地在黑暗里流浪。一条河流就是一条文明史，从起源到大海，澜沧江-湄公河产生过多少神灵哪，众神出没，各得其所。就像那句著名的印度教箴言说的："神虽唯一，名号繁多，唯智者知之。"神唯一，不是说神作为偶像，而是说神作为最高的形而上，它必须能够庇护、博爱，使灵魂充实，获得存在感。这河流容纳各种宗教，自古以来，它很少发生那种因为宗教和意识形态不同而血流成河的战争。在澜沧江上游，我曾经访问过一些家庭，在他们家里，父亲信奉基督教，而妻子信仰藏传佛教，儿子则是共产党员，一家人和睦相处，这种情况在西方恐怕是不可思议的。这就是亚洲。

　　四十分钟后，飞机降临景洪机场。机场距县城四公里，我们被接到市区一家巨大的宾馆入住，就是在黑夜里，也可以看出这家宾馆占地极大。住宿费很便宜，几乎所有的房间都关着灯，意味着没有客人，我们是仅有的几位。里面有花园、油棕树、从非洲移植的纺锤树、散步的长廊、游泳池、夜总会、地毯、健身房、鸭绒枕头、浴缸、高级沐浴液、拖鞋……这是一个未来，许多人梦想中的未来，未来不过如此，但这个未来今晚打了很大的折扣，因为没有客源。价格高昂的水牌被悄悄摘下，改为原始的讨价还价。最终我们得以以原价的三折入住了"未来"。过去几年，西双版纳卷入了神话般的旅游热，刨地三尺、绞尽脑汁地要从旅游大军中挣到钱。西双版纳从前是一个伊甸园般的神话，在中国，这是"美丽""神奇""原始"这些词的含义所在地。在 20 世纪 90 年代，旅游忽然开始热了，多年关闭的旅游大闸一拉开，人们就像潮水般涌向世界，再也挡不住了。西双版纳首当其冲，它早已在中国声名赫赫。旅游大军携带着金钱滚滚而来，被之前的清教主义压抑着的欲望爆发了，西双版纳迅速地商业化，一切都卷进"先富起来"的狂热运动中，这个运动在极盛之时，简直与宗教狂热不相上下，历史上西双版纳是信仰南传佛教的。生活的目的就是富裕，没有人关心富裕起来将怎样生活，不计后果的富裕运动最后几乎毁掉了西双版纳的旅游业。当人们发现，千里迢迢来到这个地方，美丽、神奇、热情、好客已经被包装成商品，一切活动只是为了想方设法掏空他们的钱包时，未免失望、沮丧。西双版纳冷落了，我们这次来的时候，正是它最萧条的时期。人去楼空，夜晚的街道上到处是黑森森的大宾馆，玻璃窗像被蒙住的眼睛一排排地朝着天空。所有宾馆的门口都一律竖着几根不锈钢的旗杆，上面飘扬着旗帜。这种宾馆毫无生活气息，只是为了举行会议建造的。今天中国到处都是这种冷冰冰的宾馆，昔日充满人情味的驿站已经绝迹。我记得十多年前我头次来景洪，住在一个小旅馆里面，大房间，住七八个人，小卜少（傣语，小姑娘）忙进忙出，送洗脚水什么的，还跟旅客打情骂俏，夜晚一起对着月亮唱歌。在市中心就可以看见许多竹楼，非常纯朴，令人激动，确实是到了别人的家乡，语言、服饰、建筑物、事物和风情都完全不同了。今天景洪已经被水泥、玻璃、马赛克、钢筋和直角改造完毕，与昆明差不多，大街上安装着金属卷帘门的商店格子一个挨着一个，大都是卖珠宝的，那些商店的招牌非常奇怪，"缅甸人某某某珠宝店""老挝人某某珠宝店"，我感觉似乎那是在炫耀某种信誉，意味着老挝人是可靠的，缅甸人是可靠的，那么谁已经失去了信誉呢？我找了一阵，只发现一家以当地人名字命名的珠宝店。当然，至于那些珠宝店的老板是不是名副其实的外国人，也是不得而知的。但老挝是一个信，缅甸是一个信，西双版纳为什么不是一个信了呢？我多么信任西双版纳，从学生时代开始，我就知道这是一个美丽的地方，我第一次来的时候，某个晴朗如蝴蝶的下午，走在傣族的乡村里，忽然一盆水从一竹楼上泼下来，浇了我一头，一少女站在竹栏杆前大笑，这就是信。在昆明的大街上，没有人敢随便朝你泼水的，那是不信的地方。为什么不信了？西双版纳。我们来到澜沧江大桥下的一个夜市吃夜宵，景洪的第一座水泥大桥依然横跨在澜沧江上，20世纪50年代它刚刚建起来的时候，在当地人的心目中有着神灵般的地位，它象征着未来。有位傣族诗人，甚至写了整整一本诗来赞美这座大桥。曾经有很多年，现代化像遥不可及的天堂被边疆地区的各民族日夜憧憬着，如今，现代化已经所向披靡了。

茶山环绕着坝子。澜沧江的一条支流南开河在坝子上流过。春天，坝子几乎被塑料大棚全部盖住了，闪着灰色的光，乍一看，还以为是一个湖。棚子里种着蔬菜。坝子中间有一条红壤便道，穿过这条五六公里的便道，就到贺开山脚。贺开是拉祜语，意思是水源，或者回去。坝子里住着傣族人，其他民族大多住在山上。那些山不高，坡度不大，长满亚热带植物，俯卧在蓝色的雾里，像是正在怀孕。古代争战中，强大的傣族占领了河岸、平坝等适合耕作的地区，其他民族则在山上刀耕火种。傣族信仰南传佛教，其他民族信仰万物有灵——大树啦，河流啦，老虎啦，石头啦，桃花啦……都是神灵。傣族早先也一样，宗教使他们的生活升华起来，出现了许多仪式，更讲究卫生，食物也更丰富，建筑也更具象征意味。宗教提高了生活质量，不仅仅是信仰。其他民族也或多或少受到傣族的影响。贺开古茶山属于拉祜族，傣族人称他们为猎人，他们住在青山之间，追逐老虎、豹子、野猪、雉、麂子什么的。在山坡上筑干栏屋，也种些稻米、甘蔗、杂粮，也有些部落信仰南传佛教。如今打猎已经成为传说了，不知道什么时候，那些唇齿相依的猎物们忽然消失了，猎人们无可奈何把枪挂在梁上，像老腊肉一样藏起来。猎枪坏了可以再造，猎物不见了，这种事是怎么发生的？拉祜人百思不得其解。大地上肯定发生了某些事情。喝酒或围着篝火跳舞的时候，恍惚间会看见一头老虎的脸，那是老虎的祖父，三百年前一位拉祜头人的枪下鬼，诡秘地微笑着，在黑暗里退去。

二十年前，我就来过这一带，不是贺开，是澜沧江以东的地方。差不多吧，都是拉祜人的地界。年轻英俊的猎人领我上山，猎枪在古铜色的肩头晃荡着，一边走一边警惕地嗅着小路两旁的丛林。猛兽在窥伺我们。寨子里，拉祜族大娘在竹子建的阳台上织花布，纺织机旁边靠着一捆捆云麻，我很困惑，如此粗糙坚硬的植物，怎么可以变成那样柔软美丽的布匹。大娘送给我一个背包，白麻上绣着花边，宽大得足以塞进两只鸡。那时候普洱茶还没有暴得大名，我喝了许多茶水，不知道采自何处，味道早忘了。牢记着茶水的味道，逢人便说，那真是怪事。黑夜里，澜沧江在山峦之间奔流，看不见它，白天也看不见它，只感觉它像附近的老虎在转悠。我听着拉祜人谈论老虎，说了许多老虎的故事，没说过茶，说它干什么呢；但我记得，他们用陶罐烤茶，很香。

贺开山上的曼弄老寨如今出名了，寨子旁边的茶树，被植物学家考证出已经生长了数个世纪，年纪最长的有一千四百年，叫作西保四号。代表团来了无数，都来参观这些古茶树。八百年前，拉祜族追逐着一头老虎来到贺开时，那些茶树已经长在山上。没人告诉他们那是茶。或许他们无师自通，像神农氏那样，遍尝百草，发现这些叶子可作食物，"参差行菜，左右采之"。拉祜人将茶叶做药、做菜、泡水。《诗经·谷风》：'谁谓荼苦，其甘如荠。'这个荼就是茶。周代人已经懂得吃茶，不过那时是把茶当作菜来吃的。"（王学泰《中国饮食文化史》）拉祜人依然，在曼弄老寨，我们就品尝了茶叶炒鸡蛋。云南这个地方，某些中原早已抛弃的古俗，依然继续着。而且许多古俗，也是无师自通，因为人类有普遍性，能够总结普遍经验。用树叶泡水喝与品茗是两回事，拉祜人喝茶不是要培养仙风道骨，就是解渴，然后去打猎。

一路上，都有人在谈论普洱茶。关于这个话题，如果你一无所知，不能凑合着说上两句，比如熟茶啦，生茶啦，回甜啦，降脂啦，身价啦，那你简直就是文盲。当年我在茶区，每天喝各家的茶，都想不起来是生茶还是熟茶，茶完全不引人注意。它和盐巴是一样的，谁会在意盐巴的产地？

上菜后，问盐巴是哪里产的？疯子。越近贺开，越感觉茶叶子真的是非同凡响。它已经成了澜沧江流域的头号明星，有点宗教化了，到处被顶礼膜拜。宾馆里、大街上、电视里、公路两边的广告牌上、包装纸上、垃圾坑里……茶无所不在。因为泼水节就要到了，西双版纳将全州出动，于是许多地方都在搭便车搞茶节。我们参加了一个，叫作茶王节。红旗招展、凯歌嘹亮，大红地毯，麦克风，领导讲话，来宾剪彩，群众鼓掌……茶像领袖般被歌颂，灶王爷似的被供起来。满街都是茶代表，胸前挂着个印了照片的小牌子晃来晃去，各种茶都泡出来摆着，随便喝，喝到舌头发麻。

十多年前，普洱茶忽然走红中国，一场普洱茶运动席卷澜沧江流域，有段时间，喝茶简直到了茗必普洱的地步。茶改变了许多人的命运，比如阮殿蓉，我们此行，就是应她邀请。她业余喜欢写点散文，出过一本集子，是老虎（良灿）的中学同学，所以我们认识。阮殿蓉的命运与茶有缘，"父亲和母亲的身上都带着茶叶的味道，久而久之，我和姐姐、哥哥们都觉得茶叶的味道，就是我们家的味道"。1998年，阮殿蓉被任命为勐海茶厂的厂长。2002年，她辞掉这个公职，自己创办了六大茶山茶业公司。十年过去，阮殿蓉已经名震江湖，人称普洱茶皇后。我们此行，是应邀参加她的公司成立十周年的庆祝活动。豪华装修的大会场，张灯结彩，来了六七百人，连印度茶商都从大吉岭赶来捧场。电视台的摄像摇臂大象鼻子般在来宾头上扫来扫去。以前我以为使用这种恐龙般的大摇臂是国家典礼的特权，现在，民营企业也能用了，茶真是颠覆一切。我是第一次参加民营企业的大会，印象深刻，没有什么领导讲话、指示之类，来宾都是朋友。奖励员工，持续了一个小时，从采茶女、压饼工到高层主管、经销商，一一上台领奖。茶叶销售量最大的经销商的奖品是一个塔状的巨型茶坨，披着金色的丝带用推车推到主席台中央，看着就像弥勒佛。很是热闹，很有人情味，团结友爱，轻松活泼，没有废话套话，令人感动。那位印度茶商，每人发一包大吉岭的茶，回去泡了喝，太寡，不能与贺开山上的茶叶比。阮殿蓉纤细玲珑，竟然在澜沧江畔，领导着一头茶叶大象，真是令人钦佩。后来大家泼水庆祝，她被浇成落汤鸡，大笑不止。

汽车穿过坝子上山，古茶树就长在这些山里。茶树并不起眼，一团团绿叶子，如果不是当地人一再提醒，还真是看不出来与一般的灌木有何不同。曼弄老寨被亚热带丛林掩映着，贺开的古茶树，有一片属于这个寨子。在西双版纳境内，一路所见的村庄，大都已经改造成长方形水泥楼，忽然看见曼弄老寨，烟熏火燎已经发黑的竹楼，一栋栋掩映在丛林里，屋顶两侧飞檐翘着，像是一群刚刚落地的龙，炊烟袅袅，大公鸡在叫，恍若仙境。就对那些茶树放了心，农药大约也离它们还远。曼弄老寨的竹楼受傣族建筑影响，盖得很讲究，顶是小片瓦搭成的，还有飞檐，墙壁是竹篾。屋宇支撑在竹桩上，侧面有一个楼梯，一个阳台，是织布、聊天、晾衣、晒农作物的地方，非常美也非常舒适。房子盖成这个样式，当然是有说法的，要考虑天地神人四位一体的关系，不是随便乱盖的。竹篾墙使房子通风，外面再怎么热，里面也很凉爽，缺点是容易引发火灾。但变化也开始了，姜东说，2000年时，妇女看见摩托，以为是没见过的野兽，抱着孩子就跑。现在寨子里已经通了自来水、电灯、电视、电话，路也通了。但是孩子们要去上学，还得在山路上走九公里。大部分家庭都买了摩托，停在一楼，与猪狗、柴堆什么的混在一起。一头猪正望着摩托轮子发呆，看得出与野猪没隔几代，嘴很尖。寨子里住着九十五户人家，只有几家把自己的楼房改建成了水泥四方盒子。当然，大多数人家继续住在竹楼，并不是像游客那样，大惊小怪，珍惜它"原始单纯"的美，而是缺乏改建新房子的资金。

我在尼玛老爹的干栏式竹楼里坐下，他用袖子抹抹口缸，泡给我一杯茶，我就知道，这杯茶还是那杯茶。令我诧异的是，他看着我抿了一口茶，试探着问了一句，给好喝？我一愣，这种话在茶山，我可是第一次听到。二十年前，茶就是茶，哪有什么好喝不好喝。尼玛老爹也想搬新房子。他说，老房子黑漆漆的。他的三个姑娘都蹲在火塘旁，竹楼就是这点好，夏天烧着火，都不觉得热。大女儿抱着一个小孩，旁边是她丈夫，一个瘦精精的小伙子，刚刚从甘蔗地回来。黑暗里有几只眼睛星子般闪烁。尼玛老爹又啜了一口茶，已经忘记了他刚刚说过的话，说起新房子的坏话来了，不通风，安装空调的话，就太贵了。但他显然已经失去了对老屋的自信。在曼弄老寨，一栋三层楼的水泥新房子十多万元就可以盖起来。尼玛家有两座茶山，卖茶的收入一年是两到三万，种的粮食够一家人吃了。我来到他的老屋，代表的是住新房子的人，我们这种假惺惺的家伙都是住新房子的，他知道。老房子好在，舒服。新房子贵，没有空调没法住，但是电视里天天赞美新房子，家家户户都因祖先的老房子自卑起来，暗暗筹划着盖新房子了，就是为了面子也得跟这个风，自家顾着自家，自家打自家的算盘。过去，曼弄寨残余着原始共产主义的风气，任何一家盖新房都是曼弄老寨全体居民的大事，一家盖房，全寨都来帮忙，安置家神，焚香献祭，宰猪杀鸡，席间老人们要咏唱贺新房调，乡亲们要在新房前唱歌跳舞，弹弦吹笙，全村喝得烂醉如泥。盖房子就像现在的某种行为艺术，是集体创造一个欢乐美好的作品。现在盖新房，各家各户自己请人来施工，乡亲们根本插不上手。没有祭台和火塘的新房子如何住，尼玛老爹真不知道。没有一个火塘守着，他会觉得日子过不下去，他已经六十多了。盖房子的事说了几年，他还是没有盖新房子，只是说想盖，却把卖茶得来的钱都拿去喝酒了。

曼弄老寨后面的山上都是茶树，如今上来的人都是参观古茶树的，进寨子的人不多。六大茶山公司的姜东一边走，一边介绍，就像走在一个伟人诞生的圣地。如果他不讲，还真看不出哪些是茶树。快到山顶，姜东指着一棵说，这就是西保四号，西双版纳保护古茶树第四号。第四名啊，姜东强调着。数码相机那种模拟的快门声响成一片。一片叶子上爬着一对瓢虫，娃娃脸的小伙子说，一棵茶树就是一个小型的……生态系统。他也是拉祜族的，说"生态系统"这个词的时候，咯噔了一下。拉祜族没有文字，古代的故事是口头传下来的：

> 在还没有人类世界之前，天地是由一位叫作厄莎的天神掌管。那时世间没有日月星辰，没有人类。万物混沌，大地荒芜。厄莎感觉孤独，于是用葫芦创造了万物和人类。

> 厄莎厄莎真是神，会用葫芦制造人；
> 厄莎厄莎真够长，天当被来地当床；
> 厄莎厄莎真能睡，一觉就是五百年……

我采了一片茶叶来嚼，苦涩，大地的味道。到了山顶，满山都是古茶树了。其中一棵，被朝拜者系了红布，贴了符。古茶山竟像是一个祭坛了，我不由自主跪下去，对这老茶树磕了一个头，这种膜拜在我也不是第一次，有一次是在澜沧江源头，上次是在梅里雪山下面。

在古茶山走到黄昏，姜东在曼弄老寨张罗晚饭。一家的竹楼上已经摆了八桌。米酒、米饭、干巴、炸青苔、生牛肉、酸菜、炸牛皮、烤牛肉……老妈妈也来了，全村年龄最大的，九十多岁，手背像老茶树的根，闭着眼，笑眯眯。在座的有拉祜族、布朗族、傣族、彝族、哈尼族、汉族……姜东（他土生土长，母亲是彝族）说，吃吧，都是些野菜。酒过三巡，开始打鼓、弹琴、唱歌。那不是一般地唱，真是唱得个灵魂出窍。不是因为有客人来，是鼓声弦子一响，当地人就魂不附体，竹楼震得都快倒了。天黑下来，又前呼后拥去寨子的空场上跳舞，篝火烧起来。大家拉起手来，跟着拉祜人走，这舞蹈是向后走的，每一次都要跳回那遥远的狩猎时代去。

在很久很久以前，没有地也没有天，没有风也没有雨，没有日月和星星，白天昼夜分不清，到处都是迷雾沉沉。

那个时候啊，世上没有人，只有厄莎天神。宇宙像一张蛛网，厄莎像蜘蛛坐在中间。（拉祜族史诗《牡帕密帕》）

有个姑娘不停地跳，一面大声说，太热了，太热了。成都来的何小竹跳疯了，我认识他二十年，从来没见他这么疯过。全寨子的人都来了，大多数人并未参与这场舞蹈，这不是节日，因为是来客人特意安排的。有个人跑来找我说话，自我介绍是派驻曼弄老寨的指导员，汉人。他打开手机给我看正在设计的曼弄老寨未来的蓝图，古茶生态保护区、别墅、宾馆、公路、度假村、农家乐什么的。我一时适应不了曼弄老寨的这种未来，嗯嗯了几句，跟着跳舞去了。那些没有跳舞的拉祜人待在黑暗与火光的边缘，目光里星子明灭，似乎在犹豫着是不是要加入我们的队列里来，又似乎要躲回到黑暗中去。

夜里，在古茶山搭了帐篷住下。万籁俱寂，没有什么野兽来惊扰。睡不着，想到这些：茶叶，说到底，就是树叶之一种。世界上，长着类似这种树叶的地方多的是，但把这种树叶升华成一种叫作茶的东西，并且创造出茶道，只有中国。世界史上有各种运动，十字军、文艺复兴、宗教改革、工业革命、十月革命、印象派、达达主义……但普洱茶运动、太湖石运动（我将从唐代开始的赏石风称为"太湖石运动"）、兰花革命……恐怕只在中国有。上善若水，万物离不开水。茶水是至善之水。这个至善不只是物的道理，更是人的道理。喝水是生命之必需，饮茶却不一定是生命之必需，这是精神生活。要有光，一把叶子撒进去，水之黑暗被照亮了。此水不是彼水，水被茶运往一个彼岸。一把叶子撒在沸水里，出现了味，于是有无相生，无可以体会了。茶道法自然，但它不再是自然，它体现的是自然之道，是无。茶是形而上的，树叶、水是形而下的。道可道，非常道，一杯茶，道自然。野兽到饮水为止，人升华到喝茶，通过对茶的品玩，又觉悟到生命之根本，上善若水。

黎明醒来，茶树满山，暖日融融，遗憾的是，找不到一杯开水来泡茶喝。只好像野兽那样，找个泉眼，啜上几口冷水。

20世纪90年代的某些时间中，我不敢去西双版纳，我担心会毁灭我青年时代在西双版纳漫游的感受。在那里我曾经成为一个赤脚的神。有一天，独自在橄榄坝的寨子里走，忽然一桶水浇到我身上，湿透，一位少女在竹楼上咯咯笑。那一天是泼水节。

《众神之河》初版于2009年5月。过了十二年，我以为此书已经被遗忘，但有人再次提起了此书。2021年，一位叫李鸿的浙江读者写道：

> 一直以为，于坚是一位出色的诗人，却不知于坚的散文也是如此大气。这次读书会，读到于坚的《众神之河》，还是有点吃惊。这是一本极为厚重的大地散文，与众不同的是，他的这本书没有序没有跋也没有目录，直接如一条河流，缓缓地从书页之间浸润每位翻读这本书的读者。他在书的开篇即说："现在，也许是我这一生走得最慢的时候，那条大河，澜沧江-湄公河的源头已经不远了。"似乎是一种隐喻，看他的这篇长散文，我也是不慌不忙。从刚开始的慢到后来的渐渐汹涌，我领略了这条河流的旖旎。

> 于坚用了六年的时间，通过对一条河流的考察，完成了他对这片土地的思考。从发源地到入海口，他无数次进行考察。沿着河的方向走，一路南下。在中国境内，这条河叫澜沧江，起源于青海境内，经过玉树、昌都、巍山，到境外就叫湄公河，流经缅甸、老挝、泰国，柬埔寨、越南。这条亚洲最伟大的河流，于坚用"众神之河"这四个字来命名，他详细地记录了大河两岸的神秘，也描述了河流哺育的数十个民族的风土人情。在青海的杂多县，晚上十二点后，县城已停电，那古老的小县城就像古时候的村庄，偶有手电筒的细微灯光，景象荒凉而又寂寥。在巍山，灰色的瓦片像波浪一样起伏，落日从西面的山岗上投来古代的光芒，没有受到任何阻挡地分布于每一户的屋顶。进入缅甸后，又是另一种风格的景色：湄公河的两

岸生长着郁郁葱葱的植物，大象晃荡着散漫地走进村庄，仿佛最后一批神灵，就要遁迹。还有檀香木、水中盛放的莲花、法式风格的小街道、寺庙的钟声，有着现代与远古，唯物与神灵的交错。面对沿岸这些充满着异域风情的光影，仿佛穿过时间的隧道，回到远古的时代，安详自在，与世无争。

这本书与其他游记不同，不单单是一个地方的记录，更多的是沿河两岸历史、文化、风物、宗教的考查和研究。"一条河流就是一条文明史。"他把这条意为"百万大象"的河流，当作自己世界观、价值观的评判标准和检验结果。他以作家的眼光、敬畏者的心境、云游者的经历将这条河流用诗化的语言表达出来，让我们也经历了一次神性的洗礼和敬畏的阅读。都说行万里路，阅万卷书，于坚就是这样一位诗人，他在热爱的土地上，孜孜不倦地阅读和行走，他是随性的也是执着的。正如书的前勒口上说的：这样传记式地描写河流的散文在中国这是第一部。对于澜沧江，在我的眼里只是一条普通的江河，而在于坚的眼里，则是一条诸神守护的神性之河。他是携带自己的整个身心漫游其间，普通人看到的只是表面上水的流动，而于坚则透过水面，看到的是诸神的足迹。在于坚的描写下，澜沧江-湄公河流域的风土人情、历史经验、人文积淀、异域文化、宗教生活、现实体验等等无不令人耳目一新，他的游历、他的行走，绝对是一次诗意的文化旅程。不可否认，这是一部大地的散文。

当然这本书还有一大特点，就是语言的凝练干净。于坚是位诗人，诗人的语言是跳跃的诗性的。你能从文字中读出明显的"诗味"，长短变化的句式，直接厚重的抒情。比如他在玉树，看到那一大堆石头，他这样描述：那石头多年来被酥油涂抹，腻腻的，仿佛正在微微地呼吸，它肯定是有灵魂的。他把石头赋予灵魂，似乎能感受到石头的生动和温热。他写青藏高原上自由放牧的牦牛、原始粗犷的康巴汉子、举着转经筒行走的老人，以及河流两岸滚落的巨石和那些天堂般的村子。他用诗性率真的个性，为我们展现了那些远离喧嚣的城市，远离现代的文明的河流岸边人的生活。他让人感悟到天地如此宽广，人性如此善良，以及在微妙的静谧中生命如此美好。河流奔腾，逝者如斯。它的清澈明净、它的奔腾激越、它的深沉雄厚，启迪了我们的文明。那个秋天的黄昏，人声渐远，诗人于坚坐在一艘快艇上向着河流的入海口驶去。合上书本，浸润其中，久久不能出来。

我在 2022 年 10 月重返西双版纳，这次我是乘高铁去的，从昆明到版纳三个半小时。我看到，大地还是大地，澜沧江依然是红色的，江岸的丛林中，金色的寺院闪闪发光。罗梭江是澜沧江–湄公河的主要支流，流域面积为五千一百七十四平方公里。勐仑镇挨着罗梭江。20 世纪 90 年代以来，澜沧江大地上的茶树叶子被炒成养生奇方，价格暴涨，树叶与黄金同价。像杰克·伦敦小说中写的那样，人们纷纷涌向这个从前诞生了伟大史诗《乌莎巴罗》《兰嘎西贺》的天赐之邦去淘金。有人为了一克茶叶而伤天害理。但茶叶乃是天理的产物，人再怎么疯狂、强悍，也无法消灭天理。淘金潮退去，茶叶还在，亚热带森林的几场暴雨，老树新枝重新绿叶灿烂。茶叶全盛时代建立起来的声色犬马之场纷纷倒闭，萧条，没落。罗梭江边，有一段曾是龌龊、猥琐、鏊槽、暧昧、无耻的灯红酒绿之区。醉醺醺的拜物教者两眼发绿，大声吼着，贸易之声盖过江声。原住民在后面默默地瞟一眼，然后转身继续他们的落后传统。他们拜的是佛不是物。如今人去楼空，伸入江面，用木板搭起来的看台朽烂，露出生锈的铁架，可以看见下面江水滚滚。垃圾被罗梭江冲走了，勐仑镇冷清下来。它本是安静的、干净的、朴素的、过着日子的小镇。雨季，江水依旧发红（西双版纳的泥巴由砖红壤、赤红壤、红壤、黄壤等组成）。

对岸，丛林永恒地幽暗。此岸，佛寺金光灿烂。一位傣族妇人在家里织罩布（她不再以织布谋生，她还是要织，织布好玩，能够消磨时间。说到底，人生最重要的是如何消磨时间，动物没有这个问题。像动物那样通过弱肉强食来消磨时间还是织布？这是生命的不同境界），骑着现代主义带来的摩托去菜市场。卖菠萝的、卖香蕉的、卖芒果的、卖凉粉的、卖布的、卖竹器的、卖米的、卖蜂蜜的、卖香油的、卖香的……重新成为勐仑镇的主角。

罕璇站在罗梭江边，认真看着河流，像是一阵风被暂时定形。我们被版纳州请来做一个月的驻地艺术家。住在玉的旅馆里，旅馆在一处烂尾楼旁边的罗梭江边上，江对岸是西双版纳植物园。玉在江边盖了两栋房子，一栋是旅馆，一栋是父母、她和丈夫住着。这个小旅馆有一种19世纪的古老氛围，其实开了不到十年。陌生人一来就自动成为家人，光着脚板从楼梯上走下来。房门开着，有人在卫生间里洗衣裳，其他人坐在大堂聊天、削水果、喝茶。"在我们北方，河水不会这么红。"玉的父亲蹲在芭蕉树下剥着一条江鱼（邻居送的）。玉的母亲守着烧烤架，添柴，她在准备晚餐（一道菜是烤鸡）。几只鸡在旁边走来走去，一只扬着脖子唱歌。

罕璇起得早，上午她要画画，芭蕉叶后面有间空着的房子，她在那里画。她毕业于泰国皇家大学美术系，主修东南亚古壁画。罕璇稍长，就在澜沧江畔云游，在这里做个陶罐，在那边画上几笔。她吃很少的食物，年轻时跟着玉勐阿妈、岩罕大叔学习制陶和雕塑。傣族创世史诗《巴塔麻嘎捧尚罗》歌颂了傣陶的诞生，神指点众人去河边取来黄土与黑土，捏成"万""莫""益"（傣语意为碗、锅、土盆），晒干烧制成坚硬的陶器。

罕璇说："刚烧制出来的傣陶，遇水时会散发出雨后泥土的味道，因为它还带着大地的土性和烧窑时留下的火性，是一个很诚实的器物。"

"器物不仅仅只是实用，它可以是无用。它们存在的意义不一定是装水、插花、喝茶或是储物，不一定要有什么用途才可以被创造出来。它们可以只是一个单纯的物体，呈现出作者想要表达的东西。所以有时候一个很完美的罐子做出来，然后瞬间把它打破。"

"但凡你不贪心，都可以活得好好的。"

"澜沧江里有小水怪，特别喜欢亲近老人，等着老人们下来捞青苔的时候就学他们的样，一旦被瞧见又迅速跑掉，在水面留下一串涟漪。对我们来说，我们相信有别的生命体，也一样值得去尊重，不需要刻意排斥和害怕。"

"无论多美好的事物都会有结束的一天。我们只是尽力让它可以延续得久一点，让更多人去看到和感受到它的美。"

"它们消失的方式是不一样的。不是有忒修斯之船嘛，它不断更新，甚至最后一块木材都被替换掉了，但它还是在海上航行。我觉得傣陶就像忒修斯之船，一开始是很古老原始的，慢慢有不同的人上船，不断去替换它的原件，为了让它继续前行，可能到最后变成了完全不一样的船。"

澜沧江

天空有时发灰　丛林即将下雨　织布者的
河流穿过云南高原　百万头大象鼓舞着
拥戴着　追随着　翻滚着　道法自然
逆来顺受　信誓旦旦公开在天空下
闪耀着史诗之光　隐秘潜流下　真理
顺着树根　炎热　混浊　喑哑　固执
坚贞　两岸纷纷被勾引　中邪　归顺
取消酋长们画地为牢的界限　国王叫松帕敏
公主是嘎西娜　率领着白云　花朵　波罗蜜
乳房和古铜色的骨节　去泼水　在永恒的
正午陷入宽阔的沉思　于傍晚赶着失语的
乌鸦归来　石头停在岸边　苍老的南方之神
图腾只领导生活　爱情　音乐　舞蹈和诗篇
迷信万物有灵　宣布种种规训　如何激荡
如何转弯　如何潜龙勿用　如何成为卑微的
顽石　如何在泥石流中坦然如镜　流过那
重重坎坷　向一只灰腹鹬鸟学习极乐　如何
在晚年成为漂木并获得沉默之重　时间死去
桥墩漏水　豹子丧失花纹　茶叶成为轻浮的
黄金　马匹疲惫　镜子映出芭蕉树的梦魇
翡翠们的尸体漂在明月下　赞哈抿口清酒

为勐仑镇的婚礼唱第二十一支情歌　在明眸
秋波中进入生之神庙　跟着橄榄坝的巫师
去摘下第七颗星星　逝者如斯　这不是忘川
之水　土著人和流放者的灵魂之河　总是对
泥巴的颜色记忆犹新　朝着孔雀方向　朝着
棕榈树根　土红色的血液在秋天中减速

鱼

2022 年 9 月，与几位画家在西双版纳勐仑镇八角楼客栈小住有感

西双版纳有一家客栈　开在
勐仑镇　罗梭江边　入夜
一只豹子叼着月亮穿越客房
古老的脚步声像是落叶在行走
老板姓玉　她姐姐叫波　菩提树
种在家门口　河水总是红得像血
雨后就涨起来　两栋楼　一家子住在
左边　客房在右　中世纪的格局
当我们拎包入住　仿佛是大喜过望的
骑士　凤尾竹林后面　常常有裙子在动
黎明　当公鸡叫夏天起床　喃香甩妹妹

就骑着蓝色的摩托车来了　为每个房间

洒上阳光　入夜　她去屋顶布置星星

芒果金黄　芒果旁边的塔同样金黄

灿烂骄阳下　蝴蝶在勾引花朵之心

一头牛即将分娩　响尾蛇发誓为之转世

母亲在为第六十个夏天摇着纺车

父亲为她劈柴　脊背酷爱着太阳

丈夫到景洪买配件去了　故乡日渐苍老

大象多年不见　也没人见过它少年时

有一天　象牙被新月这个小孟贼偷走了

伤了召和岩的心　棕榈王喜欢

换面具　一只眼在忧伤中　另一只

不知所终　他家的故事都是关于

盐巴　糖　水　布　床　榕树

向着她家　凤凰树跳着舞来讨好

古铜色的小伙子会来喝酒　围着矮桌

大呼三声　水水！水水！水水！然后

唱南方夏夜的天堂糯米之歌　哦

我的椰子汁　哦　你的波罗蜜

她知道是唱给谁　他知道是谁的心

挣的钱不多　刚够维持日常开支

生生之谓易　秋天在途　轻浮者

继续轻浮　厚重者继续厚重

庄严者继续庄严　洼巴洁（佛寺）

的钟声响起时　万物要小憩一下

房客罕念了一段贝叶文　有些段落

要深思　有些则无比欢乐　马云

画了一只貌古的黑猫　高翔

画了一头不吃肉的老虎　高更说

勐仑的色彩比塔希提暖些　博瓦·公高

是摩梭人　走到哪里都带着腊肉和酒

画了五个傣族姑娘站在江畔　五个

他都爱　女史画了几件旧衣裳　云南人

普遍老实　尽画些不变的　河流无声

孕育着下一场洪流　日子简朴　好在

没人担心被冲走　除了那些烂尾楼

（在那儿　雨林总是哭泣　203 房的

白居易说　"商人重利轻别离　前月

浮梁买茶去　去来江口守空船"）小镇

也曾疯疯癫癫　口吐白沫　到处是美容店

如今倒闭了　太阳一落　大街黑漆漆

狗叼着骨头跑向废墟　留下来的是河流

风景　泼水节　白乐天　八角楼客栈

灯　锅子　皱纹　岩棒（玉金父）　咪波（玉金母）

房客无不安心　一觉睡到

天亮　下午三点　一群蝉开始大叫

　　大嚷　晚餐吃什么呀　玉（她刚洗过头）

　　在芭蕉叶后面说　鱼

　　在我等待护照的时间里，世界被改变了。读者也许注意到，在澜沧江上游，我很少提到沿岸那些城镇，其实我的旅行很多时候需要在这些地方住宿，但它们已经千篇一律。二十年前，进入一个小镇或者乡村就是进入一个从未到过的地方，人们总是有办法炫耀他们的与众不同、他们的地方性，没有谁觉得自己的故乡是穷乡僻壤，他们在这里已经生活了无数辈人，创造了一个个自以为是的小天堂，但突然间，这种自豪感全面崩溃，人们不再以旧世界的一切为荣，尤其是受过教育的年轻一代，现代教育使他们对故乡世界深恶痛绝，土气、方言、地方性在教育中逐步成为贬义词。教育一旦完成，年轻一代就操着蹩脚的普通话远走高飞。就是留下来的，其理想中的世界也是直角和四方格子，当然少不了玻璃、马赛克瓷砖、汽车，以及高速公路。人们羡慕电视广告里渲染的生活世界，无休无止地大兴土木，一个个古老的村庄、城市迅速消失。从前，土著在他们的史诗中歌唱大地：

　　先兹（春天之神）送来春天，赫梭把风刮了起来。开花的树飞在天空，草籽也飞到天上。花树飞进了月亮，草籽也飞进了月亮……花树籽落在大地上，草籽落在大地上。树长出来啦，青草长出来啦，山有衣裳啦，山上长满青草，牛羊有放牧的地方啦，感谢神灵吧！带雪的百合花当饭，草叶上的白霜当盐巴，献给神灵啦，保佑我们吧！牛长得壮壮的，羊长得胖胖的，人的日子过得安安乐乐的。（彝

族史诗《阿细的先基》）

忽然间，这一切都成了一分钟都不想再待下去的地狱，似乎几千年来人们都在期待着拆迁这一天的到来。令人怀疑，那些歌颂大地、赞美生活和诸神的作品，那些各民族在穷乡僻壤中创造的古老史诗、舞蹈、音乐、绘画、雕刻……其实不过是一批批地狱的颂歌而已。仅仅几年，当我再次经过这条河流的时候，两岸的许多地方都已经被水泥封顶了，甚至包括河流本身，它被一截截拦腰斩断，建造了水电站。

从澜沧江源头一路下来，衣服越来越薄，在这一带，穿衣服已经是很勉强的事情，女人还穿薄纱裙子，男子干脆赤脚裸着上身，被阳光晒成古铜色。东南亚是身体性很强的地区，文明与身体很近。身体没有完全被文明的遮羞布严严实实地裹起来。这个身体不是隐喻，而是身体本身。裸露身体在这里是很正常的，平均气温在30℃以上的时候，穿衣服真的非常难受。中国元代的旅行家周达观在《真腊风土记》中说：

地苦炎热，每日非数次澡洗则不可过。入夜亦不免一二次，初无浴室、盂桶之类，但每家须有一池，否则两三家合一池。不分男女，皆裸形入池。惟父母尊年在池，则子女卑幼不敢入。或卑幼先在池，则尊长亦回避之，如行辈则无拘也。但以左手遮其牝门入水而已。或三四日，或五六日，城中妇女，三三五五，咸至城外河中漾洗。至河边，脱去所缠之布而入水。会聚于河者动以千数，虽府第妇女亦预焉。略不以为耻，自踵至顶，皆得而见之。城外大河，无日无之。唐人暇日颇以此为游观之乐，闻亦有就水中偷期者。水常温如汤，惟五更则微凉，至日出则复温矣。

　　古代，东南亚是裸体的，裸体的面积之大，相当于我们今天穿的衣服。如今迁就了文明，但在文明的强光照不到的地方，人们继续裸体。因此在长途汽车上，偶尔还是可以看到美丽健康像亚当和夏娃那样的身体在丛林中一闪。身体并不羞耻。古代东南亚不是根据文明的观念而是根据身体在大地上的感受而生活。文身很普遍，文身其实才是这个地区的文饰。衣饰其实是寒冷地带的产物。俄罗斯的皮毛大衣在此地再珍贵也没有市场。文身却非常普遍，精美的文身常常美名流传。炎热的旱季，大汗淋漓，男子当众把上衣脱去，露出一背脊的花纹是常见的事情。女子们则显耀她们挂在身上的各种耳环、脚环、项链。走动的时候，像是移动着的风铃。在高原上，吃耐寒的东西，酥油、肉类，食物稀缺。现在，大地上到处是食物，鲜花、草叶、水果……人们甚至吃青苔。一顿饭，端上来的大多是山珍野味，糯米、野香菜、竹笋、青蛙、螺蛳、螃蟹、黄鳝、米酒……也不讲究烹调，喜欢生吃，洗一洗，打个辣椒盐巴的蘸水，再加些酱油。什么都要吃个新鲜，直接就是。山笋就是山笋，蘑菇就是蘑菇，野菜就是野菜。用手抓吃食物很普遍，也用中国的筷子和欧洲人带来的刀叉。

　　次日，乘坐上午七点半的汽车去关累。关累距离景洪一百七十四公里，在中国与缅甸的国境上，这是澜沧江与湄公河交界处的中国海关。澜沧江与湄公河在这里分界，关累以北，河流叫作澜沧江，关累以南，河流叫作湄公河。制度、文化、语言都不同了，但河流还是那个颜色，白鹭继续穿越天空。我们将在那里出境。澜沧江的航道已经开通三百五十公里，轮船可以从景洪直达泰国的清盛。三百吨的货船可以季节性通航，一百五十吨的货船已可全年通航。旅行社为我们在关累联系了一艘前往泰国清盛的货轮。汽车上的乘客不多，那边不是旅游热点。我们在薄雾中穿过西双版纳美丽的土地，许多竹楼都消失了，被水泥房子所取代，但大地依然美丽如昔。过去时代，人类在大地上的主要痕迹——村庄，与大地非常和谐，那一丛丛的竹楼似乎是直接从大地上生长出来的，它们与大地的关系是亲和的，在竹楼走廊的阴影下，经常可以看见古铜色皮肤的居民躺在凉席上睡觉，而一只白色的鹭鸶就在旁边的水田里洗脚。现在，水泥瓷砖的四方盒子与大地形成一种封闭起来的对抗关系，远远看去，就像外星人的兵营。人们只是根据电视里的生活标准改造自己的传统生活，完全不顾过去的生活经验，人们几千年一直住在干栏式的竹楼里，并非因为贫穷，而是经验使然，那样的房子有益于人们在这样的地区、这样的气候条件下生活。现代化并不考虑温差，不管热带寒带，千篇一律的水泥、玻璃、铝合金、空调。现代化是一个价值隐喻，意味着富裕的程度，但未必意味着生活的安逸。现代化从天而降，并未得到地方性的检验，人们将现代化作为一种进步的生活观念来改造自己传统的生活世界。许多人拆掉祖母祖父传下来的竹楼，即使它们在竹楼中质量首屈一指也毫不吝惜。竹楼也有世界一流的啊！人们搬进崭新的水泥房子，发现这房子不散热，不安装空调就无法居住。而空调无法解决大地和室内的温差，空调导致的温差太大了，从普遍的 40℃ 左右到人工的 20℃ 左右，人体很难适应。经济条件窘迫的人家很尴尬，面子有了，但是电费……传统的竹楼通风很好，从室外到室内的过渡自然，回家不会突然降温，出门也不会骤然升温。当人们根据观念摧毁了传统，搬进新世界的时候，才发现身体不适应，但已经来不及了。至于更多的层面，例如传统竹楼那种诗意，那种坐在凉台上随意就可以瞥见的"漠漠水田飞白鹭"之类的景致，这个心急如焚的时代就无暇考虑了，人们才不管为什么活着，只要活着有面子就好。现代化被作为更尊贵的生活世界来追求，其结果却是简陋。前往关累的道路时好时坏，到后来完全成为坑坑洼洼的泥巴路，天气干燥，并且一直有重型货车在道路上行使，泥巴成了厚厚的灰尘，路上一直是灰尘弥漫，遮天蔽日，直到关累才散去，因为水泥道路重新出现了。中午十二点左右到达关累，这是一个只有千把人的全新小镇。原来那个四千人的老寨子已经迁移了，这里正在施工修建港口，工程大部分已经完工，很现代，都是水泥房子和平坦的水泥道路。饭馆的老板娘说，在这里做生意主要是赚船员的钱。码头上堆积着从内地运来的货物，主要是水果。海关是一栋新建造的水泥房子，查验护照显然是一项新开展的业务，士兵很好奇，问我们去干什么，他觉得从这个海关出境总是要带着几吨货物。货轮已经在等着我们，一进船舱，船就发动起来。这艘轮船属于西双版纳银河航运公司，叫金鑫号，有八名船员，船长承包了轮船。现在，船上装着瓜子、苹果和梨。我们搭乘这艘货轮的运费是每个人六百元。船将我们送到泰国清盛，负责吃住。我们被安排住在船员的房间里，船上有六个房间，每间可以放两张单人床。我们入住的时候，船员就在船上随便找个地方窝一下。他们已经习惯这种方式，在这边，睡觉不需要特别讲究，气候总是很热，拿个凉席一铺，没有被盖也可以睡觉。船长是个脸膛黝黑的汉子，在多条大河上跑过航运，老家在贵州。他属于那种对河流热爱至深的人，他的人生目的已经不是钱，离开了这种河流上的生活，他觉得人生毫无意义。

我们的船下午两点四十离开关累，沿着湄公河南下。船的右边是缅甸，左边是中国。当关累码头的水泥建筑 ·消失，国家就看不出来了，世界即刻安静下来，像是某种东西被一刀剪断了似的。我一直以为整个世界都在轰轰烈烈地破土动工，没想到这边停着不动。两岸都是郁郁葱葱的植物，凤尾竹居多，向江面喷射着。"我见青山多妩媚，青山见我应如是。"心情好极，江水平静，偶尔有一叶小舟驶过。湄公河比澜沧江平缓开阔了许多，两岸的山也不那么险峻了，灵秀起来。江水并不清，碧黄色的。忽然看见一个老挝的村庄，几头大象正晃着屁股走进村口。如今能在动物园以外的地方看见大象并不容易，它们像是最后一批神灵，就要遁迹了。当现代来临的时候，无数的生灵都隐匿了，先是青蛙，最后是大象。老挝离现代还有些距离，所以大象还在这土地上大摇大摆。行使了两三个小时后，江面上出现了成群的礁石，像是一群群大象在饮水的时候忽然石化了。剥掉皮的树枝像恐龙的骨骸那样搁在灰色的岩石上。货轮很小心地在礁石之间穿过。船长目光炯炯，目不转睛地盯着前方。

我们这趟航行的终点是泰国的清盛。湄公河时而是两个国家的分界，时而穿过一个国家。清盛以下的一段湄公河在老挝境内，要继续沿着湄公河走，必须从清盛附近的老挝口岸会晒进入老挝。从关累到清盛，在这个季节要走两天半。所以在第一日的黄昏，我们在一个没有人烟的沙滩停下来过夜。那正是一个古代诗歌描绘过的渚清沙白的地方。船上的伙食鲜美可口。我们在落日中坐在船头的甲板上，世界安静得我已经忘了声音是何物。与我们同行的还有两个要去老挝某地的河南人。皮肤白净，来自中国沿海城市，从只言片语中得知，他们要去老挝，那里的某个村庄中有一条他们公司的光盘生产线，为什么如此先进的技术活动要在老挝开展，我感到纳闷。

暮色中，上岸去沙滩上散步，那里有一团鸟的脚印，但没有一个翅膀。鸟来自天空，但它们从未在那儿留下足迹。它们在沙滩上留下了足迹，但你找不到载它来此的翅膀。也有其他动物的脚印，也许我们是首次到达这片沙滩的人。世界这么大，不可能每一寸都留下了人迹吧。夜里，江清月白。临窗而卧，鬓边就是明月大河，仙境一般，竟无法入梦了。天稍白，船又轰鸣起来，这怪物的吼叫是这河流上最响的，彻底压倒了万籁。太阳升起来，过了一夜，国家已经杳无踪迹，丛林、大江、风与白云，我再也不知道哪一边是哪国的领土。太阳把整条船照耀得就像要着火。偶尔出现一些古代的村庄，用竹子建筑的。我们仿佛穿过时间的隧道，回到过去的时代，安详自在，与世无争。

下午船停了，船长说，现在水浅，要等上游的中国漫湾水电站开闸放水过来，水位上升一肘左右，才可以开船。同时，船也要在这里下一批货物。我们再次停船过夜。在湄公河的这一段，河东是老挝，河西是缅甸，我们的船停在缅甸。河岸两边都是海关，在这里停泊，两国的海关都要去报到。水泥建筑再次出现，这是我们离开关累以来，第一次出现水泥建筑物，都是些装着文件和图章的盒子，缅甸、老挝与中国并没有多少区别，关累的规模比这两个海关都大。现代总是先从国家的建筑开始，每个国家都是一样的。马达的轰鸣声像是一个迅速瘪掉的气球那样，很快消失了，世界安静下来，它本来就非常安静，是我们自己在喧哗。灰尘中出现了两辆大卡车，是来卸货的，一些肌肉发达的古铜色脊背露出来，缅甸人迅速地往卡车上搬运麻袋，他们搬走一卡车中国北方出产的葵瓜子。之后，纷纷走到湄公河中去洗澡。有一个姑娘也走下河岸，穿着裙子洗澡，然后站在河边的一块礁石上，歪头梳理头发，裙子紧贴着她的身体，那些搬运工在她旁边嬉水，大笑着，一伙灿烂的人。天还早，我们走到缅甸的岸上去参观。船长一再告诫我们不要走远，他说他和他的船员经常在这里过夜，从来不敢离开船。船长说，听说这些国家是很危险的。我没有船长那种感觉，我在云南走惯了，这些地方看起来和云南差不多，古铜色、少数民族、微笑、质朴、憨厚、天真、信任。我们刚刚上岸，就有一个扛着枪的人远远大声嚷着什么，又打手势，后来明白他的意思大概是不准我们往北面走，但可以往南面走，我们就向南而去。南边是村庄，村口有一个小卖部和一家理发室，两个穿黄色僧袍的和尚正坐在理发室里面，并不剃头，只是坐着玩。小卖部卖些纸烟、糖果和酒什么的，门口安着一张长木桌和两排长凳，村里的人坐在那里闲聊。他们看得出我们是外国人，只是微笑，并不与我们说话。我们向村子里面走去，这是一个非常简陋的村子，里面都是窝棚，居民的洗脸盆、水缸、饭碗什么的都放在外面，像是一个大的集体宿舍，床铺临窗而陈，干净美丽，我一开始还以为这就是缅甸的村庄。如果我们浅尝辄止，不再深入，我们恐怕要带着对缅甸的错误印象离开了。我们继续深入，穿过这个小村子，发现真正的缅甸还在后面，这里只是在码头上搬运货物的搬运工们的临时住处。那是一个小镇，非常富裕，每家都有一栋独立的楼房，传统的干栏式建筑，但是经过现代化的改造，在基本的建筑材料——柚木、竹子中间，适当地加入水泥、砖、钢筋和玻璃什么的，使房子既是本来的风格，又非常舒适、牢固。小镇里面有一个很大的市场，但不是赶集的日子，冷清着，修摩托车的铺子热火朝天地忙着。此地靠近泰国，现代化并不以国家为界，它在一国满了，总是又漫过边界，把另一个国家的裤脚弄湿。这个小镇显然受到泰国资本主义生活的影响，使用的主要货币是泰铢。天傍黑的时候，更多的女人和搬运工提着桶，抬着盛满衣服的盆涌向湄公河，男人整天只穿一条裤衩，把毛巾往岸上一扔，就下去了。女人们穿着裙子直接走到江中，在深水里悄悄地解开裙子。他们那种随便，仿佛是走进自家后院的浴缸。湄公河的皮肤在这里变成了浅黑色，离非洲不太远了。从北向南，亚洲以南的皮肤以黑为基调，但不是黑夜，而是傍晚。越向南方，黄越模糊，黑愈深，古铜色占了上风。在这边，古铜色的皮肤不再是形容劳动者的美称，从权贵到平民，从肌肉结实的青年到体态臃肿的中产阶级都是古铜色。在大河的上游，人们很少洗澡。在峡谷中接近河流是很困难的，而且水质冰凉。而在下游，沐浴几乎是每天的事情。在上游，河流与人的关系比较神圣，有些民族实行水葬，死去的人用白布裹起来，随水而逝。河流就是彼岸，前往天堂的道路。而在下游，河流是大地上最容易接近的部分，河岸平缓，水温适度，人随时可以进入河流的怀抱。在上游，人们用兽皮和布把自己终年裹得严严实实，而在下游，人们穿得越少越好。文明是从身体开始的，再伟大的文明，最终都可以溯源到人的身体与大地的关系。

另一个白天，我们的船离清盛已经不远，只有两小时的行程了。有一艘中国货轮在驶过一片鹅卵石河滩时搁浅了，挡住了航道。河流宽阔，也容易搁浅，船要找着最深的那条线走，有些船长经验不足，被宽阔所蒙蔽，宽阔意味着深邃与浅薄都被接纳。我们的船立即前往救援，这是河流上行船的规矩。驶到距离那艘搁浅的船十多米的地方停下，麻蛇般的钢绳由一个船员涉水递到被困住的船上，拴住，我们的船吐出巨大的黑烟，像钓到了鲨鱼般疯狂地拉着那艘搁浅的船在河上挣扎。钢绳绷紧如箭在弦上，忽然断了，猛弹回来，我们的船自己给了自己恐怖的一鞭，打得船身摇晃。多个回合下来，那船就是不动。没办法了，船长说，要再来两三艘船，一齐用力，才能把那船拖出来。今天又得在江上过夜了。而我们的原定计划是在泰国的清盛过夜。船上的两个河南人等不了，雇了一艘快艇，飞驰而去。我们也如法炮制，与泰国旅行社取得联系，那边立即派出一艘小艇来接我们。驾驶小艇的是个中年泰国男子，穿着黑衬衣，黑瘦面孔，一言不发，他不会说汉语，我们也不会说泰语，但我们有共同的生活经验，完全知道该做什么。行李安放妥当，人坐定，小艇箭一般射向泰国边界。但走了没多远，螺旋桨打在江底的石头上，船不动了。船夫飞快地脱掉衣服，跳入水中，把船推到岸边，又钻到水里卸下螺旋桨，发现已经开裂，立即换了一个备用的，重新开船。他那种麻利的动作，那种讨生活的认真劲头，那种分秒必争的熟练，还有些抱歉，我觉得很陌生，很新鲜，忽然想起来，他是泰国人。船重新飞驰起来，黄昏，我们进入泰国与老挝交界的水域，泰国这边，屋宇鳞次栉比，一个繁华世界露出了它的额。河岸活跃起来，烟出现了，汽车在移动，城市出现了。回头望望老挝那边，继续着安静、苍茫、黄昏。

　　船靠岸，走上台阶就是泰国的清盛海关。填完密密麻麻的表格后，一个黑胖的关员在我们的护照上盖了章，然后他就下班了。这意味着，如果再迟些，天黑，我们就不能进入这个国家。国家只能在它工作的时间进入，而大地不受此限。我们进入了泰国，第一眼看上去，泰国非常西化，海关后面就是一条沿着湄公河展开的大街，各种交通标志、风格有些模糊的洋房、招牌、霓虹灯在闪烁，像是欧洲的某个地方。我看见建筑物的空隙中有小的庙宇，佛像在其中安然而坐。肯定不是欧洲，古铜色皮肤的居民赤着脚走来走去，感觉他们赤脚，其实没有，他们穿着拖鞋。湄公河要么赤脚，要么穿着拖鞋。清盛是清莱府下属的一个县，也是位于泰国北端的古城，有一些佛寺建于 13 世纪末。从这个地方出土了大量青铜佛像，样式上受到印度波罗王朝美术的影响，曾经流行于 12—18 世纪，被称为清盛美术。码头一带是清盛最繁华忙碌的地方，从中国来的货轮大多是运载水果，由于泰国不生产温带水果，因此泰国每年须进口大量苹果、梨和橘子。当晚住在一个度假区，房间干净朴素，可以看见湄公河。晚餐是泰国风味的，生、辣、酸、甜。泰国的旅游业似乎完全是针对西方旅游者设计的，这个旅馆的家具、餐具、食物的味道、葡萄酒……都似乎在指望当游客向湄公河那边看过去的时候，以为那是莱茵河。其实现代意义上的旅游正是起源于西方，古代亚洲各民族并不进行这样的旅游，人们大多终老故乡，并不关心别处，"父母在，不远游"，远征是士兵和官僚的事情。

我们渡过湄公河去会晒，会晒以下有三百多公里的湄公河在老挝境内。老挝没有给我国家的感觉，那里只是一个地方。会晒看起来像是一个村庄，其实它是波乔省的省会，住着一万多人。只有一条大街，主要是政府机关、医院和警察局，他们统辖的人们住在外面的大地上。看不见海关在哪里，没有什么伟大国门的威严。后来我从万象机场再次进入老挝，这种印象也没有改变，当时我带着一包胶卷，比画着告诉海关人员，这是胶卷，请求不经过透视通道，机场的安检口也有一个机器装模作样地摆在那里。关员善良地笑笑，他就那么信任地让我绕过那机器进入了老挝，连拉开我的袋子检查都没有进行，好像带着胶卷是一个了不起的理由。他其实根本不崇拜胶卷，他是信任，老挝朴素地信任着这个世界，信任着任何走向它的人。怀疑主义，假设所有的人都是恐怖分子，这种世界性的传染病还没有传染到老挝。谁愿意带着炸弹去攻击这个信仰佛陀，按现代主义的生活标准看来，完全是贫穷落后，无非风景原始些，其他可谓一无是处的地方呢？船靠岸后，一位背着娃娃的赤脚大嫂走上来取走了我们的护照，她一把捏着就走了，令我担心。我的护照此前一直在各种西装或者军服以及办公室、文件柜中严肃正式地传递、盖章。大部分时候，我用塑料袋仔细裹好，揣在身上的隐秘部位。这是旅行社的导游教我的，他说我们这趟旅行经常出入河流，要小心弄湿。现在到了一位大嫂的手里，看上去她刚刚从热带丛林的某片芒果林中出来。她很快进了一间乱哄哄的房子，不久就盖好章拿回来了。原来她是海关的熟人，导游给了她小费，我们就不用排队了。从这个口岸进入老挝的西方游客非常多，他们拒绝给任何小费，宁可排队，我忽然看见在另一个地方，金发碧眼的人们背着巨大的旅行袋，在炎热的天空下排着队，那才是海关。

我们乘下午两点钟的船前往琅勃拉邦。从会晒顺湄公河下到琅勃拉邦要走一天半。没有轮船，这一段湄公河的河床大部分还比较原始，没有清理暗礁，只能行驶快艇。一艘快艇可以坐二十多人，我们的快艇坐得满满的。如果不是在陌生的湄公河上旅行的话，那么这种快艇真是很难忍受，没有靠背，船舱狭窄。除了我们几个中国人，船上都是西方人或者泰国人。没有老挝人，也没有缅甸人，他们还没有开始旅游。泰国人看上去就像日本人，规规矩矩，轻言轻语，毕恭毕敬。总之，亚洲的第一世界和第二、第三世界的人民是有区别的，不只是服装，而是姿态、眼神。西方人最神色自若，这些家伙在整个世界都如入无人之境，而湄公河属于前印度支那，很多人是来怀旧的。船飞快驶去，驾驶快艇的老挝男子穿着筒裙，赤着脚，戴着墨镜，蹲在座位上掌舵，仿佛他在吆喝着一辆牛车而不是驾驶着一艘快艇。湄公河总是有办法把西方的工具改造得土头土脑。大地飞速后退，河流继续着永恒的美，再次安静、原始。大象或别的什么动物对这新来的快艇无动于衷，冷漠地看着。

今夜再次在湄公河边过夜。快艇在黄昏时停在一个叫作北宾的村庄。掌舵的老挝人说，明天七点开船，就不见了。乘客各自下船去村里找住处。没有宾馆。旅馆就是当地人家的竹楼，腾出了些房间，每个房间有四张床，床上绷着蚊帐。院子里有一个水池，边上放着木瓢。黑暗来了，安顿好，就出去找饭馆，黑漆漆的，摸索着走，有几处房子。亮着灯，那就是饭馆，都向着湄公河，卖中国口味的饭菜，可以在凉爽的露台上用餐。黑暗里走出来一个青年，他朝我咕噜比画着，听不懂，他从怀里摸出一小包用塑料膜裹着的干叶子，意思是要卖给我，我猜那是大麻。一场婚礼正在湄公河边举行，人们在露天挂了一盏煤气灯，用树枝搭起棚子，插着刚刚开放的花朵，棚子中间摆开长桌，桌上放着各种食物。任何人都可以参加这个婚礼，入场口有个姑娘在收彩礼钱，多少随意，其实你不给也可以进去。结婚的是一个本地姑娘和一个外乡在这里当清洁工的小伙子。新娘美似天仙，像是从湄公河上飞来的白鹭，一直在微笑；小伙子穿着西装，站在新娘旁边，也一直在微笑。人们坐在棚子里说话、喝酒，有时候随着音乐起舞。老太太、少女、老头儿、军人都翩翩起舞，每个老挝人的身体中都藏着舞蹈。湄公河就在一旁，看不见它，只听得见它在黑暗里呼吸，婚礼一直持续到黎明，这是我一生见过的最美丽的婚礼。

七点钟开船，乘客都担心找不到那船，没有什么标志，所有的快艇看起来都一模一样。这不是一个习惯契约的世界，凭感觉做事，感觉不好，第二天舵手开着船一走了之完全可能。大家早早到了，整整齐齐坐好，但等到八点钟，舵手才慌慌张张地跑来，一跃落在舵位上。西方游客一片嘘声，迟到已成习惯，舵手并不理会，只是开船。

琅勃拉邦在两千年前就是一个老挝部落的都城，当时称孟沙瓦，意为"王都"，8 世纪中叶，坤洛建立澜沧国，定都孟沙瓦。相传在 13 世纪的时候，当时在位的国王得到他的岳父柬埔寨国王所赠的一尊高 1.3 米的勃拉邦金佛（意为"薄金佛"），并把这尊佛像视为"王国的保护者"，珍藏在宝塔中。1560 年，澜沧王国迁都万象，将勃拉邦佛留在旧都作为镇城之宝，该城也由此更名为琅勃拉邦，意为"勃拉邦佛之都"。 1995 年 12 月，在德国柏林举行的一次会议上，联合国教科文组织决定将琅勃拉邦定为世界文化遗产。老挝，7 至 9 世纪属真腊国，9 至 14 世纪属吴哥王朝。1353 年建立澜沧王国，为老挝历史鼎盛时期，现代老挝国家由此成形，一般被认为老挝历史的开端。1778 年至 1893 年老挝被暹罗征服。1893 年沦为法国保护国。1940—1945 年被日本占领。1945 年 9 月 15 日宣布独立。1946 年法国再度入侵。1954 年法国撤军后又遭美国入侵。1975 年 12 月废除君主制，成立社会主义的老挝人民民主共和国。信仰南传佛教是这个国家的悠久传统，就是在流行无神论的 20 世纪，佛教也一直是老挝的国教。老挝革命党人信仰马列主义，同时也容忍佛教。他们主张"佛教社会主义"。今天，在老挝，有两千多座佛寺，两万多位僧侣。谦和、低调，与世无争，过着自己的日子的社会，从未在世界舞台趾高气昂过一秒钟，在 20 世纪后期，成为"地球上被轰炸最多的国家"！一本西方出版的旅游手册将这个作为老挝的"重要信息"，提醒人们前往老挝要特别小心，美国人曾经在 1964 年至 1973 年间对这片土地进行了地毯式轰炸，实行了 580 344 次飞行任务，投下两百多万吨炸弹！真是超级的疯狂！ 30% 的炸弹没有爆炸，许多未爆炸的炸弹和地雷如今已经和丛林、泥土、河流、岩石绞缠在一起，还在等着轰的一声。

　　下午三点左右，船到了琅勃拉邦。正是落日时分，太阳已经朦胧，橘红色，停在灰蓝色的群山上，等着大地把黑夜摆好，接它回去。这是旱季，河岸高出河流很多，我们顺着河岸的坡爬上去，瞧，那就是琅勃拉邦：人们正在过日子，过得那么宁静，就像一片在它们的时间中开放着的莲花。沿河岸是一条法式风格的小街，老渔夫坐在河岸上修理渔网；老太太坐在自己的杂货铺前剪脚指甲，一群小伙子在踢藤球，不断地欢呼着，凌空腾起。一位母亲在一个向街道敞开的房间里摇晃婴儿。有人在浇花。穿黄色袈裟的僧人赤脚走过，露着一个个刚健有力的肩膀。几只狗云朵般睡在街心。一个喝光了的酒瓶子斜躺在人行道上。几间杂货铺里的人好像都在睡觉。完全不像世界闻名的旅游胜地，几辆红色的三轮摩托空等着载客，车夫们赤裸着上身，聚集在一辆摩托车的车厢中聊天，没有人走过来拉客。空气闷热，庙宇金色的尖顶隐约可见。钟声。世界的尽头，琅勃拉邦。

　　琅勃拉邦位于湄公河与南康河交汇处。南康河起源于老挝上寮地区的会芬高原，暴露在大地上的如此漫长的河段，依然清澈如碧，仿佛刚刚从岩石中流出，可见老挝有多么干净。湄公河一路下来，无数的支流补充了它，只有加入到它里面，那些河流才有可能到达大海。在老挝境内，湄公河大大小小的支流有一百多条。湄公河比它的所有支流都浑浊，这是接纳的结果。接纳的，不仅是水，也包括泥沙。琅勃拉邦是一弹丸之地，城区面积只有九平方公里，十多条街道，没有高楼，还未完全脱离乡村的雏形，也不想脱离，与大地保持着密切的联系，并不以这种联系为耻。建于1904年的王宫是城里最高大壮丽的建筑，说高大是相对于琅勃拉邦而言。金光灿烂，被花园环绕着，其间有一座国王的塑像，赤脚，腰间别着一把砍柴刀，身材魁梧，一条好汉。他也许是世界雕塑中唯一别着砍刀、赤着

脚板的国王。在上游的澜沧江，南诏国王被雕成中国内地皇帝的样子，正
襟危坐在高椅上。国王已经离开，王宫现在是博物馆，家具大部分是檀香
木和油楠木打造的，玻璃柜里陈列着些光泽耀眼的东西。从前，琅勃拉邦
的国王们并不设计城市，他们感兴趣的是寺院和王宫。至于如何生活和居
住，是人民自己的事情，国王们并不越俎代庖。在老挝，人民住在自己经
营的家园里，延续传统或者模仿新的生活方式，悉听尊便。设计以市场、
车站、监狱和行政中心为核心的城市的是 19 世纪中叶进入老挝的西方殖
民者。

　　依然可以看出琅勃拉邦的古老格局，先是自然发展起来的居民聚落，
"人们聚集在一起祭祀神灵的地方"，然后，寺院、王宫建造其间。基本的
格局一直延续，随着时代的发展而慢慢添加有用的部分，并不是将传统和
历史全部摧毁重新设计。在路上，我曾经在一个村庄停下来小解，这个村
子完全是传统的干栏建筑，竹子搭起来的，用草叶盖顶，篱笆隔墙。当我
进入一户人家的洗手间小解的时候，发现里面安装着一个陶瓷的便池，已
经使用了很多年，旁边摆着一桶水，一只木瓢。后来我发现，陶瓷便池被
大量使用在茅厕里，并非现代公寓的奢侈品。在湄公河，西方被视为工具
而不是终极价值，湄公河的终极价值在寺院的深处，西方只是些强悍或实
用的工具，这家人看上的只是陶瓷便池而已。与湄公河上游的澜沧江地区
不同，在湄公河这边，人们接受现代事物的方式不是首先通过精神文化领
域的革命，然后改造现实。在湄公河这边，精神世界与生活世界是两回事，
"宗教被认为是永恒的，因此，为宗教目的而建立的各种建筑物，不同于人
的（包括国王的）居所，必须用石头和砖块那样耐用的材料来建筑，而不
耐久的材料则被用于世俗的目的"（《剑桥东南亚史》）。在澜沧江那边的许

多地区，人们的传统是天人合一。比如宗教性的建筑，与日常民居完全一致。宗教并不独立于世俗世界的永恒。永恒是当下的，也是永恒的。宗教并没有最高的地位，它只是文化的一部分。在澜沧江流域，文化才是真正的上帝，天人合一，是通过文化来合。文就是一，精神生活和日常生活都被文化了。现代化被视为另一种文化，非此即彼，要么接受，要么拒绝。现代化必须对传统的"天人合一"文化进行革命。而在湄公河这边，对现代事物的接受却不影响精神生活延续传统。现代化事物在湄公河这边，只有工具的用途而不影响人们的世界观。

琅勃拉邦的寺院朝着湄公河，寺院散布在民居之间，没有围墙，这家的后院是寺院的僧舍，那家的阳台可以看见佛像的背，佛像的背后也对着窗子，可以看见他袒露的肩头。有的佛像金光四射，塑在蓝天下，蝴蝶、蜜蜂翩翩，有时候鸟在他头上栖留，他垂目微笑。这家的花园也是那家的花园，这家的篱笆也是那家的篱笆，这个寺院的神像也是那个寺院的神像，这家的门也是那家的门。神龛、人家、鸟语花香，彼此交融，一家的煎鱼香味飘出，寺院里的佛像也闻得见，昆虫拍翅飞去查看，猫已经候着多时了。在这里漫游，你什么也不用问，处处天堂，也就没有什么别出心裁的热点了，比如忽然出现一座惊世骇俗的大教堂或者水晶宫、迪士尼什么的。自己漫游，居民把陌生人当作"花园那边来的""寺院那边过来的""刚刚经过榕树的""湄公河来的"看待，没有人大惊小怪，微笑，如果你停下，邀请你去家里坐坐，喝口水。树下有时候放着一只水瓮，盛满清水，晾着一把木瓢。这个寺院走走，那个寺院坐坐。在澜沧江-湄公河流域，村村有寺庙，寨寨有佛塔，寺院不仅仅是宗教生活的隐秘教室，对于当地人来说，也是与诸神保持联系的圣地，更是学校、图书馆、博物馆、剧院、广场、音乐厅、画廊、医院、市场、沙龙……出生、结婚、生子、做生意、化解日常生活中的矛盾，从生到死，人们都离不开寺庙。寺院不仅是信仰的归宿，也是生活的导师和母亲。艺术就是宗教。宗教是民间艺术灵感的永恒源泉，艺术家很少为世俗生活创造独立的作品，歌谣、传说、音乐、绘画、舞蹈、雕塑……大部分作品都是宗教性题材，而创造它们的工匠和大师也普遍是匿名者，艺术活动是对神的奉献而不是自我张扬。居民大多数时候并不依靠书籍和学校来学习人生的道理，寺院就是一个潜移默化的现场，人们在其间感悟宗教教义及人生真谛。一个儿童，只要每天去寺院玩耍，听听钟声，看看那些美妙的佛像，看看高僧大德缓缓穿过走廊，看看寺院前面的河流，他就会慢慢觉悟。每个地方的佛像的原型都来自印度，但总是被注入当地人民的某种气质。在澜沧江上游，佛像庄重肃穆，暗示着法力无边。嘿嘿，你闹嘛！吴哥的佛像则有某种超越世俗世界的形而上的升华感，它们幸福喜悦，芸芸众生则苦海无边。琅勃拉邦的佛像则柔曼美妙，女性化的温柔，与人很亲近的样子。我从两棵菩提树之间穿过，惊动了鸟类中的两只，它们一前一后弹去。进入一座陈旧的寺院，一位僧人光着背，正在竹林下沐浴，那里有一个水槽，淌着清流。寺院的外墙上镶嵌着一幅巨大的壁画，用金箔和五色的石子做成，画的是一棵大树，树丫之间坐着释迦牟尼、僧人、鸟兽。我坐在这棵神树与自然界的参天大树之间，钟声响了，不知道来自何处。陷入了沉思，多年前，我在一家工厂当工人，有一天，同车间的搬运工刘谷珠终于决定给我看他的小说。我早就知道他热爱文学，一直在秘密地写作，但他还没有信任我。告密在那个时代是一种"公共美德"。这是了不得的信任，性命攸关，因为写作而被逮捕审问的事情时有耳闻。他当过知青，曾经在澜沧江边的丛林中垦荒。我记得那是中午，工厂有一个小时的休息时间，刘谷珠，脸膛被南方的阳光晒成紫铜色，穿着蓝色的化纤麻布工作服，里面是白衬衣，就从那衬衣深处，他摸出一叠写满钢笔字的稿纸，看看没有人，就递到我手上，我接过来，立即阅读。我得在其他工人回到车间之前就读完，还给他。写的什么故事我已经忘记了，只有几句，我永远难忘："暴风雨之后的丛林中，出现了一座金色的寺院，钟声在响。"我被深深震撼，那是1974年，国家的寺院全部关闭，看不到一个僧侣。那时我不知道这是一个启示，我的生命在将来，将与湄公河发生联系。刘谷珠已经不知所终，来自澜沧江的湄公河在寺院下面的岩石间流着，我想念他，我青年时代文学上的朋友、兄长。来了一位披着黄色袈裟的小僧侣，不确定他是不是从壁画上走下来的，我没问。他坐在我旁边，我们默默地看着太阳西沉。我不知道那时候我是在哪座寺院，面对哪尊菩萨。这是一座寺院，就够了，没有人会来盘问我的动机、历史、前科，我作为芸芸众生之一员而得到庇护。当我回到昆明家里开始写这本书的时候，看到许多资料都有那棵树的图片，我才知道，我到过的寺院是1560年建造的香通寺，壁画上的那棵树被当地人称为生命之树。

独自漫游，黄昏时坐在南康河边，孩子们在河岸的沙滩上踢足球，妇女和男子在河水中沐浴。落日挂在湄公河额上，女人弯下腰在落日中洗头。落日越来越接近水面，似乎也要脱去它的金袍，加入沐浴者的行列。落日沉入水里，敞开了金发，天空幽蓝，星星来了，似乎已经沐浴过，清新明亮。沐浴的人越来越多，河流热闹起来，一家人，一个村庄的人都浸入水中。我忘记了真正的黑夜是没有灯的，当我回旅馆的时候，我发现琅勃拉邦几乎没有路灯，人们在黑暗里默默地走，像是走在白天，而我完全迷路。

建筑物和植物融为一团，偶尔有灯光的地方，被照亮的是镀金的佛像，慈祥地笑着，夜里看上去很是可怕。用射灯从底下照亮佛像肯定不是老挝的传统。我开始焦虑、担心，走进一家灯火幽暗的铺子，把旅馆的名片给热情的老板看，他却不识字。这不是一个流行文字的地方，文明主要是通过口头传承，文字主要是用来书写佛教经文。用它来书写一家旅馆的地址，可算是开天辟地。又给几个人看了，都摇头，他们的态度表明，他们从来没见过名片这种东西。又在黑暗里走，灯光时隐时现，琅勃拉邦犹如一座森林，住着神秘的野兽。忽然看见一家中国餐馆，得救似的奔了进去，竟然就是我中午吃过午餐的那家。老板娘看了旅馆名片，也不知道上面写的是什么，但有个电话，拨过去，咕噜了一阵。看样子没问题了，不久，一个穿筒裙的小个男子骑着摩托来到，给他一点钱，就带着我在黑暗的森林里疾驶而去。黑暗的城，照耀万物的依然是古代的月亮，而不是电力公司。

　　琅勃拉邦只有五万多居民，供奉着三十多座寺庙。凌晨五点左右，僧侣们化缘的队伍走出了寺院，百姓们的布施便开始了。这是一个持续了数百年的日常活动，就是战争、动乱也不能将它中断。佛教的一个传统是，一个人功德的优劣是根据他对僧人供奉的虔诚程度。这种供奉不仅仅是到寺院里去烧香拜佛，而是日复一日用一顿顿饭供养着寺院中的僧侣。黎明，天还没亮，托钵僧已经列队走上街道。僧人们由年长的僧侣带领，赤脚穿过城市，最小的僧侣完全是娃娃，跟在最后。他们组成一条暗黄色的长长飘带，像是仙人，又像是湄公河飘来的雾。每个家庭都出来一人，捧着盛满食物的钵，跪在路旁，等着僧侣们到来。有的家出来的是白发祖母，有的家是儿子，有的家是姑娘，有的家是小孩……僧侣们赤着脚，捧着朱红色的僧钵，走到布施者身边，布施者用手或勺子，在每个僧钵中放上一勺米饭、菜蔬、糖、糕点或者一点零钱，人们当天吃什么，僧侣们也吃什么。这样点点滴滴的布施，日复一日，恒河沙数，人民养育着一支庞大的僧侣队伍。这就是信仰，僧侣作为诸神在世间的代表，供养他们就是对神的虔诚奉献。佛教认为，供养的功德非常大，能消除业障，获得智慧，是大善业，是自我解脱的日常步骤。而同时，寺院和僧侣作为一种约束力量，也使人们保持着传统和普世的价值观。在佛教创立之初，根据印度的自然气候，僧侣们的活动分为云游期和安居期，旱季，僧侣们要离开住处，云游四方，托钵化缘，传播佛教。雨季，道路泥泞，洪水泛滥，云游困难，僧侣们就汇集在寺院中，闭关修行，研习教义。有个故事说，释迦牟尼得道成佛之前，曾在一个山洞里修道，生活全靠化缘，定为七天一食，吃饭必须在中午之前，过午不食。化缘只走七户人家，化不到也要返回。有一次，他拿了碗下山化缘，连化了七户，一粒饭都没有化到，就往回走。路边有位叫阿冕楼驮的农夫正在耙地，看到释迦牟尼已经七天没有吃饭，今天又拿了空碗回山，他若要吃饭就要再等七天。阿冕楼驮就对释迦牟尼说，你若不嫌弃我的粗米饭，我就供养你。释迦牟尼说，你施给我真好，你吃什么呢？阿冕楼驮说，我今天不吃不要紧的。于是，释迦牟尼就把这粗米饭吃下。吃完饭后，释迦牟尼说："所谓布施者，必获其利益，若为乐故施，后必得安乐。"言毕，由地里蹦出一只兔子，跑到了农夫的肩膀上，变成金兔子。后来，释迦牟尼成佛，农夫亦转世做了佛陀的弟子，成为罗汉，称为无贫尊者。僧人们走过几条街道，每个钵都满了。飘然而来，飘然而去，仿佛一阵风，天光大亮的时候，街道已经空无一人了。神在黎明时候来过，许多事情都在黎明前开始，习惯于夜生活的旅游者看不见这个国家。

从琅勃拉邦到万象的公路 2003 年曾经发生抢劫事件。我们的车子行驶在山路上时，某个山包上站着一个扛步枪的人，他挥手命令我们停车，冲过来，扒着车窗伸头向里张望。老挝司机给了他一些东西，我们被放行了。他的步枪被泥土染得发黄，枪柄很亮。

万荣是个类似中国桂林的地方，山清水秀，有许多溶洞。最著名的溶洞是小镇南边的坦江溶洞，据说在 19 世纪的时候，许多强盗从澜沧江流域的云南逃来，藏身在这个溶洞里。一条河流就是一个家，一个民族，河流就是人们彼此来往的通行证。万荣如今住着很多西方的嬉皮士，他们越过大海而来，把这里当作高更的塔希提岛，逃避西方现代世界的世外桃源，许多人长年住在这里吸食大麻。

两年前我首次进入老挝的时候是旱季，蓝色的天空和太阳单调乏味，无穷无尽地统治着每一日。现在是阴郁的天空，乌云密布，太阳偶尔光顾。每个夜晚都要下雨，白天就晴着。热带雨林在铅灰色的天空下看起来色调更为丰富，阴郁与明媚共存。

道路一直向南，闪电在某处磨着刀，越来越频繁，天空的脸一次次被照亮，下面的丛林是灰色的。我总在那一亮的瞬间想到众神的面孔，就要出现了，但很快又暗了。暴雨来了，将湄公河卷上了天空，闪电的光芒亮彻茫茫大地，有些闪电就在我们的车子附近撕开。雨点密集地射击着车顶，车子像船一样行驶在汪洋大海中，感觉随时要被暴风雨拆散，四分五裂。老挝司机一边坦然地开着，一边与身旁的同志说着话，似乎我们是行驶在晴朗天空下的康庄大道上。请老挝司机找个地方避避雨，他笑笑继续走。一直在暴雨中行进，四个小时后，深夜，暴雨忽然停了，前面灯光一晃，暴雨的末梢上站着一个人，他是负责收养路费的小伙子。

公路两边全是丛林，走了几百公里，还是丛林，很多时候看不到人烟。老挝 80% 的国土覆盖着未被破坏的植被，25% 的国土是原始森林，据说这些丛林中有一万多种植物，住着四百三十七种鸟类。热带雨林分布在万象以北的湄公河沿岸。沿着公路前进，只能看见这个国家的一面，公路两边的丛林中发生什么，人们如何生活，你必须让汽车转一个弯，离开公路，或者步行。丛林深处发生什么？不知道。其实什么也没有发生，生殖、死亡而已，但丛林总是强烈地吸引你，诱惑你。我们离开国家公路，沿着土路进入一个村庄，我们也许是首次访问这里的中国人。村里看起来几乎没有人，只有几个老人、妇女、儿童坐在一处凉棚下凉快，两三个男子坐在村口的小卖摊前的长椅上，等待着什么。这个村庄有十七户，平均每户有两公顷土地，种植旱稻，并不够生活，还需要外出打工才可以维持生活。住房都是干栏式的，散落在红色的土地上，彼此都隔着些距离。全村信仰基督教，有一个小教堂，这个教堂小到只可以一个人在里面祷告，人们接受的上帝其实和地方神差不多，基督教的进入并不影响人们继续信奉原始神灵，无非又为他们加了一道护符而已。村里也有巫师，没在，下地干活去了，生病的时候可以去叫他。大多数村庄里，人们的精神领袖依然是巫师，这些通灵者主导着生活，许多时候，没有他们向神灵请求，得到许可，人们不敢轻举妄动。这种请求表面看起来好像虚妄，其实暗藏着生活的智慧和经验，最为神灵们所不准的，就是破坏大地，贪得无厌。其实神灵真正许可的，就是万事适可而止。老挝的热带雨林因此被大片地保护下来，虽然养育了人类，但并没有严重地破坏它们。这个村庄的人没有去过首都，当我问是否会去万象的时候，他们说除非国家需要，自己去万象是不可能的，那里没有亲戚。有位妇女邀请我去她家坐坐，看上去她家的房子是村里质量最好的，一层是木桩隔出的空地，关养牲口，堆放杂物，人住在二楼，三间房子，几乎空无一物，没有任何家具，睡觉睡在席子上，炎热的气候几乎不需要被子，房子盖着就够了，最显眼的家什是一台12英寸的电视机。一所房子、席子、一些破旧的衣服、做饭的简单锅碗，以及一只用来收集雨水的大水缸，几乎就是这个家的全部。看不到一个文字，也丝毫看不出这家人有什么生活在苦难中的样子，女主人自豪地邀请我们进她的家。一只猫在凉台上卧着，神情高傲。

在另一个村庄里，全村的男子和女子站在简陋的房舍前面，玩抛球的游戏，就是站成两排，用一个布扎的球抛过来抛过去。简单朴素的游戏，不是为了竞争或者锻炼体质，只是消磨时间，永远进不了奥林匹克的竞赛项目。青年男子们戴着墨镜，穿着传统的服装。墨镜是哪里来的？到处可以看见来自西方的背包族，他们穿着印有切·格瓦拉头像的T恤，穿着耐克运动鞋，漫不经心似的把自己打扮成类似游击队员的样子。他们也许继续想象着自己是马可·波罗，也许他们中间有人还渴望着在野蛮的东方改造、解放点什么。如果这种解放在伊拉克是通过坦克的话，那么旅游这种方式可是有人性多了，甚至比传教士的布道更有人性，他们其实正是昔日传教士的后继者，如今他们不过是问问路，以美元或欧元结账，临走时送给居民一些小物品，墨镜、签字笔、打火机、网球、登山鞋……这些不伦不类的东西被人们当作玩具……也许不只是玩具，严重的时候，使自己对故乡世界产生自卑感。我看过一部电影，讲一位绝望的日本富翁去阿富汗打猎，回国时将他的猎枪送给了当地牧羊人，后来，牧羊人的儿子用这支猎枪射击公路上的大客车，击中了一位西方人。

我第二次进入老挝是乘飞机。大地一片葱绿，看不见高山，有些丘陵。其间，偶尔出现河流和道路，都是黄色的，它们都被大地的本色感染了。老挝懒洋洋地睡在云底下。飞机离万象已经很近，湄公河出现了，机长报告说十分钟后降落，下面看不出来是一个国家的首都。最后一刻，飞机从零星的红色铁皮屋顶掠过，一个巨大的村庄，在绿色植物之间松散地分布着，气温28℃，刚刚下过雨，空气潮湿而闷热，机场上停着三架飞机。机场是新建的，候机楼是干栏式竹楼的风格，恐怕是世界唯一。人们的表情有些倦怠，皮肤黑下来，仿佛色温被调低了，典型的湄公河流域的古铜色皮肤。机场是万象最现代化的部分，进入市区，发现这是一个老城，没落而充满生机，许多法国殖民时代留下的建筑物里空无一人，看得见腐烂的地板。大街上行驶着许多高级轿车。从机场出来沿着大街去宾馆，十分钟的路程，一路上出现了七八所寺院。

我住的旅馆在一所寺院的旁边，从窗口可以看见对面僧舍的窗台上晾着些黄色僧袍。我再次在黎明看见了那些托钵僧。湄公河的天空在旱季亮得晚，在雨季亮得早。这是雨季，天光大开时他们才出现，我以为托钵僧化缘只是琅勃拉邦的传统，原来到处都是。

万象沿着湄公河而建。西方式的城，经过三角板和米达尺的设计，平行于湄公河的是三条主要大街，等距地与湄公河平行，垂直于湄公河的是小街。大街两旁有很多殖民时代的房子，暗淡了的法国黄。许多房子空着。有的房子向着湄公河，河岸的野草一直长到昔日门厅里的旋转楼梯下。这些房子为什么不利用，也许居民不认为那是住宅，那是殖民者的办公楼、别墅。湄公河没有别墅这个概念，人们其实不太明白外国旅游者为什么要到此地来度假，当地居民没有谁会想到要去巴黎度假。度假是什么？人生难道不正是一个漫长的假期？万象人住的房子不是法国式的，但也不是老挝式的，他们取消了法国房子奢侈的装饰部分，也使用水泥钢筋，但更为实用、简洁。卧室、阳台、花园，以及邻街的铺面结合在一起。最宏伟的建筑物是凯旋门，模仿了巴黎的凯旋门，看起来像是一头灰色的大象，这是 1969 年建造的，为了纪念老挝的革命烈士，用的是美国人捐助的用于建筑新飞机场的水泥。在凯旋门的楼顶可以俯瞰万象。万象很懒散，人们慢慢地做着自己的事情，赤脚。许多人在寺院里进香。现在是九月，湄公河一片汪洋，而在冬天，水退得非常远，大片的沙滩露出来。这么大的水是怎么起来的，茫然。有一条小街道被居民们在两头设置了障碍物，不让车辆通行，中间摆起桌子，许多人坐在那里吃着，喝着，打牌，这是一个葬礼。欢乐的葬礼，死者的灵位放在临街的一个房间里，为鲜花簇拥。

经过一栋已经关闭的宾馆大楼，门厅用软锁锁着，一个男子坐在一把椅子上沉睡，他如此忠于职守，整夜面对着高山般的大楼。

晚上与纪录片导演李在街上逛。他得知我在写澜沧江-湄公河，邀请我为他关于澜沧江-湄公河的纪录片撰稿。于是，我又一次得到游历澜沧江-湄公河的机会。咖啡馆灯光幽暗，街道因为路灯稀微而若有若无。眼眸深邃的少女站在路灯下朝着过路人热情地大喊着什么，一个摩托车夫在黑暗里笑着说，跟她去吧，把美丽的女孩给你。街上有许多小店，出售各种工艺品及古董。在一家古董店看到一只青铜佛手，非常美。李说，想用这只手创造一个镜头，作为他纪录片的片头，非常好的主意。我立即想到这只手从喜马拉雅山脉的洁白峰群间垂下，变成河流。做了一个梦，向穿中山装的如来佛汇报这个片头的构想，如来说，澜沧江-湄公河流经的是六个国家，而这只手只有五个手指，会不会引起争议啊，不行。哎，要是佛手有六个指头……

去国家电视台参观，有几排房子和类似巴黎埃菲尔铁塔的巨大发射架，是日本人修建的。相当简陋，只相当于中国一个地州的电视台。参加会议，会议室内挂着一幅胡志明的油画肖像，他坐在藤椅上，在老挝，越南是经常会被谈到的国家。进来了三个人，是国家电视台的副台长和他的同事。正式的会议上，大家如外交谈判那样分边而坐，这种通常很枯燥的会议却谈着很有趣的事情，我们谈论湄公河、龙舟、孔瀑布……有个官员说，"我们作为小语种国家"，这种话显然不是老挝人自己发明的。谈湄公河里打捞起来的鱼。我们看了这条鱼的照片，由十几个西方军人抬着它，它的头像龙一样，我很震惊。也许龙并不是虚构的。西方人说，仅仅在老挝南部，就有三百二十种鱼类，他们是怎么知道的？

老挝文字看起来像一些抽象的鸟。文字主要是寺院的僧侣们用于保存并学习佛教经典及文学作品。文字经典其实大多数是佛经，寺院以外的民间是口头文学的天堂。伟大的诗歌和格言来自无数匿名的作者，他们像湄公河的水一样流过，滋养着老挝，但没有留下痕迹。有一部《乡铭故事集》在许多村庄中由长老一代一代地传下来。老挝人似乎不太喜欢饶舌，问一句说一句。忽然发现，我们的文化不知道什么时候已经发展成对任何事情都要问"为什么"的了，站在大地上的人们经常被背包的旅行者问这是什么，那是什么，这是为什么？他们本来从不想这些问题，你会想母亲是什么？为什么是母亲吗？有位中国先生问，为什么叫孔瀑布，老挝同志瞠目结舌，开始吃力地思考，试图用语言来表达一个本来沉默的、不言自明的事物。为什么是孔？老挝人说了一个故事，古代战争中，数万人死去，许多尸体顺流而下，尸体被卡在瀑布中，成为鬼魂，日日夜夜，鬼哭狼嚎，孔也叫魔鬼瀑布。他们永远不回答为什么，只是说一些事情，如何。老挝没有那么多为什么，就这样。我们的问题他们从来没有想过。他们没有澜沧江那边的某些经验，例如掌握情况、总结成绩、提炼本质，等着上级到来的时候进行汇报。老挝人说话时发出的音如一串串水泡，嘣咚嘣咚的就像鱼在唱歌。中午，台长先生邀请我们去一家老挝风格的小餐厅吃饭，餐厅不大，但相当贵。所谓老挝风格，其实是法式，上了五道菜、烤肉、煎鱼、生菜什么的，还有面包、咖啡和红酒。使用刀叉，丛林中的老挝人可不用这玩意，他们用手指。城里的老挝人学会了不随地吐痰，在一家经常接待中国旅游团的餐馆的菜单上，我看见有人在菜谱旁边用汉字赫然写着"请不要随地吐痰"！1893 年，老挝成为法国人的殖民地，他们带来了刀叉、卫生间、别墅、车站、市场和警察局。他们没有带来马拉美、波德莱尔和象征派诗歌，这是一个严重的失误。其实整个西方舰队驶向东方的时候，谁都没有想到要把莎士比亚戏剧或者荷马史诗带上。1866 年，法国人为开辟航路而对湄公河进行了考察，这支考察队有六名成员，带着价值两万五千法郎的金条、一百五十箱干粮、七百升葡萄酒、三百升白兰地、十五只箱子、一箱仪器，以及十二名士兵，也许还有上帝先生。这是一个隐喻。殖民主义在亚洲的失败，恐怕不仅仅是民族独立运动的结果，实际上当地的大多数人，从来不知道西方除了上帝还有诗人。我们吃到了湄公河的鱼，并谈论它，湄公河的鱼已经成为珍馐了。台长的家乡就在湄公河上的孔瀑布附近，台长说，他童年的时代，在孔瀑布下面，三四月，成千上万的鱼因抢水产卵而死，空气里散发着巨大的腥味。

国家博物馆，没有几件古代文物，摆着很多生锈的枪支，悬挂着马克思、列宁的肖像。有一个来自查尔平原的神秘石缸，很难说它是缸，它在缸、罐和掩体这些形体之间，由一整块的巨石凿成，看不出有什么实用之处，这样手工打造的巨物散落在老挝北方的查尔平原。现代人总是从实用主义的角度去打量古代的物件，也许在那些遥远的时代，精神生活是主要的，一个器皿的创造，只意味着神灵的力量从此锁定。这个博物馆看起来很勉强，并非老挝真正要的东西，似乎摆设它只是为了敷衍国家这个概念。

在湄公河岸边的大排档吃晚餐。一段河岸被围成了一个个餐厅，出售各种烧烤、酒类。立即被蚊子盯上了，不安地想到登革热，翻译小陈说，这里的蚊子不是花蚊，传染登革热的蚊子是大的，它咬你不是像普通蚊子那样慢吞吞地戳进去，似乎还要擦个棉球消消毒。那蚊子提剑而来，在你的皮肤上一掠即去，马上起一个大包。无数的虫子在湄公河岸叫嚷着，好像被太多的游客侵犯很不高兴。烤鱼，味道鲜美，老板娘说，是湄公河的。煎虾，味道不错，老板娘说，是湄公河的。某种野菜，涩而苦，老板娘说，湄公河的……现在，什么都是湄公河的，只要是湄公河的，那就意味着好，可以信任，可以放心。就像说，这是佛的。在老挝语里，"湄公"是母亲的意思，在老挝，至今还有一半人的生活依赖着湄公河及其支流。但是时代毕竟不同了，湄公河正从人民的身边走开，公路网、航空业出现后，湄公河渐渐退居次要地位，成了一位祖母。这种变化在万象最明显，在湄公河上，万象与泰国的廊开之间，已经建起一座由澳大利亚援建的水泥大桥。一千一百七十四米长的桥，汽车数分钟就可以通过，于是一到周末，有钱的老挝人就开着车到泰国度假、购物，而泰国人则来老挝这边享受原始的风景。老挝人去泰国的不多，一天也就两百来人，可是他们带回来的西方设计的、法国殖民时代的旧货无法相比的灿烂日用品、家用电器非同小可，已经像未来世界的传单一样在老挝流传。从前在老挝一侧，一到夜晚，湄公河就进入古老的黑夜，野兽开始走动。如今在万象这一段，黑夜已经自惭形秽，跟着新世界灿烂起来了。

万象到处是寺院，有两百多座。从前，"庙宇控制着土地、土地上的劳力，以及物产"（《剑桥东南亚史》）；如今，人们已经从庙宇的控制下获得解放，但庙宇并没有失去尊严，对它们的膜拜更由衷地发自内心。大多数寺院是古老而无名的，但完全不在乎自己的古老，也不求闻达。古老太多了，无须敝帚自珍。寺院里香客从早到晚不断，人们喜欢献花，寺院门口总是有许多花摊。而法国殖民时代留下的建筑物却美丽地空着，野猫在走廊上寂寞地张望，似乎谁还会回来。在上游澜沧江地区，寺院是朱红色的，深沉庄严，就是佛像的摆设也暗藏着尊卑的秩序；而在湄公河两岸，庙宇金光灿烂，富有装饰性，描金布彩，洛可可风格，令人眼花缭乱。没有什么主要的部分被特别突出，进入一所寺院，不知道要看哪里，大大小小的佛像林立着，就是位居中间的也显得平常，似乎并不在乎等级。万象最辉煌的寺院是建造于 16 世纪的塔銮寺，全身覆盖着真金的金字塔形建筑，光辉灿烂地屹立在湄公河平原上，在阳光下简直无法直视它。给我深刻印象的是万象以南二十四公里的香昆寺，这里实际上是湄公河畔的一个花园，里面矗立着佛像群，这些佛像与众不同，完全突破了老挝南传佛教的传统造像。从传统的老挝庙宇来到这个公园，感觉非常夸张怪诞，比例失调。最大的一尊卧佛有五十米长。这些佛像是一位叫作班勒威·苏里拉（Bunleua Sulilat）的僧人于 1958 年设计建造的，他试图融合印度教和佛教的教义，用现代风格来重塑诸神，将它们献给万象城的神灵。香昆寺像一个超现实的梦域，佛像们笑容诡秘，缺乏古代佛像的含蓄，而有着现代人的某种犹豫。经过风吹雨打，已经长出苔藓，获得了时间的承认。班勒威·苏里拉和尚其实是一位很有想象力的浪漫主义艺术家，这种雕塑在别处，要么是大逆不道，偏离了"政治正确"，要么只是作为浪漫主义诗人的艺术品。一本西方的著名旅游手册将班勒威·苏里拉和尚的作品形容为"一个怪人的荒诞野心的纪念物"。而在老挝，人们却心怀喜悦地接纳了它。在湄公河流域，精神世界从来不是僵化的，不是一成不变的模式，身体对大地和人间的感受永远高于绝对真理。人们可以接受印度教、佛教、基督教、伊斯兰教……也继续供奉原始诸神，为什么不能接受一个现代人想象出来的神灵谱系呢。看得出来，香昆寺还没有获得万象城里那些古老寺院的地位，人们在里面更为随便，孩子们在神像身上攀爬，游客挨着佛像合影，到处是小商贩的摊子，这些带着新面孔的神祇给万象带来一个好玩的地方。这也许就是任何初来乍到者必然要遭遇的情况，重要的是，人们已经承认它是一所寺院，接纳了它。香昆寺的卧佛已经成为万象的象征物之一。

万象最生动热闹的地方是市场。百华早市鲜活无比，生活之妇在唱歌，做买卖的几乎全是妇女。市场里有上千个店铺和摊位。古代老挝语没有市场这个词。集市与市场不是一回事，集市重在集，交流、见面、展示比买卖更重要。这个市场是法国人设计的，黄色的建筑物，只是一个交易所，商品在里面被集中起来，严格地分门别类，你可以直奔目标，不会浪费时间。集市不同，你买什么都得准备着碰巧遇上而已的心态。上次在这里摆的摊，下次也许就不见了。你永远不知道会碰见什么，上次你也许碰见了卖山鸡的，下次你也许就碰见卖象牙的。市场则把摊位固定起来，永远卖那些货物，生活的随意性消失了。金银手镯、工艺品、电器、服装、布料、鞋子、文具、家具、食品,甚至图书都集中在内。看得出来,有些商品还没来得及融入老挝生活,它们在过去的集市上从来没有出现过,还不具备鲜花、蔬菜、水果、鸡鸭鱼鹅、猪马牛羊那种与人民生活的亲和关系,前者是商品,后者是给养。所以前者甫一出现,从未在生活现场露面,就被集中到市场去了。法国人大概不了解老挝的习惯,交易的地方同时也是玩耍、吃喝的地方,没有设计与这些方面有关的设施。老挝人改造了它,环绕着市场的是丑陋的临时棚子、小吃摊,但最热闹的总是这里,里面则有点冷清。有一个大娘在卖铜鼓和牛铃,那些牛铃用黄铜或青铜打造,上面有图案,很重,像一座小钟,声音厚重悠长,可以想见牛在这个国家的地位。铜鼓和牛铃已经被收集起来作为古董赚钱了,现代离老挝已经不远了。走出市场的时候,再次遇见托钵僧,他们买了些流行歌曲的磁带。站在眼花缭乱的摊位前挑选的样子,很是超现实。我昨天黎明时见到他们在湄公河岸的小街上化缘,忽然起风,就要下雨,他们的黄色僧衣飘起来,像是落向地面的云。

沿着 13 号公路去巴色。13 号公路贯穿老挝全境,从中国边界一直延伸到柬埔寨边界,全长一千四百多公里,是老挝最长的国家公路。这一路将跟着湄公河穿过万象平原、北汕平原、沙湾拿吉平原,以及巴色平原。说是平原,其实它们还不是湄公河海拔的低点,相对后面的平原,它们其实还在一片高原之上。这片平原连在一起有一千多公里,让人以为湄公河已经进入无边无际的平原,直奔大海了。但忽然,这个平原塌了下去,平静辽阔的湄公河在大地的尽头再次断开,跌下深渊,分裂成无数头白象,咆哮起来,滚落到海拔一百米,从源头的五千米左右,跌落到仅仅一百米,这才真的是脚踏大地，可以面不改色地向着大海而去了。但现在，什么也看不出来，继续穿越沉闷的丛林。万象的郊区沿着13号公路展开，一个数十公里的漫长村庄，也许是世界上最长的村庄。佛寺一座接着一座，每个村庄都有。湄公河在老挝境内有1990公里。其中一段是老挝与缅甸之间的界河，长234公里；另一段是老挝和泰国的界河，长976.3公里。老挝跟着湄公河向南，南方是平原，南方是黄金遍地的鱼米之乡。南方比北方富裕，最富裕的地方在湄公河两岸。湄公河现在不再是横断高山的天堑，它是一块具有磁场和魅力的黄金，民族、国家、历史和文明都环绕着它形成。老挝有六十八个民族，四十七种语言。信仰佛教的民族最强大，他们占领了湄公河两岸的平原。在远离湄公河的丛林和高山中则居住着信仰原始宗教的民族。宗教不仅仅是信仰，它也是语言、规范、文化和经济推动力，强势宗教也将民族整合为巨大的群体。司机和陪同我们的电视台同志是老龙族，是老挝人口最多的民族，分布于整个国家。现代化建筑在万象以外悄然出现，但并没有千篇一律。老挝的政策是保护和发展各种所有制，多种经济成分并存，土地和住房大多是私人的，他们有权按照自己的生活理想和经济条件选择生活方式。看起来在这里老百姓比国家更富有，老挝司机同意这个说法，他说越南人也是这么说的。他住在祖先传下来的土地和房子里，国家对于他很遥远，那只是一些穿制服的人或者报纸，他有一种古老的安全感。有了属于自己的土地和老宅，无论发生什么事情都可以一走了之，回家种地去。对于他，最可怕的事情就是战争、天灾，一旦流离失所，他可没有那些被国家大包大揽的人们幸运。老挝远远没有建立起福利制度，这方面只有联合国的一些慈善机构。建筑形式以传统的干栏竹楼为主。在经济较为发达的南方地区，豪宅较多，有许多法国式的庄园。西方生活样式显然被视为一个高标准。佛寺是一种标准，西式建筑是另一种标准，但这种标准只对私人有效，只是豪华的典范，而没有佛寺那种至高无上的尊严，寺院的存在使那些豪宅以外的居民感到宽慰，豪宅不是生活世界的唯一标准，只是生活的典范之一。还有更古老的典范，它使居民们不会自卑。佛寺在村庄中并不鹤立鸡群，咄咄逼人，它只是比周围的建筑在形式上更复杂。就是豪宅们，对寺院也是心存敬畏，绝不敢"欲与天公试比高"。老挝的西式建筑和干栏好像天然可以结合，外挑的阳台和走廊，都是必需的。老挝人巧妙地找到传统建筑和西式建筑的契合点。干栏式的竹楼在北部比较多些，陋室或豪宅都有走廊、阳台、花园。屋宇的基本样式没有因为贫穷就简陋，就是用竹子和茅草搭建的屋宇也不能没有阳台、走廊、花园。豪宅的花园则像法国花园那样用铁栏杆围起来。陋室的花园就是外面的空地，房子与房子之间总是有够一个小花园存在的余地。湄公河在乡村的后花园中偶尔一闪。土地并没有充分利用，半是丛林半是开垦地，自然地混杂着，许多树木长成巨材又默默死去。有时候，看见黄色的挖掘机停在一片被翻得乱七八糟的土地边上生着锈，似乎对它的使命感到绝望。

法国人也沿着湄公河前进，他们望望丛林，叹了一口气。那是迷信鬼的地方。基督教勉强征服的是信鬼的民族，而对释迦牟尼无可奈何。

公路边偶尔出现学校，教室是法国式的。所有学校都有巨大的草坪，学生从学校的一侧到另一侧要骑自行车。学生穿着白色校服。放学的时候，公路上一群群自行车，白色的，飞向故乡的云。

沙湾拿吉的意思是天堂之城，这个天堂之城的命名是在法国人到来之前。法国人进入老挝后，这里成为现代意义上的城市。这是一个花园城市，完全不是我所知道的城市概念，但它确实具有城市的功能。它的发展完全看不出国家意志，只有法国殖民时代的简单规划，基本是城市居民在私人的土地上依据传统自然而然发展出来的，是传统老挝村庄的自然扩大，它依旧保持着村庄的风格。寺院、豪宅、法国旧房子的废墟、平民的竹楼、奔驰公司镶着大玻璃窗的特约销售部、市场……像一个个宝石落到丛林和草地之间，并没有切断与丛林的联系。萨亚福寺的大门向着湄公河，它同时也是一所学校。老挝过去的学校就是寺院，僧侣就是知识分子。但思想也存在于并不诉诸文字的日常语言中，由那些民间的大师口头传递着。大象也许会在夜晚从对岸的丛林渡过湄公河，从那些没有交通信号的街道上穿过。

夜里到达巴色，13 号公路从这座城市中间穿过。似乎空无一人，已经举城撤退了。我以为是深夜的缘故，但白天也是一样，太安静了。有一条街道。省会。旅馆十美元一晚。

占巴塞省东部是波罗芬高原，我们乘渡轮渡过湄公河，到这个省去朝拜瓦普庙，这是老挝的另一个世界文化遗产。占巴塞是一个沿湄公河展开的小城，也是一个花园，无数的蝴蝶在这个小城飞舞。蝴蝶很大，可以看成穿裙子的姑娘。建筑都是法国风格的，每家之间以花园隔开，没有围墙。渡轮上停满了难得一见的小汽车，旁边站着些肥胖的老挝同志，他们看上去就像 20 世纪 70 年代的中国干部。通过翻译，我们知道占巴塞警察局有位官员去世了，同志们赶来参加葬礼。葬礼在城里最大的一间屋子举行，城里国家建筑只有两三栋，一望而知。大房子里面摆着遗像和花圈，高音喇叭里面播送着来宾的名单，这是我在老挝第一次听见那么大的声音，忽然看见了老挝的另一面。在临江的一个旅馆里吃饭，这里有三美元一夜的房间，还包括卫生间，没有空调。老板忙着端水，黑皮肤的农民，牵着牛走在田野上的大人物。坐定后，忽然说出"公元 1 世纪的时候，占婆人在这里建立了王国"。原来他接待了很多背包客，了解了历史，俨然是个历史学家了。

占巴塞是老挝的另一个古都，在古代它是高棉帝国的属地。湄公河两岸的平原是兵家必争之地，这不是河流和平原，而是无边无际的鱼米之乡，水稻一年可以收获两次甚至三次，如果再勤劳些，四次也没有问题。黄金的土地，吸引着各民族的英雄好汉纷纷逐鹿，谁控制了湄公河平原，谁就是王。无数的王者在这里兴起又消失，无数的部落骑着大象飓风般卷过平原又绝尘而去，血流成河，死神吞噬了无数的丰功伟绩，同时黑暗深处也一直进行着热情而疯狂的混血运动，文明的脉络复杂且丰富，无法用一根线索来贯穿这些国家的历史，总是纵横交错，无数次的分裂、团结，庞大的王朝一时如日中天，瞬间又灰飞烟灭，而某个碎片又死灰复燃，形成燎原之势。在东南亚，你要谈论某一国的历史，就必须谈论整个东南亚。老挝也一样，这土地曾经出现过真腊人、泰人、缅人……老挝出现相对稳定的国家形态是 14 世纪的事情。历史学家指出："东南亚代表了一种复杂多样的文化模式。""多样性中的统一性。""人们在体质上极为类似，在文化和语言背景上则可能极不相同。"(《剑桥东南亚史》)在我看来，这种多样性的另一个重要的基础是各个民族一直供奉着的万神殿。为什么有那么多的神呢，因为人们感激大地，他们害怕失去这一切。

这里是波罗芬高原，湄公河将从这个高原跌下，走下它从喜马拉雅山脉开始的无数台阶的最后一级，直奔大海。高原上有许多瀑布，瀑布下面的水潭呈现出天国般的碧绿。美到极端就是庸俗，这些瀑布风景区看上去完全是明信片的效果，照相根本不需要构思角度。我初来乍到，立即感受到古代民族发现这高原时的喜悦和油然而生的安全感。大地给予人们天堂的概念，而不是人虚构出这个概念，这是东方与西方最根本的不同。砾石地上的以色列人必然要出走，去寻找彼岸的天堂，但湄公河边的老挝人、高棉人、泰人、缅人、汉人将留下，不再离开。他们的业不是创造天堂，而是扩大天堂。

伟大的神庙出现了，它总是出现在黄金之地。

波罗芬高原湄公河畔的占巴塞地方屹立着伟大的瓦普庙。

瓦普庙据说是7世纪建造的，或者更晚，11世纪或者13世纪。据说是高棉七世国王为他妻子的父母建立的供奉毗湿奴的神庙，还有更多的说法。我们已经不清楚它最初被建造起来的目的，也不知道它的时间，就像我们不知道宇宙的时间，过去的事物是无时间的，它们只是存在着。时间是我们自己的小把戏。什么也不知道，但有一堆令我们感受到何谓伟大、神秘、庄严的石头。人们建筑瓦普庙的目的已经消失，它本身的象征却在目的消失后呈现出来，那就是感激和敬畏，对大地的感激和敬畏。敬畏并不是害怕，而是担心失去。

瓦普庙屹立在普巴萨山的坡上，湄公河在山下的平原上流着。远远看上去，这群高棉人留下的黑色石头正在朝着大地匍匐称臣。一个伟大的古迹，罗马或者希腊废墟的感觉，我以为必然游客喧嚣，到处招摇着导游的小旗子。居然如此荒凉，区区两美元门票也无人问津。太荒凉了，宁静，月球上的一个巨石堆。这也是联合国命名的世界遗产，但在旅游小册子上几乎不提，伟大的古迹被吴哥的光遮蔽了。旅游者迷信吴哥，只有吴哥才是伟大的，这种唯一正确使他们错过了湄公河上的无数古迹，没有谁是唯一正确的，这条河流穿越的是一个万神殿。瓦普庙幸运地被抛弃在地老天荒之中，于是我得以独自体验古代废墟的原始氛围。

通向神庙的大道由石头铺成，一直向着山坡延伸，大道前面是一个方形的水池，然后才进入大道。大道两旁石柱林立。神殿建筑在半山坡的台上，宏伟荒凉。荒凉得恐怖，天空阴晴不定，似乎也长满了青苔。神殿仿佛刚刚在昨夜的暴风雨中轰然倒下，雾气还在废墟间弥漫。切割成长方块的巨石已经发黑，表面有一层阴郁的光，仿佛暗藏着闪电。忽然间，草丛里伸出一双巨人的残腿，是从某座石雕上掉下来的，充满力量，可以想象古代民族对强壮身体和生殖力的崇拜。谁正在身后注视我，猛回头，空旷，远远站着一堆锈石，仿佛恐龙身上剥下的鳞片。另一块巨石，只雕了寥寥几根线，就勾勒出一头大象。另一块巨石，被雕成四方的槽，像一个磨盘，非常精确，似乎是用铣床铣出来的，中间立着一个生殖器形状的石雕，这是毁灭与创造之神湿婆的化身林伽。四方形的中间开槽的磨盘，也许意味着女性生殖器，男性生殖器造型的圆柱，意味着创造。高度抽象，已经脱离经验，成为一种几何形状。同样的思想，每个民族的表现完全不同，我想起剑川石窟中的阿央白，那直接就是一个女阴，而使创造臻于圆满的则是香客们的手，他们年复一年地抚摩它，天长日久，看起来就像一个原始的女阴，保持着神话的原始形式。一条蛇盘在石头上，一惊，滑了一跤。石雕非常精美，花朵在石楣上盛开，众神在其间跳舞，不朽的手艺与吴哥石窟完全一致，就是那些人干的。偶尔，上来几个烧香的当地人，垒石之间升起青烟。那些发黑的石头窗子很阴郁，仿佛正在为昔日的过度明媚亮丽而忏悔，忽然看见一张脸，女王的脸，勾魂摄魄，我已经开始产生幻觉。

瓦普庙正在修复。修复者只有一位青年，他的同事不知道到哪里去了，他趴在地上一块块测量石头，在图纸上标出位置。那些掉落的石头窗柱，被随便地堆在一边，每一截都价值连城。有几截被守门人用来支着花盆。我有些担心，修复是什么意思？难道他们也是神？神创造了瓦普庙，也创造了它的废墟。

离开的时候，天已经黑下来了，湄公河又要下雨，闪电在大地上独舞，穿着黑暗的裙子，就像古代的女神。雨令湄公河凉快了下来，河流闪着微光，照见船夫结实的背，他叉开腿站着，姿态宛如年轻的神，他唱着歌。

老挝，瓦普庙的一双脚　2003

西双版纳的艺术家罕璇　2022

曼弄寨的一幅现代壁画　2022

老挝，湄公河女神　2005

老挝，琅勃拉邦，一尊即将诞生的佛像　2003

琅勃拉邦，僧侣的一部分　　2005

老挝，湄公河畔濯足的僧侣　　2005

老挝，琅勃拉邦的长老 2003

老挝妇人　2005

老挝，两个僧侣 2005

6

　　澜沧江-湄公河在缅甸的东北地区，作为缅甸与老挝之间的界河，流过两百多公里。这个国家最重要的河流是伊洛瓦底江。伊洛瓦底江的源头与澜沧江的源头都在青藏高原上。开始的时候，伊洛瓦底江至少有两个源头。东边的源头悄悄地从中国西藏察隅附近人迹罕至的山岗中涌出，张望片刻，蛇一样扭动着向云南高原那边过去了。谁也不知道到后来它竟然会成为那么辽阔的大河，哺育了一个国家。它的上游称克劳洛河，到云南贡山境内与麻必洛河汇合后始称独龙江。独龙江遍布危石险礁，水势汹涌。诞生于中国大地的河流大多是这样的，因为众水来自世界最高的地方，它必须向下冲出道路。独龙江进入缅甸，称恩梅开江。另外一个源头在缅甸境内，是迈立开江。它们在缅甸密支那城以北约五十公里处汇合成宽阔的大河，始称伊洛瓦底江，它是缅甸最大的河流，顺着北高南低的地势，穿过西部山地和东部高原之间的沉陷地带，蜿蜒曲折，纵贯全国。缅甸古代传说中的雨神叫作伊洛瓦底，据说，他最喜爱的一头白象曾经在大地上喷水，形成了这条大河，人们就用雨神的名字来命名它了。

　　这条大河全长两千七百十四公里，流域面积四十一万平方公里。它的上游从圭道至曼德勒，先后穿过三个大峡谷。第一峡谷长约六十公里，在悬崖绝壁间左冲右突。从八莫南面的辛冈村至瑞古市以北的丁包固村，是长约二十三公里的第二峡谷，行船虽困难些，但地势已经舒缓，没有第一峡谷那么险峻了。大河南流至达贝金附近又形成长约二十七公里的第三峡谷。出了这个峡谷，江面宽阔平缓起来，一直到曼德勒。出了曼德勒以后，航行就便利多了。两岸是平原，偶尔有低缓的山脉。到缅昂以下，伊洛瓦底江像一条大鱼尾巴那样摆动，形成多条汊河，这就是著名的伊洛瓦底江三角洲。这里地势低平，河道密集，雨季沉入洪水中，旱季又冒出来。村镇都建在地势高的地方。这里是缅甸人口最稠密、经济最发达的地区，是缅甸全国稻米的第一中心，享有"缅甸谷仓"之盛誉。古代印度人把这里叫作杜瓦纳布迷，就是黄金国的意思。穿过这个巨大的粮仓后，伊洛瓦底江注入印度洋的安达曼海。

在中国境内，伊洛瓦底江还有两条支流，大盈江和瑞丽江，它们流出云南德宏州，在缅北加入大河。1988 年，我在瑞丽江畔的一所学校里教书。寒假时，傣族学生岩翁说可以带我到缅甸的南坎去玩。那时候缅甸给我们的印象很模糊，一方面它好像是一个拉丁美洲的玻利维亚那样的地方，"文革"时期，昆明有许多青年学生跑到缅甸去参加缅共。奈温将军、缅甸共产党主席德钦巴登顶是经常在云南人民广播电台里听到的名字。那时候，听广播由不得你，天一亮，所有大喇叭就在电线杆上响起来。另一方面，云南与西方生活方式的零星联系又主要是通过缅甸。当时云南有"外五县"，即五个靠近缅甸的县，没有通行证是不能去的，而办个通行证是比登天还难的事情。经常有人把瑞士手表、日本录音机、喇叭裤和西装从缅甸走私到云南来。我的朋友 Z 和 W 曾经从腾冲密林偷越国境，回到昆明时一人穿着一条喇叭裤，得意扬扬地在大街上走，像是归国华侨。当时昆明的时髦

211

是穿西装，这些西装都是从缅甸偷运过来的旧货，日本人捐到缅甸，缅甸人又偷运到中国，那些西装上还绣着日本人的名字，能得到一件的人非常得意。这是正宗的西装，"文革"后，中国已经不会做西装了。我印象深刻的另一件事情是，有一个夜晚，有人领我到瑞丽的一个中学去，据说那个中学的一位历史教师藏着一幅画，昆明看过这幅画的人提起来都激动得不得了。昆明到瑞丽的公路有将近一千公里，坐汽车要走三天，许多人如此艰苦跋涉，只是为了去看看这幅画。我跟着几个人在入夜后秘密潜入中学，来到一所平房前，一个小个子男人在一个门洞里出现了，他是中学历史教师，一个留在云南的北京知青。我们懒得搭话，都期待地看着他，他善解人意地打开一个箱子，把盖在上面的衣物拿开，终于把那幅画取出，慢慢地舒展开来，我们屏住呼吸，画面上躺着一位全裸的金发女子，是一张19世纪外国油画的复制品，后来我才知道那是西班牙画家戈雅的《裸体的玛哈》，我们只看了一眼，他就收了起来，啪嗒一声合起箱子锁起来，他说这是从缅甸搞来的。

　　天还没亮，岩翁就让我和P坐上了一辆手扶拖拉机，同去的还有其他村民。那天是南坎的集日，当地人可以自由出入边界，外地人就不行了。岩翁的母亲说我长得像景颇族的，没有人会盘问，给我一顶傣族草帽戴着。P就比较麻烦，皮肤白皙，樱桃小口，一看就是中国内地来的姑娘。岩翁妈说没关系，到时候拿个箩箩罩着，她就混过去了，好像我们是两个要潜入敌区的八路军。拖拉机穿过冬天的甘蔗地，甘蔗开着淡紫色的花，亮得像一盏盏纱灯。到了边境检查站，我们紧张起来，岩翁妈叫P趴下，用个大箩筐把她罩住，有个穿缅甸军装的持枪的瘦子瞥了我们一眼，我们就进入了缅甸，这是我第一次出国。下了拖拉机，又登上在瑞丽江上摆渡的大竹筏，竹筏上挤着四五十个背箩筐、扛麻袋的傣族人，鸡呀狗呀的叫成一团。过了河，又走过一段土路，就到了南坎。南坎是掸语地名，意思是"金江"，位于瑞丽江南岸。它是缅甸北部的一个镇区（相当于县），盛产茶叶。1044 年，缅甸蒲甘王朝的阿奴律陀王率军北征时，曾在南坎安营扎寨。南坎看起来和中国这边一个大村庄差不多，有寺庙、佛塔和一些简陋的铺面、竹楼。有一所英国式样的蓝色房子比较显眼，那是当地政府的办公点。赶街的地方是许多临时搭起来的竹棚子，除了各种各样的农产品外，还有西方进口的罐头、香烟、洋酒、歌星的画片、邓丽君的磁带、牛仔裤和花格子衬衣，这些都是中国没有的。那时候昆明的服装呆板单调，其丰富程度还不如这些摊子。士兵三三两两在人群里面逛，磨得发亮的枪支挂在肩上，有的在腰带上还插着左轮手枪。缅甸发生了政变，奈温将军的政府垮台了。那些晃来晃去的枪时时碰到我们，还在冒烟似的。有些士兵盯着 P 看，她在这里太显眼了，江南人，本地就没有长成她这个样子的。岩翁安慰我们，不要害怕，他们不会管的，他像当地人一样知道一切。我们买了一罐英国进口的炼乳，牛仔裤太贵了，八十多块人民币一条，买不起。岩翁请我们去他表哥那里喝咖啡，我们就跟着他走进那所英国房子，进来一个穿军装的男子，原来他表哥就是这个小镇的负责人，他为我们端上香味浓烈的咖啡，这是我平生第一次作为客人被招待的饮料，是咖啡而不是茶。他的办公室很凌乱，堆着各种文件，像好莱坞电影里的一个场面，我没有想到缅甸也有办公室，我以为那边都是村庄。后来我们看见一个长途汽车站，一辆绿色的英国进口的旧卡车停在车站外面，就要开了，车厢里已经挤满了人和各种包袱，车棚顶上也坐满了人，车厢板两边也站着人，他们只要手脚可以抠住一个地方，就像一个包那样挂上去。连车轮的水板上也坐着人，这辆汽车将要驶去的道路是一条棕色的土路，坑坑洼洼，中间凸起来，两边凹下去，远方是安静的丛林，弥漫着幽暗的雾，不知道暗藏着什么，这个国家遍布着热带雨林，全年气候分为三季，3 月至 5 月为热季，6 月至 10 月为雨季，11 月至次年 2 月为凉季。

2005 年 9 月 25 日，在偷渡缅甸十七年后，我再次进入缅甸。这次是拿着护照，跟着电视台的采访小组。穿西装在中国已经被视为老土，我们穿着西方进口的登山鞋、野战服，大箱子里放着刚刚上市的日本进口的数码摄像机。多年前的缅甸印象已经模糊，现在关于这个国家，我知道的是玉石、毒品、柚木、军政府、西方的封锁，以及昂山素季。在昆明填表格的时候，办事员担心地对我说，要小心哪，那边危险得很。

我们在上午十点左右飞到了仰光。飞机穿过伊洛瓦底江畔的绿色平原，缅甸的首都仰光就坐落在伊洛瓦底江东侧的仰光河边。我没有看见城市的迹象，丛林中露出一些金色的塔。飞机悄然落地，像一只横空出世的大鸟，非常安静，这也许是世界上最安静的机场，空旷的停机坪上只停着两三架飞机，仿佛已经睡着了。关机。这是一个不用手机的世界，公用电话打长途需转接，很贵，每分钟一美元。

机场大厅里乱哄哄的，闷热非常，好像没有空调。几乎所有的行李都要被打开检查、登记。我们比较幸运，电视台的一位负责人亲自来迎接我们，他穿着缅甸筒裙，挎着手工纺织的挎包，张开热情的手臂拥抱，说着流利的英语。在缅甸，能够讲英语的人较多，英语是学校的主修课之一。一位女士接过护照走进去盖章，很快回来，我们已经获准入境了，抛下同机而来的那一群乱哄哄的西方旅游者，我们从海关旁边的小道进入了缅甸。

气温在 30—40℃，有一辆中巴车接我们进城。这是一辆破旧的日本车，没有空调，后来我发现，缅甸几乎不用空调，就是挤满人的公共汽车也不用空调。车子一动就凉快了。仰光看起来像一个巨大的公园，到处是植物、花草和佛塔。裸露左肩、穿着红色袈裟的僧人赤脚在街上飘着。我以为像中国那样，来迎接的人包括司机必然会簇拥着我们去吃午饭，但电视台的负责人中途下车回家了，其他人员也一一离去，吃饭的时候只剩下我们。旅馆位于仰光市中心的大街上，标准间二十八美元（十美元的旅馆也有），一个很正常的旅馆，没有什么生活品位的炫耀，已经开业多年，侍者彬彬有礼，板栗色的皮肤，健康结实，笑容憨厚。电视除了本地节目，还可以收看欧洲、日本和中国的频道。打开房间的窗子，仰光有很多古老的顶，殖民地时代留下的英国建筑的暗红色屋顶，印度教寺庙镶着各种神灵雕像覆盖着青苔的顶，现代文明发明的四方盒子的顶，生锈的铁皮顶……佛塔、教堂遥遥相望，鸽子在天空嬉戏。感觉这是一个 20 世纪 60 年代的世界，我隐隐地闻到少年时代昆明的气息。街道上挤着的汽车排成长龙，这些汽车像是从废品收购站开出来的，大多锈迹斑斑，由于西方的封锁，缅甸很难进口汽车，许多汽车都是奈温时代的。老爷车、吉普和老式的英国设计印度生产的公共汽车比比皆是。一辆黑色老爷面包车停下来，里面钻出来一位蒙娜丽莎式的女子，脸色苍白，脖颈上挂着色泽暗淡但贵重无比的宝石。

自 1044 年形成统一的国家后，缅甸经历了三个封建王朝，蒲甘王朝、东吁王朝和贡榜王朝。英国于 1824 年以来先后发动三次侵缅战争，最后占领了缅甸，1886 年缅甸被划为英属印度的一个省。1937 年缅甸脱离英属印度，直接受英国总督统治。1942 年日军占领缅甸。1945 年 3 月，反法西斯人民自由同盟发动全国总起义，收复缅甸全境。日本投降后，英军重新占领缅甸。1948 年 1 月 4 日缅甸脱离英联邦独立。从 1948 年到 1988 年，缅甸先后由吴努和奈温将军领导。1988 年 9 月 18 日，军队接管政权。之后，国名改为"缅甸联邦"。缅甸曾经是东南亚最富裕的国家，街道上的汽车长队还可以看出仰光昔日的繁华和奢侈。第二次世界大战以前，缅甸约提供世界稻米总贸易额的 40%，有"稻米国"之称。据缅官方统计，2002 年，缅甸稻米的种植面积为 663 万公顷，大米总产量为 2278 万吨。

受到热带季风气候的影响，仰光长满苔藓，暗绿色的苔痕顺着发黄的墙壁一片片蔓延，许多大楼是 20 世纪 60 年代的建筑，是中国今天正在普及的那种方盒子大楼，但阳台和窗子没有被铁栅封锁起来，阳台依然在使用，晾着衣服，人们喜欢站在阳台上，观察街道上的动静。这城市不像世界其他地方那样，大部分人行色匆匆或者埋头苦干，人们并不迷信工作，生活比工作更重要。旧得具有生命感和记忆力的大楼、毛茸茸的下水管道、苔藓、植物、五颜六色的衣物、躺在别家门洞里酣睡的流浪者、广告牌，以及阳台上的老人使仰光的街道看起来像是历尽沧桑的油画，自然在改造人的世界而不是人改造了自然。街道上遍布着古老的店铺，理发店、饮料店、电器商店、钟表店、书店、服装店……有些店铺看上去似乎已经营业了三百年的样子，古老得像是坐在里面的人都是鬼魂。时间比中国晚着一个半小时。仰光在 1948 年缅甸独立时定为首都，它位于伊洛瓦底江三角洲东侧，背靠勃固山脉，仰光虽距出海口三十五公里，但万吨海轮可直抵仰光码头，是全国最大商港，年吞吐量占全国的 93%，缅甸的输出入商品，绝大部分通过仰光集散，仰光是缅甸国内外交通总枢纽。据统计，到 2006

年 3 月，仰光省的 GDP 将达 7900 亿缅元，为全国最高。目前缅甸全国的人均年收入为 167 000 缅元，其中，仰光省为人均年收入最高的省，达 233 156 缅元。作为城市，仰光市区的格局显然是西方式的，街道井字形排列，只有横竖两个方向，不会迷路。人种非常复杂，除了属于黄种人的缅族、华侨，还有许多皮肤更黑的印度面孔的人，古代的混血运动在这个地区一定非常激烈。令人惊讶的是，相貌差异如此之大的人民却如此和谐、彼此相安地生活在一起。这个国家有 90% 左右的人一生信仰佛教，其他人信仰基督教、印度教、伊斯兰教，以及原始宗教和共产主义。街道上有许多旧书店，出售缅文、英文书籍，缅甸是一个文化程度很高的国家，教育通过学校和寺院得到广泛的普及，在 2000 年，所有适龄儿童都已经可以免费接受小学教育。国民识字率为 91.4%。建立于 1920 年的仰光大学曾经是东南亚最著名的大学。有一些小的古董店，卖来历不明的石头、佛像，以及钱币、手表。这座城市既有殖民时代的英国风格，也有南亚风格。在 2005 年，一美元可以换到 1200 缅元，但只能在银行里换。直接用美元购物也可以，但要经过麻烦的计算，一般缅甸人并不清楚汇率是多少。主要街道路面较平，但次要街道就坑坑洼洼了。仰光大街禁行摩托、单车，只准通行公交车、私家轿车、出租车和三轮车。由于公交车少，要等很久，每趟都被挤满，公共汽车载客没有人员限制，只要能挤上去就成，因此公共汽车总是挤到人头从窗子冒出来的地步，车子经常不关门，车门口也站着人。但无论多么拥挤，绝对没有争先恐后，你推我搡，而是彼此谦让，逐渐靠拢。缅甸是个君子之国，大多数人温良恭俭让，大家都很谦卑的样子，人们的动作给你的感觉是总在后退，总是让你先，相比之下，我们这几个中国人的动作确实有些习惯性的勇往直前、当仁不让。我们乘坐的汽车曾经跟着一头牛走了整整一条街，而司机决不按喇叭吆牛让路。著名的昂山市场就在我们的旅馆对面，英国式的黄色大房子，里面全是卖工艺品和珠宝的。美国《国家地理》式的明信片和手工艺品到处都是。人行道几乎完全被小贩的摊子占据了，卖油煎食品的小火炉一个接着一个。无数的伞，价格便宜的旧衣服。有一溜摊子卖的全是旧电话机。西方电影明星的肖像，以及摇滚音乐偶像。许多青年留着美国电影明星马龙·白兰度那样的发型。有些人嘴唇血红，牙齿漆黑，边走边做口吐鲜血状，那是在嚼食槟榔。这种植物具有迷幻的作用，会上瘾。到处都有卖槟榔的小摊子，通常是一个英俊的小伙子或者漂亮的姑娘，坐在一个木凳上，前面摆一个木盒子，里面放着果子、叶子和石膏那样的东西，把这些各取一点，搅拌起来，用叶子一包就成了，我买一个试着嚼，味道巨涩，舌头立即疼痛麻木，呼吸急促，过了一个小时才缓过来。

　　熙熙攘攘的街道上，男男女女、老老少少都穿着筒裙，这是缅甸最古老的服装。男子穿筒裙，上衣是西式的衬衫。女性则全身都是传统的服饰，经过无数年代的调整，女性服饰已经可以非常优美地体现出缅甸女子普遍苗条的身材，令她们飘飘若仙。英国在缅甸殖民多年，这个国家只是在实用方面受到影响，它吸收了对生活有利的部分，保持了来自缅甸传统的大部分。筒裙使人们臀部线条清晰，彼此偶尔撞到，在人群中漫步是很性感的事情。这种裙子就是一块宽一米多些、两端连为一体的棉布，套在腰上，把端口左右一折，三下，别起来，就不会掉了。男人系筒裙的方式与女人不同，男人开摺在中间，而女人是边上开摺。系筒裙的花样也是千奇百怪的，非常好看，而且人们会暗暗比赛谁的结系得更漂亮。在那样热的天气里，穿什么都热，筒裙形成一种天然的空调，是最凉快的。我们参观了国家电视台，其规模相当于中国的一个省级电视台，电视台有一个由领取工资的民间艺术家组成的演唱团，专门为电视台表演各种受观众欢迎的节目，工作人员都穿着筒裙而不是世界办公室流行的制服上班。这是一个有自己的身体的国家。筒裙，几千年来就是那个式样，一块布而已，适合缅甸的气候，四季皆宜，穿着凉爽，夜晚放下垂地就可以防避蚊虫攻击。系在男人女人的身上都可以显出身段。在缅甸，你经常感觉到人们的身材普遍动人，那是筒裙造出的效果。牛仔裤可以体现出臀部的力量，筒裙同样也可以。两者表现出的风度不同，穿上筒裙，人更容易在裙子带来的感觉中出现随风而行的状态。而牛仔裤，只是与牛搏斗时的工作服而已，它肯定没有筒裙舒适，能流行于全世界，只是因为它是某个强大经济实体的一个文化符号。筒裙令缅甸有一种柔软的气质，但在历史上，缅甸曾经有过东南亚最强大的军队，它曾经毁灭了暹罗王国的都城。还要怎么进步呢？在最基本的生活世界方面的盲目进步，只令身体陷入尴尬。在现代录像设备与古老筒裙之间，有一种超现实的感觉。当我问到现代化对缅甸的未来会产生什么影响的时候，电视台的副台长说，没有什么是唯一正确的。生活铺天盖地地进行着，比任何这个世界以外的人士想象得都要正常、丰富、安全、放心，充满生机和活力。仰光的下午，一个缅甸男子走着走着，突然回头看看，双手一张，打开筒裙，抖抖，扑扑两下，又系紧了。这是一个普遍的动作，筒裙隔一段时间就会松，因此要重新系一下。

我们获准参观仰光港的一个码头，看见工人们在干活的时候也是穿着筒裙。趿着拖鞋，一裹筒裙，就驾驶着载重卡车隆隆开走了。港口上正在建造一个巨大的吊车，这是上海的一家公司投资的。

某个晚上，我们应邀参加新闻部的晚宴，汽车将我们送到一个外形是一只大鸟的华灯灿烂、金碧辉煌的宫殿前，以为是钓鱼台之类的地方，其实是一个对外营业的豪华餐厅。卡拉维皇宫餐厅，又叫妙声鸟餐厅。妙声鸟是缅甸传说中的一种神鸟，这家餐厅便是仿照神话中妙声鸟的形象建造的。缅甸古代武士打扮的人将我们引入内，国家新闻部副部长以及一群穿裙子的将军等候在那里，握手，然后观看缅甸歌舞，那些歌舞的表演者是真正的民间艺术家，他们盘腿而坐，音乐一起就进入迷狂状态，自己创造了一个音乐的小世界，完全不会去搔首弄姿地迎合观众。首长没有发表演说，看完歌舞就吃饭，席间说的是某某长得像缅甸的谁，缅甸的姑娘长得怎么样啊，几乎没有这类场合的官僚应酬，一点点而已。缅甸以吃大米为主，菜肴大多是小碟小碟的虾酱、牛肉酱、鱼干、酸菜、炸食什么的。缅甸人一般每天吃两顿饭，时间大致分别为上午九点一餐和下午五点一餐。吃饭有西式、缅式两种，西式使用刀叉，也用筷子。缅式是用手抓，用饭前后要到屋角特备的水缸边洗手。很多时候是手和刀叉并用。一般人用餐往往比较简单，一碗米饭，一碟虾酱，一杯清水，便是一顿。宴会上了很多种小碟子，虽然多，但并不铺张浪费。国家电视二台的副台长坐在我旁边，我们议论他的筒裙，看起来很有贵族气质，他拉过我的手请我摸摸那布料的质感，说是很便宜的，仰光的市场里就能买到。有位领导过来敬酒，说，你们一定要找缅甸的姑娘，她们非常美妙！美妙！宴会结束，大家来到门口，汽车一辆辆开过来，军人们一个个钻进稀奇古怪的老爷车，挥挥手消失在路灯暗淡的黑夜里，给人一种童话的感觉。

仰光充满生活气息，人们在生活，而不是在建设或者拆迁。黎明的街道上停着大群的鸽子，有人在喂，并不是观光客作秀，而是普通人的日常作业。这座城市几乎没有照相机。寺院就像政府机关那样按时开门，七点开门，已经有人去进香朝拜。赤脚的僧侣披着袈裟、托着钵沿街化缘，白米饭已经像一个塔那样堆起来了。目前缅甸有三十多万僧侣，两万多尼姑，五万多座寺庙。大约每千人中就有七位僧侣。还有人在街边继续睡觉。从早到晚，都有人在街道上呼呼大睡。人行道上经常出现放在木架子上的水罐，盛着清水的罐子边挂着一只瓢，供任何人解渴，这是佛教社会的无数善行之一。"神虽唯一，名号繁多，唯智者知之。"神化身于世界万象，善行不是只在寺院里面对着佛像的时候才做，而是时时刻刻。我看到某个中国旅游者在游记里奉劝人们别喝这些水，说是不卫生，他不信，他是唯物主义者。我却迷信这些水为神所赐，我可以不必再因为背着笨重的水壶背到肩膀发痛了，我因为这些陶罐而对这座城市怀着信任。当我要饮水的时候，就有水罐在等着我。

仰光的玉佛寺有一尊新近雕成的巨大佛像，那巨石是在曼德勒的山岗中发现的。佛像周围的墙壁上挂着军政府官员与佛教徒共同庆祝佛像搬运的油画。佛教是在国家之上的，在亚洲的佛教国家，国家不是意识形态的主宰者，只是行政机构。缅甸现在的军政府非常重视佛教，把寺庙教育纳入了国民教育体系，在仰光和曼德勒建立了国家三藏经大学，政府领导人经常拜见高僧，参与佛教活动。在仰光，夜晚和白昼都可以看见一座金光灿烂的巨塔，它神秘地出现在旅馆的窗口，汽车的挡风玻璃上，大路上积水的坑里，树林和花园的边缘，湖那边，某条街道的尽头……其实它稳稳地坐落在市区北部茵雅湖畔海拔 51 米的丁固达拉岗上，却给人无所不在的感觉。大金塔始建于公元前 585 年，比仰光城的历史还要早两千多年，是缅甸的佛教圣地。大金塔基座周长 427 米，塔身用砖砌成，塔高 112 米，四十公里外也能望见。据说，这个伟大的建筑中藏着八根释迦牟尼的佛发。

塔的表面贴满金箔，用了七吨多。塔顶镶嵌了无数的钻石、黄金、翡翠、戒指、耳环、手镯……都是信徒奉献的。有资料说，其中有 4350 颗钻石、664 颗红宝石、551 颗翡翠，以及 1600 多颗大小不同的玉石。塔顶最核心的部位镶着一颗重 76 克拉的金刚钻石。塔身挂有 1200 个金铃和 14 200 个银铃。（《列国志：缅甸》）风来时，万铃齐晃，这座巨塔就奏起天国般的音乐，仿佛飘在天空。那些价值连城的宝物是信徒们在各个时代挂上去的，每隔一段时间，大金塔周围就搭起脚手架和梯子，让信徒奉献，那是一个争先恐后的狂热场面。许多人积蓄一生，价值百万的宝石，从脖子上取下来就挂上去了。它是世界上价值最昂贵的佛塔，也是缅甸文明的一个象征。

所有的人都必须脱掉鞋，这是一个金光灿烂而没有丝毫俗尘的地方，走到大金塔下面的平台上，你就进入了圣地。平台时时有人跪地揩抹着，镜子般照出人影。这绝对是一个圣地，并不像世界上的许多圣地只是隐喻上的，此地就是圣地这个事实。你立即安静下来，虔诚感染了你，最狂妄乖戾的家伙也不敢再出气，低头跟着膜拜起来。一尘不染的地面，从古代延续到今天的赤脚王国，香烟弥漫，各种姿态的佛像若隐若现，神秘地微笑。神色庄严的僧侣、平民踮着脚尖缓慢地围着塔身走动，仿佛巨钟上的指针，或者只是一些蹀躞而过的灰尘。时而光辉灿烂，金光耀眼，那光强得你只能闭上眼睛，时而又进入塔身巨大的阴影中。许多人面向金塔盘腿而坐，一动不动，念念有词。随时可以遇见相貌奇古者，一看就是修炼多年，来自遥远的丛林、山洞、河流的高僧。在中国你很难看见这样的人物，古代世界的人物。我相信那些念念有词的人们，没有一个会念出"保佑我发财，保佑我当官"这样的俗语。身体很轻，意识模糊，仿佛进入了迷狂状态，直到离开，我才稍微清醒。几个小伙子帮人照相留念，他们手中的相机就像大街上的老爷车，已经磨得露出铜来，完全是古董了，必须非常小心地呵护，才可以用那么多年。仰光那些旧汽车，如果爱慕虚荣的话，也应该打整一下，但都是灰乎乎的，少数的新车也是如此，很难看见什么汽车闪闪发光，不可一世。一位当地人说他们没有擦洗汽车的习惯。在缅甸，人们不把工业产品例如汽车、照相机什么的视为社会地位、成功的象征，这种物品依然保持着工具的原始身份，精神生活比这些东西更为贵重。我们从大金塔的另一个门走下去，沿着阶梯两边是一个市场，出售各种各样的佛像和念珠。用手工老老实实做出来的，没有中国工艺品的灵巧，笨拙而朴实。有个中年人把他花一个星期雕刻的弥勒佛像卖给我，檀香木的，他只要四百缅元。

蒲甘在伊洛瓦底江中游东岸的平原上，距离曼德勒一百五十多公里。此地世界闻名，因为这里屹立着几千个古代的佛塔。前往蒲甘的飞机早晨七点起飞，每天只有一班，仰光到蒲甘的飞机票三十美元。从仰光市区到飞机场二十多分钟。天还未亮，街道上已经有人在跑步晨练了。同时，也有一队队扛着步枪的士兵在巡逻。飞机是德国制造的，飞行员也来自德国，是一架可以乘二十四人的小型飞机，去蒲甘的基本上都是外国游客。飞机升入天空一小时后，蒲甘出现了，广袤平坦的大地，丛林葱茏，其间突出着几座塔状的小山，遍布着一座座赭黄色的砖塔，有几座金光闪烁，那是国王建造的塔。除了塔以外，大地就看不见什么建筑物了。

1044年，阿奴律陀王在这里创建了缅甸历史上第一个包括缅、掸、孟等民族的统一王朝——蒲甘王朝。从此，蒲甘成为历代蒲甘王朝的京都。

1056 年，南传佛教成为蒲甘王国的主要宗教。据说，阿奴律陀王笃信佛教，他在征服缅南部直通王国时曾获三十二部《三藏经》、三万名南传佛教教徒和技艺高超的工匠多人，他们带来了造塔的技术，推动了蒲甘长达两个世纪的造塔运动。有个故事说，当《三藏经》沿着伊洛瓦底江运至蒲甘时，阿奴律陀率众臣前往江边迎接，并自己下水将《三藏经》顶在头上游回岸，安放在一头象征国王权力的白象背上。白象托着《三藏经》在蒲甘茂密的森林里行走时，忽然双膝跪地，阿奴律陀王认为这是佛祖显灵，就在此建造了蒲甘第一座金塔，从此蒲甘开始了延续数世纪的造塔运动。建造佛塔，是缅甸南传佛教的一种传统，无论是国王、僧侣还是平民，建造佛塔就是完成生命中最大的一个善果。人们一生最大的愿望就是修建一座献给佛的塔。获得善果并非个人独享，也可以惠及众生。有一段古代的铭文写道：某人向寺院奉献了她的所有财产，牛群、土地和劳动力，她希望她由此获得的善果可以与她那个时代的国王、未来的国王、她的父母、子女及所有生灵共享。蒲甘的无数佛塔来自国王、大臣、僧侣、平民的倾囊奉献。根据不同的经济实力、社会地位及审美趣味，它们有着不同的风格。"人们的社会地位由其向寺院捐赠的多寡而非个人财富积累的多寡来决定。"（《剑桥东南亚史》）缅甸有句俗语叫"多得像蒲甘的佛塔一样数不清"，在造塔最狂热的时代，据西方学者研究，蒲甘平原上，曾经屹立着一万三千座佛塔。而民间传说中的蒲甘，则被称为"四万宝塔之城"，因此成为 12 世纪缅甸文化、宗教的中心。如今，在荒凉的平原上，只剩下两千两百三十座古塔和四百十六所古庙。加上一些残存的遗迹，全部古迹在五千处左右。那些寺庙规模庞大，一般包括佛寺、水池、僧舍，以及学生学习的教室、宿舍。我们看到一所寺庙遗留的水池，面积有足球场那么大，黄色的条石砌成，

224

水已经干了，池底长满野草。没有人动过这里，满地是原始木化石。缅甸的石头并没有被视为艺术品，各种奇石就那样放在原地。直到今天，新的塔依然有人在建，只是没有古代那么辉煌了。

如果你不是佛教徒的话，你可以把蒲甘视为一个散落在辽阔的荒野上的已经浑然天成的南传佛教艺术展览馆，无数美丽的雕塑、壁画暗藏在黑暗的塔中，有个塔内的壁画是画在麻布上又贴上去的。有些塔给人的感觉像是希腊建筑，巨大的拱门、走廊、法国黄的墙壁、壁画、十字形的塔顶，但这一切都来自蒲甘人自己的创造。据说，当蒲甘人创造这些奇妙的拱顶时，中世纪的印度人和东南亚其他地方的人还不知道这种技术。对于一个蒲甘人来说，他们看见希腊式的建筑时，他们或许会说，那是在模仿我们。塔里的内容够你欣赏一天或者一生，看迷到什么程度了。外国游客进入蒲甘，要缴纳十美元的历史遗产保护费。蒲甘相当安静，几乎看不见什么人，游客像小偷一样一闪消失在塔洞里。除了必需的柏油路，其他一切保持着自然的面貌，通向古塔的小路都是沙路，由于塔是砖造的，烧砖砍伐了大量的森林，几百年下来，热带雨林消失，大地已经成为沙漠，据说还使原本6月到来的雨季推迟到了8月。但现在，丛林又再次蔓延开来。近年缅甸政府加强了对文物的保护，同时制定法律恢复生态，规定凡是伐木一棵，判刑三年。大量新的乔木被种植下去，雨季又渐渐回到了6月。但土地还是很热，沙可以把你的鞋底烤到发软。蒲甘的古塔和丛林就在公路两边，在塔之间的土地上，除了丛林，还种植着芝麻、花生和大豆。许多塔依然保持着古代的状态，除了旅游热点，大多数塔人迹罕至，进入其中要穿过荒野。野草和荆棘中并没有通向塔的道路，要自己开辟，其中暗藏着蛇和其他生灵。蛇是神灵的化身之一，在缅甸的舞蹈中，演蛇的演员穿着一身红衣，摇摆着腰肢，做上升状，据说蛇一旦被神灵附体，就会跳那样的舞。建塔者的痕迹完全消失了，作者已死，只有献给神的建筑留下来。在东南亚，人的建筑几千年来没有多少进步，开始就是结束，人们一开始就找到了最适合在这个地区生存的建筑——用竹木和草叶搭建的干栏式建筑。从吴哥到蒲甘，从大城到琅勃拉邦，从西双版纳到越南的美山，宗教建筑风格各异，但普遍采用的都是石头和砖，这是最耐久的材料。建筑技术的一切进步、风格上的演变都留给了神的世界，因为在想象中，神必然居住在最永久、最完美的建筑里，神的居所是象征性的，与身体无关，人生是短暂的，永恒的是神的世界。人的居所无须永恒，栖身而已，也遵循着身体对自然的感受。

　　蒲甘已经成为国际性旅游胜地，据说每年从空中进入的游客有二十五万，其他通道前来的大约七十五万，一年接待游客达到一百万左右。但看起来蒲甘依然没有吴哥那样热闹，也没有吴哥那么博物馆化，荒凉和神秘感还没有被旅游驱除，许多塔还没有开发。一个黎明前的遗址。但旅馆业非常成熟，有七十多家酒店宾馆，就算你没有多少钱，也可以住上像模像样的旅馆。我们住的旅馆位于一座古塔旁边，有花园和游泳池。到达的时候，全体旅馆人员出来欢迎我们，为每个人端上一杯果汁。在露天的草坪上用餐，餐桌摆在大树下，铺着白色的桌布。早餐是西式的，咖啡、面包片、鸡蛋和水果。肤色黝黑的侍者彬彬有礼地背着手站在你身后等待着，令人想起某部电影中的印度支那。我们的导游是个黑脸的男人，他月收入四十美元，吃饭由酒店负责。在缅甸这是一个高收入的工作。一般的工资每月不过二十美元。每次他都是笑容可掬地站在车门边伸出手掌，提醒我们不要碰到头，那日本车太矮。一日之中，我们数十次上下车，他从来没有忽略过这个细节。这一切并不贵，在缅甸，许多事情不是以钱的多少来衡量的。

在落日时，登上某个高塔的顶眺望，蒲甘显得壮丽而悲凉。导游领着我们穿过丛林，警告我们要注意蛇。我们进入一个方形古塔的内部，进入了一千年前的房间，阴暗，满地的碎砖，佛龛内的佛像已经不知所终，墙壁上只剩下一个模糊的影子。壁画已经脱落，取代的是放牛的孩子们的涂鸦。在西方人进入蒲甘之前，没有人敢于或者想要盗窃塔内的任何东西，塔就是佛的化身。蒲甘人创造的不是文物，不是古董，不是博物馆，也不是艺术，而是来世，他们想象中的天堂。有个塔的门框上留着某个德国人"1884 年，到此一游"的题字。在 19 世纪 20 年代西方人进入蒲甘之后，这里才被视为考古学的对象和价值连城的古董。佛龛旁边有一个仅容一人通过的暗梯，黑暗，有一种陌生的味道，我从来没有闻过。楼梯上面是一个平台，旁边就是高耸的塔尖。丛林、沙漠、古塔、落日、夕烟……伸展到地平线尽头那无边无际的宇宙中，星子在金色的天空深处磨砺自己，等待着又一个夜晚来临。生命曾经在这平原上热烈地活动，信仰充实了人生，活得如此有意义的人们，完全不在乎世俗生活，只为了永恒的来世、他人的幸福。他们知道他们是谁，来自何处，要去何方。人类历史的最高目的无非就是要令人类在世界中安心。安心，中国文化道法自然，中国的心不是安放在来世而是在大地上。在佛教里面，则把人的心引导到上面，佛那里。只有面对佛塔、佛像，捻着念珠，做佛喜欢的事，人才可以安心。但佛教思想中也有自然崇拜的因素，因为万事万物莫不是佛的化身。攒钱修塔——缅甸人的施舍和捐献随处可见，数以万计的佛塔和数不清的寺庙是人们捐款修建的，全国几十万僧尼的斋饭、袈裟和日用品是教徒布施的，不仅如此，有益于生命的各种事业，比如等待公共汽车的凉棚、公园里供游人小憩的亭子和石凳、桥梁也都是教徒捐钱修起来的。一个西方旅游者说，"这是一个失去了角色的历史舞台"，时间中失去的只是当时人们的世俗生活，神的舞台依然存在。日常生活、肉身的一切痕迹都找不到了，只留下庄严的佛像、精美的壁画，像遥远的时代那样安详，它们被想象成未来，它们被创造成未来，就是对于我们这些相对于那些伟大的已经匿名的工匠而言属于未来的人，也同样是未来。我们并不是未来，我们只是当下，未来是一种永恒。那时代产生了无数造塔的艺术大师，那些佛像在绝对的虔诚中被想象出来，通过手艺完成，他们也许从未意识到他们是伟大的艺术家。虚无主义者把未来看成乌有，他们迷信现世的物质生活。而在蒲甘人看来，来世并不虚无，来世体现为在世的创造、奉献、敬畏，他们的信仰与诗人和艺术家是相通的，也许那是一个诗人之国，一座宝塔就是一首诗。人死去，宗教式微，这些伟大的诗之塔留下来。它们穿越时间来到我们面前，眼前这苍凉的景象仿佛是我们建造的一样，然后穿越我们，向未来而去。伊洛瓦底江在远方的天空下泛着白色的光，好像正在下雨。

据缅甸《琉璃宫史》记载，阿奴律陀王为求佛牙曾到过云南大理。蒲甘王朝的造塔运动在 13 世纪终止。1283 年，元朝军队入侵缅甸，在江头城大败缅军，缅王弃蒲甘城南逃。1285 年，缅王那罗梯诃波帝遣第达巴茂克高僧出使元朝议和。元廷同意议和，派怯烈出使缅甸，尚未谈判，缅王已被其子梯诃都所杀。梯诃都的幼子桥苴继位，全国骚乱，各地纷纷独立。势力强大的掸人三兄弟废黜了苴，夺取了蒲甘政权，蒲甘王朝至此告终。蒲甘王朝终结之后，缅甸的经济文化中心转移到伊洛瓦底江下游地区。在鼎盛时代，蒲甘万塔林立，僧侣如云，有一百五十万人口。而现在蒲甘只有二十五万人左右。一位老尼告诉我们，目前只有五十多位僧侣住在遗址地区，每七天出去化缘一次，仅维持生计而已。而在古代，全国把食物和黄金都送到蒲甘来。

忽然出现了笑容可掬的缅甸人，他们骑着自行车如敌后武工队那样从土路上奔来。飞身下车，像鸟一样收起翅膀，从怀里掏出用破报纸包裹着的佛像、宝石什么的，游客一阵冲动，以为那是古董。后来我细看发现，有些貌似古董的东西其实是塑胶之类的材料用模子倒出来的，但他们也没有卖古董的价格。他们没有说这是古董，当你问他们的时候，他们告诉你不是。十五年前，西方游客开始大批进入蒲甘，但看起来，这个地区完全没有旅游胜地所必然的油滑。那些年轻人看我不接受他们的商品，一个个蹲下来，开始玩弹弓，他们是非常好的弹弓手。

有几个塔世界闻名，已经旅游化了。例如著名的阿难陀佛塔，是蒲甘现存的佛塔中最大最美的一座，没有古塔的原始气氛了，过道上摆着各种旅游工艺品。但更多的塔完全是古代的样子。许多塔安装了铁栅门，如果要进去参观，你要找到那个掌管着钥匙和灯的人，他也许正在附近的某棵大树下饮酒或者打呼噜。我们在大树下唤醒一位守门人，他收了钱，就拿出钥匙，打开了门，里面漆黑，他拿出电筒，一束微弱的光吃力地划开黑暗，相貌慈祥的佛陀朦胧地出现在高处。

乌鸦在附近的树下玩着，另一些鸟在叫。炎热的沙漠里，古塔内部是最凉爽的地方。我找到一个水罐，喝了一瓢水。然后躺在一尊佛像下面小睡了片刻，那是守塔的人睡觉的地方，他铺了一张席子。以一块一千年前的砖作为枕头，我把我的头枕在上面，头脑清凉，就睡着了。

缅甸的手工艺品价格低廉，质量上乘，人们有很多时间来打磨，慢工出细活。在一个漆器作坊里，妇女和青年席地而坐，用竹片和马鬃编制各種器皿，飯盒、僧钵、茶器、碗、神龛等，然后用树脂、土漆等一遍遍涂抹，使其成为坚固的胎体，最后手工雕出各种图案。工人们工作一阵，就要唱一阵歌，这不是我们知道的那种工作，跟着大批订单的心急火燎的流水作业线，这是一种生活的游戏，其乐无穷。漆器是缅甸著名的民间工艺之一，手艺来自中国，继续着今日中国已经罕见的古朴和诚实。1924年，在英国人的建议下，缅甸政府在蒲甘建立了漆艺学校。如今这所学校已经是一所专科大学。有七十名学生，三十位老师，学生来自缅甸各地。蒲甘的漆艺学校是缅甸唯一的，其学生已经遍布全国。在学校的小博物馆里，我看到英国政府把缅甸最后一位国王带往英国囚禁的故事被富有诗意地刻在一个圆钵上，没有漫画化。

蒲甘到处可以见到人们对河流、石头、大树、山峰、动物崇拜的痕迹，这里摆着块石头，那里烧着香，这里围着块布，渡口有一座金塔，从曼德勒来的船在那里停靠。金塔紧靠大河，接受它的庇护。伊洛瓦底江很平静，江面宽阔、荒凉，有一种古代的氛围，两岸看不见水泥建筑物，偶尔出现村庄和佛塔，远处的高山上也有金塔在闪烁。船只很少，经过村庄的时候，许多人在岸边洗涤衣物，或者沐浴，牲口也泡在水中，露出一群头颅。孩子们在水里钻出钻进，捞点什么。我们乘着游船顺水行驶，船夫将船开到河心，就放任它随波逐流，天空高远，女人背着大地上的物产在高岸上走，落日在后面跟着。蒲甘的上游是曼德勒，可以乘船去。但最佳的路线是从曼德勒下水，跟着伊洛瓦底江流到蒲甘。河流滚滚向前，而你的感受却是从现代世界退向古代世界。

在蒲甘1904年建立的博物馆里，收藏着无数的佛像。慢慢看，可以看出佛像造型的微妙变化，11世纪的佛像有着印度人的特点，到了12世纪逐渐演变为缅甸人的面孔。这些风格各异的佛像来自不同的塔里，有的整个是石头雕刻的，有的头是石刻，而身子是砖雕的。许多塔里的佛头没了，只留下身子。在古代蒲甘，砖和石头都是非常珍贵的东西，只能用来为神建造宝塔。博物馆介绍说，蒲甘的宝塔有七种基本形式。1975 年蒲甘发生大地震时，古塔倒塌了八百九十二座。但在大地震前博物馆就雇用五十五位画家把所有的塔都用油画描绘下来了，并且测量拍照，在图纸上绘出形状、尺寸、细节，因此将来还可以依样画葫芦的。那些关于塔的油画风格各不相同，看得出画家们受过西方绘画的影响，具有印象派的风格。蒲甘的佛塔没有彼此相同的，每一座都是独一无二的，它们影响了后来缅甸的佛教建筑。

在博物馆，还陈列着缅甸人的头发造型五十多种。在东南亚，身体就是美的主要展开之所。文身、首饰、发型、脚环等比衣服更值得让人花心思，因为人们裸露的时候比穿衣服的时候更多，尤其是在古代。在那样的气候下，穿衣服其实是很难受的，就是在今天，西方文明的影响也是有限的，人们服从的首先是身体的感受而不是现代文明的各种时髦观念。

在一个大厅里，展览着数百种缅甸民间乐器。民间艺术依然是缅甸的主流艺术和当代艺术。缅甸也有成熟的摇滚音乐，比中国的摇滚乐历史更久，20 世纪 60 年代就传入了缅甸。在文化上，这个国家一直与西方保持着某种联系，但西方文化并没有颠覆这个国家。英国人进入缅甸已近二百年，但展厅里的西方古董也就是一把小提琴而已。我感到震惊的是，就是把西方一个交响乐团的乐器完全陈列出来，也没有这里陈列的缅甸民间乐器多。这些乐器并不重复，各有其独特魅力。在中国古籍中，缅甸被称为骠国，《新唐书·骠国传》说：骠国人"明天文，喜佛法，有百寺"。唐德宗贞元年间，骠国组织乐团，赴唐都长安献乐，向德宗进献了十二首乐曲和二十二种乐器。

　　我们乘飞机从蒲甘飞往曼德勒。飞机还是那个飞机，这个飞机每天从仰光飞到蒲甘，然后飞到曼德勒、东枝，最后又回到仰光。每个点的距离都是一小时左右，因此这些航班的起飞时间一班比一班晚。曼德勒至第悦茂为伊洛瓦底江中游。这里，西有阿拉干山脉，东有勃固山脉，伊洛瓦底江就在这两山之间自北而南流过。伊洛瓦底江中游谷地是缅甸降雨最少的地区，年降雨量只有500—1000毫米，加之天气炎热，蒸发量超过降雨量，因而也是缅甸最干燥的地带，但引水灌溉却很便利。早在一千年前，缅甸中古时期，人们就在这里筑堤坝修渠道，引水灌溉，种植水稻，现在依然是缅甸的重要产粮区。谷地也产芝麻、花生、棉花和烟草。同时，这里也是缅甸重要的养牛区。这个平原相当宽阔，在伊洛瓦底江与它最大的支流亲敦江汇合的那一带，平原宽达一百六十多公里。在飞机上看，这个水田平原是世界上最壮丽的景象之一，尤其是在落日时，无边无际的水田成为一块巨大的镜子，分裂成无数碎片，太阳一个接一个在其间跳跃着，金光流泻。天空中的云柱如大力金刚一尊尊怒发冲冠，被光明簇拥着。

　　曼德勒是伊洛瓦底江上游的门户，缅甸内陆的交通枢纽，也是全国第二大城市，缅甸最后一个王朝贡榜王朝的都城。曼德勒机场比仰光机场更现代，因为国外旅游者更多是从曼德勒进入缅甸。曼德勒是个混合着大城市、小县城、港口、超级市场、村庄、火车站、寨子、旧汽车、羊群、寺院、荒地、水塘、僧侣、人群、塔、露天浴场……的巨大的场。曼德勒王城是由云南腾冲和顺的华侨尹蓉为国王敏东设计的，据说依照的是古腾冲城的样式。如今已经成为一个无边无际的涣漫在伊洛瓦底江岸的新旧交替的城市，犹如巨大的水灾之后，那城市摆满各种生活物件，人行道被汽车修理行、百货摊子，以及街道旁家庭生活向户外的蔓延阻塞了，商铺和其他用途的单位无序排列。这一家是馆子，隔壁是电焊车间，之后是缝纫店，突然出现了珠光宝气的珠宝店，而隔壁在卖大米，没有任何过渡就出现了西装革履的超级市场，忽然又暗淡了，那是一个卖旧马达的肮脏铺面，旁边停着一排黄包车，车夫把腿支在龙头上安然入睡。佛教转世的信念令人们尊重世间的一切，一切都可能是佛陀转世。大树被崇拜着，被香火供起来。尤其是榕树，很多榕树上都挂有佛龛，里面供奉着神明，经常有人在榕树下坐禅、诵经、祈祷。佛经上讲，菩提树是和佛祖释迦牟尼一起出生的，同时又是释迦牟尼坐禅修行、悟出四真谛的地方。榕树与菩提树为同科植物，所以在缅甸人的心目中，榕树是圣树，是活的佛塔。许多露天浴室，只用一墙与街道隔开，一群妇女裹着裙子在后面洗澡，墙头露出一些丰腴的肩，听见她们正在用木桶往身上哗啦浇水，响亮地笑着，洗罢，一个个走到墙外面来拧干头发上的水。同时，一队僧侣赤脚走过，每个人夹着一把棕红色的油纸伞。某处有个卖纺织品的商店，里面的布匹一看就是古代的那种，质朴、结实，恨不得买上一麻袋。铺面后面是作坊，而作坊外面就是村庄，原来村庄躲在街道的后面。作坊里十几台英国产的古老的织布机正在有节奏地工作，看起来像19世纪的织布车间，但工人的装束看上去不像工人，像是些舞蹈演员，他们穿着日常的筒裙工作，没有工作服的概念。车间外面支着两口大锅，雾气腾腾，两个裸露上身的男子正在染布，狗在车间里像工头一样溜达。巨大的生活之城，充满活力，使用着古老的家什，许多家具是柚木的。没有日新月异的迹象，也没有世界末日或落后于时代的恐慌。一切或者大部分都是旧的，火车站、办公室、锁、铁路、织布机、村庄、寺院，什么都没有被抛弃，用了再用。赤脚而行的人随处可见。妇女把摆摊的碗碟作料什么的统统放在一个竹编的大圆簸上，头顶着轻盈走过，手里还提着一桶水。有八十多条街道，平坦的水泥路不多，大多数街道是坑坑洼洼的土路。人行道经常为各种物件、摊子所占据，步行的人可以在大街中央走，也可以五人一排当街走过，很安全。没有人按喇叭，汽车像教养良好的动物，从身边悄悄地绕过。人们当街而睡，人行道上，摊位上，三轮车的车厢里，酒店的职员铺个席子就睡在过道上，不需要被盖。羊群忽然泛滥于整条街道，滚滚而过，牧羊人裹着泥巴染红的毯子跟在后面跑。汽车总是挤满人，人们从车厢蔓延到车顶，车厢两旁，后面的踏板总是站着一排人。就是有空位，乘车的人也要站在车子外面的踏板上，因为凉快。一辆车奔驰而去，一位红衣僧人盘腿坐在车顶迎风不动，神采飞扬；另一辆则载着一车刚刚化缘完毕、怀抱僧钵的和尚，向南缓行。所有寺庙都必须脱鞋而入，但在机场你可以穿着鞋子到处乱踩，机场和超级市场并非这座城市最干净神圣的地方。民间音乐伴奏的高级餐厅，在里面用膳的人说着流利的英语。苍蝇成群的码头，苦力、乞丐、流浪者像堂吉诃德和桑丘那样神情高傲地并肩走过，没有人会歧视或同情他们，也许他们就是佛的化身。天仙般的中学女生。堆积如山的卡车。大街上，有的地方清扫了，有的地方垃圾成堆。盛着清水的陶罐，上面放着瓢。完全是无为而治的城市，没有穷凶极恶的城管队，混乱并不妨碍人们在里面其乐融融，做事或者呼呼大睡，经常需要唤醒正在酣睡的小贩或者车夫，请他卖给你东西或者请他载你上路。随时可以看见一群青年在踢藤球，凌空鱼跃，而周围就是菜市场。大街上，马车、独轮车、单车、摩托、汽车

234

都有。有些卡车的顶是竹篾编的。摩托车手都戴着头盔，不是人们遵守某种规定，而是这些头盔与摩托车是同时出现的。许多路口没有交通信号灯，但汽车并不因此堵塞。有些远道而来的、背着大口袋的人大步走过，就像中世纪的侠客。女人的脸上抹着黄色的粉，一种树磨出的细粉，涂在脸上可以保护皮肤，男子也用。粉被画成各种图案，犹如面具。这一切在另一种文化的标准中可以说是脏乱差，但并没有妨碍人们在其中有尊严地安详地生活，而且绝没有正在世界各地蔓延的那种惶惶不可终日的、担心着没有时间去完成不知道是谁下达的种种任务的焦虑。我无法确定，不知道这是自然的选择，还是因为人们并不知道另外的世界，但电视机并非稀罕的东西，虽然大多数图像不甚清楚，机子型号老旧，也不妨碍人们看见来自另一个世界的物质繁荣。街头有一个戴眼镜的知识分子模样的人夹着一部书低头走过，不知道他在想些什么。

堆积与涣漫，各种彼此矛盾的事物和谐地混杂在一起，有一种古老的安全感，而在现代主义的城市中，这一切都是危险的。现代主义意味着，忽然间，过去时代的生活细节完全落后了，成为脏乱差。人们即使身体舒适，在观念上也不能再肯定过去的生活形式。人们完全忘记，正是在这样所谓落后的世界中，人们生活并繁殖了我们这些当代的人，创造了人类历史上最伟大辉煌的艺术、诗歌及宗教世界。蒲甘可不是现代艺术。新的生活标准意味着那一切都不可能了，人们再没有时间来缓慢地从事那些手工。模仿与复制成为世界的潮流，乏味与空虚随之而来。但缅甸似乎完全逃脱了（自愿地或者被迫地）现代化潮流，它将现代的某些部分消化到它的文化中去，而并不影响它自己的文化在生活中保持着主流的地位。古老的佛教一直在一切正确之上，因此在别的地方被认为是唯一正确的现代主义，并没有获得独尊的地位。但我不知道这种东西到底有多么牢固，一旦世界对缅甸的封锁结束，这一切是否照常或者像中国那样荡然无存，是难以预料的。

19世纪中叶建造的皇宫，在第二次世界大战中被摧毁了，遗址上重建一座，里面有国王的床和衣服，还有他妃子的照片，都是些相貌娇美的女人，面容苍白。

有一个已经发黑的小庙全部是用木头雕出来的，雕工非凡。房屋中间的神龛处于黑暗中，缅甸的大多数寺庙是自然光照明。几十扇敞开的门制造了奇妙的光，那些雕在门上的神处于半明半暗中，仿佛活着。有一个年轻的和尚走过来，自动为我当模特，他靠在门上，一手裹着黄色的袈裟，露出一个结实的肩头，摆出美国《国家地理》摄影师希望的动作和表情，我因此知道这里来过很多的西方游客，拍了几张，他偷偷地示意我付钱给他。

马哈刚大勇僧院是曼德勒的一个旅游点，只有五十多年历史，是缅甸僧人最多的寺院，里面住着数百僧侣，从十二岁的小沙弥到六十五岁的大住持，每天的饭食都由信徒供奉。诵经和吃饭成为旅游参观项目。在古代缅甸语中，寺院和学校是同一个词。按照南传佛教的传统，每个男子一生中都要进入寺庙当一次和尚，接受佛教文化的教育。许多人的教育是在寺院获得的。许多客车停在寺院里，等着看和尚们吃饭。和尚们出来了，小和尚走在最前面，每个人都捧着一个僧钵。排队进入大餐厅，大桶里盛着蔬菜、米饭和汤。几排长桌子，盛了食物端到长桌子前坐下，埋头吃起来，吃得飞快，犹如阵雨，很快就结束了，人去楼空。许多外人拿着照相机狂拍。年纪大的和尚吃得慢些，从容不迫，看起来是分等级的，最奢侈的只有一桌，坐着四个长老，八菜一汤，荤素兼备，小和尚都去洗钵了，他们还在慢吞吞地品尝，每日的菜肴并不相同，来自不同的灶。

有一百五十余年历史的乌贝因栈桥全长一千二百米，据说是用一千零八十六根实心柚木建成的，之字形跨越陶塔曼湖，这样可以减缓雨季时洪水对桥的冲击。这是曼德勒的著名景点之一。桥上有许多人坐着钓鱼，盲人一听见有人走过，就昂首而歌，歌声淳朴悲伤，像是从古代的一个秋天传来，令人感动。桥头坐着许多男子，脱了拖鞋，聊着什么，"草堂春睡足，窗外日迟迟"的样子，看上去他们可以在这里坐一整天。在缅甸，这种场景随处可见，缅甸的时间不是一天等于二十年，一天就是一天。

旅游书籍介绍说位于郊区的曼德勒山是佛教圣地。传说两千多年前，佛祖释迦牟尼曾派弟子到此宣扬佛法而成为佛教圣地。山顶上有八座大寺院和无数的佛像，从山下的山门至山顶，用山石铺成的台阶共有三千三百多级，沿途有一千六百二十一座长廊，长廊上有描写佛祖故事的彩色壁画。这三千三百多级台阶，你得赤脚走上去。这是我后来才知道的，没有去，只是在白天多次望见这圣山，陪同我们的缅甸女士是本地人，她不觉得那山有什么稀奇的，她与它的关系就像家门口的水井，说起来轻描淡写。因此我们错过了许多应该去看的地方。

在曼德勒山脚下，存放着一本世界上最大的书。书页是镌刻在石碑上的古老经文，每座石碑都被罩在一个白塔里，共有七百二十九座，簇拥着中心的主塔。当年，敏东王曾召集两千四百名和尚以马拉松的方式诵读经文，足足用了六个月才将这本大书念完。我们的汽车每天都要绕过这些塔，在曼德勒，你要到某处去的话，这些塔群是绕不过去的。

我们的汽车跟着一些缓慢行走的人和老牛，在村庄中间的道路上行使，经常遇到狗躺在路中间，车子开到它老人家面前，才瞅一眼，像慢镜头那样摇开，回头看见，车子一过，它又回到原地躺下了。我们是去一个火车站，但我以为走错了，而确实是去火车站，那车站是英国风格的黄色房子，堆积着土豆和其他农产品，一些面目幽暗、衣着五颜六色的人坐在那些大包上，眼睛发亮，等着谁。铁路线周围长满荒草，车厢是蓝色的，停在蔚蓝的天空下，美丽而凄凉。站长的办公室放着磨得发亮的柚木家具和老式电话机，百叶窗外面是热带植物，他禁止我拍摄车站的照片。一列火车进站，光着脊背的男子们赤脚跑过去，把车厢里的一个个大包背下来，他们微笑地看着我的照相机。

　　进入一个家庭，我是因为购买一个铜质的大象与他家认识的。街道上一所已经发灰的现代盒式建筑的一个门，三层的楼房，一楼是卖古董的铺面，上面住着四家人。光线阴暗的楼梯是木质的，除了房子的基本结构是混凝土，地板、窗子和门都是木的，而且多年的使用已经磨出微光。家里摆着老家具，像个古董店。面孔黝黑的老板祖籍印度，坐在地板上。房子是私有的。他弟弟一家住在对面的那所房子里。他给我看各种宝石和银器，我问其中一个钵的价格，他在纸上写了一个数字，我摇头，他划去那个数字，向下画了一个箭头，又写了一个数字。我再次摇头，他又把这个数字画掉，再向下画了一个箭头，再写出一个数字，我再次摇头，他两手一张，"NO"了一声。他飘出一个指头，向下一画，吹了一声口哨，意思是已经降价两次，到底了。我被他一串优美的动作语言打动，成交！这个钵是用银打制的，上面用凿子打出花纹和一个佛经上的故事，有一匹带着战车前进的马，精美无比。他说这个银钵是某人送给一位将军的。古老的房间，幽暗的灯光，有位老祖母在里面房间的躺椅上坐着。仙女般的女儿偶尔走出来，看看我，又走回去。里面传出水瓢舀水的声音。他做手势表示一大家人都靠他工作养活。这个男人很有幽默感，我们不能交谈，却可以开玩笑，他做了几个小动作，逗得我咯咯笑。这家人给我留下深刻的印象，这种古老亲密的大家庭在中国城市已经不多见了，都是焕然一新的房间，昔日的四世同堂散居在各个公寓。告别的时候，他儿子送我下楼，用一个手电为我照亮黑暗的楼梯，他长得像阿巴斯电影中的主角。在缅甸，你很少遇到那种滔滔不绝什么都知道的家伙，人们乐于沉默，他们回答你的各种问题，但他们似乎没有养成凡事都要问为什么的习惯，跟随我们采访的缅甸翻译也是个沉默的人，他很少问我们问题，偶尔问起来，他总是很羞涩的样子。

在曼德勒，伊洛瓦底江不像蒲甘那样安静，停着各种木船以及来自仰光的大船。黄昏的时候，人们在浑黄的江水中洗澡，这是一天的高潮、节日。劳动了一天的身体解放了，老人、妇女、儿童、男子都走到江中，男子们露出漂亮的文身，互相嬉戏着，泼水，把谁突然推下水去，大笑。伊洛瓦底江除了码头，大部分还是原始的土岸。我想起昆明的报纸上经常报道，有些民工在穿过市区的盘龙江中赤裸洗澡很不文明，读者建议禁止在盘龙江里面洗澡。在它的源头地区，现代文明已经被理解为禁止在河流中洗澡，缅甸还不知道这一点，但愿它永远不知道。

远古时代，喜马拉雅耸了一下肩，抖了抖裹在身上的群山之袍，就这么一抖，把缅甸地区抖松了，大地箱子里藏着的无数宝石被抖搂出来。缅甸是东南亚矿藏最丰富的国家，古老的神话都与这些矿藏有关，据说在曼德勒，曾经出现一位"回眸一笑百媚生"的公主，王子们争相求婚，公主难以取舍，就宣布，王子们只要谁能杀掉山中的食人龙，就嫁给他。勇敢英俊的王子们一个个被食人龙吃掉了，最后来了一位衣衫褴褛的青年，把妖龙除掉。回到宫中，他突然变成了太阳王子，公主就爱上了他。忽然，一道闪光，两个人消失了，只留下三个蛋，第一个孵出了缅甸国王，第二个孵出了中国皇帝，第三个则孵出了红宝石。据报道，世界上最大的红宝石（21 450 克拉）、最大的星光蓝宝石（63 000 克拉）和最大的珍珠（845 克拉）均产于缅甸。最近缅甸正在盛产玉石的克钦邦建造一座地下博物馆，用于珍藏一块重约 3000 吨的世界上最大的玉石。这块巨型玉石位于地下 12 米，长 21 米，宽 4.8 米，高 10.5 米，由一家珠宝公司 2000 年在克钦邦帕干地区挖掘玉石时发现，这个庞然大物不易移动，也不忍分割，就捐献给国家。缅甸属于中生代褶皱地带。这个地区曾经是海底，中央部分大都是由三叠纪的海洋沉积物构成。发生在三叠纪的猛烈造山运动，把许多暗藏着矿藏的地脉翻出来，这个地区有储量丰富、种类繁多的矿藏：石油、天然气、玉石、红宝石、蓝宝石、钴、铜、钨、铅、锌、锡、锑、金、银、锰、铁、钠……

缅甸玉石的产地主要是克钦邦伊洛瓦底江支流的玛德亚河与瑞丽江之间的地区，曼德勒则是缅甸最主要的翡翠集散交易地，交易活动集中在市内一个许多棚子搭成的市场里，棚子里有许多长桌子和矮凳，市场里有缅人、傣人、汉人（多是腾冲人）、印度人、巴基斯坦人，多的时候里面有四五千人从事交易。里面可以喝咖啡，饮茶，还有小吃，看上去像一个巨大的茶馆。那些坐在凉棚下、穿着筒裙的人物与大地深处的石头有着某种隐秘的联系，他们知道那些价值连城的宝石放在何处。大部分宝石商人都是穿裙子的男人，妇女也有，大家各背着一个包，装着宝石。这些做的主要是小笔的现金生意，你一旦露出要买的迹象，许多商人就围上来，每个人从挎包里摸出一包东西，往桌子上一排，一把玉石做的手镯就排开来，光辉四射，任你挑选、砍价，仿佛你是一个国王。大棚子里还有为玉石抛光的，开片的，都是用脚踏式的打磨机加工。宝石有的已经加工为成品，有的还是毛石。买卖没有打开的毛石有赌博的性质。含有玉石的石头从大地深处取出来，要打开看里面是否有玉石，成色如何，有的毛石只看表面的痕迹好像里面藏着更多的绿，开片后全部失踪，只是表面有一点而已。每块石头都是一个悬念，有时候花几百万买下一块石头，开片后还是石头，一文不值，有时候一块看起来不起眼的石头，也没有透出绿色的痕迹，只是几十块钱，打开后里面的东西价值百万的事情经常发生。石头表面有绿色的痕迹，并不意味着里面一定藏着玉石，也许只是那小东西在伟大的玉旁边站过一秒，沾染了些许仙气而已。大笔的交易是通过介绍人联系的，并不在这个市场上直接进行，看货在秘密的地点，付款则通过银行。据说有些人专门帮别人赌石头，经常是一开就中，而自己买石头来开，却从来不中。玉石主要是东方人喜欢，西方人不买玉石，他们喜欢一是一、二是二的钻石，那玩意可没有玉石这么神秘，以克拉计算，是多少就是多少。玉石美丑与个人的感觉喜好有关，宝石与石头只是一步之差，全在于你怎么看了。你喜欢那就是宝石，你不喜欢那就是石头。当然也有传统的标准。许多商人的手指上戴着三四个镶着宝石的戒指，这并不是炫耀富有，他用这些来鉴别宝石，这是一个游标卡尺。市场里熙熙攘攘，皆为利来，但很多人把钱夹子别在筒裙的后腰边上，很招摇地露出一半，那都是已经被钞票磨得很旧的皮夹子，绝不会不翼而飞，那也是神对人的考验之一啊。翡翠依然在黑暗里蕴藏着，但传统的人工挖掘的老坑早已不存在了，过去那种成千上万的挖玉工你挑我扛，犹如愚公移山式的场面，在整个玉石矿区已经成为历史。如今开采玉石的规模越来越大，据说大规模的机械化开采已经挖到古河床，有的地方甚至挖到基岩，有的矿井已达一百二十五米深。如果不考虑生态破坏的严重后果的话，翡翠储量在缅甸那地上几乎是无限的。

位于东枝的茵莱湖是缅甸的一个天堂，此湖海拔一千多米，四季如春，是东南亚第一大高山湖。汽车穿过山区，下到绿色的稻米平原上，公路变成乡间马路，依次出现了水田、捕鱼的少年、洗衣的妇女、洗澡的妇女、寺庙、僧侣、老牛、大黄狗、鸭子……一个懒洋洋的世界，懒洋洋的天空，白云不动，最后到达一个巨大的村庄。有几家铺子，一个集市，鲜花、布匹、粮食和小吃摊点。有三个流浪艺人带着一个女孩正在表演。小女孩唱歌跳舞，三个男子伴奏，主要的乐器是三个陶罐里面盛着水，用布把口封起来，用木棍敲击就发出悦耳的声音。在蒲甘的博物馆里没有这个乐器。旅馆是一流的，柚木平房，走廊，麻布窗帘，包早餐，十二美元。有许多小旅馆，住着些不想回家的游客。这是在茵莱湖的一头，茵莱湖像个丝瓜，长而窄，坐机动船从这头到那头，也要行驶五六个小时。大多数居民住在湖上，湖上有一个个浮在水面上的木头村庄。上船的时候，来了一群士兵，背着战争博物馆里才看得到的那种枪支，登船而去，我忽然想起1988年在南坎见到的士兵，还是那样的装束，但已经是另一代人了。湖水非常清，里面长满水草，鱼一闪遁入深处，我想起童年时代的滇池，进湖的船都是长形的机动船，可以乘七八个人，每人有一把伞，因为时常会下雨。雨飘来时，一船人都把伞撑开，就像五颜六色的蘑菇。湖上有的人家打鱼，划船是用脚，用一条腿缠住木桨踩水前进，用双手撒网捕鱼。据说是因为长期住在水上，走动的机会少，用脚来划船以保持脚力。有的人家打铁，有的人家纺线纺布，还有造船的、卷烟的、加工首饰的等等，都是古老的手工作坊，古代的场景。有一种围巾，是用莲丝织的，藕色，很凉。人们集体工作，为旅游者提供他们没有的东西，做他们想看的事，纺布啦，打铁啦，卷烟啦，没有表演欲，只是该干什么干着什么。游客像是些无聊的人，闯进人家的家，大惊小怪地问着些常识性的问题，拍点照片。我们在黄昏的一阵雨后乘船回去，在落日中一直驶到繁星满天的夜晚。我一直在幻想着永远留下来，重新开始自己的一生的事情，但我明白没有可能了，有些惆怅。

我完全忘记了这个国家的某处存在着毒品，在这个国家之外，世界的报纸上，毒品指的是这个国家。但真正置身于这个国家中，才发现毒品只是这个国家生活中的某一点，微不足道到你完全感觉不到它的存在。

茵莱湖附近有一个小型机场，从那里可以飞回仰光。几个缅甸搬运工正哼着歌把我们的行李搬到飞机上，很原始的搬运方式，不是用自动传输带，而是直接提着箱子走很远往飞机上放，我在窗子后面看着他们搬运，他们对待那架德国飞机的态度，就像对待自家的马车。这并不意味着我的行李不会抵达，倒是，我的行李因为这些工人搬运时留下的手印和汗珠显得不只是一件那么完全呆笨的行李了，他们为它赋予了一种神秘感，仿佛这是一只装着佛牙的箱子。世界的某些通用标准，在国境的那一边，是绝对的真理，但在另一边，可就不一定了，不同的价值观并不意味着不幸福，也许意味着物质世界的落后，但不意味着不得安心。飞机冲入天空，悠然之间，缅甸已经隐没在葱绿之中了，远古的大地，完全看不出那儿隐藏着一个世界。

缅甸托钵僧　2005

缅甸仰光大佛寺　2005

缅甸仰光大佛寺　2005

缅甸蒲甘　2005

缅甸蒲甘 2005

仰光的水罐　2003

缅甸东枝，打鱼　2003

缅甸，化缘　2005

　　黑暗的湄公河，闪着古代的原始之光。光芒来自天空、森林、石头、春天的花朵、野兽们的牙齿，部落中的火塘或者鱼群在激流中翻起的鳞……大部分时间，这河流是黑暗的。20世纪，这黑暗河流的某些地段逐步被工业文明照亮，城市、码头、飞机场……最灿烂的灯光总是来自泰国一侧。

　　泰国是湄公河流域最先开始现代化的国家。泰国原名暹罗。1238年，泰国开始形成较为统一的国家。先后经历了素可泰王朝、大城王朝、吞武里王朝和曼谷王朝。16世纪开始，葡萄牙、荷兰、英国、法国等殖民主义者先后入侵湄公河流域。19世纪中叶，泰国国王拉玛四世开始实行对外开放。拉玛五世借鉴西方经验进行社会改革，在同时代亚太地区的近代化改革中，影响仅次于日本明治维新。其实拉玛五世朱拉隆功的改革比日本更成功，但是泰国的民族性格没有日本那样富于攻击性和好大喜功，低调的社会，因此在世界历史中，泰国维新的影响不大，它只是要改变自己的国家，而不图谋改变亚洲或者世界。朱拉隆功的维新奠定了现代泰国的基础。泰国深受西方影响，就是从国旗的样式也可以看出来。但他是有所保留的，他说："如果什么都跟西洋跑，就会不知道床头在哪一边，床尾在哪一边。"他鼓励学习英文，但反对在日常生活中过多地使用英文，他坚持佛教的国教地位。朱拉隆功在位四十二年，被尊为最伟大的国王。1896 年英法签订条约，规定暹罗为英属缅甸和法属印度支那间的缓冲国，暹罗因此成为东南亚唯一没有沦为殖民地的国家。"泰国并没有为对付殖民主义的经历而发展为民主国家的历史。"（《剑桥东南亚史》）1932 年 6 月，拉玛七世时期，民党发动政变，改君主专制为君主立宪。在 20 世纪的意识形态导致的灾难中，泰国奇迹般地没有被战争、天翻地覆的革命所影响，默默地搞现代化。在 2006 年的时候，泰国的人均国民生产总值已经达到 117 362 泰铢（约合3094 美元），受过教育的人口达到 92.6%。有一年，我从欧洲乘泰国航空公司的飞机回昆明，飞机上深色皮肤的男乘务员个子高大，表情傲慢，航空公司之所以选中他们，也许是因为他们的面孔更接近西方的美男子模式。飞机在清盛停留半小时，乘务员要求下去休息的时候必须带上自己的行李，我发现这个要求只是针对中国乘客，而同机的欧美乘客则不必。我问这是为什么，泰国乘务员根本不想解释，完全是"就是这样，你怎么着"的态度，这是我第一次经过泰国，这件事情给我留下很糟糕的印象。但湄公河改变了我这个粗糙的印象，当我沿着湄公河进入泰国，我发现了另一个泰国，泰国是辽阔的，湄公河在这个国家流过 900 多公里，长 673 公里的蒙河及大量的支流，在泰国境内注入了湄公河。

飞机落地，我还以为到了巴黎的戴高乐机场。曼谷机场是澜沧江–湄公河流域最现代的机场，平庸、乏味，装着来自世界各国的旅游者。来接我们的导游是位华人妇女，移居泰国多年，深以作为泰国人而自豪。在车上，她说，你们知道吗，我们泰国人每年都要到欧美国家去度假，我去年去了澳大利亚。随后，她骄傲地介绍着车窗外现代化的曼谷，那些灰色的水泥大象一栋接着一栋出现，玻璃眼球彼此交相辉映。曼谷被称为"天使之城"，1782 年，泰国国王拉玛一世迁都于此。两百多年后，曼谷从一个小渔村发展成为拥有八百多万人口的大都市。穿过曼谷宽阔的大街，几乎看不出来这是在亚洲，以为是欧洲某地的新区，规整的水泥建筑、仓库、工厂、汽车销售中心、摩天大楼、加油站、超级市场、东南亚最大的综合商场"暹罗典范购物中心"、空轨、地铁……许多设施已经不新了，现代化早已过了焕然一新的兴奋期，产生了一种工业化社会特有的调子，发灰的冷漠。曼谷有五百万辆汽车，空气里不时飘来烧焦后的汽油味，令人下意识地尽量避免自然呼吸。传统的泰国有时候在庙宇、老街区、运河，以及建在木桩上的高脚屋中一闪，我看见老太太蹲在木楼板上煎鱼……只是些局部了。但工业化仍然只是曼谷的一面，唯物并没有完全战胜这座城市。在高楼大厦、滚滚车流之间，持钵的僧侣穿着醒目的土黄色袈裟赤脚穿过；商店的神龛里供着闭目微笑的佛陀；有时候，蒸熟了的米饭气味从某栋阁楼里飘过来，这是泰国原始的体香。钢筋水泥之间依然屹立着四百多座金碧辉煌的寺庙，牢牢地箍在摩天大楼的指根之间，那些怪物仿佛被震慑，后退了几步，中了魔似的。从我住的宾馆凭窗眺望，最引人注目的是那些紧紧趴着大地的金色寺院，钟声从苍茫的天空下隐约传来，不知道来自哪个寺。佛教是泰国的国教，有 90% 的人民信仰着。西方文明全面进入了这个国家，但是被减速了，质地坚硬的工业文明被一种泰国的方式稀释软化了。就是今天，所有泰国男子依然遵守那个古老的习俗，一生中必得有一段时间剃度出家，完成此过程才被社会承认，才找得到工作。泰国的现代化是有宗教制约着的，恰与西方相似。但泰国的神与西方的神不同，因此现代化在这里产生了某种与西方蓝本不同的东西。曼谷是个矛盾的城市，自从马丁·路德的宗教革命以后，西方的神就转向支持现代化了。

254

泰国的神却待在寺院里坚持着佛陀的古老教义，这些教义是两千多年前印度生活的产物。大象被视为神灵的化身之一，它有时候在曼谷的大街上缓缓穿过，这原始、庞大而笨拙的野兽甚至在佛陀的教义出现之前更早的时间中，就已经成为湄公河流域各部落的图腾，一个活着的神话——依然被小心翼翼地供奉着。曼谷充满生活的气息而不是建设或者革命的气息，这是一座过日子的城市，人们在生活的大海中醉生梦死，像是飘然世外的鱼。我走进曼谷的一家书店，发现那里完全没有世界其他地方，例如北京、上海、东京、纽约、巴黎、法兰克福……的书架上流行的那些热点读物，关于奥林匹克、宇宙飞船、美国总统的逸事……基本上都是旅游、风光、烹调之类的。没有所谓的"知识分子书店"。这意味着西方在泰国依然是一种技术，而不是文化，泰国文化的根底在寺院里，说着由古巴利语发展而来的泰语。

地方性在湄公河流域根深蒂固，人们学习或者创造什么，都必须想到身体，这土地太炎热，身体总是热烘烘的，你永远不能忽略它的感受。工业化，如果它很热，湄公河选择不接受。曼谷是个例外，也许这是泰国最有文化的地方，政治正确占着上风，曼谷是泰国西化最严重的城市，人们待在曼谷，更多的是为了与世界接轨，而身体并不那么愉快。大巴一路凉快地行驶，给我曼谷很凉爽的错觉，有几位来自中国北方的游客很郁闷，他们以为现代化就是欧洲、美国、日本，怎么东南亚的小国也……我听见巴士上那些说普通话的游客在挑曼谷的毛病，他们受惊似的看见大街上站着一头大象。泰国通常给中国人这样的印象，旅游、海鲜、人妖、红灯区、毒品、艾滋病……在中国，人们听说你从泰国回来，常常暧昧地一笑，似乎你一定在那里干了什么苟且之事。现在，那些传说中的罪恶杳无踪影，每个国家都有它自己的魔鬼，每个国家的魔鬼都不敢冠冕堂皇地站在大庭广众面前，你要找那些东西，你若心怀邪念，当然找得到，但不会满街都是。曼谷，干净、艳俗，美丽的女人和鲜花在街道的拐弯处飘着，陌生人被尊为神灵，人们双手合掌，对人微笑。车停了，我立即被扑面而来的热浪一阵猛袭，汗如洪水，几乎窒息。

进入宾馆，立即穿过一个盛大的鸡尾酒会，大堂里正在为某公司举办活动，完全是西方式的，人们西装革履，举着酒杯在空调中优雅地交谈，令我们这些风尘仆仆的旅游者有点自惭形秽。曼谷普遍安装了空调。室内和室外温差巨大。曼谷属于热带，在 3 月至 5 月，气温可达 40—42℃。曼谷的巴士分为公营与私营两种，每种又区分普通巴士及冷气巴士。私营巴士冷气车票价约 20 铢，没有冷气的普通车票价才 5 铢；公营巴士普通车票价约 3.5 铢，冷气巴士票价在 6—18 铢。空调代表着生活的高级模式，原始的本地生活则代表落后的模式。但大地永远是落后的，炎热不会因为空调的安装而自动散去。常常看见人们把西装搭在手臂上，汗流浃背地穿过电炉般的街道，在室内突然降临的冬天中换上。一进宾馆或者百货公司，巨大的冷流立刻袭来，你必须马上加衣服。而一回到大街上，你又不得不狼狈不堪地迅速脱下，否则你刚刚浆洗过的衬衣领子就完蛋了。很难保持仪态的一贯，刚才在宴会上大家还西装笔挺，出门只要在露天待上两分钟，立即浑身淌汗，衣冠成了刑具，恨不得立即一丝不挂，回到野蛮时代。在空调与裸体之间永远有一个尴尬，一种不自然的状态总是控制着生活，这令曼谷显得比实际更加炎热。空调在湄公河流域没有曼谷那么普及，在曼谷，空调对身体造成的感受更为强烈。空调无所不在，却不是气候。没有空调的时代，人们也在生活，也创造了灿烂的文明。有了反自然的人为的空调，人们反而好像就无法再忍受原始的气候条件了。在东南亚，身体最舒服的状态是裸露。自然的湄公河是裸体的，湄公河的衣服是另外一种，东南亚最美丽的文身是直接在身体上展示的，人们喜欢身体本身的美，古铜色，结实、健壮、丰满、苗条……就是建筑也是裸体的，原始的干栏建筑不需要空调，也不需要被子，竹篾木桩就是身体，呼吸着，空气从其间流过。身体就是美之所在，美不来自服装。湄公河流行的装饰是文身、耳环、项链、腰带、脚环等等，只是为了赞美身体，而不是遮蔽它。泰国有着许多世界一流的文身大师而不是服装设计大师。佛教是泰国的国教，释迦牟尼来自热带，他是全裸与半裸之间的神。而在吴哥，神只是在腰间系着短裙。这土地上有过无数裸体的只挂着一根金项链或只系着一条钻石腰带的国王，泰国国王是极少数打扮如西方将军的国王。在古代，国王、平民都是裸体的，就是军队也是裸体的。在澜沧江-湄公河流域，经常可以遇到穿着筒裙、赤脚驾驶大卡车的司机。女子在露天洗澡，男子赤裸上身被视为理所当然。来自欧洲的工业文明是穿衣服的，西装与欧洲的气候密切相关，北温带及寒带严寒漫长的冬天使得皮革衣料须臾不可或缺。服装是理性的一种象征，意味着文明社会的价值观。服装是等级制度，也为职业而分类，晚礼服、工作服、猎装、休闲装、运动装、自行车装、摩托装、睡衣、军服、警察制服……在那边，赤身裸体是对理性社会的反动、叛逆，而东南亚是自然而然的裸体世界，这是由气候条件和身体的历史所决定的。"因其事而制礼，所以利其民而厚其国也。被发文身，错臂左衽，瓯越之民也。黑齿雕题，鳀冠秫缝，大吴之国也。礼服不同，其便一也。"（《战国策·赵策二》）在气候如此炎热的地区，服装基本上没有什么用途，一块遮羞布足够了。现代社会，不再为"其事"而制服了，服装成为价值的符号，与身体无关。在外来文明的不断侵袭下，羞耻感越来越强，令身体不适的服装渐多，炎热的地球南部，却流行北半球的羞耻感，西方式的烦琐的服装分类在这个地区完全是累赘。一本旅游册子说，"泰国是非常保守的社会……及膝的短裙、无袖衬衫、紧身背心（汗衫）和其他海滩式样的服装都是不恰当的"。呵呵，地处热带的国家，这种保守是从何时开始的，而且居然已经是一种保守了。但看得出来，旧习惯根深蒂固，还是改不过来，衣服只是敷衍文明的保守而已，往往是一两套便装，越薄越好，就应付所有场合。只要一有可能不穿，人们立刻脱掉，或者半遮半掩。在泰国，包装非常发达。其实，在这地方，任何关于人的包装，没有比古代的文身更有效的了。如何既按照现代文明的规范包装了身体又不使它难受，这是现代泰国的难题，也是它的尴尬。文明与野性在湄公河流域往往只有一服之隔，如今，人们最普遍的动作就是脱掉，包围着一切的热烘烘的空气其实总是在要求人们把一切都脱掉，你总是看到刚刚把什么脱掉的人，西装、衬衣、布、鞋子、水泥房子、汽车……人们下意识地在每个细节中回到赤裸，太热了，这些东西在这个土地上是多余的。曼谷是泰国给人感觉最累的一座城市，衣服太麻烦了。衣服代表着价值，与经济利益有关，伟大的生意必须西装笔挺，赤脚裸体是不可能接到利润巨大的订单的。空调不是为身体服务的，而是为衣服服务的。空调意味着贵族、大公司、星级酒店、皇家、博物馆、机构、白领、大巴士、轿车……自然的气候则意味着平民、小酒馆、菜市场、乡村、寺院、贫民窟、大排档、皮卡改装的出租车……

当然，还有鲜花市场。曼谷是一座散发着隐隐芳香的城市，不是来自香水，而是来自鲜花，抱着鲜花款款而行的人随时可以遇见，汽车停下的时候，总是有人抱着花束走上来向你兜售。澜沧江-湄公河流域的地理环境特别适合各种花朵生长，这是一条鲜花簇拥着的河流，曼谷、金边、万象、昆明、大理……都是鲜花之城，一个地方有一个地方的花朵，彼此争奇斗艳，也影响到人们的气质。上游的花朵耐寒，有高洁典雅的格调，居民敦厚深沉；下游的花朵烂漫羞涩，居民热烈而温柔。世界上许多民族的象征物都是凶禽猛兽，或者神话想象中的怪物，而花朵却是湄公河流域各民族共同的图腾。花朵是神灵的化身，在佛教里，莲花是天堂之花，释迦牟尼的脚下，开着七朵莲花。莲花已经成为神的专属花种。澜沧江-湄公河的神祇总是坐在花朵之上，为枝条树叶所环绕，没有花朵的寺院是不存在的。许多节日为鲜花而举行。兰花节、桂花节、荷花节、梅花节，在云南，甚至有油菜花节，这些节日的热闹和欢乐远远超过那些政治性的节日。在一切节日和庆典上，就是乏味的官方会议，也都有鲜花在盛开。一个生活在澜沧江-湄公河地区的男子，被花朵簇拥是很正常的。在泰国，每年12月5日是父亲节，父亲节是泰国的三大宗教节日之一。节日这天，人们聚集在庙宇前的广场上，捧着花束，他们把莲花献给父亲。而在清迈，每年2月的花卉狂欢节更是倾城狂欢。在泰国，鲜花不只属于女性，花朵并不像在世界的大多数地区那样，只具有女性的气质；在这里，花朵还具有某种超越性，神性，神是没有性别的。想起我童年时代的小巷，两边的墙头缠绕着紫色的叶子花，夏天，这是一条花巷，风一吹，一个花轮子掉下来。沿着青石板的小路向前滚，我背着书包跟着跑。我家的院子里有一个大花坛，里面种着各种花花草草，房顶上也是野花盛开，那时候，昆明的房子都是瓦顶，瓦缝中长满了各种植物。但昆明的花朵所经历过的事情在曼谷完全是匪夷所思的。"文革"中，花朵也成为革命的对象，养花被作为资产阶级生活方式加以消灭，花瓶被砸碎或者藏起来，我经历过没有花朵的青年时代。昆明是大自然中鲜花最乐于怒放的地方，却没有一只花瓶。直到 20 世纪 80 年代，昆明才恢复了它的花市。我在没有花市的城市里长大，曼谷的花市给我印象强烈。曼谷有无数大大小小的花市，鲜花不是用花篮盛来，而是一车一车地运来。湄公河的黎明总是在花香中开始，每个白昼都是一朵鲜花。鲜花市场日夜工作，人们在夜晚准备花朵，以备她在黎明时盛开。许多卖花人夜里并不回家，像蜜蜂一样睡在自己的花摊间，所以在黎明时，经常可以看见刚刚醒来的卖花女坐在鲜花丛中化妆施粉，仿佛已经化为蝴蝶。曼谷的花全部来自郊区的鲜花生产线，花朵被大规模地使用现代技术培育，缩短花的生长期，加快开花的速度。技术是一个全能的新上帝，它几乎可以令花朵改变颜色。每一株花，都要进行规格统一的整理和包装，花瓣上的露珠要用风扇吹干，以使花朵能在冷藏箱内长时间地保持新鲜。花朵被各种技术过度地伺候调整，与野花比起来，显得有点呆板，像是工艺品。不只是鲜花，所有的农作物都没有泥巴，干干净净，放在冰柜里，似乎不是大地上种植出来的，而是工厂生产出来的，被精致地包装得就像假的一样。

《剑桥东南亚史》一书提到，历史学家乔治·卡欣在研究了湄公河流域以及整个东南亚的过往历史后得出一个结论："组成东南亚的各个国家无论在政治上还是在文化上的不同都要大于组成欧洲的各个国家。"冯·李尔（前荷属东印度的一位官员）则认为，在古代"印度文化以及随后伊斯兰文化在东南亚的影响尽管可能很大，然而，如果从其对当地社会的影响而言，仅仅是一道'薄薄的玻璃'，在这层玻璃的下面，古老的当地文化的主要形式继续存在"。在研究吴哥历史的时候，O.W.沃尔特斯则发现"祖先或王朝具有超凡的力量"，"'超凡的力量'就是能够利用印度教关于权力的观念。

高棉人用种种方式，使得印度教适应其文化，并在'更为高棉的'而不是'印度的'经验上，使之得到加强"。"商业不可能成为高级形式的文化传播中心，因此，印度文化的影响很可能是东南亚地区新出现的王国借用对其有用的印度文化的结果，而印度并没有把它的文化强加给当地文化，东南亚不是外来影响的被动的接受者，而是这一过程的积极参与者。"确实如此，就是在21世纪我在湄公河游历的时候，也依然能强烈地感觉到那些色彩鲜明的地方性，不仅仅是风俗民情、田园风光。但是，事情也令人担忧，全球化的魅力可不是往日的"印度化"、殖民主义可以（"殖民时代不仅可以看作只是该地区漫长历史的一段插曲，而且是基本上没有改变当地模式的插曲。"哈利·本达语。引自《剑桥东南亚史》）等量齐观的。它不是宗教，也不是武器，而是一种许诺全面提高人民生活水平的意识形态和物质力量，是不可抗拒的贸易联盟、零关税、汽车、高速公路、摩天大楼、电梯、航空公司、家用电器、英语、量化指标，以及可口可乐、好莱坞等等，已经被公认为代表着人类伊甸园的普遍价值，高品质的生活方式，已经有人宣布，这是"历史的终结"，"最后之人"即将诞生，全球将成为一个村庄。现代化是不需要多少文化的，现代化是一种技术，技术在某个地区的成功与文化无关，或者说，文化力量越强大的地区，现代化的推行遇到的阻力就越强大。这种情况就像亚洲象的驯养一样，野生的大象最容易被训练，而家养的大象则很难。东南亚过去数千年经历了各种野蛮或者温和的文化的冲击、入侵，依然保持着的神性、独特性、地方性、丰富多元的历史文化——在这场全球欢呼、大放绿灯、摧枯拉朽的大风暴中是否依然能够继续，"超凡的力量"是否继续发挥作用，未来对于东南亚是否依然只是一层'薄薄的玻璃'，一种仅仅灿烂于表面的"包装"？对此我并不乐观。

　　夜晚的曼谷如黑暗与光明交替出现的森林。忽然，华光灿烂，那是夜总会，浓妆艳抹的姑娘们站在门口搔首弄姿，公开勾引路人；轻轨列车架在空中，如发光的龙飞驰，下面则是漆黑的街道；忽然，又是一丛灯火，那是一个热气腾腾的大排档，电风扇像魔鬼培育的蜜蜂在食客头顶扇着大翅膀；有人脱光了上衣，露出汗水滚滚的背；无数的海鲜被烹制得滚烫辛辣，天气越热，人们越喜欢那些令人大汗淋漓的食物，而在灯光之外是黑暗的洞穴；有人挨次向那些排列在街道上等候交通信号灯的轿车兜售鲜花，轻轻地、耐心地敲着车窗，顺着车流一辆辆走下去，直到它们怒吼起来，扬长而去。忽然，越过黑暗的深渊，前面屹立着一个光明之国，那是购物中心，曼谷的心脏，无边无际的商品海洋，生活已经被商品无孔不入地入侵，令人绝望。没有货币，你就无法在这座城市生活，而从前，曼谷渔村的居民赤手空拳就可依靠大海活下去。入夜，一场大雨瓢泼而至，简直是从天空往大地上倾倒洪水，瞬间，水位已经漫到小腿，所有的鞋子都作废了，人们提着这个累赘，纷纷赤足穿越急流回家。天亮的时候，水已经消失得无影无踪。

　　曼谷非常商业化，果园、花园、皇宫、乡村、集市、手工作坊、大象、雨伞、食物，乡村公路边站着穿戴一新的少女，如果你要照相的话，必须付费……几乎生活的一切都是旅游项目，国家似乎已经为旅游而总动员，全民加入到旅游运动中来了。旅游业是泰国的经济支柱，其收入占整体经济的11%。旅游业的本性是唯利是图，人们又似乎总是千方百计地掩饰这一点，费尽心思把一切表演得自然而然，艳丽、妩媚、花团锦簇是通常的形象，似乎这就是泰国风格、泰国情调。而在这些泰国风情的终端，你总是失望地发现这不过是一场旨在赚钱的精心设计的表演。导游领我们走一条僻静的小街，偶然发现一个露天的小作坊，杂乱地支着铁、火炉、泥炭、铁锤、火钳什么的，与周围的干净、卫生、讲究很不协调，铁匠长得黑胖敦实。比画着，意思是：原始工艺，祖辈相传，曼谷唯一。他打的是僧钵，价格相当贵。一激动就买下一个，"最后的工匠"，当然要支持一下。随后就在画报上看见这个铁匠，那其实是个旅游热点。导游巧妙地让我们"偶然遇见"。又去一个村庄参观，惊讶地发现，澜沧江上游依然很日常的农耕生活，在这里已经成为旅游项目。村子被设计成简易的博物馆，搭着几间茅草屋，摆着老的水车、磨盘、舂子……开辟了几块稻田，牵来一条水牛在地里表演犁地，又出来几个脸上抹了脂粉的牧童，在牛背上表演盖着草帽睡觉、翻跟斗、吹笛子什么的。我们这一拨观众里有几个是澜沧江岸的农民，看到人家在表演自己每天做的事情，很是为自己花巨资参加这趟旅游而后悔。又去一个水上市场，多么妖艳的集市啊，小船来往，船舱里堆着精心摆放成图案的各种水果、食物，看看，吃了一点，口味一般，心思都花在包装上了。河道两边搭着出售各种工艺品的小店，撑船的妇女一个个涂脂抹粉，看起来像是一个化装舞会。费尽心机要取悦旅游者，讨游客的欢心。做生意已经做到审美、伦理的层面。朴素、天真、野性、原始、手工、纯洁、勇猛、温柔、粗犷、贞操……都被包装成了商品。那些工艺品被过度设计已经脱离了实用，只有纪念意义，但是纪念什么呢？在金三角的美斯乐，前国民党93师的驻地也成了吸引游客的旅游项目，某个前国民党老兵戏剧性地操着正步，把你领到将军的陵前，声泪俱下地怀念祖国，然后暗示你捐款，面对这样的忠诚你怎么能无动于衷呢。我们乘船游湄南河，岸边可以看到许多古老的家庭，每个家有自家的一个小码头，面向河流的阳台上晾着衣服，站着狗，坐着昏昏欲睡的老爷爷，也有钓鱼的，偶尔有女人的背在木板后面晃动，水从缝隙里泼出来，看上去很自然，就想唱歌，在河流上唱歌，就唱起来。唱着唱着，忽然想到，这一切是不是设计出来的"田园风光"啊，既然可以设计艳丽，为什么不可以设计朴素、自然、原始、古老呢，一时间兴味索然，不唱了。船行驶到某处，河水中出现了大群的鱼，它们集中在这个地方，长期的投食喂养已经使它们定居下来，却被说成是听从神的召唤前来。神当然就是我们这些钱包鼓鼓的游客，这是一个由鱼担任导游的旅游热点。参观王宫，这又是一个旅游热点，装饰得金碧辉煌，像一件过度正确的工艺品。在另一个地方，你可以花钱将飞禽放生。这些鸟已经训练过，放生后，它们会飞回到主人的笼子里，再卖给其他的人去放生。色就是空，空就是色，旅游业也有着佛教的色彩，想明白这一点，也就释然了。

大城是古老的王都，也是旅游热点。1350 年，乌通王战胜素可泰王朝，建都阿瑜陀耶（华人称之为大城），开启了大城王朝。这个王朝维持了四百十七年。1767 年，缅甸军队攻入大城，将全城焚掠一空。如今只剩下断壁残垣，像一个刚刚倒塌的砖窑，还看得出浩劫的惨烈，许多宝塔被一刀砍断似的倒下来，砖块散了一地，折断后滚下来的巨大塔顶依然保持着落地一瞬的姿势，似乎还听得见那顺着塔身滚下来的声音。佛像大多是坐像，大部分佛像只剩下头部以下，侵略者摧毁佛像的行径就像杀人，把脑袋一个个取下。这些没有头颅的佛像一排排地坐着，仿佛依然在虚空中闭目微笑，从余下的躯体部分可以想象出那些神秘的笑容。人们总是按照自己心仪的模样塑造神的形象，泰国美女如云，婀娜多姿，晴空丽日，阴柔世界在这里光华灿烂。这不是男权的社会，在泰国许多地方，女性自古以来一直主导着生活。这也许令男子们都渴望变成女子，变性在泰国是很正常的风俗，而主流是男子变成女子，泰国的佛像有一种女性化的趋势，妩媚而庄重，妩媚，又如何可以庄重呢，这就是这些佛像的奥妙。都是第一流的雕塑，工匠们为了在神的世界中匿名而创造它们，女性的然而是神性的，升华了女性体态中最纯粹的部分。尤其是那些垂在腿上的手，一只只流下，就像一条条溪流。断肢残体被人们奇怪地组合起来，一只手放在两个裂开的胸之间，像是毕加索干的。有一棵大树的根部嵌着一个美丽的佛头。在1324年由泰国华人建造的帕南春寺里，塑着一尊未来佛的像，佛寺大小刚好就够这尊巨大的佛像坐在里面，前面只留出很小的空间让人膜拜，神把两手放在膝上，好像立即就要站起来拔腿离开的样子，这是我见到的最精美的佛像之一。与澜沧江上游的那些阴森神秘的佛寺不同，这里的佛寺光明热闹，朝拜者络绎不绝，只要手够得到的地方，都被摸得发亮。大城被旅游处理过了，仿佛消了毒，虽是古迹，却没有原始荒凉的气氛。大象载着游客环绕着大城走动，这些黑暗之神被装饰以金色和红色的佩带，像帝王一样迈着缓慢而高贵的步子，它们带来了原始时代的气息。坐在上面的人胆战心惊，强作欢颜。驯象者微笑着坐在前头，他们一扬鞭子，就将过去与现代联系起来。古老的泰国被现代文明改造得面目全非，大象还是原始的面貌，站在旅游者的假面舞会中间，就像神灵在场。

芭提雅，人类梦想的地球村，生活在别处，这里就是别处，世界的感官越过各种语言的障碍在这里汇合，肉体和欲望的狂欢梦幻之地。多年前它是大海边的一个渔村，美国兵将这里变成了一个旅游胜地，它是世界著名的"性爱之城"。TONY'S是世界著名的夜总会，几乎与红磨坊齐名。汉语"灯红酒绿""醉生梦死"这些词全部的含义都在这里体现着，人妖、妓女、歌星、演员、乐手、嬉皮士、同性恋、小偷、土著、购物狂、忧虑着钱包厚薄的来自世界各地的游客……熙来攘往，龙腾虎跃，挑肥拣瘦。各种广告，各种世界最新潮的奇装异服，各种霓虹灯，各种音乐，各种激情和高潮，这边刚刚疲软，那头又在喷射，各种欲望被作为热门的商品五光十色地包装出来。每个人都是演员，表演欲就像一条热带的大章鱼，把一切都裹挟席卷进去。在故乡循规蹈矩、吝啬节省的乡巴佬，在这里挥金如土、厚颜无耻，完全变了一个人。自由了，没有约束了，唯一的底线就是公平买卖和纳税，只要货款付讫，纳税，怎么都行。一旦放任人类随心所欲，唯一的欲却只是性，没有人敢于随心所欲地去杀人放火，但是要性解放，性解放也许就是人类可以梦想的唯一自由，芭提雅的性解放可以看出人类在这方面有多么压抑。腐烂的热带之夜，空气里飞翔着精虫，塑料后面藏着干瘪的卵子，它们互不相干，却散发着冲天的腥气，与来自附近黑暗的大海中的咸腥气混合在一起，令人神魂颠倒、失魂落魄。这里不是故乡，而是"生活在别处"的那个别处，没有天地神人的四位一体，没有文明，不需要语言，没有灵魂，只有肉体和狂欢，只有货币，回到本能，生命的原始欲望被激活，但是要用现金交易，也许这就是全球化的本质，当所有的故乡、神祇、方言都被取消的时候，那就是芭提雅。佛教在芭提雅不起作用，这里起作用的是"国际"，瞧啊，芭提雅步行街的入口处用英语写着"国际聚会所"！这就是传说中的地球村。

只有世界的热带才会发生这种极端的腐烂。腐烂是美丽的，腐烂是生命的策源地。澜沧江的源头是一片腐烂的沼泽。世界的北方总是产生清教、道德狂、正统、政治正确，而南方热带的黑暗把这一切都腐蚀掉。缠绕、吞噬、沉湎、深渊、毁灭与繁殖是南方的本性，南方没有观念，南方是身体的世界，南方敬畏神灵，而神灵是空的代表，空就是色，色就是空。只有南方可以看见正在媾合的诸神造像。南方骨子里，生命在于享乐，为了这永恒的享乐，南方把诸神想象为最热烈的情人，想想那些从印度开始的神吧，伟大的毁灭与创造之神湿婆被想象为一个阳器。只有北方才假惺惺地认识、解释生命，进行生命的种种说教。旅游军团一个个从世界的北面向热带袭来，带着被压抑变形的身体，游客们在芭提雅将他们积压了数世纪的欲望疯狂地释放、发泄，这是黑暗、丑陋、变态，然而灵魂出窍的。芭提雅成为各种毒蛇升腾起舞的沼泽，腐烂却有利于生命的繁殖，也是摧毁文明的力量，芭提雅没有生命诞生的尊严，没有延续种族的责任感，只是欲望的满足，生命的繁殖被塑料和各种面具隔绝着，人们疯狂繁殖着的是欲望的变态方面，不需要负责的方面。人们置身其间，就像置身在一个走马灯式的夜总会，混杂着原始、现代、后现代、纽约、巴黎、哥本哈根的风格，像某个嬉皮士集中营，既不是土风，也不是完全的现代派，又有点后现代，卖淫的、按摩的、吸粉的、消夜的、酗酒的、吸水烟的、购物狂、同性恋到处都是，络绎不绝，摩肩接踵。这里是一群人妖吊着腿坐在酒吧深处，那里是一群姑娘刚刚粉墨登场；这里是变性的歌星在捧着麦克风扭动腰肢，那边有一个老色鬼谈好价格带着女郎骑摩托飞驰而去；肥胖高大的大胡子白种人牵着苗条消瘦如猫的马来姑娘大摇大摆地走着；花枝招展、表情暧昧的女子到处都是，向游客抛着媚眼，而卖泰国小吃的大妈无动于衷地在炉子旁冷冷地翻烤她的咸鱼……人们在各种面具上装配出不自然的但妖媚迷人的笑容，酒窝深浅不一，浓妆淡抹，风格各异。在黑暗深处支撑这一切的是一个冰冷的平台，只收现金。一切都是为了付费的那一刻，只要付费，没有什么是不可以交易的，笑容或者魅力在付费之后旋即消失。芭提雅旁边是大海，黎明和正午，这小城安静得就像一个死城，它属于黑夜。

旅游只是泰国的面具，另一个泰国在旅游面具的后面永恒地过着日子。如果你摆脱了旅游点，你就会发现更辽阔的泰国。泰国的交通非常发达，高速公路、普通公路、乡间公路井井有条，四通八达，交通标志和各种设施非常完备，看起来与欧洲一样，似乎已经没有道路不能抵达的地方。天空艳丽如花朵，湄公河仿佛已经永生，听不见它在流动。黄昏时，一座座云如佛塔般林立于天空。夜晚，炎热的大地上隐约传来邓丽君软绵绵的歌声，她曾经是泰国的偶像之一。1969 年，她因电视剧主题曲《晶晶》走红，后来在泰国逝世，她仿佛天生为唱歌而生。她的歌于 20 世纪 70 年代穿越亚热带丛林秘密流传到昆明，我曾经在一个阴暗车间的角落听过。当时中国刚刚改革开放，一架日本产的三洋饭盒录音机被一位偷越国境的朋友带来，还有几盒邓丽君的磁带，那嗓子一亮，我们都听呆了，惊心动魄，我们已经活了二十年，从来没有听过女人做爱般地唱歌，这个国家当然有女高音，但她们不是女人。那样柔软淫靡、缠绵悱恻的歌声在那个年代是一种罪恶，我们怀着犯罪堕落的快感，听了一遍又一遍。因为邓丽君，我知道了泰国。我的一位朋友整个青春期都在对邓丽君的狂热想象中度过，他来到泰国的第一件事，就是要找邓丽君病故前住过的那家宾馆。他在清迈找到了，梅坪酒店，1502 房。1995 年 5 月 8 日，邓丽君在这个房间里逝世，她是喜欢香蕉、橘子、芭乐的美丽女人。我的这位朋友要求进去拍照，一遍遍向酒店的侍者苦求，但是被拒绝了。我记得那个夜晚，在泰国的天空下，这位兄长从灯火辉煌的梅坪酒店大堂出来，站在黑暗的街道上，眼睛里的泪花在霓虹灯下闪烁，他已经五十多岁了，青年时代到湄公河流域的一个农场开荒种橡胶，至今孑然一身。

参观了一个橡胶园，主人有二十多亩橡胶，过去种木薯，现在种橡胶。土地是由父亲传给几个兄弟的，其他兄弟卖掉了土地，搬到城市去了，老大蒙继续留在土地上种橡胶。橡胶树特别适合在热带雨林里生长。它原产于巴西亚马孙河流域马拉岳西部地区，它是工业化带来的树。因为天然橡胶具有很强的弹性、良好的绝缘性、可塑性，隔水、隔气、耐磨，能够广泛地运用于工业、国防、交通、医药卫生领域和日常生活等方面，用途极广。它如今已经种植于亚洲、非洲、大洋洲、拉丁美洲等四十多个国家和地区。泰国是世界上主要的橡胶生产国之一，全国七十六个府中有五十二个府种植橡胶，种植面积在世界上排第二位。当我在湄公河两岸漫游的时候，见到最多的树木就是橡胶树，那是一座座光线阴森的地狱，被刀子切割得伤痕累累的橡胶树就像一具具勉强支撑着的尸体，呈现出死亡的铁灰色。安静的林子中似乎暗藏着巨大的疼痛，如果这植物有嗓子的话，它们一定会发出惊天动地的呻吟和叫喊。割胶工总是像幽灵一样出现在树林里，在柬埔寨的某座橡胶林里，我被他们吓坏了，这些割胶工头上裹着布，正在把刀子绑在长竹竿上，割取高处的胶液。这是一个令人伤心的活计，当乳白色的胶液从树躯上流出来，你没法不意识到那是一个生命的血液。割胶工们表情麻木，地狱的园丁，看到我，他们内疚似的退到树林深处去了。现在，世界上70%以上的天然橡胶都产自澜沧江-湄公河区域，在西双版纳，近年来，随着国际橡胶价格疯涨，当地人砍倒了任何能被砍倒的树木，腾出地方种植橡胶，在自家的房前屋后，在田间荒地上种植大量的橡胶。橡胶的采集会加快橡胶树的死亡，它本来可以缓慢地生长一两百年，割胶使它只能活三四十年。这就像输血，血液的失去需要更多的养分来补充，土地的生殖力因此被迅速耗尽。到后来，人们只能放弃死亡的土地而开发新的土地来种植橡胶，这成为一个恶性循环。最终，橡胶赖以生长的原始环境也随着雨林一片片地消失而不复存在。中国科学院勐仑植物园的研究表明，天然森林每减少一万亩，就能使一个物种消失，并对另一个物种的生存环境构成威胁。科研人员说："与天然林相比，人工橡胶林的鸟类减少了 70% 以上，哺乳类动物减少 80% 以上。""由天然的热带雨林到人工的橡胶林，这种土地利用的变化也给当地生态环境带来不可逆转的改变，直接或间接地造成了区域气候改变。"西双版纳气象局的长年监测表明：在过去五十年间，当地四季温差加大，相对湿度下降，景洪市 1954 年雾日为一百八十四天，但到了 2005 年仅有二十二天。

19 世纪，德国植物学家辛伯尔广泛收集和总结了热带地区的科学发现和各种资料，把地球上潮湿炎热的热带地区常绿高大的森林植被称为热带雨林，热带雨林与世界上其他森林类型有明显的区别。热带雨林主要生长在年平均温度 24℃ 以上，或者最冷月平均温度 18℃ 以上的热带潮湿低地。大多数热带雨林都位于北纬 23.5 度和南纬 23.5 度之间。在热带雨林中，通常有三到五层的植被，上面还有高达四五十米的树木像帐篷一样支盖着。下面几层植被的密度取决于阳光穿透上层树木的程度。照进来的阳光越多，密度就越大。热带雨林主要分布在南美、亚洲和非洲的丛林地区。湄公河所流经的中南半岛，分布着两万多平方公里的热带季风雨林，热带季风雨林冬天气温偏低，降水稀少；夏季则高温多雨，一年只有雨季和旱季两个季节。热带雨林被称为"地球之肺"。通过绿色植物的光合作用，不但能转化太阳能去形成各种各样的有机物，而且靠光合作用吸收大量的二氧化碳并放出氧气，维系了地球大气层中二氧化碳和氧气的平衡，使万物不断地获得新鲜空气。热带雨林是人类能够在地球上诞生并生存下来的基本条件之一。它与阳光、水源、粮食、盐巴……一样对人类须臾不可或缺。在泰国土地上，有记载的候鸟和留鸟超过一千种，几乎是世界鸟类资源的 10%。人们似乎宁愿接受一个没有热带雨林的世界，橡胶工业带来的巨额利润给人们这样的认识，没有热带雨林他们也可以获得一个天堂。这与他们祖先的生活经验完全相反。往日，在澜沧江-湄公河，没有热带雨林的世界是不可想象的。热带雨林不仅孕育了包括人类在内的复杂的生命世界，也孕育了文明。夏威夷大学教授索尔海姆认为，"东南亚是人类文明的早期摇篮"。1966 年 4 月，他的学生戈尔曼在泰国北部迈桑南附近，跟着猎人进入一个可以俯瞰湄公河的石灰石岩洞——斯皮里特岩洞，他在岩洞里发现了一万年以前人类使用过的器皿的碎片及植物残迹。索尔海姆认为，由于湄公河流域热带雨林中的考古发现，"在世界文化的演变中，西方人的立场及其地位甚至会发生极大的变化……因为清楚而且有力的迹象正在出现，它们显示出，东南亚地区迈出了人类走向文明的最早步伐"。现在，人们已经不仅想象了一条没有热带雨林的湄公河，而且这样地在着了。

　　每年 3 月到 11 月是割胶的季节，凌晨两点就要起床工作，到黎明时才结束。割胶是门技术活，刀法的好坏决定橡胶的产量和胶树寿命。一棵割得好的胶树每年能产十六七公斤的胶水，可以割上三四十年。蒙和妻子两人自己割胶，没有雇人。蒙也知道种植橡胶树是杀鸡取卵，总有一天，他的土地上将什么也长不出来，对于这个前景，他很清楚，听天由命。他的住房旁边的一片橡胶林已经不能再割胶了，林间空地上布满枯叶。许多胶农为自己设想的后路是，到了山穷水尽时，就搬到城市去。橡胶为这个家庭带来了一所三百多平方米的平房和一辆汽车，房子建造在橡胶林中，西式的，结实而牢固，走廊下面躺着毛色光鲜的狗。蒙说他的村庄里有工会主席，工会是保护大家利益的，如果橡胶价格不合适，工会主席就是代表他们与政府谈判的人。蒙的母亲住在村庄的另一所房子里，蒙带我们去看望她，老太太出现在一片草地上，她蹲下去，采些草，请我吃，那些草看起来就是草，完全不像蔬菜，但那就是蔬菜。在湄公河地方，大地上的许多植物都是可以上餐桌的。这母亲是那种普遍的祖母，所有人都是她的子孙，她知道我们这些远道而来的中国人有些还没有结婚，就说可以在她的村庄里帮忙找一个，但你要能种地，要会使用这个，她指指她家的拖拉机。她的果园里种着各种水果，安装了自动喷水装置。她的房子也非常大，客厅可以容纳二十多人，房子里几乎没有家具，一切活动都在地板上进行，有一台老式的电唱机。村庄有许多四代同堂的家庭，养蚕织布是另一项谋生的手段。一位老太太正在用古代的方法提取蚕丝，另一位老太太在织布，那是她的母亲，他们已经老得几乎一模一样了。如果听说还在以原始的手艺生产就认为这是贫穷的村庄，那就错了，原始的手艺并不意味着贫穷，它们依然能够使人丰衣足食，就看人们丰衣足食的标准是什么了。在泰国，原始事物与现代生活并存是很自然的事情，虽然有时候你感觉有些古怪，而这却是一个正常的道理，为什么有了奔驰轿车就不可以继续织布了呢？房子里面是电视机、洗衣机、煤气、自来水管……外面却摆着用来接雨水的大缸。这种大缸遍布整个东南亚，她家的缸是水泥做的，日久天长，已经长满了青苔，像是天然之物。水缸大到几乎一个人那么高，女人依缸而立，男人躺在吊床上。正在农闲时期，另一些男子坐在凉棚下，制笙。这些村庄里暗藏着真正的民间艺术大师。没有经历过革命的村子，只有生活，无边无际的生活，狗一只只老死。正在看他们做笙，就来了一位大师，从村里人在他一出现的时候就微微欠身或者让路可以看出他不同凡响，白发老者，席地坐下，要过一只笙，演奏起来，慢慢闭起眼睛，逐渐痴醉，不是因为陌生人来了表演一下以示欢迎，就是他想吹笙了。湄公河在他的手指间汹涌。忽然从波浪深处飘出来一位小仙女，他的孙女，跟着爷爷的音乐手舞足蹈起来，我也不由自主舞动起来，像被唤醒的蛇，人们并不惊讶，只是微笑。在他们眼里，音乐、舞蹈、劳动都是日常生活，不是从生活中走上舞台的表演，他们相信所有地方的人都是这样，外来的游客跟着跳舞，没什么值得大惊小怪。

另一个夜晚，住在乌汶府的帕登国家公园，湄公河边，黎明起来，看见湄公河在开阔的丛林之间流着，仿佛大地刚刚缓慢地分开，河流的大军滚滚而过，地层裂开后形成的断壁依然屹立，但距离河流已经非常远，像是海峡。喜马拉雅的造山运动在澜沧江上游的云南以上最为激烈，在这里已经舒缓了，像是交响乐到了尾声。澜沧江-湄公河犹如一个身体朝向大海的女人，生命之流在她的身体中日夜喷泻，喜马拉雅高山和横断山脉是它身体起伏最激烈的部分，之后，这个女性如峡谷般伸开的双腿一直延伸到湄公河平原，消失在大海中。

跟着一位专家去湄公河的某处，这位个子矮小的男子有着憨厚的表情，脖子上挂着项链，镶着珠子，中间坠着一个纯金的佛像。他说，这是他父亲传给他的，而他父亲是从他伯父那里得到的。有一段传奇，当年老挝打仗的时候，炮弹飞向泰国，他的伯父与另一人一起躲避，伯父当时就带着这个佛像，结果那个人被打中，而他伯父幸存。他知道一些湄公河的事情，他领着我们去看湄公河与它的一条支流的交汇处，导游找不到这个地方，只能求助他。他告诉我们那些正在河岸泥坑里蠕动的东西是蚯蚓。这位泰国的湄公河专家与我想象的专家不同，他是一个大地之人，没有任何术语，我后来发现，他一直就住在湄公河边上。

对岸是老挝，殖民地时代建造的荒凉小镇，人去楼空，人们没有占用，而是继续住在自己的老宅里。那小镇不大，只有一条宽阔的街道，最惹眼的是一个放置废弃的汽车和各种工业品的垃圾场，人们不知道如何处理这些生锈的怪物，它们不会自动进入自然的生死轮回秩序，只好任由它们年复一年地放在那里，比居民们的生命更长久。我记得里面放着许多计量器，秤盘失踪了，只剩下骷髅般的架子和仪表。泰国这边则是繁华的现代城市，小汽车在街面上排队，我们坐在街头的一个小棚子下面喝西式的冰茶，用牛奶、红茶和冰块搅和在一起。突然就走过来一头大象，一座黑暗的原始山峦从天而降，魂飞魄散，大街被压得似乎塌陷下去，大象停在我们面前，摇晃着长鼻子，从它身上钻出来一个小伙子，拿出一捆捆已经砍成小截的甘蔗递给我们，请我们喂给大象，然后收费，大象一天要吃五百公斤食物，养活它是很困难的，泰国的养象人只有在全国各地巡回，为大象获取食物。

昔日，湄公河两岸热带丛林中的树木、野兽、石头、河流、花朵……都被视为神灵的化身。澜沧江-湄公河流域是亚洲象的天堂，与将具有攻击性的猛兽狮子视为百兽之王的其他地区不同，在澜沧江-湄公河地区，温和的亚洲象被人们视为热带雨林中的百兽之王。西双版纳的傣族人有这样一句谚语："傣家依靠大象，大象依赖傣家。"大象在几千年前就走出原始林莽，进入人类的生活世界，成为他们的神灵、朋友、家人。泰国素有"白象之国"之称。泰国人将自己国家的疆域比作大象的头部，北部是"象冠"，东北地方是"象耳",暹罗湾是"象口",而南方的狭长地带则是"象鼻"。人们相信大象具有超现实的力量,它不仅仅是一个巨大笨重的体积,也是不可知的力量的化身,大象意味着智慧、保护、力量、征服、权力、善良、温驯……没有什么动物能够如此矛盾地将各种因素集为一身。大象也许是澜沧江-湄公河流域最早进入神灵谱系的野生动物。有一个著名的传说暗示,大象就是佛祖释迦牟尼的化身。这个故事说,古印度有一位国王净饭王,年老无子。一天,国王的夫人摩耶做了一个梦,梦中一位天神乘着长着六根牙的白象从天空进入王宫,从王后的左胁进入腹中,此时,摩耶夫人感到全身舒适,如饮甘露,大放光明,普照天下。之后,王后便生下了一位王子,这位王子就是佛祖释迦牟尼。白象是佛祖的化身,但同时,释迦牟尼也通过驯服野象来征服自我内部的野性。另一个故事讲到释迦牟尼驯服野象那罗吉里的故事,年迈的佛陀在穿过王舍城时,一头凶猛的公象向他冲来,这头野象是释迦牟尼的堂弟提婆达多和尚想谋害佛陀而放出来的,狂怒的大象最终臣服佛陀,屈膝跪下。如今,对许多事物的敬畏已经被打破了,在西方思想的影响下,旧世界已经被理解为物质、资源,丧失了尊严和灵性。唯有大象,依然神圣不可侵犯。热带丛林最后的王,由于得到佛教的认可,在宗教的保护下,依然在泰国大摇大摆,但也岌岌可危了,大象已经沦为四处乞食的乞丐。大象灭亡不仅意味着一个物种的消失,也意味着古代曾经辉煌的大象文明,将再也没有活生生的对应物,大象将成为书本上的历史记忆。

素林府有一个大象村,那里生活着库伊族人。泰国著名的驯象大师龙缪就住在这个村庄。库伊族人是泰国最出色的驯象师。在过去三百多年的时间里,素林一直为国王提供作战使用的大象。泰国大部分驯象都来自此地。如今，泰国政府已经禁止猎象，素林府的大象是最后一批还在驯养繁殖的家象。我见到龙缪的时候，他光着古铜色的上身坐在老屋的凉棚下乘凉，他猎象的时候也是这样，光着上身。热带丛林中没有什么东西是穿着衣服的，人也一样。一头灰乎乎的大象站在他身后的木栏里，一边嚼甘蔗，一边斜着小眼睛看他。龙缪七十八岁，但年长的大象年纪比他还大。龙缪家族祖祖辈辈都是猎象能手，他从十四岁开始猎象，到三十多岁的时候，他捕到的野象就已经超过四十头了。这时，大家都想推举他为"驯象大师"，但龙缪拒绝了，他觉得自己还没有出色到能够称为大师的程度。又过了几年，他发现自己的固执遭到了神的惩罚，也许神灵认为群龙无首是龙缪的过错。连续多次，他和他带领的猎象队在丛林里一无所获。终于，在四十岁的时候，龙缪接受了大师的称号，成为泰国最后一位驯象大师。世界的大师普遍坐在书房里，而在澜沧江-湄公河地区，大师就是龙缪这样的人物。在泰国，民间为驯象师设立了几种等级，根据捕获的大象数量和捕象时间的长短有各种级别，级别最高的是果巴，就是驯象大师，以胸前挂着绶带为标志，龙缪是今天泰国唯一可以佩带这条绶带的人。龙缪请人去家里取来绶带，那绶带已经被磨出包浆，与大师古铜色的身体相得益彰，把绶带挂在脖子上，又在腰间缠起朱红色的布和腰带，腰带用一个个小袋子连在一起，里面装了各种宝石和罕见的什物，都是龙缪从大地中挑选出来的，他相信它们可以护身驱邪。在远古，猎象是类似巫师那样的工作，必须具有超凡入圣的力量。佛教进入之后，这工作变得很矛盾：一方面，大象是神灵；另一方面，人们又需要它来作战和干活。捕象者是不信佛的，他要祈求获得森林里各种神灵妖怪的恩准、庇护，它们才能让他吃这碗饭。在素林府，龙缪是一位伟大的人物，人们尊重他就像尊重一位活在他们身边的另类神灵。素林府的大象村由于他的存在而具有神圣的意味，远近闻名。他坐在那里，王者，大象的统治者，身材竟那么瘦削，看不出他如何有那样的力量捕猎大象，他就在我面前，我走上前去摸了摸他的手，像树根一样粗糙结实。

龙缪说，从前每次捕猎野象，都要出动五十头家象，每头象乘坐两人，要带足至少三个月的给养。出发之前，要祭祀象神和各种地方神灵，树神、水神、风神、雷神……都要祷告，祈求它们的保佑。猎手们走向森林，就像走向大海，生死未卜，猎手们家里的门窗都要封死，女人们不再出门，要等到男人们归来。凭借多年的经验，龙缪可以准确地判断出哪些地方有野象群在活动，闻闻风就知道了。龙缪说，捕象的时候不可以乱说话，大象什么都知道，它只是不能说话。大象在湄公河诸神的谱系中，也是智慧创造之神。在印度神话里有个故事，湿婆出门二十二年后才回家。离家期间，他的妻子雪山女神帕尔瓦蒂为他生了一个儿子格涅沙。湿婆回家时，妻子正在洗澡，儿子看守着家门。湿婆被一名陌生男子挡在家门外，大怒，用三叉戟将格涅沙的头颅砍飞，头颅就滚进森林不见了。帕尔瓦蒂痛不欲生，湿婆向大梵天求助，大梵天说，在你去寻找你儿子头颅的路上，会遇到一个头朝北方的生物，可用它的头代替格涅沙的头，湿婆遇到的第一个头朝北方的生物是一头垂死的大象，湿婆就等大象死去，取下象头装到儿子身上，格涅沙就复活了，成为智慧之神。大音希声，大象无形，老子的大象也是大象，佛教的大象也是老子的大象。比捕猎到野象更重要的是，要把抓回来的野象驯服成温良谦恭的家象，成为有教养的家庭成员，这是驯象大师的最高功力。龙缪可以在最短的时间里，把桀骜不驯的野象训练成听话的家象。他附着大象的耳朵喃喃而语，说些巫师召唤魂灵一类的话，大象就低下头来，仿佛找到了组织。不仅乡亲们尊重敬仰龙缪，村里所有的大象都尊敬龙缪，就是小象也知道龙缪不同凡响，它们信任他，对他的各种指示心领神会。龙缪在大象中就像神灵。从前，龙缪把家养的大象卖到泰国各地，每头大象能卖到一百多块泰国银圆。这使驯象师们在泰国过着称得上是富裕的生活。现在，龙缪早已不再猎象了，只是向村里的后生传授流传了千百年的驯象技艺。由于家象的繁殖，驯象技术还能派上用场。龙缪家现在还养着四头大象，他的几个儿子都是驯象官。他们每年都要带着大象到全国各地去巡回表演，大象现在得自己养活自己，也养活了象官们。每年11月，他们就回到故乡，收割水稻，让大象休息。

在湄公河边的塔可村住了一夜，这个村有一百二十六户人家，人们靠种植水稻和捕鱼为生。村长是一个长着娃娃脸的壮实汉子，走路很重，他说作为村长，他的职责就是维持村庄的秩序，保护村民的利益。他说，他曾经带领村里的一些年轻人去曼谷工作，干保安、搬运工什么的，最后都回来了，他们不适应曼谷，"那里的空气与我们这里不一样"。他们每天的生活看起来就像是漫长的玩耍，在湄公河上捕鱼，坐在河岸上喝酒，在田里收割水稻，喂牛，或者划船去河对面找老挝的姑娘谈情说爱，"那边的姑娘很愿意嫁过来"。忽然有人骑上摩托飞驰而去，二十分钟后他已经到达一处西方风格的酒吧，要了一块夹着火腿的三明治。另一个村民说，他去过中国台湾，在那里找了一个老婆，他回泰国了，老婆还留在台湾地区，问我们认不认识她，他在手掌上写出一个汉字，是一个女性的名字。我们一直在旅游点和公路上奔波，泰国跟我们一点关系也没有，我们要求走访一个湄公河边的村庄，导游非常吃惊，那里没有旅馆！最后我们来到了塔可村。我们和几个村民夜里坐在湄公河边喝酒，他们唱些歌，说话，我们不能交谈，只是微笑，碰杯。困了，安排我睡在河边渔夫们守夜的棚子里，棚子就架在河流上，水从我身下汩汩而过。中秋刚过，月亮在湄公河上亮着，像一个刚刚从热带丛林滚出来的金色芒果。半夜，有人轻轻为我盖了一床泰国的布。我睡得像湄公河一样深，直到灿烂的太阳把我照醒。又是一个早晨，有个渔夫打到一条大鱼，重五十多公斤，他说可以卖到两千泰铢。我上了他的船，跟他去打鱼，小艇在湄公河上飞驶。渔夫说，鱼最多的地方在湄公河中间只有渔民才知道的某处。两岸的渔民自古以来就有一个约定，当两岸的渔民不约而同都要打鱼时，此岸的渔民打一网，彼岸的渔民再打一网，轮流进行，从来没有破坏。两国制度不同，有时候国家之间发生战争，天空飞过炮弹，海关锁上大门，这个大地上的契约却一直在继续。

泰国湄公河一角   2003

泰国清迈　2003

清迈女导游　2003

在泰国的大象村　2003

在泰国的大象训练营　2003

曼谷，牧童表演者　2003

曼谷，象神　2003

泰国街头　2003

8

孔瀑布在铅灰色的天空下扬着，就像一部疯狂的白胡子，从大地的脸上喷出来。

湄公河穿过老挝，一直是宽阔平坦地漫流着，棕黄色的滔滔大道，还有几十公里就要进入柬埔寨的时候，忽然间，没有任何先兆，这个平坦的大厅就跌了下去，大河在这里翻滚着跌下几级台阶，就像被猛烈的火焰煮沸了，哗啦大响，惊天动地。

对于当地人来说，孔瀑布是湄公河派来的一个大神。他们谈论孔瀑布的口吻就像谈论神灵，孔！孔！孔！孔的意思是河，但用于说孔瀑布的时候发音稍重，这就是指孔瀑布，含有更大更有力量的意味。陪我们前往孔的小伙子说起孔的夏天和冬天，说起洪水滔天，表情很是敬畏，他说当地人把孔叫作魔鬼瀑布，在古代的一次战争中曾经有千军万马在这里覆没，瀑布巨大的声音中至今还可以听到鬼哭狼嚎，我扶着船帮，贴近水面听了听，确实有嚎叫哭泣之声混杂其中。

孔瀑布落差并不是很大，湄公河在这一带宽十多公里，洪汛期落差十五米，枯水期落差二十四米，在雨季流量每秒可达四万立方米。但湄公河在这一段就无法通航了，原来都以为河流已经辽阔如此，必然一帆风顺，直达大海，却突然好梦坍塌。大地的事情真是无法预测，天地无德，大地又不是仅仅为了人类的所谓水利而创造的。法国人于1866年6月曾经派出一支考察队沿着湄公河探路，"试试这条河是否适合航行，希望通过这条河把法属交趾支那（越南南部）和中国西部连成一片"。"我们不得不承认这个事实，汽船是永远不可能像在密西西比河、亚马孙河那样穿梭往来的。"（加内《湄公河考察报告》）历史并不完全依据人类的意志书写，幸好是大地上的事情基本上还是由大地决定，人们也许可以修改某些局部为我所用，但在许多方面依然无计可施。但法国人在这次探险中也并非一无所获，他们发现了另一条可通航的河流——连接中国云南省与越南的红河。

这位老挝的小伙子送我们去孔瀑布，驾驶的是一艘可乘二十人的快艇，每个人要收二十美元，以为就是全部的费用了，但越过湄公河的一段水域，到了瀑布群中间的一个岛屿，又要收泊船费二十美元，否则就不能靠岸，理由是这里属于另外一个行政机构。二十美元也包括乘坐观光车，其实从这里步行到瀑布群的核心地带，也就两三公里，但我们什么也不知道，只有任当地人摆布了。这是9月，瀑布没有连成一片汪洋，而是形成许多岛屿，瀑布就在其间穿过。我们坐在观光车上，看不见瀑布，只听见它在爆裂着，仿佛附近拴着一群拼命挣扎的野马，或者一个肢解河流的工厂正在全速开动锯床。四面楚歌中的陆地安静得有点恐怖，我担心着湄公河会突然包围过来。经过一些村庄，有的房子前面挂着牌子，可以住宿，价格是一个床位三美元。田野间有用来烧火熬染料染布的土灶，为什么要将它安装在这里，不知道，问不出来，我们与当地人的语言交流只限于食物或者床铺。土地没有充分利用，有些种着庄稼，随便地散落在丛林之间。法国人 19 世纪末曾在这里修建船闸、码头和运输物资的轨道，已经全部生锈废弃，一块水田中躺着一个小火车头，看上去法国人一离开就再也没有人碰过它，黑乎乎的钢铁怪物，仿佛是外星人的粪便。

在老挝语里面，湄公河的湄公是母亲的意思。澜沧江的澜有两个意思，一个是一百万，另一个是秃顶，相当有意思啊，一百万秃顶。而澜沧江的"沧"也有两个意思，一个是大象，另一个是家，人们把澜沧江叫作一百万大象的家，而不叫一百万秃顶的家。从发音来说，湄公、孔、澜沧，韵尾相近，只是声母不同，河在流动，语言也在流动，但基本的韵母，就像河床，容纳着声母的变化。

这地方也就旱季才进得来。雨季什么都没有，滔滔而已。去得近处，才看出孔是参差起伏的瀑布群，热带丛林像一群绿色的老虎包围着它，只要一有机会，丛林就把河流咬碎掐断，河流跌跌撞撞，时而分流而动，时而聚合浩荡，起义般挥舞着拳头。每年三四月，成千上万的鱼从下游赶来孔瀑布抢水产卵，许多鱼在抢水中死去，又被炎热的阳光烘烤腐烂，那时候空气里面散发着巨大的臭味。我们跟着老挝小伙子穿过丛林走到湄公河边，水气逼人，一百万大象或者秃顶就在旁边，谁敢轻举妄动。这个岛滑腻而且软绵绵的，其实都是坚硬的礁石，但我感觉已经被瀑布泡烂了，就要散开。苍苔，老树，雾气在丛林中漫游，而孔瀑布强盗般地就在旁边一闪一闪地挥舞着白色的刀子，大象们怒吼着，实际上它们总是一有机会就闯过来，把这些小小的陆地吞掉。丛林里有两三个摊子在卖旅游纪念品，有人安闲地躺在竹子绑成的棚子里，他们显然摸透了孔的脾气，会及时地在孔发作前离开。我们胆战心惊，前途未卜，总觉得孔随时要翻脸扑过来了，慌慌张张，经常被滑得身子一晃，看了一眼就赶紧走人。我稍事逗留，想看看在这样一个危机四伏的地区，还能卖些什么，居然都在卖老旧的古董，从那些古老乡村的岁月中刨出来的，是谁告诉他们这些玩意值钱，在这没有一个字的地方？相当超现实啊！我在一个木盘子里翻到一个拇指大的老挝风格的泥塑佛像，摊主要三美元，我就买下了，包好，揣在怀里，暗暗指望神灵保佑，孔是一个大神，但也许还有比它大的神吧。之后，赶紧去追那伙同来的哥们，人家已经无踪影了。

回到岸上，老挝小伙子兴高采烈地捏着美元跳起来跑掉了，老挝电视台的两位同志又出现了，他们总是可以找到待着的地方，喝够吃饱的样子。他们说柬埔寨方面的人已经来到边境，在前面等我们。我们驱车向着柬埔寨那边去，几公里后进入一个公园，公园就在湄公河边上，里面有供旅游团队吃饭的大厅。在那里，我们见到了柬埔寨电视台的岳和翻译小Z，岳我以前在昆明见过，他是国家电视台的官员，样子就像云南少数民族地区的某位村长，除了语言不通，并没有什么外国人士的感觉，岳建议我们摄影留念，大家就走到湄公河边，那里有一个巨大的水泥观景台，观景台下面，湄公河一片汪洋，百万大象手拉手，扬着鼻子连成一排跳着舞，完全看不出下面是无数的深渊，仿佛那是一个平坦的广场。原来这里才是国家为旅游者设计的观看孔的地方。我们先前的行动相当冒险，旅游公司是永远不会带人到那里去的。我们与老挝同志告别。他们微笑着钻进小面包，转身走了。我们跟着岳，向柬埔寨方向驶去。

孔瀑布的吼声还在后面，边境已经到了。从老挝进入柬埔寨的上丁省是通过塞代口岸，塞代有两个入境处：一处是水路，可从孔瀑布下面的四千美岛入境；另一处是陆路，沿着13号公路入境。13号公路结束了，水泥公路中断，前面的丛林中出现了一条泥巴便道，刚够吉普车之类的通过。我想起传说中的胡志明小道，也就是如此吧。岳是个典型的高棉人，古铜色的皮肤，在将黑未黑之间，眼神里有一种古代的茫然，仿佛是在大理石上雕刻出来的。亚洲的皮肤从东方开始，泛着黄色的光芒，犹如下午的天空，逐渐向着南方深起来，到东南亚的时候，已近天黑，但黑暗还没有来临，黑暗开始于印度，再向西，到非洲大陆，就进入了肤色的黑夜。在柬埔寨，到处是深肤色的人，被热带的阳光烤得像青铜器似的。岳沉默寡言，没有担任他这种高级职务的人通常的能说会道。翻译小 Z 是华侨，在金边的一家旅行社工作，一路上，他的话最多。车厢里还挤进来一个人，岳抱着他坐在前面，他是对面柬埔寨海关附近一个村庄的村长，岳的朋友，是专门来领我们入境的。李给了他们两包烟，很高兴，说是到那边如果有什么事情，他会搞定的，他认识所有边防警察。

岳说，国家电视台没有车，这辆车是租小 Z 的。汽车在热带丛林里穿行，两边经常出现有红油漆画的骷髅形象的木牌，警告丛林里面藏着地雷，此地过去为红色高棉控制，雷区还没有扫过，只有这一条路可以走，往旁边多走一步都很危险。忽然，密林的前方开阔起来，土路扩宽了几倍，出现了一个土渣渣的栏杆，默默地挡住了去路。老挝边防到了，我们下车，把护照交给持枪的士兵，磨蹭了一阵，因为是熟人带来的，只要了五美元小费，就盖章放行，进入了柬埔寨。

那边丛林中也有一栋被泥巴染红的木头房子，几个人提着步枪走过来，其中有人穿着军装，我们再次交出护照，然后跟着军人到木头房子里去填写入境登记表。房子里散发着烟草味，有床、炉子什么的，完全没有什么国家的威严，感觉我们将要进入的是一个村庄。军官表情严肃，手枪搁在桌子上，靠墙还放着一支步枪。自从"文革"结束后，我已经很多年没见过这玩意了，那支手枪很老，柄上缠着胶布，扳机被扣得发亮。岳不知道到哪里去了。我相当紧张，我每次交出护照都会紧张，我现在是个没有证件的人了，出一点差错，我在这世界上就说不清我是谁了，何况这里没人懂汉语。

上一次进入柬埔寨是在暹粒机场落地签证。天气热得像是空气已经被煮熟了，海关大厅里没有空调，天花板上排列着几十个风扇，一起摇头晃脑地转动，就像一个正在制造冷气的车间。突然听到有人用普通话大吼，太落后了，还在用风扇！轮到我们办理手续的时候，坐在海关后面的柬埔寨士兵鬼鬼祟祟地暗示导游给他一笔小费，那位导游为了避免麻烦，就夹了十美元在护照里，他立即笑嘻嘻地盖章。中国人的风俗是，怎么方便怎么来，才不管政治正确呢，收小费已经成为暹粒机场的惯例，专门针对中国游客。后来我的一位朋友也去暹粒，他是个大学生，不通人情世故，事事要计较政治正确，就拒绝给小费，入境后被告知，他的行李找不到了，要他次日来取，我的朋友只好第二天再次顶着烈日去机场，花费了一大笔交通费。我担心着敲竹杠的事情再次上演，老岳又回来了，军官慢慢地盖章，像是村支部书记在开计划生育的证明，因为是熟人带来的，每个人只收了五美元的小费。我们准备上车，忽然，村长对翻译说了些什么，翻译过来转达，其他人也希望给他们一包中国烟，于是老李再次把他的烟拿出来，在场的每人发一包，又给了村长两包，都咧嘴憨厚地笑了。

前面是一条宽阔的红土路，比云南的土地稍微黄些。这是中国帮助建设的7号公路，已经搞好路基，雨季之后，就要铺柏油。丛林纷纷退到两旁，队伍似的倒下。道路泥泞，汽车滑冰般在泥上漂着，柬埔寨司机富有在这样的道路上行驶的经验。偶尔可以看见卡车陷下去，司机站在一边无可奈何地抽着烟。

陪同柬埔寨人来的翻译小Z是第三代华侨，汉语是后来在学校学的。他把家发成街，和昆明话一样。我们继续穿过无边无际的丛林、河流及偶尔出现的村庄，这个地区非常荒凉，灰色的天空，暗绿沉沉的大地，不知道隐藏着什么，介绍柬埔寨的书说，里面有大象、老虎、黑豹、熊、孔雀、苍鹭、松鸡什么的，还说东南亚的柬埔寨野牛如今只剩下三百头（1985年的数据），而柬埔寨境内就有两百头。什么也没有出现，丛林的边缘神秘而幽暗，垂头丧气地滴着水，暴风雨昨夜不仅肆虐了老挝，它可没有什么护照。下了一阵雨。几乎看不到什么人，偶尔出现的土著就像是动物，与汽车上的人类格格不入。

丛林使大地凉爽。如果没有丛林，这地区就无法居住了。

天黑时大地安静得就要消失，偶尔有村庄出现，丛林中的火焰，一堆堆聚集到一起的水果、粮食和人类，闪烁着温暖的光芒。想起我1986年写的诗《在漫长的旅途中》：

在漫长的旅途中

我常常看见灯光

在山岗或荒野出现

有时它们一闪而过

有时老跟着我们

像一双含情脉脉的眼睛

穿过树林跳过水塘

蓦然间　又出现在山岗那边

这些黄的小星

使黑夜的大地

显得温暖而亲切

我真想叫车子停下

朝着它们奔去

我相信任何一盏灯光

都会改变我的命运

此后我的人生

就是另外一种风景

但我只是望着这些灯光

望着它们在黑暗的大地上

一闪而过　一闪而过

沉默不语　我们的汽车飞驰

黑洞洞的车厢中

有人在我身旁熟睡

　　一个下午，行驶了五十多公里，傍晚的时候我们到了上丁，岳请我们在一家餐馆吃鹿肉和野猪肉，我们坐在有裂缝的塑料椅子上，用磨腻的塑料杯子喝啤酒和凉水，黑暗里稀疏地闪烁着些霓虹灯，像是被放大了的萤火虫。食物烹调得很含混，糊状的肉块，混合着本地和中国的味道。

　　上丁是上丁省的省会，地盘不大，走一圈也就是几十分钟。法国人设计的城市，中间是用铁皮和木板搭成的阴暗市场，所有东西，从穿的到吃的都在里面卖。在澜沧江-湄公河地区，传统的交易主要是靠集市，这些集市就是露天的地摊，人们在固定的时间前来交易，然后散去。与周达观在《真腊风土记》中说得一致："每日一墟，自卯至午即罢。无居铺，但以蓬席之类铺于地间，各有处。"19世纪，西方殖民者带来了市场，市场往往是一个黄色的固定建筑物，慢慢才出现了居住在市场周边以买卖为生的人，城市也因此慢慢地形成。过去的城市不是以市场为核心，而是以神为中心，庙宇高踞于城市中心，而集市在城市的边缘地带，老挝的琅勃拉邦现在还是这样。在上丁这样的小地方，城市就完全是西方那一套了，横着竖着几根线条而已。在湄公河沿途，经过城镇，只要一看见那个黄色的大房子，必定是市场。市场是固定的摊位与传统的临时摊位相结合。比较固定的摊位卖的是工业品、农业生产资料、服装、日用器皿，但蔬菜瓜果什么的，还是靠流动性的小摊。集市与市场最大的不同就是，市场的目的非常明确，那就是一个交易所。但在集市中，集比市更重要，交易不是首要的。人们的生活世界以自给自足为基础，生活的质量不是以"更如何"来衡量。知足常乐，足的基础是有利于进入来世。宗教信仰令人们对现世生活质量的"更×"无动于衷，只满足于自给自足。与上游澜沧江某些地区不同的是，在那边，自给自足，是因为条件限制，人们无法"更×"，"总把新桃换旧符"，一旦有"换旧符""更新"的可能，自给自足就被抛弃了。中国文化讲"天人合一"，如果天是某种神灵世界的象征的话，那么它必须在人的当下存在中体现出来，天堂不在来世，就在大地上，就是此生此世。而在湄公河流域，天与人是两回事，人的此在此世并不重要，重要的是来世的天堂世界。普遍的自给自足与对诸神的信仰有关，现世的清贫生活是通向来世天堂的阶梯，人们当然有能力积累财富，但财富主要是贡献给诸神的，人们宁可用它来建造庙宇而不是提高世俗生活的水准。西方 20 世纪的无神论和唯物主义从来没有征服这个地区，这个地区一直是唯心的。集市首先是一个交际的场合，一个大地上的"沙龙"。人们首先是来玩的，彼此见面、交流、联络、娱乐，缓解地理上的隔绝所造成的孤独感。集市不仅仅是个交易所，也是化装舞会、神仙会，是人种、音乐、美食、戏剧、舞蹈、诗歌、手工艺品……的博览会。前来赶集的不仅仅是商人和顾客，通常在赶集的日子，大地倾巢而出，全家，甚至全村，包括大地上的果实、蜂蜜、珍禽异兽，一齐出动，走向集市的队伍浩浩荡荡。许多人千里迢迢前来，只是为了玩耍一天，见见世面。年轻人渴望认识美丽的姑娘，集市是他们天然的婚姻介绍所。小孩子盼着见到新鲜的事情，大人在这里获取各地方的奇闻逸事。人们聚众豪饮、促膝长谈、载歌载舞、嬉戏打闹、打情骂俏……做买卖很多时候只是象征性的。许多人跋山涉水背着土产前来，又背回去，并不因此感到沮丧。大的集市可以持续多日，有的与宗教活动联系起来，在缅甸的曼德勒，颂扬释迦牟尼的活动同时也是集市，要持续一个月，人们搭起帐篷席地而卧，烂醉如泥，痛饮狂歌空度日，然后散去。人一散，集市也随之消失。市场是固定的，但总是孤零零、冷清清，那只是一个毫无乐趣的交易所。西方式的市场进入东南亚已经一百多年，但我看到，在湄公河-澜沧江的许多地方，市场依然相当孤独，它的热闹远远没有超过寺院和传统的集市。

晚上我们在上丁住宿，很别扭的西式旅馆，呆板封闭的房间，肮脏的地毯，年久失修的卫生设备，漏水、滑腻，电风扇如刀子般刮过一切。人们似乎很不情愿地修建了旅馆这玩意，并不知道怎么可以将它弄得更舒适，大多数旅馆的舒适程度永远次于人们的家。而在西方，旅馆是家好像已经习以为常，一生都住在旅馆中对于许多人来说是很正常的。没有空调的房间是七美元，带空调的是十二美元，但到了后半夜，空调就自动关闭了，辗转反侧，难以入寐。聪明的本地人知道，旅馆这玩意是何等可笑和浪费，他们直接睡在大街上。其实在炎热的东南亚，直接露宿于户外是最舒服的。许多人睡在大地上，最多铺床席子，这并非因为贫穷落后，而是他们知道怎样才睡得香。

早晨起来发现旅馆里全是青年男女，他们显然属于国家，因此与众不同。旅馆外面的普通群众大多穿的是民族风格的服装，他们却是清一色的白衬衣蓝裤子。飞快地集合起来，坐到一个大房间里，开始举行会议，唱歌。市场只是在每天清早的一两个小时比较热闹，那时候可以瞥见昔日集市的影子，小贩们卖土特产的临时地摊摆在市场门口的空地上，熙熙攘攘，说说笑笑，没有中国经常看见的城管前来扫荡。做买卖的人基本上都是妇女，与周达观在《真腊风土记》中说的一致："国人交易，皆妇人能之。所以唐人到彼，必先纳一妇人者，兼亦利其能买卖故也。"到十点钟左右，市场门外就空无一人了，狗踮着脚尖在一片狼藉中探头探脑。光线阴暗的市场内，卖主们守着老摊子昏昏欲睡。

从上丁到磅湛，道路渐好，人迹和村庄越来越密集。汽车不多，大部分客车都是满载的，摩托后座上经常坐着四五个人。货车甚至加了一倍的车厢，或者捆绑在车身上的物件有车子本身那么大，摇晃着如醉鬼般飞驰而去，人们总是有办法把更多的货物弄到交通工具上。司机基本上不按喇叭，默默地跟在先走的车子或者人后面走，即使超车也是很不好意思的。一群白牛一字排开，摇着牛铃在公路中央晃悠悠地走，汽车来到面前，才缓缓让开，还很不高兴地瞪一眼。而有的牛就干脆霸道，站在公路中央，根本不让路，而是汽车让它。很对，世界本来就是这样，先来后到，连牛也知道。每个村庄都有佛寺。柬埔寨的寺院比较朴素，淡蓝色的门。老挝的寺院富于装饰，大多镶嵌得金碧辉煌。中午的时候到了桔井。在一个餐馆吃饭，六个人花去了十二美元。桔井沿着湄公河展开，花叶飘摇，有许多法式的黄色建筑，质量最好的都挂着政府机构的牌子。看到一个报刊亭，里面卖着两三种杂志，封面印的都是美人，还有五六种报纸。岳说，桔井省电视台的负责人要接见我们。我们就在一个咖啡店里等，约定的时间过去半小时后，进来一个高个子的黑脸农夫，搓着手上的泥巴干，说是他正在自家的田里摆弄水稻，所以来晚了。在柬埔寨，国家机关的公务员一般都有自己的地，他们的另一半与土地联系着。台长先生说，电视台就他一个人，也就是转播一下金边的电视信号。他说，中国人很少来到这里，两年前来了一船中国人，是从老挝来的。他们乘小船穿过孔瀑布，又换大船，在一个阳光灿烂的早晨来到了桔井，他记忆犹新，说的时候眼睛发亮地望着天空，好像那船是来自天上。周达观在《真腊风土记》中说："往往土人最朴，见唐人颇加敬畏，呼之为佛，见则伏地顶礼。"咖啡店的老板是中国人的后裔，最近才去学校学了几句汉语。小Z说，在红色高棉时代，说汉语会惹来杀身之祸。小Z一方面做导游，同时也做着服装生意，养着妻子和两个小孩。他七岁时跟着大人逃到越南避难，1983年才回到柬埔寨。当年穿越热带丛林逃往越南的途中，一百多个乡亲死了七十多个，见头就打。他一边小口地喝着咖啡，一边说着，仿佛是说古代小说里的事情。三十五岁的人，已经目击过死亡，中国式的谦和有礼中暗藏着冷酷，这个世界做什么他都不会在乎了。

又是一场雨，飞快地掠过我们，有急事般跑掉了，阳光照亮辽阔的丛林，前方的巨云如一群武士骑着狮子守在天空的大门口。人们蹲在地里收番薯，太辽阔了，劳动要用喇叭指挥。柬埔寨的田地都是大块的，无边无际，像是农场。劳动包括与热带野生植物无休止的斗争，杂草时刻如潮水般疯长着。稍一松懈，野生植物就把人们种植的粮食吞没。这是澜沧江-湄公河冲积出来的最肥沃的土地，根本不需要施肥，生长、茂盛、丰收根本无法抗拒。得天独厚，大地就是这样，在更高纬度的地方，世界就不一样了，生长、茂盛、丰收必须日日祈求，小心伺候。柬埔寨的可耕土地只用了一半，开垦出来的这一半种着稻谷、橡胶、玉米、薯类、花生、豆类，以及胡椒、棉花、烟草、甘蔗、咖啡等等。种得最多的是稻谷，占耕地面积的 70%，其次是橡胶，全国有十多万公顷的橡胶园。

一棵橡胶树可以割胶三四十年，我们进入一处已经割胶三十年的橡胶林，橡胶树的下部已经割不出胶，必须用很长的竿子裹住刀，向上面去割。我在云南只见过在下面割胶的橡胶林，云南橡胶工业的历史不长。这个林子里的景象非常恐怖，树身伤痕累累，像是一个个被绑在虚无的十字架上的受难者。割胶就是加速橡胶树的死亡，一棵橡胶树如果不割，得享天年的话，可以活上百岁。想起庄子的散木："已矣，勿言之矣！散木也。以为舟则沉，以为棺椁则速腐，以为器则速毁，以为门户则液樠，以为柱则蠹，是不材之木也。无所可用，故能若是之寿。"

经过一处胡椒园的时候，停车访问了主人，这一家有十口人，四兄弟以及嫂子小孩同住一栋两层楼的木结构房子，人和粮食在楼上，楼下放置农具，关养家畜。这家是种胡椒和橡胶树的，橡胶树种了六百棵。主人说，种得好的胡椒树一株可以得到六公斤胡椒，一般的可以得到三公斤。每公斤胡椒可以卖十二元人民币。这家的饮用水是通过打井汲取，井是一个长一米左右的坑，一根管子深深地插入地层，水就上来了，非常清。房间很干净，生活方式看起来与周达观当年在真腊所见的差不多，"睡只竹席，卧于板"，只是多了电视机和缝纫机。

这个国家人们的身体看起来非常健康，随时可以看到古铜色的健美肌体在大地上闪着金光。这是一个随时可以看见身体的社会，就像古希腊，不以身体为耻，公开地裸露在阳光下。周达观当年见到的女性也赤裸着身体："大抵一布缠腰之外，不以男女，皆露出胸酥，椎髻跣足，虽国主之妻，亦只如此。""唐人之为水手者，利其国中不着衣裳，且米粮易求，妇女易得，屋室易办，器用易足，买卖易为，往往皆逃逸于彼。"（《真腊风土记》）现在布匹把人们的身体遮蔽了许多，但依然可以强烈地感觉到身体。在城市以外，男子们与古代一样，赤裸上身，光着脚板，只是在腰部围一块布或穿着短裤。人们很难在服装方面做更多的名堂，服装是多余的，就是勉强为之，也必须轻薄。裸体其实最舒服，古人的文明之处不是穿起衣服来，而是直接装饰自己的身体，文身流行于整个湄公河流域，文身之美，在这里达到极致。文身，既不遮蔽束缚身体，又令身体从原始的黑暗中升华出来。天气太炎热了，裹得严严实实，是比死还难受的。就是现在，妇女们也没有完全裹起来，一有机会，她们就抛弃束缚。洗澡成为裸露的一个最普遍的理由，人们每天要洗很多次澡，不是为了卫生，只是要冲凉降温。因此，随时可以看见妇女们丰腴的脊背、乳房，湿漉漉的黑发在丛林里、河边、大瓦缸前、篱笆后面、竹楼的凉台上一闪一闪。身体也非常灵活，在湄公河地区，身体非常活跃，总是处于劳动和各种运动中，这不是澜沧江某些地区那种正襟危坐的社会。头被妇女们用来顶物件，一瓦罐、一簸箕、一捆甘蔗。我甚至看到一妇人的头上顶着她出售果汁的小卖部。只要能够不穿鞋子，人们更愿意赤脚直接踩在大地上。东南亚是滑的，因为雨水多，青苔遍布，道路泥泞，人必须有宽大的脚板，才能贴住大地，才可以站稳。与世界其他地方不同，在这里我看到无数的赤脚而不是设计出来的鞋，许多脚掌像热带丛林的植物一样长得宽阔厚实。经常可以看见白发苍苍的祖母翘着两条腿坐在摩托后面被孙子带着飞驰而去；少妇一手抱着婴儿，一手撑着自行车龙头在田间小路上行进。年轻人像战争中的士兵那样，坐在卡车前轮的水板上，车轮滚滚，道路颠簸到轮子随时要脱车飞去，他稳如泰山，而卡车后面的车厢空着。

　　我逐渐闻到了吴哥的气味。人们前往柬埔寨，大多是冲着吴哥去的。吴哥已经超越了柬埔寨，它是世界的另一个罗马。条条大路通罗马，罗马是一个象征，不只是成功与辉煌，也是伟大的文明。忽然在磅湛的公路边，看到了吴哥时代的一角，这是一座灰色的有着浮雕的石头城堡，真腊时代的古寺——诺哥寺。这个国家曾经有五千多座寺院，红色高棉摧毁了其中的两千多座，但没有摧毁吴哥，波尔布特把吴哥视为古代之粹。大多数古代遗址没有吴哥窟那么著名，但同样非凡无比。诺哥寺建造于11世纪，早期是大乘寺院，是巨石时代建造的，那时人们用石头来取悦诸神，石头被雕刻成花纹、狮子、大象、毒蛇，以及诸神的各种形象和化身。宗教不只是虚无的信仰，也意味着人们对现世、对石头的理解。在吴哥信仰大乘佛教的时代，石头是一种建造天堂的材料。近代柬埔寨转而信仰南传佛教，木材被大量使用。诺哥寺很奇妙，它由砂岩垒砌的灰暗城堡和金碧辉煌的木结构建筑组成，后者像是从灰暗岩石里长出来的植物，只有八十年历史。仿佛是为了复活古老的历史，石头与木材并不冲突，气氛调和了一切，因为无论什么，都是献给神的。寺院内立着一尊吴哥时代的高大的岩石佛像，苍凉、安静，微笑着，无边无际的含义，胸前残余着几个镀金的斑点，它从前是个金身。周达观说，他当年看见真腊城里的佛像许多是金身的，所言不虚。但后来到了吴哥，我就再没有看到残余着金斑的佛像了。

吴哥继续闪现，我们的汽车经过一座用巨大条石砌成的宽阔大桥，可容四辆卡车并排驶过，这样的尺寸在古代可谓罕见，可以想象古代吴哥王朝是一个怎样的空间。桥面已经成为凹凸不平的土路，有许多水坑，桥身发黄，但依然结实牢固。满载游客的大巴一辆辆从桥上驶过去，它往日负载了无数的大象、军马，现在又负载汽车，吴哥帝国真是岿然不动。我们的车子从一千年前建造的桥上驶过去，我有些胆战心惊，这是一个古董啊，就这么辗过去了。红色高棉时代，这古董上面甚至驶过坦克。

无数的吊床在炎热的天空下摇晃着，人们在青天白日下呼呼大睡，经常可以看见一个凉棚下面，七八个头排成一排睡过去。水涨的时候，湄公河离乡村很近，水落时，它又很远，湄公河最宽的时候超过一公里。每家门口都有五六只大缸，用来接雨水，这是另一条湄公河。

柬埔寨人把干栏式建筑叫作高脚屋，这种用木头支撑的木屋依据经验设计了适当的高度，可防湄公河涨水。

竹被广泛使用。房屋、篱笆、凉台、箩筐、帽子、席子……

各式各样的纺织品，在公路上都可以看见妇女们在凉台上织布，纺织出来的国家。

岳作为国家电视台的官员，不仅知道如何审查剪辑 BBC 的新闻，也知道距离金边上百公里以外的一个寺院的水井的水是什么味道。在汽车中沉默了两小时后，他忽然说，我带你们去那里喝水。我们进入一座寺庙，看不到人，似乎还在睡觉，柬埔寨的乡村给我的感觉是人们总是在睡觉，但水没有睡。岳说，这口井的水是甜的。它一直甜着，直到我们喝到它。岳微笑着看我们喝水，好像他是那口井的父亲，这个土著对自己的味觉相当自信，他说甜，那就是甜。

　　洞里萨湖就在吴哥的旁边。湄公河在柬埔寨境内长约五百公里，上游层层叠叠流过高原，在金边，湄公河与一个巨大的淡水湖——洞里萨湖的支流洞里萨河交汇。洞里萨湖不深，枯水季水位只有一两米，但在雨季，就会上涨至十多米，水位最高的时候湖面可达一万六千平方公里。洞里萨湖缓解了湄公河的巨大洪水，否则，那洪水还不知道要怎么放荡呢。在柬埔寨，洞里萨湖比湄公河还重要，它北有吴哥，南有金边，是高棉文明的心脏，柬埔寨的鱼米之乡，也调节着柬埔寨的气候。洞里萨湖被丛林环绕，有的地方汪洋大海，有的地方被丛林分割成许多条块。鱼类的天堂，还没有看见水的影子，天空中已经飘来巨大的鱼腥味。我们经过一个渔村，金黄色的村子，人们在做各种杂事，其乐融融，一个大家庭，各家的房屋只是这个大家庭里的家具。有人在做木船，手艺古老精湛，他们还不知道船有更现代的做法。一艘可以乘坐七八个人的木船卖两百美元，手指大小的鱼人民币四毛一公斤，一头七八岁的小象价值一万多美元。老人们坐在凉棚下，男子们赤裸着上身干活，像是被阳光打上了一层金黄色的蜡。女人总是成群地出现，裙裾飘飘，像风一样凉爽，我想起泰戈尔的诗歌。村里一般房子都是竹木结构的干栏式高脚屋，最坚固的房子是两三栋法国式的黄房子，那是学校和行政机构。我发现，在东南亚，西式建筑总是学校、市场、政府、监狱，以及教堂；人民的日常生活总是在传统的木屋里进行，灰暗、朴素、谦卑，但自得其乐，貌似植物，与前者清一色的法国黄，与大地格格不入的僵硬、傲慢，以及对周围的偏见形成鲜明对比。

我们已经驶在 6 号公路，吴哥就要到了，游客开始多起来，旅游团的大巴排着队向吴哥涌去，穿着奇装异服的各国人士嚷嚷着，不停地挥舞着照相机。塑料、可口可乐、旅游小册子、瑞士军刀、耐克鞋、T 恤……各种各样来自现代化社会的嗜好、垃圾以及废话滔滔不绝地从四面八方涌向那伟大的古迹，像是那些曾经一次次覆灭吴哥的军队或者丛林。

猛然，我看见了那光辉之城，屹立在古代的宝石蓝天空下，那么和谐、自然，灰黄色的群山在广阔的平原上拔地而起。下面是世界旅游者的潮水，以最虔诚深厚的膜拜之心拍打着它。

在进入过无数的寺院后，吴哥确实是众神之都。无论想象力、材料、建筑技术都是最纯粹的，没有丝毫的折扣。高棉人建筑吴哥用的是最难的材料，世界上的每一样东西都可以用来建造奉献给诸神的天堂，木料、植物、动物、矿石……在澜沧江上游，我甚至见到人们用水。但最难的是石头，最永久的也是石头。吴哥全部是石头所造。我在那个热得发昏的中午猛然看见丛林的帷幕拉开，充满光芒的天空下垒着一堆莲花般安静的灰色岩石，身上忽然不热了。我有一种恐惧感，仿佛面临审判，我的过去是一座地狱，走向吴哥窟的时候我腿脚发软。我一直知道这世界存在着一个秘密，它藏在我们称为宗教的那个领域里。在澜沧江-湄公河流域，我曾经进入过无数的寺院、教堂，但没有一个像吴哥窟这样，具有巨大的磁力，恐怖而令人兴奋，如果过去我所进入的无数庙宇、教堂就像一个连续的迷宫的话，那么吴哥是那个最深的宫。而现在我向最后的谜底走去，那是死亡还是永生？死亡将要具象于我的眼前，永生也将具象于我的眼前，过去它们只是虚无，仅存在于想象猜测之中，现在它们呈现为一堆灰暗的充满神秘洞穴的岩石。这不是自然的岩石，也不是自然的洞穴，这是遥远的人们创造的，它诞生于古代信徒、工匠的狂热中，又被自然重新做过，经过时间的打磨，它们看起来已经不是人为的了，就像是原在的，造物主创造的，从大地上自然生长出来的。其实在吴哥时代，神庙也是彩色的，像今天的寺院一样，俗气，为黄金、铜和各种色彩所装饰，闪着刺眼的光。现在铅华褪去，只留下最基本的东西——岩石，却令本质上的力量、质量、神秘感更为突出。曾经金碧辉煌，现在金碧辉煌已经成为内在的重量，金碧辉煌不再是外在的镀金之壳，而是石头建筑本身的品质，金碧辉煌的重，金碧辉煌的品质令吴哥呈现为伟大的灰色，朴素沉重得令每个人在它面前都感觉自己在轻掉，微不足道了。任何外来的光一碰到它，就会获得它们自身。我永远记得在那个黄昏，落日之光在沉下地平线之前碰到吴哥窟，这建筑立即光芒四射，成为纯金的。只是短暂的一刻，旋即灰掉。那时候我站在吴哥的石壁前，我相信那一瞬间我被光刻进了石头，成为那伟大壁画上的一员，现在的我只是一个化身。

我内心恐惧。我不知道这种恐惧是如何产生的，我一直被灌输唯物主义，"彻底的唯物主义者是无所畏惧的"，但我无法不畏惧，那些被学校灌输的无神论教条灰飞烟灭。我并不信仰佛教或者其他宗教，但我其实一直暗暗地在乎着诸神，暗暗小心着做事，不要得罪它们，我外祖母从童年就告诉我，得罪了天神要被五雷轰顶的。

我在走向一个巨大灵魂的入口，灵魂这个虚词从来没有像现在这样具体过，吴哥窟是一个入口。

我跟着朝圣的人群走过通向吴哥窟的用石板铺起的古代大道，两边是水池，里面开着莲花。大道两边还有石头狮子，有点中国汉代的风格，翘着质地饱满的女性的臀。岩石刻成的毒蛇一动不动，但我感觉它们随时会转过头来。空气中飘着巴黎香水的气味，这是个发汗的地区，人人大汗淋漓，何况各国游客还用衣服捂着自己，他们的文明习惯使他们无法像许多柬埔寨人那样直接裸露身体。相当辛苦，狐臭必须用数倍的香水才可以掩盖。一老妪在人群中蹀躞，我发现她没有足掌，只是用两只踝支撑着，在柬埔寨，许多人被地雷炸成残废，他们并非士兵。我来到吴哥窟的入口，这就是传说中的伟大之门，吴哥之门，法老之门，故宫之门。这类门并非只是为了方便进出，而是显示着入口最古老的含义，这是一个界线。从此门进去，你就进入了时间的另一面，时间从来没有消逝过，它就停留在这个门的后面。幽暗深邃，犹如岩洞，仿佛是漆黑一团，跨过那巨石打造的门槛的时候，我觉得有一只冰凉的掌在我的背上推了一下。

经过几百年酷热的天气、暴风雨和闪电的打击，丛林的吞噬……吴哥已经铅华褪去，重返自然，仿佛是自在之物，诸神、仙女、大象在黑夜里自己走进岩石，就像走进了自己的镜子。

旁边到处是双目圆睁的游客，他们大多数通过照相机的小取景框去看吴哥。照相机就像一个巨大的粉碎机，把吴哥分裂为无数碎片。世界一旦被作为对象来观察，它就不再混沌了，它成为被各式各样的人解释着的碎片，莫衷一是。吴哥只有在世界的内部才可以建造，并感受。旅游者的照相机与把吴哥大卸八块盗走的家伙们其实是一致的。唯物主义者对吴哥的门无动于衷，它只意味着门票，一日游是二十美元，三日游是四十美元，七日游是六十美元。吴哥窟在过去一千年里都没有收过门票，当然也没有人前来参观，旅游是全球化时代的时髦。旅游其实是另一种门，将世界分类切割成无数的收费处的门。过去吴哥是神殿，人们诚惶诚恐，现在它是关于诸神历史的博物馆。小贩在兜售各种各样的说明书，人们根据它的指示进入并理解吴哥，缴械投降，放弃了从自己内心的道路进入吴哥，人们是来参观而不是来祈祷的。无边无际的游客，旅游团的黄色小旗像救生圈一样飘在人群头上，熙熙攘攘、吵吵嚷嚷、寻寻觅觅、走走停停、咋咋呼呼、探头探脑、花花绿绿的人潮，将神秘的气氛洗劫得干干净净。公园安排了一些僧侣，穿着黄色的袈裟，飘然于古殿之间，很不自然地为游人摆出各种飘飘欲仙的姿势。占着人多，占着有那么多保护文物的守卫人员，我不害怕了，但只要某处人去楼空，古老的神秘感就又油然而生。虽然人多，但经常突然集体消失，因为有太多的入口和出口，突然就寂静下来，只剩下你一个人被抛弃了，后面站着谁，不敢回头。那是谁？在吴哥，你总是感觉到它，但你无法指出，无法说出，只是害怕。那么多游客，那么喧闹，我还是害怕。

吴哥古迹群始建于 9 世纪。公元 802 年，转轮王阇耶跋摩二世举行庆典，并宣称自己是今后高棉的统一君王，由此开始了高棉帝国的复兴史和伟大的建筑史，先后有二十五位国王参与了吴哥的建造活动，持续了四百年之久，建筑分布的总面积近三百平方公里。有些历史学家把吴哥的建筑史分为三期，即第一吴哥、第二吴哥和第三吴哥，至今遗留下来的古迹还有九百多处。柬埔寨百分之八十是高棉人，其他是少数民族。柬埔寨的历史比吴哥早得多，有记载的历史可以追溯到 1 至 3 世纪的扶南王朝。扶南是东南亚早期出现的民族国家之一。据说统治扶南的是女王柳叶。在澜沧江-湄公河流域，公元 1 世纪前后的历史中出现过许多女王的影子。昆明滇池附近出土的青铜器表明，那时候某位女性在当时的社会生活中有着至高无上的地位。在澜沧江上游的滇西北至今还有母系社会的遗风。在吴哥窟，无数女性浮雕舞蹈于圣坛高处，世界雕塑从没有出现过如此众多的女性形象。女性在澜沧江-湄公河流域的地位显然与其他地区不同，男权社会似乎从未彻底征服过这个地区。扶南的统治者自称为"山地之王"，这个山地之王的影响也许一直持续到今天，法国人穆奥曾经发现，平原上的柬埔寨人对那些住在山上的土著依然非常敬畏，称他们为"大哥"，穆奥认为，他们"处于已逝文明的萌芽处"。穆奥还发现，地方统治者依然在向山里的"嘉莱族"的"火王"缴纳贡品。550年前后，国王拔婆跋摩开创了真腊王国。9到15世纪间，吴哥是真腊的王都，吴哥就是在这期间逐渐建造起来的。1431年，暹罗军队入侵柬埔寨，国王蓬黑阿·亚特决定离开吴哥，将王都迁往金边。人去楼空，吴哥荒凉下来。都城转移了，吴哥依然是柬埔寨人心目中最伟大的神庙。岳说，有些西方人说是我们抛弃了吴哥，不对，我们从来没有抛弃吴哥，我们的国王只是离开了。吴哥一直在那里，就像某家的神龛，放在旧阁楼上，落满灰尘。对于柬埔寨人来说，吴哥从来就不是废墟。石柱倒塌了，岩石筑成的长墙出现了裂缝，丛林吞没了神殿，野生藤蔓遮住了诸神的脸，老虎在月光下如王者独行……但神灵的威力并没有丝毫减弱。这些迹象恰恰正是诸神力量存在着的证据，没有什么在神面前是永久的，就是神庙和国王的宫殿也不能幸免。荒凉并不是荒废，更不是死亡，大地本是荒凉的。"道法自然"，对于东方思想来说，荒凉正是永恒的庇护者。

　　穆奥这个人物在使吴哥成为世界文明博物馆之一的这段历史中非常重要，西方一般都认为是他"发现"了吴哥。从15世纪开始，西方就开始了对西方以外的世界的"发现"，发现的意思是某物本来被原始野蛮的黑暗遮蔽着，现在被文明的理性之光照亮了。在西方意识里，西方以外的一切都是黑暗蒙昧的，被遮蔽着的，需要启蒙的。启蒙运动是世界性的运动，是今日全球化的先声。《圣经》上说，要有光，而西方就是光，只有它可以发现、照亮世界，也只有它具有这样要解放全人类的意识。那之前，中国、柬埔寨都有着辉煌的文明，但那些文明只是文明自己的世界、自己的地盘，从没有想到要文明别人。19世纪，科学的发达激发了西方征服世界的新热情。过去，启蒙是宗教的任务，现在科学取代了宗教，科学的"启蒙"比宗教更理直气壮。宗教的启蒙经常引发流血抵抗，但科学的启蒙所向无敌，没有什么宗教可以与科学抗衡，它们根本就不在一个层面上。最顽固雄辩的古代信仰，一旦科学到来，立即理屈词穷，结结巴巴，落荒而逃。科学是实证的，眼见为实，再加上实验室的数据，完全就是铁证如山，说什么就是什么，而宗教只是一堆幻觉和口说无凭的胡言乱语。亨利·穆奥就是19世纪西方兴起的科学启蒙大军中的一员。1826年，他生于法国的蒙贝利亚尔，当过法语教师，醉心于自然科学研究。他在欧洲本没有什么辉煌前途，也就是一普通的科学爱好者而已，但前往湄公河的冒险改变了他的命运。西方的二流人物，一旦踏上欧洲以外的土地，几乎每个人都有机会名垂青史。那时候，欧洲以外的世界就像外星球，发现一条河流，一种石头，一个种族，发现者都可以以自己的名字去命名。1857年，亨利·穆奥说服了英国皇家地理学会，委派他去考察湄公河流域，这只是一个官方身份，并不提供任何经费，穆奥变卖了家产，于1858年4月开始了他的探险考察活动。1860年1月，亨利·穆奥一行穿过柬埔寨马德望省的原始丛林，来到了吴哥。他抵达吴哥的时候，这儿被原始丛林覆盖，一些神殿倒塌了，另一些岿然不动，但祭祀活动依然在进行，祭祀者不仅有当地的土著，还包括各种猛兽。当地人把穆奥领到保佑他们的神庙前，这位西方人却看见另外一番景象。穆奥在日记中写道："某种悲伤的感情削减了我的好奇心，看着曾经愉悦与荣耀的舞台，成为一片废墟。"他因此带来了一个新的视角，就是把吴哥视为"废墟"。在西方实用主义的观点看来，吴哥是一个废墟，中国长城也是一个废墟，因为它们不再使用了。长城虽然不再作为战争工事使用了，但它从来不是废墟。中国人在无用中一直用着它，他们将长城用于文明，用于诗歌。吴哥虽然不再作为都城使用了，但它依然是神的寓所，人们不敢轻易惊扰吴哥。其实土著领穆奥进入的时候，就是心惊胆战的，这是因为他们知道吴哥活着。而在科学家穆奥看来，吴哥仅仅是废墟而已。这个看法是西方后来清理吴哥的出发点，他们要修复吴哥，他们把时间视为破坏力量，而在吴哥建筑的基本精神中，时间、丛林带来的毁灭恰恰是一种创造性的持续，是对神性的深入，吴哥其实比它被建筑起来的时代更有神性。吴哥的许多庙宇都是献给伟大的印度教神灵湿婆的，而湿婆就是一个集毁灭与创造于一身的神。西方的实用主义与吴哥建筑所象征的精神是完全冲突的。

穆奥看到这些吴哥神殿的时候惊呆了，不仅是他，1296 来到吴哥的中国人周达观也很吃惊，他在记述中对吴哥用了一个"狞"字。"桥之两傍各有石神五十四枚，如石将军之状，甚巨而狞。"我可以感受到他们的这种震惊，我看到吴哥的时候，也是震惊。我第一次看到吴哥是通过朋友马云的照片，他在 20 世纪 90 年代末去了吴哥，当时战争刚刚结束，吴哥在战乱时期重新被丛林吞没，一个柬埔寨人骑摩托带着马云进入吴哥，他拍下了那些被藤条绞缠着的脸，我看到这些图片很是惊怖，我想我不敢去这个地方。现在我来到了吴哥，它已经不是那被丛林缠绕的样子，经过了大规模的清理，干干净净，戒备森严，甚至可以看到还在进行修复工作的脚手架，游客组成彩色洪流在其间流动着，小贩叫卖旅游品的声音不绝于耳，我还是瞠目结舌，再次惊怖，忽然与世界断开似的，什么也听不见了，吴哥依然在我的经验以外。

那些灰暗的石头，被雕刻出复杂夸张的人形、兽形，以及各式各样的几何线条，超现实的场景。但不像20世纪的超现实艺术那样轻飘飘的，有达利的感觉，但达利在吴哥面前只是小丑，魑魅魍魉而已。吴哥太重了，那是精神积累起来的重量，彻底的形而上超越了现实，又创造出现实，这个现实如此具体，伸手可触。

黑森森的门洞和窗户，谜一般沉默着，世界的奥义就在那些庙宇、柱廊、石像、浮雕、窗子、裂缝之间。有时候，只有我一个人置身在某个黑暗的门洞里，听着人类的回声渐渐远去，冰凉印在我的背上，我的恐惧不是关于死亡，而是来自宇宙，就像一个人升入了黑夜的天空，在孤独、浩瀚中的恐惧。忽然，某个窗子外面，神的巨脸正在狰狞的蓝天中望着我，微笑着，那微笑似乎已经洞悉死亡和永生的秘密，已经说出来，但只到岩石的表面为止。那石头群似乎不是安放在大地之上，而是来自天空。吴哥歌颂赞美的是死亡，死亡就是永生。死亡被吴哥刻画成天堂世界。看哪，诸神安详地凝视这世间，女神在柱廊间曼舞，一切都被莲花托着，没有声音，但总是听见天国的歌曲。在吴哥，我总是觉得那些岩石在歌唱，放射出美妙的旋律。没有比活着走在一个赞美着死亡的石头建筑中更可怕的了。我看见死亡如此美丽而辉煌，但我脚踏实地的凡胎无法投奔，我体验到死亡的轻盈美妙，生命的沉重与承担。

穆奥看了一眼吴哥就死去了。1861年11月10日，穆奥在湄公河可怕的暴风雨中死于老挝的琅勃拉邦，没有回到法兰西故里。穆奥的关于吴哥的日记于 1868 年在巴黎出版。在穆奥以前，从 16 世纪开始，许多西方探险家、传教士的文字里就已经提到过吴哥，但只有穆奥的游记才轰动了欧洲。穆奥在游记中记录了他看到的吴哥，他并没有说自己发现了吴哥。但在此书的序言中，穆奥被称为吴哥的发现者。如果说，穆奥来到吴哥是一种发现的话，那么这个发现是发现了一个柬埔寨文明的博物馆。但对于柬埔寨人来说，吴哥不是博物馆，吴哥永远是他们的神殿，神自有神的存在方式。

在吴哥遗址上，很难找到关于吴哥的文字。高棉文字起源于印度文字，这种神秘的文字非常罕见，它们通常作为铭文被刻在石块上，人们只是偶尔在吴哥窟的柱廊间发现它们，到今天在柬埔寨全国也就发现了一千两百块左右，它们的蛛丝马迹仿佛不是为了彰显历史的真相，而是为了隐匿伟大历史的踪迹，令过去的细节扑朔迷离。吴哥发现的文字大多数是在颂扬诸神，没有任何关于为什么建造这些辉煌神庙的纪录，根本就拒绝任何解释，伟大的建筑已经摆在那儿，还需要解释什么吗？"除了越南历史上的王朝史学家确实企图保存对历史事件的记录外，在东南亚没有真正的历史传统（当然，对这一点可以有争论）。"（《剑桥东南亚史》）并非没有历史传统，而是他们书写历史的方式与我们不同，吴哥窟本身就是一种无文历史。历史并不一定要通过文字记录，历史是一种精神力量还是事实，这是不同的历史观。一段关于吴哥的古代铭文写道："都城中矗起了一座金光闪闪的宫殿，它闪耀着宝石般的光辉，令人眼花缭乱。"这段赞美诗般的铭文并没有说出吴哥是如何建造的，它是"伦理上的，用以宣传某种合法性，颂扬某种光荣，肯定同一性或者某种虚构的社会伦理秩序……"（《剑桥东南亚史》)。高棉后裔们已经不知道这些光芒黯淡的神殿的来历，他们毕竟是六百多年前建造的。工匠们的后代只是忘记了那些庙宇的名字，他们把芒果树旁边的庙叫作芒果庙，把森林里的庙叫作森林庙，如果建筑上刻有美丽女神的肖像，就叫作女神庙。关于吴哥的来历已经成为神话，柬埔寨人说，吴哥是天使和巨人建筑的，是有魔法的国王建筑的。1866 年 6 月，法国湄公河考察队来到吴哥，队员之一加内询问当地僧人吴哥是谁建造的，那位僧人说了一个名字，意思是"天堂建筑师"。

在著名的卜力坎石碑上刻着这样一段文字："这座突起的岛，自环绕着它的所在的池塘中展现它的魅力，为前来瞻仰的众人洗去罪恶的污泥，它是带领我们横越生命汪洋的船。"吴哥窟其实已经不需要文字，它作为它自己永恒地呈现着。沉默，这意思是吴哥自己建筑了自己。大地上依然到处是石头，但人们已经没有魔力。是的，是它自己建筑了它。

穆奥们不相信吴哥就是那些为他领路的土著们的祖先所造，不相信在欧洲以外还有这样伟大的文明。"这些神殿比得上所罗门神殿。可以与我们最美的建筑并列，比希腊罗马留下的还壮观。""一看到就让人生出由衷的钦慕，不禁要问，当初那个建造了如此庞大的建筑杰作的民族，那个强大、开化、闪耀着光芒的民族，如今到哪儿去了？"穆奥的怀疑在西方很普遍，有人认为吴哥是柏拉图《理想国》一书中提到的希腊人所造的神奇城邦，有人说那是亚历山大大帝或者罗马皇帝图拉真所造，甚至有人说，"我们觉得，这些建筑对于隐没于此处的种族来说，是太过于优越了"。1900 年，法国在越南成立了远东学院。这个学院的乔治·赛代斯用了几年的时间，将今日柬埔寨人的面孔与吴哥石头上的面孔对照，"发现他们存在着生理上的相似之处"。拿破仑三世驻交趾支那军政府的总司令海军少将波纳在1862年9月来到吴哥，他承认道："我们不能再否认，柬埔寨曾经孕育出伟大的人民，他们既灵巧且具有美感，而且未来仍将如此。"1866年法国成立了湄公河考察队，对吴哥地区进行了考察，在《湄公河考察报告》一书中，法国人很勉强地承认："柬埔寨艺术受到希腊与哥特建筑的双重影响，即使此地的成就无法与前二者相匹敌，但或许应该将这儿的表现，列入西方最伟大的作品之后。"吴哥的存在似乎是对西方优越感的一个挑战，因为吴哥看上去与西方最伟大的石构建筑有许多相似之处，隐约可以辨认出希腊、罗马的某些风格，而且比之更有魅力，但吴哥却是生活方式按西方的标准看来如此"简陋粗糙"且缺乏科学的柬埔寨人建造的。

宗教是人类精神生活的最高标准，往往也是日常生活的最高标准。西方文艺复兴的一个伟大功绩，就是提高了人的地位，这意味着从前的神庙也可以成为人的寓所了。例如希腊式的圆柱，后来普遍地应用于西方普通人的居室。但在吴哥，除了坚固辉煌的庙宇之外，日常生活中看不到任何与吴哥建筑水准相当的建筑迹象。吴哥似乎意味着经验的缺席，看不到任何经验的传承，神的建筑与人的日常建筑之间看不到任何过渡或者继承。考古资料表明，高棉人创造了如此辉煌复杂的神庙，日用陶器的制作却非常简单。一位西方学者发现，"在吴哥，只有遗址上的古建筑可以作为证据"，找不到人类定居的痕迹，日常用品也少有发现。文明普遍的经验是，技艺如此辉煌精湛的神庙必有相应的家具、器皿，例如在中国，"旧时王谢堂前燕，飞入寻常百姓家"，皇家宫殿、庙宇与平民建筑之间，基本是一致的，只是格局、豪华的程度不同。

吴哥留下了神庙，却没有留下家具，似乎一切都是从天外飞来的。

其实，就是在吴哥没有被丛林吞没的时代，人们的日常生活也是非常简朴的。寺庙是岩石建造的，"国宫及官舍府第……其正室之瓦以铅为之，余皆土瓦。黄色桥柱甚巨，皆雕画佛形。屋头壮观，修廊复道，突兀参差，稍有规模……其次如国戚大臣等屋，制度广袤，与常人家迥别。周围皆用草盖，独家庙及正寝二处许用瓦。亦各随其官之等级，以为屋室广狭之制。其下如百姓之家止草盖，瓦片不敢上屋"。据周达观的观察，国王虽披金戴银，但也是光着脚板的。寻常人家里，没有桌凳盂桶之类，做饭则用一瓦釜，以椰子壳为勺，吃饭只用手抓，地上铺着草席，直接睡在地板上（见周达观《真腊风土记》）。他们就这样生活着并建造了吴哥，八百年后，芸芸众生的一切烟消云散，只有献给众神的石头庙宇留下来。其实就是在今天，柬埔寨人的当代生活中，宗教建筑依然是建筑物中质量最高的建筑。大多数人的日常生活方式依然与周达观所描述的相近，在暹粒附近的乡村，随时可以看到打扮得类似吴哥壁雕中的那些裸身赤足的男子，吴哥壁画中描绘的古老的烧烤食物的方式依然。人们为什么不建造吴哥窟这样的建筑来长久地居住呢？或者至少相近些呢？

柬埔寨受到印度婆罗门教、大乘和南传佛教的交替影响。宗教历史像丛林一样盘根错节。各派教义对世界的解释不同，但有一点是一致的，在这些古老宗教的世界观看来，现世，当下的这个物质世界只是虚无、幻觉；转世，进入永恒的宇宙才是最重要的，而那个宇宙只是一个精神现实。印度教鄙视尘世生活：

> 智者说："啊，尊贵的人！这个由骨头、皮肤、肌腱、骨髓、肉、精液、血、眼泪、眼屎、粪便、尿、胆汁和黏液组成的肉体里，你怎么能指望享受到快乐呢！"

迈忒勒依说："我的主人，如果整个世界的财富都是我的，那么我会因此而获得永生吗？"

"不，不，"耶吉纳伏格亚说，"财富不会使人获得永生。"

人死的时候，心脏的尖端会发光……当灵魂摆脱了肉体和经验世界，他就能够创造出一个新的更美的形象，或成始祖……或成天神……或成芸芸众生。他将会变成什么，完全取决于他的行为，取决于他前世的业力，行善者会投生为善者，行恶者会投生为恶者。

对智者来说，认识外部现实世界并没有什么价值，时空中的物的世界并不是世界的真正本质，不是大我，而只是一种幻象、迷雾或幻觉……杂多的现象都只是幻觉，其真正的本质只有一个。（以上引自汉斯·施杜里希《世界哲学史》）

《奥义书》认为，存在着"一种能够包容一切诸如自然、生命、肉体和灵魂的精神现实"。奉献给诸神的吴哥就是这个精神现实的化身、象征。

吴哥窟是一个天堂。建造吴哥窟就是为自己建造永生，难道这个民族没有提高自己生活质量的能力吗？不是不能，而是不为，他们既然能够建造吴哥，他们就可以创造一切。

在一篇碑文中，阇耶跋摩二世说："靠着它我可以拥有不朽的永生，不论是谁替我将其保存，我都希望他们能被带往天神的住所，在每一次获得新生之时，皆能有微笑的面容。"很清楚，建造神庙，既是为国王也是为自己建造永生的天堂。古代吴哥是一种精神生活，吴哥的建筑运动是一个巨大的精神运动。吴哥窟是依照想象中众神居住的天堂建造的，建造吴哥本身就是生活的全部意义所在，吴哥正是一个灵魂摆脱了肉体和经验世界所创造出来的辉煌的象征性作品。个人在世间的居所和器皿与之比起来，简直无足轻重。因此伟大神庙被用最坚固长久的材料和最杰出的手艺建造出来，赋予千秋万岁的不灭品质，一个世纪一个世纪地存在着，人的一切却杳无痕迹，伟大作品的作者们自行隐匿，仿佛那些石头横空出世，并非人为。

宗教生活辉煌无比，日常生活却停留在丛林中，与澜沧江上游地区信奉天人合一，把大地、当下的存在视为天堂完全不同。河流流过大地，在地图上看上去只是一条线，很容易忽略它是起伏不平的，经过了各式各样的地形和气候的，还有无数的支流，这些在地图上看不出来的部分，才是真正缔造文明的东西。河流只是一条，却创造了无数的文明之河。神只是一个，毗湿奴、湿婆、梵天是神，耶稣是神，释迦牟尼是神，穆罕默德是神，孔子是神……它们都是人类精神世界的象征，是人类对精神世界的不同解释，解释不一样，世界也就面目全非，但神只是一个。印度教箴言说："神虽唯一，名号繁多，唯智者知之。"在金边参观波尔布特时代的一个 S-21 集中营的时候，我想起吴哥窟，总觉得它们之间有着某种联系。吴哥的精神运动也许是自愿的，发自内心的，来自信仰的。在周达观的记述中，真腊人的宗教生活与世俗生活并不冲突，人们建造了神庙，但并不妨碍他们其乐融融地过着世俗生活。而波尔布特主义却是强迫，波尔布特想象的没有阶级压迫、人人平等的社会也许是一个美好的乌托邦，但他是通过暴力来强迫人们进入。吴哥窟和 S-21 都是对精神世界的解释，但结果多么不同啊，建造吴哥窟的苏利耶跋摩二世最后被高棉人等同于神的化身。在金边国家博物馆里，我看到这位国王被他所在时代的艺术家雕刻成佛的肖像，安详、美妙，微笑着，如果人民不爱戴他，是绝不可能雕成这个神态的。而波尔布特死时，"身上穿着件皱巴巴的短袖衬衫，身边只有一把蒲扇"。波尔布特主义最可怕的是，受西方中世纪天主教文化的影响，容不得任何异端。而古代的高棉却完全不同，国王们也许信奉印度教，也许信奉大乘，也许信奉南传佛教，但他们并不将自己的信仰奉为唯一，以此为唯一正确去清除异己。在周达观的记录中可以看到，在当时的吴哥王都里，印度教的婆罗门僧人、南传佛教的僧人、八思惟（有人考证为穆斯林）、原始宗教的巫师都有，各行其教。这是澜沧江-湄公河流域的一个特点，无论何处，诸神绝不彼此排斥，就是18世纪进入的天主教、基督教也被欣然接纳。记得多年前的一个夜晚，我借宿于云南德钦县的茨中教堂，这个天主教堂离澜沧江只有几步路，听得见江流的滔滔之声，月光皎洁，就在教堂的灰色的十字架下面，喇嘛教的玛尼堆雪白耀眼。在村庄里，信仰藏传佛教的丈夫与信仰天主教的妻子同床共枕。在我看来，世界诸神，都未免各执一端，都容易走到"存天理，灭人欲"的极端，中国也不例外，但中国有一个思想确实独有，这就是儒家的"中"，"中"在信奉革命、信奉极端的20世纪被视为"庸"，真是历史的大误解。人类经历了各式各样的"左""右"导致的灾难后，也许会明白天人合一，与神不即不离，是一个最适合于人类的状态。

有着根深蒂固的释义、追问"为什么"这种传统的西方一直在试图解释吴哥，关于它的解释和猜测滔滔不绝。1902年，法国汉学家伯希和将周达观的《真腊风土记》翻译成法文并加以注释在巴黎出版，很多西方人才发现，中国人早在13世纪就已经记录了吴哥。《真腊风土记》的作者周达观是浙江温州永嘉人。当时柬埔寨被中国称为真腊。1296 年 3 月 24 日，周达观作为随员跟随使团在浙江温州下海，乘着贸易风抵达湄公河入海口，然后逆流而上，从洞里萨湖进入吴哥。周达观在吴哥住了一年，根据见闻，写下了《真腊风土记》一书，这是世界上最早从局外人的角度记录吴哥世界的文字。

《真腊风土记》本是一部闲书，在中国也没有几个人知道。伯希和的翻译使《真腊风土记》顿时成为一本名著，但它一直只是在西方有名。在语气上，《真腊风土记》与穆奥的描述相当不同，他很少使用惊讶、不可思议的语气，他没有解释什么，语焉不详，到诗意的描写为止。他继承的是《史记》的传统，不虚美，不隐恶，只是说此地如何，有些什么，看见什么，听说什么，一切都是自然的，在着而已，这是别人的家，他来了，做客，走了，记下些有趣的见闻，好玩而已，也没想到这些文字还能有什么用处。与周达观完全不同的是，穆奥对吴哥进行了西方式的精确的唯物主义式的描述，在一座为了象征一个精神宇宙的伟大神殿里，穆奥的描述完全是超现实的，就像罗布-格里耶的小说。"阳台由直径 14 厘米的螺旋柱构成""柱廊长 33 米 66 厘米""穹顶离地面 6 米""二楼的穹顶高 4 米 30 厘米"。测绘、分类、命名、绘图……穆奥是来测量吴哥的，穆奥在不知不觉中成了一个用西方语言来命名吴哥的人，他把吴哥窟那些石头柱子叫作螺旋柱，把那些顶叫作穹顶，把那些过道叫作柱廊，他用描写教堂的语言来描写吴哥。穆奥像"保存植物标本那样描述了吴哥"，吴哥对于穆奥，是一个标本，而不是神殿。这也是西方后来清理吴哥的出发点，穆奥把吴哥标本化的后面，是基于西方把整个世界都视为对象的思想。

在西方对吴哥的解释与测量中，吴哥确实是死亡了。它曾经一直是神的寓所，就是丛林淹没的时代神也没有离开，只有在西方话语对吴哥的叙述中，吴哥才永远地失落了，成为一个博物馆。柬埔寨人只是将吴哥留在丛林里，几百年中，那些古迹从未损坏，除了时间和自然的力量，而在我看来，自然从来不损害事物，它只是令事物自然而然，令人为者自然，吴哥后来在丛林中的变化，只令它更像是自然之物，更具有永恒的力量。几百年来，吴哥没有任何一尊神像被盗走或者割下来，土著中没有人想到可以这么做。西方人发现吴哥后，毁灭真的开始了，无数的文物被带往法国，那些胆大的异教徒公然敢把神的头锯下来。2004 年，我在巴黎参观了吉美博物馆，我被所见的场面震惊了，他们搬来了一个吴哥，这个博物馆就像一个屠宰场，到处挂着从神身上截下的肢体、头颅、手臂。吴哥真令人起邪念，某个头、某只眼睛、某只手、某个部位、神器上掉下来的某一截就那么随便放着，令人想到古董店昂贵的橱窗或者拍卖会的展台，必须随时与内心的鬼斗争。有个人实在无法再忍受煎熬了，他热爱这些古代的作品就要发疯，终于决心把其中几块据为己有，大名鼎鼎，这个人就是法国前文化部部长马尔罗。我读过他的书，他写过艺术史的名著《无墙的博物馆》，也许正是吴哥给他的灵感。

　　艺术博物馆之所以在亚洲出现得那么晚（甚至是在欧洲的影响与资助下才出现的），是因为对亚洲人，特别是对远东人来说，艺术沉思与画廊是水火不容的。在中国，只有完全占有才能充分欣赏一件艺术作品，除非涉及宗教艺术时才例外。这种欣赏首先必须使它们与世隔绝。绘画不是被展览的，而是要在一位处于良好优雅状态的艺术爱好者面前打开；其作用是加深和促进他与宇宙的交流。将艺术作品相互进行比较是一项智力活动，它与独自就能使沉思成为可能的放松状态直接对立。在亚洲人眼中，博物馆也许是一个求学与授业的场所，除此而外，它就不过是一阕荒唐的合奏，各种矛盾的主题融合与混杂在一个无穷无尽的系列组曲之中。

说的有些笨拙，但不乏真知灼见。其实整个东方对于西方来说，都是西方博物馆围墙之外的博物馆，为它们估价只是时间、精力和资金的问题。在这一点上，21 世纪的情况有点不乐观，东方借着西方的镜子，越来越发现了自己，他们或许要自我"博物馆化"一番了。1923 年 10 月，马尔罗来到吴哥，为女王宫的魅力所倾倒，顺手牵羊带走了几个掉在地上的刻着女神像的石块，在金边被查获，差点被判刑。这件丑闻当年曾经轰动法国。马尔罗将这次经历写在一部小说里，就是《王家大道》。1984 年，我在云南大学的一栋法国式的教学楼下的罗马圆柱下读到此书的译本，那时候我不能去柬埔寨，我不能去中国以外的任何地方。

周达观关于吴哥的文字读起来就像是诗歌。中国人来得早，那时候吴哥还是高棉的都城，金碧辉煌，"城门之上有大石佛头五，面向四方。中置其一，饰之以金……其城甚方整，四方各有石塔一座……当国之中，有金塔一座……东向金桥一所；金狮子二枚，列于桥之左右；金佛八身，列于石屋之下。金塔至北可一里许，有铜塔一座。比金塔更高……又其北一里许，则国主之庐也。其寝室又有金塔一座焉……（吴哥窟）有金方塔一座……金狮子、金佛、铜象、铜牛、铜马之属皆有之"。"所以舶商自来有'富贵真腊'之褒者，想为此也"（《真腊风土记》）。真令人垂涎三尺，但周达观使团只是带来一批礼物，晋见了国王，写了一本书而已，然后永远离开。那本书束之高阁，几乎没有人再关心它。令它成为名著的，是一位法国人。其实比周达观更早的时候，中国人已经来到柬埔寨了，他们带来唐货，当地人"以唐人金银为第一，五色轻缣帛次之，其次如真州之锡镴、温州之漆盘、泉处之青瓷器，及水银、银朱、纸札、硫黄、焰硝、檀香、草芎、白芷、麝香、麻布、黄草布、雨伞、铁锅、铜盘、水珠、桐油、篦箕、木梳、针"。唐人文质彬彬，当地人"颇加敬畏，呼之为佛"。

穆奥看见吴哥后想到的是："我但愿法国拥有这片土地，让法国锦上添花。"法国在 1863 年侵入柬埔寨，柬埔寨成为法国的殖民地。1912 年，欧洲第一个为期两天的吴哥旅游套餐团抵达法国殖民地吴哥。之后，吴哥几日游风靡欧洲，1925 年，吴哥公园成立。欧洲从 1907 年开始介入吴哥遗址的清理保护工作，对吴哥各处遗迹，包括每一块掉下的石块进行编号，为历史找出线索。所谓"阇耶跋摩几世"，其实都是西方学者们命名的。当时有两种主张，科学派把吴哥视为废墟，主张清理覆盖着吴哥的一切，修复倒塌的部分，清理完好的部分。另一些人希望只是稍事修整，保持吴哥的原始状态和神秘感。最后当局决定以科学的方法清理古迹，某些部分则予以保留原始状态。穆奥对吴哥的"发现"其实引发了一场大规模的关于吴哥的全方位的释义活动，这种释义其实已经在命名上使吴哥属于西方了。今天，我们只有在西方创造的语境里才可以谈论吴哥，这个语境你可以说是一种虚构，因为吴哥永远沉默。但也可以说是不容置疑的考古科学，因为一切听起来都是以实证为基础的。

吴哥窟是在第二吴哥时代建造的。公元 1112 年，太阳王苏利耶跋摩二世成了古高棉帝国的新主人，他被诺罗敦·西哈努克国王称为柬埔寨的拿破仑。一段古代的铭文记载，苏利耶跋摩二世"具有太阳一样的品德，使莲花盛开，使一切不断走向繁荣"。他开始水稻的种植，建立医院，修建连接全国的水渠、道路。人们在巴戎寺找到的塑像表明，他是一位穿着短裤、赤露着上身和脚板的国王，他领导了吴哥最狂热的宗教时代，吴哥也进入了它在建筑史上最辉煌的时代。那时候，国王高兴起来，就送给谁一个寺庙是常有的事情。当高棉人在建造吴哥的时候，欧洲人正在修建哥特式教堂。英国外交官马可西姆·麦克唐纳说，"就吴哥寺而言，它是法国巴黎圣母院、沙特尔大教堂以及英国埃利和林肯大教堂同时代的产物，只是吴哥寺建造在亚洲，而在宽敞华丽方面，吴哥寺更胜一筹"。作家雷·威廉姆斯说，"面对吴哥窟，最庄严的中世纪欧洲建筑也显得有些逊色"。著名女探险家安娜·利奥诺文斯则认为，吴哥"比希腊罗马的遗址印象更深、更美"。这种震撼与周达观当年的观感一样，在《真腊风土记》中，周达观把吴哥窟叫作鲁班墓，他为吴哥窟倾倒，他的意思是，吴哥窟只有鲁班那样伟大的工匠才可以完成。

据考古学家考证，吴哥窟名为"毗湿奴神殿"。苏利耶跋摩二世信奉印度教的保护神毗湿奴，吴哥窟就是献给毗湿奴的神庙。毗湿奴是印度教保护之神，就是主宰宇宙秩序的主神。传说毗湿奴躺在大蛇阿南塔身上沉睡，在宇宙之海上漂浮。他睡一觉就是宇宙循环的周期一"劫"，相当于人间的四十三亿两千万年，当毗湿奴一觉醒来，他的肚脐里就长出一朵莲花，从莲花中诞生的梵天就开始创造世界，而一劫之末，毁灭与生殖之神湿婆又把世界毁灭。毗湿奴反复沉睡、苏醒，宇宙也不断地循环、再生。为了拯救世界、人类与诸神，毗湿奴十次化身降临凡界显圣，每次化身都是一个优美的故事。

苏利耶跋摩二世去世后，吴哥窟也就是他的陵墓。据说为国王加冕的主祭司地婆诃罗设计了这座神庙。吴哥窟是全世界规模最大的宗教建筑，用了三十多年才完工。据说先后有一千五百万人在这里工作，建筑吴哥窟用的石块，主要取自距离吴哥窟六十公里以外的荔枝山。那里盛产适合于雕刻的砂岩。当年的运输队是由大象组成的，大象在吴哥不仅是搬运工，也是伟大的战士。当神庙完成之日，伟大的苏利耶跋摩二世和他的象群已经辞世多年。

吴哥窟是在平原上用无数的大石头垒砌起来的，大小房间和庭院有三百多处，石柱一千五百三十二条，估计总共使用了三十多亿吨石头，这些用来建筑神殿的石块与建筑埃及胡夫金字塔的差不多。建造时没有使用任何黏合材料，但石块之间严丝合缝。大多数石块重达千斤，最大的石头重达十吨。最不可思议的是，这座手工作品打造得精确无比，一块块石头就像是用刨床刨出来的，例如最高一层南面和北面的墙，据欧洲《科学》杂志的测量，长度各为 47.75 米和 47.79 米，误差不到千分之一。《科学》杂志说，精确得令人瞠目结舌。一本西方出版的关于吴哥的建筑史说，1909 年，法国开始了吴哥的清理工作，在吴哥架起了第一座起重机。其实，吴哥的起重机在七百年前就存在了，只是我们已经无从知道，那是怎样的非凡的起重机。

吴哥窟最外围是护城河，庙宇的平面布局犹如汉语的回字，这个回字的立面呈金字塔形，共有三层，通过一层层的台基逐级向上，终结于一座宝塔的顶端。据说这三层分别代表着地狱、人间和天堂。神庙的第一层是总长一千二百二十米的长方形石头回廊，回廊的内壁上布满两米高的浮雕，雕刻在一块块砂岩的表面。我曾经两次来到吴哥，每次都下决心要慢慢地看，但我总是看得太快了，什么也看不到。别人雇的导游在旁边催促着，赶快走，赶快走，还要去下一处。他催促的是付了钱给他的那几位，却弄得所有人都人心惶惶。我后来摆脱了导游，但还是无法慢下来，总是有什么在催促我。第二次是跟着岳来的，岳打了一个电话，出来一位个头高大的管理员，一挥手就让我们进去了。岳只是等着我们看，他并不看，他是当地人，当地人没有像我们这样看吴哥窟的。我们在欣赏壁画，岳坐在回廊边冲瞌睡，决不催促我们。但我还是觉得很对不起他似的，很快地走，什么也看不清楚，像有块抹布一样遮着我的眼睛。吴哥窟有无穷的细节、妙处，工匠们有时候开个小玩笑，把某个部位故意雕错。有人发现壁画上藏着不易觉察的暗门，撬开来，里面放着用来取悦神灵的金条。有的墙壁上还留着没有雕刻的草图，当时是先垒好石头再行雕刻。这巨大的殿堂在昔日如何充满叮叮当当之声，我似乎听得见，那万工齐雕的场面一定不亚于这四百多米的画面上所雕刻的车辚辚马啸啸、红尘滚滚的场面。壁画中的世界朝着一个它们自己的方向，就像埃及壁画，眼睛长在所有面部的侧面，这种图像令所有观众都处于局外人的地位，壁画中的人物永远不转过脸来，他们生活着，做着他们的事，仿佛是古代的剧院。只有神是直面观众的，既置身于过去的现场，又看着后来的人间。壁画令人晕眩地旋转着，犹如毒品，会令人沉迷其中，无法自拔。岩石上的宁静世界，却仿佛充满着各种声音，人喧马嘶、翻江倒海、鬼哭狼嚎，大千世界、地狱与天堂、色与空，虚无与实在……就交织在这两米高的空间中。有些部位几百年来一直被人们抚摩，那是一排女神的乳房，被无数的手摸成了黑色的宝石，闪闪发光。有无数的腿，马腿、人腿、象腿……武器、农具、纺织品、云彩、野兽、国王、毒蛇彼此交缠。战争、狩猎、祭祀、纺织、生育，莲花盛开着，魔鬼号叫着，海水滔滔而来，诸神在天空微笑……一切都在歌颂着某种伟大的活力，胜券在握，排山倒海，意气风发，浪漫飞扬而又稳如泰山，它的风格令我想到唐朝那样的时代。

上到吴哥窟的第二层，世界顷刻安静下来。敢来到这里的游客不多，因为从地面上到这里，要爬一段石级，这段石级相当陡且窄，没有些胆量是爬不上来的。上来还稍易，下去就恐怖了，公园管理处在石级边安了铁扶手，下去的时候要排长队。第二层刻着一千五百个舞蹈女神，大都笑不露齿，只有两三个露出了牙齿，那是工匠的小玩笑。女神们梳着各式各样的头型，据说有三十六种，美妙轻盈，纯洁安静，浮在莲花之上，岩石如幕幔，廊柱间这里飘出一位女神，悠然而逝，另一位女神又在黑暗里出现了，她们都是柬埔寨姑娘，与洞里萨湖边的渔家姑娘长得一模一样，仿佛可以听见女声在岩石间合唱，有一块苍老得就像诗人歌德的岩石说："永恒之女性，引领我们上升。"

吴哥窟最高处是一个祭坛。祭坛离地面有六十五米，矗立着五座石塔，中间那座最高，这意味着已经到达了天堂的核心。

吴哥窟是一个巨大的象征，象征的是印度教神话的宇宙中心须弥山。依据印度教的观点，世界中心是一座位于大海之中的高山，叫作须弥山，是众神居住之地。此山周围环绕着四座小岳，日与月在山腰运行，山腰下面是大海。吴哥窟将这个想象中的宇宙格局抽象为几何形状，固定为一个建筑物。印度神话是人类最原始的神话之一，就像中国的《山海经》，古代东方的神话都来自对自然的领悟，自然被神化了，而不是一个需要抛弃、拯救的地狱。须弥山无论如何神奇，我们都可以看出它是起源于大地的，它暗含着对大地的肯定，这与中国道法自然的思想暗合。在东方，无论人们的思想世界如何不同，但你总能感觉到它们有着某种共通的东西，这就是对大地的肯定。美国学者罗兹·墨菲在其著作《亚洲史》中说：

> 东亚宗教与基督教、犹太教、伊斯兰教的另一个差别是，它们认为自然世界是美好的，是神创造的一部分，它比人类更伟大也更有力，但它同人类一样是宇宙的一部分。在神的创造物中，人的地位较为卑下，因此人必须适应他的地位，要到自然界中而非他们自己中间寻找神的形象。自然界从不被看成需要与之战斗且加以征服的敌人，而这正是较晚期基督教常常持有的观点。

吴哥遗址群的另一个重点是吴哥通王城，也叫大吴哥。公元889年，在耶输跋摩一世的领导下，高棉帝国开始了吴哥通王城的建造。在高棉语中，通就是大的意思。耶输跋摩一世是创造大吴哥的第一个国王。此后，各代国王都在大吴哥大兴土木，以致两个世纪后，苏利耶跋摩二世要建造吴哥窟的时候，吴哥通王城里面已经没有地盘了，他只好将吴哥窟建在城外。

王城的入口依然与周达观写的基本一样："桥之阑皆石为之，凿为蛇形，蛇皆九头。五十四神皆以手拔蛇，有不容其走逸之势。城门之上有大石佛头五，面向西方。中置其一，饰之以金。门之两旁，凿石为象形。城皆叠石为之，高可二丈。石甚周密坚固，且不生繁草……"周达观说的只有一处不合，就是蛇是七头而不是九头，我估计是好事者自己改的，因为中国九头蛇的说法比较多，很少有说七头蛇的。一群大象在桥边排了队等着游客，游客付钱就可以骑大象进去游览。石桥上全是握着照相机在咔嚓的人，大家一一抱着石头神像拍照。桥边还停有许多旅游大巴，我以为它们到此为止。大家却摄影留念完毕，纷纷上车，一辆辆吐着烟从大石头佛像下面的城门洞里开进去了，真是舍得，那些石头佛像摇摇欲坠，随时要滚下来的样子。

雨季，一切都黑漉漉的，岩石、古迹、树干，原始的气氛非常浓烈。丛林包围着一切，人稍一懈怠，它就爬回来重新吞掉一切，它是一种没有边界，不尊重任何神权、王室的力量，它吞没了扶南王朝，吞没了真腊，也吞没了吴哥城，中国人所谓的天地无德，丛林真是体现得最有力量。它也吞没了波尔布特，他留下的唯一痕迹是吴哥附近的丛林中，到处可以看见的用红色油漆刷在树干上的死亡警告，大量的地雷依然埋在丛林中。只有石头可以对抗丛林，无论如何，岩石上的雕刻总是完美如初。旱季的事物在雨季完全被改变了，吴哥也分旱季和雨季，不同的季节去，吴哥的颜色不同。在雨季的洗刷之后，吴哥发绿发青，石头发黑；而在旱季的暴晒之后，吴哥灰白发热。不只是丛林，也不只是雨水，改变着吴哥的还有走过吴哥的百万游客，那些日夜打磨着吴哥的鞋底和手。

大吴哥方圆十平方公里，如今，只剩下一堆堆石头。周达观看见的大吴哥是这样的：城中宝塔、寺院林立。无论男女，都是赤脚，裸露着上身，只在腰间裹布，布是有等级的。国主所裹之布，价值三四两黄金，最时髦的布是印度产的。城里有许多僧侣，包括婆罗门教的僧侣、南传佛教和尚、萨满巫师等，当时的国王已经奉行南传佛教，但并不排斥其他宗教。交通工具主要是马匹和大象，也有轿子和马车。骑马不用鞍子，但骑大象是有座位的。士兵也是赤足，袒露着古铜色的身体，左手执着盾，右手执着梭镖。城里有许多水池，天气炎热，经常需要泡凉，往往是男女同浴。城里没有固定的商铺，每天都赶集，用席子铺在地上就是一个摊位。生活简朴，但宗教建筑却非常贵重华丽，使用了很多黄金，乘船来到吴哥的商人，都说真腊真是富贵繁荣啊！

这是一个魔幻现实主义的世界，据说国王每个夜晚都睡在一座金塔里面，塔中有一条有着九个头的母蛇精，它是大地的主宰，每夜都要与国王同寝，王后妃子不能进去，到半夜国王才可以回家。如果这蛇精一夜不见，国王就离死期不远，如果国王一夜不去与她同寝，国家就要遭遇灾祸。

一位热衷于对存在问为什么的西方天文学家考察了吴哥通王城各建筑排列的位置后认为，就像埃及吉萨金字塔对应着猎户座一样，吴哥通王城以及吴哥窟在大地上的排列位置，对应的是天龙星座。这位天文学家发现，吴哥的许多数据都与天文有关。他认为，在一块字迹模糊的古代铭文中，耶输跋摩一世似乎是在说，建造这些建筑物的目的是"以石块象征星体的演变"。一般描述吴哥经常使用的词汇是怪异、壮丽、伟大、崇高，以及不可思议。康德说，崇高是心灵的一种超越有限和无限的能力。也有人解释，佛教的"慈、悲、喜、静"四大境界都被表现在巴戎寺的一张张巨脸上。为什么呢？"为什么"永远是个存在之外的问题，存在被创造出来才有的问题。我相信存在从来不是为回答为什么而被创造的。吴哥好像是本能的产物。科学家一定要找出证据说那是设计出来的，他们不相信存在可以是人为的，他们一定要找出世界的图纸。西方的考古学总是假设世界存在着一份图纸，一切都是事先设计的。人们甚至企图在地中海的岩洞中寻找建造迦太基的图纸。这是西方的一个大惑。澜沧江上游的藏族地区，人们擅长建造石砌建筑，其坚固、精确完全不亚于吴哥，其中最伟大者莫过于布达拉宫，但人们从来没有发现过建造布达拉宫的图纸。无数的小型的布达拉宫式的民居在西藏被建造出来，我见过这种建造的方式，世界已经在工匠的心中，胸有成竹，他只是说，这里安第一块石头，那里安第二块石头。

建造巴戎寺的阇耶跋摩七世是高棉王国的一位伟人，1181 年，他被拥立为王，令高棉再次成为东南亚最强大的帝国。阇耶跋摩七世信仰大乘佛教，笃信观世音菩萨，在位三十余年间，他扩大了吴哥通王城旧城的面积，建造了许多不朽的神庙，巴戎寺就是其中一个。据说，巴戎寺那些巨颅上闻名世界的"高棉的微笑"，就是以他的尊容为原型。

远远看上去，巴戎寺布满苔藓，就像一座由无数巨大头颅堆积起来的花朵，或者一群自然涌现的山峦。这是另一座狂热的佛教时代想象出来的须弥山，地基为边长八十米的正方形，中央的主塔距地面约四十三米，由五十四座高低不等的巨塔组成，每座塔的顶上都有四个巨大的石像，朝向四个方向，总共二百十六个。这些巨大的石像刻画的是观世音，而观世音的样子被想象为国王阇耶跋摩七世，他被当作神来崇拜。在澜沧江-湄公河流域，神的形象不像基督教那样只有一个，一块石头、一棵树、一条河流都可以是神的化身。在澜沧江中上游地区的大理，白族人崇拜的地方神"本主"，可以是在战争中立下功绩的将军，也可以是为人民做了善事的妇女。阇耶跋摩七世其实是个地方神，虽然他受佛教影响，有世界神的背景，但在真腊人看来，抽象的世界神无法想象，他们可以想象的神灵是他们伟大的国王。如果真有个大神的话，那必定是他们的国王。东南亚国家在古代曾经有过西方所谓的印度化时期，印度化也许就是通过宗教进行的古代的"现代化"，发达的宗教意味着高质量的生活，但东南亚从来没有全盘印度化，东南亚敬畏自然的传统总是令他们从本地的立场去吸收外来文明。所以，我们虽然经常看到印度化时代的影响，但他们总是表面的、局部的。荷兰历史学家范·勒尔指出，"印度文化或许并未胜过或取代当地民众的崇奉或信仰，或许刚好相反，在这个地区已经确立了地位的统治者和祭司，接受了印度的语言、宗教仪式和政治组织中吸引它们的方面，如果情况是这样的话，那么像吴哥窟这样的伟大成就，则应当视印度为某种附加的东西……一层薄而又薄的釉彩"。其实在我看来，这种对待印度化的立场，同样也能用来对待 18 世纪进入的西方文化。我越深入澜沧江-湄公河流域，就越感觉到这一点。说到底，文明首先是由大地、身体决定的。有些民族迷信人类设计的观念、主义和所谓的真理，而在澜沧江-湄公河流域，身体与大地的关系，感受是最基本的，从此立场出发，他们去衡量各种意识形态，接纳或抛弃它们。记得有一次，我在老挝公路边的一个村庄内急，借用一家的厕所，那家完全是茅草和竹子盖的，泥巴地，简陋但凉爽。没有空调、电视机等现代物品，但洗手间却非常干净，砌了一个陶瓷的法国式的蹲式便器。从 16 世纪起，西方传教士就来到吴哥，苦口婆心地说教。有个故事说，对于传教士们的劝诫，当地人回答说，您所说的很好，但我们的比你们的更好，这话令传教士们永远刻骨铭心。

二百十六个彼此挨在一起的巨大头颅犹如一个无数巨镜组成的迷宫，对着镜子顾影自怜的就是那些岩石头颅，它们彼此微笑凝视，就像镜子里外真我和非我在对视。它们彼此凝视像镜子里外彼此观看那样，完全一模一样，但与人对着镜子不同，它们都是真的，镜子外面是真正的岩石，镜子里面也是真正的岩石。这些体积夸张、表情神秘莫测的巨大头颅吓坏了许多人，那些巨大的头颅堆积在一起，雨季在这些神秘的脸孔上种植了青苔，旱季那些青苔在猛烈的阳光下消失，成为白色的痕迹。苔痕斑驳，古老而又年轻，岩石已经风化，笑容却仿佛刚刚泛起，好像在抿嘴微笑，又像是切齿狞笑，而巨大岩石刻出的面具下面是阴森的洞穴。法国作家保罗·克洛岱尔曾经被这里的景象猛烈打击，他说，"这是我所知道的最邪恶、最不吉祥的地方，离开那儿我立即生病"。他还说，有一位记者离开吴哥后在西贡死去了，他死前交代，他以及另外三个人，不顾吴哥某个神庙的守卫者的劝告，闯了进去，守卫预言，他们将在四年内死去，果然一一应验。

须弥山是印度教徒想象出来的宇宙秩序的象征，后来又传给佛教。几千年来，僧侣们建造了无数的须弥山，但无人提及过须弥山的标准图纸，并不存在一个设计出来的标准图纸，须弥山在每个建造者的心中，每个人呈现出来的都是想象力的结果，但这种想象力并非无法无天，怎么都行，而是尊重历史和经验。因此须弥山的风格也是各有特色的。就是在吴哥，吴哥窟须弥山与巴戎寺须弥山都不一样，吴哥窟是前期吴哥的产物，受到印度教的影响，具有古典气质的严谨、精致、对称、庄重。而巴戎寺塑造的是大乘佛教的观世音，具有强烈的地方风格，已经本土化了，巨大的观世音头颅看起来就像本地人。与吴哥窟的循规蹈矩很不相同，巴戎寺更具有原始的力量和气氛，犹如激情的火焰，夸张怪诞，超现实，创造力得到了自由释放，细节也许相当精确，整体却是混沌一片。

巴戎寺简直是个几何、代数与变形记混杂在一起的题目集群，一个立体的十万个为什么。为什么呢？旅游手册和专家们关于巴戎寺的解释，弄得我就像一个可怜的中学生，什么都神秘莫测，什么都想要答案，什么都想水落石出。有个地方，三个巨大的头颅排成一线，它们分属不同的塔。

为什么是三呢？百思不解，满腹狐疑。而为什么每个塔都是四个头一组而不是五个或六个呢，我像个白痴一般在里面思绪万千，这个为什么才出来，那个为什么已经忘记了，最后我失去了思想力，只是微笑着傻看，直到我再也看不出任何一尊佛像，只看见石头。

这么多巨大的头颅挨在一起，如果在想同一件事情，那件事情应该已经被想通了，或者他们想通了千千万万个困惑，而那些困惑的连接点只是一个，通。佛像下面的塔身有彼此贯通的门，人在其中行走，仿佛就是走在巨颅们的思想中，就自动成为他们思考着的内容。而谁又不是被我们彼此思考着的内容呢？但巴戎寺你可以走进去，被它思考着，却无法思考它，它的头太大了，无法成为你思考的对象。你甚至可以思考风景，太阳、大海、沙漠，你可以在它们的外面思考它们，但你无法在巴戎寺的外面思考它。它没有外面，那些巨颅就是宇宙，你无法思考巴戎寺，你的一个头永远无法容纳那么多的巨头。巴戎寺可以说是一个巨大的建筑行为，这个建筑的意义可以在对建筑本身的体验中觉悟到。它是一本呼吸着的可以走进去的《奥义书》，它只是把我们带向一条迷思的道路，它不是命令或说服我们去思想，而是通过无数的正在思想的"实相"来暗示指引我们，摧毁我们的思想。一位研究者认为，巴戎寺是"吴哥石头群宇宙的中心点"。另一位研究者解释说，"巴戎寺具有曼陀罗的形式，它是辅佐人们冥思的工具"。冥思是什么，就是思的死亡。也许这些石头的思维容器根本就没有"容"着什么，它们所思想的正是我们这些游客在其中游弋着的那些"空"。巴戎寺通过巨大可怕的"有"将我们带往虚无。站在那些石头窗子前，你正在看眼前的一张巨脸，忽然瞥见旁边另一张巨脸正在旁边凝视着你，转身，后面也有一张巨脸凝视着你，这些脸太大了，大如俯视大地的天空，大到虚无，但它们存在着，如此之近，伸手可及。摸上去是粗糙的岩石，离开看是有生命的脸。那种微笑是人笑不出来的，是石头的结构中没有的，但它们在笑，而且比所有的笑容都更持久，我们的笑容消失了，它们继续在永恒的宇宙间微笑着。我在恐怖中思索着，思索，但没有意义。我们永远走不出它们的视野，无论你做什么，哪怕你就像照片上波尔布特的士兵那样朝它们举枪，哪怕时间的苔藓已经深入它们的脸部，绿色的毒素就要将它们分裂，面目全非，它们依然只是喜悦着，凝视一切。对美丽、丑陋、智慧、愚蠢、高贵、卑贱、谄媚、傲慢、垂死、生机勃勃……对一切，无动于衷。那样看着，而我们是被看的对象，一个舞台，一场戏剧。那伟大的观众只是微笑着，永不表态，那是微笑吗？我们以为是微笑，我们害怕那表情，所以我们理解它为微笑，我们害怕那没有意义的笑容，因为我们中间谁也笑不出来。岩石就是分裂成碎块，也依然带有那笑容的一部分，那些石头已经不能不笑了。巴戎寺令我想到中国的天地无德的思想，中国的道来自对自然的感悟，吴哥的道来自宗教。但无论中国的道还是吴哥的宗教，都回到自然的"无德"，回到虚无。狂热精神的终端是无，从无到"德"的建立，到意义的缺席，巴戎寺创造了一个最鲜明地表达着精神的场，而这个场的呈现却是无的到来，意义被场消解了。我见过世界上太多的表情，含义复杂的假笑、撒娇、忧郁、惊讶、愤怒、狂妄……但看着这些不变的、单纯的、明确的、意义缺席的脸，我内心还是感到害怕，我担心我的脸会掉下来，它只是挂在我的肉体上的假面具。

神秘已经成为一个具体实在的事物，而不是抽象的观念，只可以想象猜测。进入巴戎寺，就是在神秘中行走，神秘可以体验到。

巴戎寺底层的台基上也是壁画环绕的砂岩墙壁，比吴哥窟的更为生动朴素自然。有着更浓厚的地方风格，透露了许多更接近大地的信息。壁画上，人们的生活看起来与今天差不多，除了没有汽车摩托以外。人们狩猎、烧烤猎物、建造房子、赶集、演奏音乐、摔跤、舞蹈、战争、杂耍、打鱼、下棋、斗鸡、喝牛尾酒、讲故事什么的，这些画面犹如《清明上河图》，出现了一万一千多个人物，其情景就是我在暹粒丛林深处的乡村所见的。那些乡村给我留下深刻的印象，简单，竹木结构的干栏式房屋，大多空空如也，没有家具。有时候，许多人围着一台电视机。人们大多依靠向吴哥提供旅游纪念品为生，任何汽车只要一停下来，孩子们就蜂拥围住，兜售各种纪念品。暹粒虽然靠着洞里萨湖，但很多土地依然干旱缺水，在一个村庄，我看到人们排着队在一个水泥的园塔下等候接水，那水只是一滴一滴地出来。如果不是看见这村庄缺水，我还以为这是一个快乐的村庄。一男子躺在吊床上睡觉。在一块帘布后面，更是睡着一长排赤裸上身的男子，身体侧卧，一个跟着一个，仿佛正在排队前往一个美梦。狗在一旁看着一切，低下头去舔什么。妇女集中坐在凉棚下编织、缝补着什么，逗小娃，看着我们笑。孩子们赤身裸体，跑来跑去，玩着泥巴，泥巴对于他们是一种魔术，他们总是能将它玩出名堂，永不厌倦。今天，他们的游戏是把泥巴彼此抹着身上，互相追逐着。这村庄相当安详，住在里面的人没有任何焦虑、惶惶不可终日的迹象，看得出来，他们会继续待在这里。对于我来说，那个水塔一滴滴出水的样子，完全是世界末日。这个村庄的家当看起来相当简朴，几乎就是所谓的穷乡僻壤，到处都是一文不值的陋室，如果谁离开它，那就是赤条条地走掉。但人们的表情没有丝毫的愁苦、自卑、惊惶，他们微笑着，就像吴哥石头神那样微笑。孩子们嚷嚷着要我给他们拍照，把泥巴玩具送给我。一辆载着西方游客的车也停下来，其中一位高个子的白人女士从兜里摸出几个事先准备好的崭新的网球，高举着让孩子们去抢，许多手伸向那个耀眼的绿色网球，女士一放手，孩子们乱成一团，抢到球的小男孩像橄榄球运动员那样抱着小球飞跑，女士笑个不停，其他人把镜头对着抢球的孩子飞快地按快门。施舍了两三个球后，旅游小巴一踩油门离去，灰尘旋转起来，模糊了道路。

　　塔普伦寺是吴哥公园中唯一保留着未修复之前的原始风貌的寺庙，还可以大略看出当年丛林如何吞没它的场面。但也是清理过的，加固了过道，规定了参观路线。塔普伦寺是阇耶跋摩七世为他母亲修建的，供奉的是菩萨，据说菩萨的造型是依他的母亲的样子雕刻的。当年这里既是神庙，也是高僧、祭司、舞女修行的地方。吴哥众多遗址都是神的寓所，里面住人的相当少见。在阇耶跋摩七世统治时期，据说塔普伦寺用于做饭的稻米每天要 6589 公斤，所供养的僧众中，包括 18 位高僧，2740 名司仪僧和 2632 名杂役——其中有 615 名舞女，439 名居住在寺内的习法居士及 970 名学生。总计 12 460 人居住在里面。塔普伦寺已经看不出任何人类曾经居住过的迹象，像是原始洞穴，只是石头上留有无数的小洞，导游说那是用来固定木料或者镶嵌宝石的。如果属实，那么可以想象当年的塔普伦寺是色彩华丽的，但这神庙现在只剩石头构件，充满岩石的涩味、苔藓味及雨水的尿骚味。这是搏斗的现场，搏斗是看不见的，一切都在事物的根和内部进行，但我们可以看见结果，一些东西在上升，一些东西像老人那样慢慢地倒下来，一些东西岿然不动，却比一切都古老，年轻的事物消亡了，苍老的事物继续存在。这堆被称为塔普伦寺的岩石群已经垮塌了许多，灰绿色的阴森的城堡，迷宫般的通道、走廊、房间，丛林像一条条巨蛇从裂缝里升出来，苔藓流下，像是泛滥的绿色油漆。这是一条由自然的力量组成的湄公河，湄公河的另一个化身。湄公河在孔瀑布附近曾经把大地撕裂，拉出一道巨大的伤口。而这条地面上的湄公河努力了几百年，也没能毁灭塔普伦寺，塔普伦寺遭遇了大自然对吴哥神庙群最严重的攻击，以周身散发着银色光芒的蛇树卡波克为首，丛林、藤蔓、苔藓、暴风雨、闪电、猛兽、炎热的阳光以及黑夜在几百年中疯狂地扑向神庙。蛇树的根茎攀上梁柱，探入石缝，绑起窗门，压住屋檐，甚至从神庙的心脏里长出来，像一个张牙舞爪的魔鬼，日日夜夜地将神庙四分五裂，裹缠吞噬。但较量的结果是神庙与大地合二为一，大地、丛林和神庙像情人般彼此交缠在一起，再也无法分开。科学家们发现，这种自然奇迹并没有毁灭神庙，反而令它获得新的生命，更加坚不可摧。如果将生长于神庙间的大树藤蔓清除，对神庙的危害反而是致命的。大的根茎清除了，小的根须迅速生长，见缝插针，毁灭性更强。岩石也在自我折磨，接受开裂、腐蚀，已经不再能独立于大地，而是与之妥协，成为它的一部分，自觉生长的青苔和各种绿色的植物，归顺了土地。岩石重返大地，加入古老的世界中，带着来自吴哥的微笑，像吴哥出台之前的那些石头一样自然了。两年前，我看见的大树已经被雷劈断，我曾经为它拍照片。到处在渗水，雨水渗进女神的脸。寺庙内部是灰黑色的、黑森森的，走廊多处坍塌，某些部分重见日光。所有的植物、树木、石头都在雨中打扮过了，水灵灵的。石窟里面曾经住过僧人的房间，现在是黑暗一家挨一家地住着。我们跟着导游小心地走，隧道里铺着木板和沙袋，一个个坑积着水。水从一切可能的路径流下，里面、外面，无缝不钻。曾经同一品质的岩石，现在色泽斑驳，有暗绿色的，有灰色的，有黑色的，表面都已经四分五裂……神像半明半暗，有的脸被腐蚀了一半，手却完美如初；有的上半身被水染成了棕黄的，下半部却保持着原色。到处散发着新鲜的霉味，霉菌总是在滋生着，扑向那些薄弱的角落，又随时在死去，失效。有辛辣的蘑菇或者木材的味道，也有姓名不详、肇事潜逃的野性家伙的味道。游客的裸露部分被蚊虫叮咬，立即突起红肿的包。蝴蝶停在手指上或者蜈蚣经过你的大腿继续前往吴哥深处，并不是什么值得大惊小怪的事情，这是发生在前吴哥寺院而不是洪荒之间的事情。

塔普伦寺仿佛正是印度教毁灭之神湿婆的化身，湿婆的前身是印度河文明时代的生殖之神"兽主"和吠陀风暴之神鲁陀罗，兼具生殖与毁灭、创造与破坏的双重性格。呈现各种奇谲怪诞的不同相貌，主要有恐怖相、温柔相、超人相、三面相、舞王相、璃伽之主相、半女之主相等变相，以及林伽相，这是一个男性生殖器的形象，它是湿婆在人间最普遍的化身。丛林不仅绞杀吴哥，也在进行自我绞杀，银板树的根缠住了围墙的某一段，一棵巨树被另一棵巨树包裹着，里面的树死了，外面的树还活着，仿佛完成了一次涅槃。

本地人默默地看着我们参观，他们是小贩、僧侣、居民、吴哥公园的工作人员、乞讨者……就像巴戎寺的石头佛像。他们默默地为你指出脚下的青苔和硌脚的石头，牵着你走过容易滑跤的地带，偶尔会眼睛一亮，跑上来，以为你要买他们捧着的什么矿泉水、做工拙劣的铜佛像、明信片、T恤什么的。岳一直跟着我们，他唯一一次主动开口，是请翻译告诉我们，某处岩石上刻的图案是中国风格的。

这是一个设计出来的游览项目，已经有一百多年的历史，根据的也许是那些19世纪巴黎象征派诗人的某些诗篇，导游安排我们下午五点三十分去大吴哥城里的巴肯山看落日。自从法国把吴哥开辟为博物馆之后，无数的游客都曾经加入到这个项目中。这是世界上最著名的落日眺望点之一，我上一次眺望落日是在澳洲的乌鲁汝，那荒原上有一块巨石，你得用数小时的时间才可以绕着它走完一圈。这巨石在黄昏中会由于落日余晖的照耀而发红，直到红如一块正在燃烧的炭，然后才在黑暗里逐步冷却消失。这个景点是被流放到澳洲的白人建立的，那巨石过去属于当地的一个土著部落，是他们的神。被开辟为景点之后，在巨石上修起石梯，游客付费就可以爬到神的头上去，取代它的地位，俯瞰大地。巴肯山是一个屹立于平原上的有许多宝塔的金字塔形的祭台，20 世纪初，有人驾驶飞机从吴哥遗址上空飞过，他发现最高的地点就是巴肯寺，并且位于吴哥遗址的中心。巴肯山是早期吴哥通王城的核心，有一百多个塔环山而建，当年，吴哥通王城的王宫、房舍、寺院、田园就环绕着巴肯山次第展开，巴肯山就是吴哥全部遗迹的起源之地与核心。时间已经将巴肯山变成了山、塔、丛林、杂草、乱石、遗址、废墟混合在一起的自然之物，似乎一切都是原在的，神庙也是原在的，而不是来自人的虚构。巴肯寺位于山顶，建于 9 世纪，供奉的是毁灭与创造之神湿婆。每当落日西垂，山顶就聚集着来自世界各地的旅游者，某种穿越时间的力量集合起他们，无论是信仰神灵的人们还是无神论者，他们都在等待着那最后的一刻，看了一天各式各样的石头神像，他们现在等待那个叫作落日的大神来临，众神现在只剩下一个，其他都是废墟。突然，吴哥再次被原始的光照亮，巨大的落日滑过天空，沉向黑暗将至的湄公河平原。游客们欢呼或者沉默，光从他们的面部滑下，许多深邃的眼窝被照亮了。天空中响起辚辚车马之声，那是诸神的队列，周达观在《真腊风土记》曾经描写：

　　（王）出时诸军马拥其前，旗帜鼓乐踵其后。宫女三五百，花布花髻，手执巨烛，自成一队，虽白日亦点烛……又有羊车、马车，皆以金为饰。其诸臣僚国戚，皆骑象在前。远望红凉伞，不计其数。又其次则国主之妻及妾媵，或轿或车，或马或象，其销金凉伞何止百余。其后则是国主，立于象上，手持宝剑。象之牙亦以金套之……其四围拥簇之象甚多，又有军马护之。

他写的是事实，也是幻想，我阅读的时候，觉得他是在写巴肯山日落时天空中的景象。

　　那天我们运气好，雨季，天空云厚，偶尔有几丝蓝天的缝，刚刚睁开眼睛，立即又被乌云的被窝盖住了，似乎谁不太高兴。许多人等不得走了，但在黄昏的某个时刻，天眼打开，金红色的落日像女神胸前的宝石悠然滑过，阴郁沉闷的大地瞬间一亮，万木摇动，唱起歌来。人群欢呼，脸被照成金黄，其情景就像藏传佛教的大师出行时为万众摸顶那样，许多人热泪盈眶。包括我，我热爱落日，那是我的神。天就黑了，神庙发灰，柱子上的女神依然在微笑，祭坛顶的平台上有几个几何形状的阳器石雕，那是湿婆的化身，毁灭之神与创造之神结合为一，这个阳器叫作林伽，是吴哥最抽象的雕塑，底座像一个中国四方底座的磨盘，中间是阳器形的石柱，就像一个小型的中间有纪念碑的广场，我想起清代陵墓中的华表，古代社会在想象力上经常惊人的相似。我以为华表正是一个生殖器造型，只是它没有林伽这么直接，它周身缠绕着的龙为生殖赋予了权力的含义。黑暗像雾一样渗入丛林，黑暗的边沿停着几座微微晃动的山峦，那是大象，养象人还在招揽游客，骑象下山，一人十美元。大象们曾经参与了吴哥的建造，它们运输那些巨大的石头，把自己的力量注入吴哥，许多时候，吴哥灰色的岩石看起来就像一群大象。今天，那些大象搬来的石头人们一块也搬不动了，要搬运它们，人们得使用起重机。我登上象背，那国家般庞大的身躯就晃动起来，那不是一个背在晃动，是一块大地在晃动。象背上安着一个木架，赶象人坐在前面，他要了一支烟，烟头在黑暗的高山之巅明灭着。他是个小伙子，光着背，赤着脚，他来自国王领导生活的时代，他忽然唱起了高棉的歌，在一头大象的背上，一个高棉人唱着歌穿过黑暗，引领我们回家的王，而我正跟着他，这个时刻永生难忘。大象下面，黑暗的丛林像一只巨大的章鱼。大象步履沉重，仿佛每一步都像要按下一个生死攸关的印，扇动着盾牌般的耳朵，小眼睛晶亮，狡猾地向上瞟着。我们骑在原始的背上，仿佛回到了阇耶跋摩七世时代的夜晚，黑暗，根本看不见路，大象不需要灯。后来它慢慢地矮下去，趴下的时候，我们回到了大地上，踩踩，坚实如铁，比起大地来，大象还是软些。

暹粒不仅有伟大的吴哥窟，还有个地雷博物馆。暹粒因为吴哥的旅游事业而日渐富裕，最繁华的一条大街上有一百二十多家旅馆。吴哥窟人满为患，日进斗金。地雷博物馆很少有人知道，问了几次，找到一条夹在大街之间的荒凉小道，走到底，一大片空地和几个棚子，就是博物馆。一堆破铜烂铁扔在里面，它们曾经耀武扬威，杀人如麻。这个废品收集站连卖票的人都找不到，谁也不喜欢这种地方。一眼望去，露天园子里停着几排生锈的坦克。据说，柬埔寨国土上到现在还暗埋着九百万颗未爆炸的地雷，在等着谁的命呢！一个地雷布置起来暗藏在丛林中的奥斯维辛。哦，上帝，您真酷，给每个人准备了一个碗，也给他们准备了一个地雷。据柬埔寨排雷机构公布的一个统计报告，柬埔寨近三十年来约有六万人触雷，其中约两万人被炸死，四万多人断肢，平均每天至少仍有两人触雷。触雷者当然是那些与大地最密切的人们，以农业为主的柬埔寨与大地关系密切，人们总是在土地、丛林中走来走去，这是普通人经常挨炸的一个原因。大地蕴藏着危险，不是因为地震、火山、洪水，而是因为人类自己埋下的地雷。柬埔寨每二百五十人中就有一人被地雷修理过，这个比率是世界第一。伟大的高棉帝国已经成为往日的光荣，百余年来，柬埔寨经历了太多战争：1863 年沦为法国保护国；1940 年被日本占领；1945 年日本投降后又遭法国侵占；1953 年柬埔寨王国宣布独立；1970 年，朗诺在美国策动下发动政变，推翻了西哈努克领导的王国政府；1978 年，越南出兵侵占柬埔寨。在这些年的战争中，无数地雷被埋到地下。直到 1993 年柬埔寨王国实行君主立宪制，柬埔寨才进入和平重建时期。但要把地雷全部取出来，还得很长的时间，因为在制造并埋藏这些死神的时候，人类太聪明，太机关算尽了。那些停在空地上的坦克坚硬而丑陋，长满黄锈，一个一个炮管都凝固了，圆洞里面黑漆漆的，死神塞在里面，已经揉成一团，还是令人害怕，担心它突然发射，不敢直面炮口，一低头猫腰溜过。棚子里放着地雷和各种枪支。步枪一支支陈列在桌子上，都是旧的，用了好些日子，要多少人的命才能令这些枪支成为古董。还有各式各样的地雷，塑料的、石头的、铁的、金属的，装着弹簧或者线，丑陋无比，设计挖空心思，比狐狸更狡猾，目的是在人毫无觉察的情况下将他炸毁，人类怎么在这方面那么富有智慧。有一种美国设计的地雷，据说是为了人道主义，地雷爆炸后只能炸断人的腿，令他丧失战斗力，但不会丧命。多可怕的人道主义！比死亡更可怕的死神，它让你活着，却没有手或者四肢，让你永远感受活着的残忍。

这种人道主义制造的一个产品就站在我们面前，管理博物馆的人终于出现了，一个高个子男人，装着假肢的柬埔寨老兵，他没有生活来源，因为会点军事英语，就靠在这个博物馆为观众讲解地雷挣点小费，当然不够他生活，还得外出乞讨。他曾三次被枪弹击中，六次踩到地雷，踩中死神是很容易的，踩了六次，居然只是炸断了一条腿。他为我们介绍苏联、美国、越南……造的各种型号规格的地雷，埋下地雷的人来自不同的政治派别，波尔布特、美国人、越共……意识形态不同，但都在柬埔寨埋下了同一样东西。谁是刽子手？埋雷的时候，都是有道理的，实验人类理想社会的可能性，最后那些实验都结束了，失败了，旧的主义换成新的主义，而人民的日子依然要过下去，人们最终领悟到并没有别的生活，但谁能把腿还给这个老兵，让他去过他曾经的日子，那个吴哥窟壁画中描绘的生活世界？

突然，我看见一支步枪的枪托和扳机之间拴着一根紫色的丝带，一个战壕立即活起来，我仿佛看见那个无名的士兵，在轰炸的间隙，躺在战壕边上，把这个丝带轻巧地系上去，也许这是一个姑娘送给他的，战壕现在成为一个家那样的地方，炮火下面的单身宿舍。我还可以想象那个士兵在烧焦的树干上挂了个小圆镜，认真地用手指挤掉他脸上的粉刺。一只惊魂未定的小鸟从硝烟中落下来，一边整理羽毛，一边斜睨着他。

金边在洞里萨湖的南端。两年前，前往金边的公路上全是炸弹制造的坑，司机已经习惯了在这种公路上疾驰。柬埔寨的司机一般都开得很快，并不爱惜汽车，那就是一工具，而不是身份地位的象征。在东南亚，汽车很少有中国"轿车"那样的含义。在战争中，它和坦克、机关枪、大炮都是一样的东西，要开得快，你才能逃脱死神的爪子。司机似乎已经没有平路的概念，路就是这样的，一个坑套着另一个坑，照常加速，就像在高速公路上那样加速，我们的汽车跑得像个皮球。我们坐的是一辆的士，本来预定的客车被旅游公司搞错了，重复卖票，旅游公司答应派一辆小车送我们去金边，真是喜出望外，可以享受轿车的待遇。的士来了，看上去完全是一只灰头土脸的土拨鼠，司机拉开车门，请我们上去，之后我们就像皮球那样蹦跶起来了，车子破旧不堪，我觉得它随时要裂开来四散而去，我们将像童话电影中的镜头奇迹般地坐在公路上，车子已经像衣服一样飞脱。这车子居然还有空调，一路喷着热气，车厢完全是一个桑拿室。到达金边的时候，我们中的一位立即被送去医院。但两年后，这条公路已经是平坦的柏油大道了。从暹粒去金边的另一条路是乘船越过洞里萨湖，经洞里萨河到金边，要走五个半小时，船费二十五美元，这条水路比较乏味，开头的时候还可以看到住在水上的村庄，之后就是黄茫茫一片了。

金边正在高速发展，两年前，这城市还空荡荡的，我记得有一群白鹅在某条大街上集体漫游。现在大街上全是小汽车，交通已经开始阻塞了，王宫对面的湄公河岸已经被大片推平，为钢筋水泥的进驻做好铺垫。小Z说，金边现在一平方米土地已经卖到三四百美元，这是 2005 年。两年前，市民庆祝金边第一家超级市场开门，里面热闹得就像赶集，很多囊中羞涩的年轻人成群结队在里面欢天喜地地逛来逛去，最后只是排着队去为一瓶矿泉水付费。小Z在 1998 年的时候还是金边市的穷人之一，现在已经开着丰田轿车在金边的大街上奔驰了。中国人到了国外，没有了文化上的压力，一心一意只是赚钱，没有说还要附庸风雅的，异国他乡，风雅无人理解。在国内，风雅对每个人来说都是一种压力，无情无义地赚钱是大家忌讳的，你总是在一个关系网和文化传统中从事商业活动，你多少得儒雅一点，附庸一下。但在国外，赚钱天经地义，没有国内那么累，那么多借口，又要赚钱，又要体面，在这里要遵守的只有商业规则。小Z一个人工作，他的妻子在家带两个孩子，他从事着几种工作，从中国进口电器、棉布，做临时翻译，以及给旅行社当导游。小Z是第三代华侨，他这一代童年吃了大苦，十岁就加入逃亡的队伍，目睹过死亡，怀里揣着低价变卖全部家产换来的金条逃往越南。乱世藏金子，盛世藏古董。小Z说，相当理解这话的含义。小Z说，红色高棉时代，戴眼镜的就意味着是知识分子，杀掉。胖子因为是富贵的象征，也杀掉。讲汉语的也要杀掉。迫害华侨最疯狂的时候，被追杀得无奈，逃往大使馆，人家不开门，因为门外的都是阶级敌人。小Z才三十五岁，与我的旅伴杨同岁，但相比起来，已经是很老成的男子。杨天真热情，听流行音乐，热衷于褒贬事物；而小Z已经没有任何天真之处，赚钱是他唯一的乐趣。

金边国家博物馆于1920年落成，里面全是穿着短裤、赤着大脚的神。柬埔寨的神大多站着，裸身，赤脚，与中国不同，中国的神衣冠楚楚，正襟危坐。神的打扮都是照着人的样子来的，东方的神都是安详、喜悦的样子，绝对没有耶稣那种受难的表情。这是一个伟大的博物馆，大部分是杰作。麻风国王的石像从吴哥被搬到这里，他是个留小胡子的人，在他的坐像附近刻着的文字是，"做好得好，做不好得到不好"。苏利耶跋摩二世的石像是世界上最伟大的石像之一，王坐着，低头微笑，像一位慈祥的父亲或者稳重深厚的情人。丰满、结实、宽阔，他是一个秋天，沉思着，但不悲天悯人，微微地含着笑意。诸神的肖像一般都给人压迫感、敬畏感、使命感。我看到他的时候，感觉到的是爱。他给我的感受有些像中国的弥勒佛，只是没有那个笑呵呵的神那么夸张而已。

　　S-21 博物馆展览的是红色高棉的暴行。柬埔寨是个有勇气的国家，它面对自己的历史，毫不含糊。S-21 曾经是一所学校，是那种黄色的兵营式的法式建筑。昔日柬埔寨的学校在寺院里，人们在寺院里得到各种知识。西方人来到之后，带来了学校。西方学校起源于教会，本来是宣讲基督教教义的地方，后来成为现代意义上的学校，但依据教科书进行教育是一样的。具有讽刺意味的是，这个学校后来被波尔布特作为关押、改造反革命分子的监狱，成为实施暴力的学校。曾经有两万多政治犯（其中有些还是孩子）在这里被审讯、关押。波尔布特是个留法学生，他在西方获得了信仰。波尔布特的信仰是把柬埔寨变成一个没有家庭、没有阶级、没有私有财产、没有货币、没有剥削、人人平等的乌托邦。为此，他暴力镇压那些不同意这个教义的人们，S-21 最后只有七个人活了下来。教室里摆着刑具，都是钢铁做的，生了锈，仿佛还可以听见惨叫的声音。西式的铁床被作为把犯人绑在上面折磨的刑具。有一种杀人的仪器很有独创性，结构像钟表内部的齿轮那样，通过联动将一根铁针旋转着插入囚犯的后脑，具有野蛮的科技含量。有个展厅里密密麻麻地贴着受难者的黑白照片，他们看起来就像地狱中学的学生，没有任何表情，看不出恐惧、痛苦。我忽然想到"高棉的微笑"，那些刻在岩石上的神的面容。柬埔寨给我最深刻的印象是，它在某些方面缺乏过渡地带，缺乏中国叫作"中"的东西。忽然是伟大的吴哥建筑群，忽然是原始荒凉的丛林，忽然是阴森恐怖的 S-21 集中营，忽然是金碧辉煌、富丽堂皇的王宫，忽然是现代化的水泥建筑，忽然又遇见乞丐、算命者、街头理发师、战争中失去肢体的残疾者，我甚至看见大象当街洗澡。导游为你介绍了棕糖树，说用它做糖如何甜，话锋一转，又告诉我说棕糖树的叶子坚硬得就像钢锯，当年红色高棉就用这种树叶来杀人，一拉下去脖子立即断了。但我还是非常喜欢这个朴素的国家，喜欢它深色的皮肤和健康的躯体，喜欢它伟大的古代文化。这个国家只是在近代世界的暴力面前有点不知所措，它正在调整、适应，努力坚持自己的风格，其实柬埔寨更像是吴哥的柬埔寨而不是现代化的柬埔寨。像西哈努克这样热爱女人和音乐胜于政治的国王，他最热衷的也许只是在热带丛林中打猎，在夏天的庭院里唱歌、跳舞，他是世界上少数会作曲的国王之一。1965年的秋天，我曾经在昆明见过这位国王，我记得他穿着绿色的毛呢西装，在敞篷汽车上挥手，当时我拿着一束纸花，作为小学生站在欢迎他的队伍里，我已经不记得其他人了，他是我少年时代印象最深刻的男人之一，他是那样的温柔、亲切、谦和，我记得他合掌微笑，就像一尊刚刚站起来的弥勒佛。

吴哥窟   2003

巨大的岩石
搬运到平原上
为国家奠基
小块的玉
打磨于砂轮间
将要取悦夫人手腕
无论被改造成庸俗或尊贵
永恒是必然的

吴哥窟　2003

伸手去够
却被岩石挡回
我们停止的地点女神亮齿
灰石头内舞蹈团婉转启幕
玉臂升起如烟　莲花在开

吴哥窟　2003

诸神之脸在石头上微笑
幽暗
并不因随后月光皎洁而清晰
工匠们在喜悦中永远匿名
并不因创造神迹而自大

吴哥窟　2003

那石窟中储藏着一瓶
公元 705 年的黑暗
再没有打开过
亮于彼的乃我之心
没有储藏的处所
仓皇而过

吴哥窟　2003

匠人完成的只是开始
继续干下去的是造物主的雇员
雨季是一个小工
丛林扑来又退去
领取夏天的薪水
神像被苔藓涂抹成一个个大花脸
忍不住笑起来　永不复原

吴哥窟　2003

在岩石深处看着我们
诸神向往的是肤浅
六月的雨　每天的热
时间消灭形式
界线终于模糊
谁是石头　谁曾超凡入圣
一条蛇把壳放在夜的掌上
飘去

吴哥窟　2003

一条裂缝如蜥蜴爬进自己的梦
吴哥窟壁画的某处
原石露出本色
我闻见石灰味
一千年了　上面覆盖着这么多菩萨
它依然苦涩

吴哥窟   2003

我看见壁画上那位不可求婚的女子
被最美的莲花环绕
像大街上那些着魔的男子
我目不转睛
也许石头会在黑暗来临时开门
直到她不见了
才悄悄地走开
终生的怅然

吴哥窟　2003

落日之原　纯金天空
吴哥窟盘腿而坐
丛林卷走了造塔者
大道通向自己　又一次
光辉之袍从背上滑下
本色归来　诸神的面容
更旧　向原料靠近
大象的叶子在黑夜后面一晃
露出半只诡秘的小眼睛

2009 年 12 月改定

吴哥窟之微笑　2003

吴哥窟，三女神　2005

吴哥窟，诸神之舞　2005

吴哥窟，宋朝军队　2007

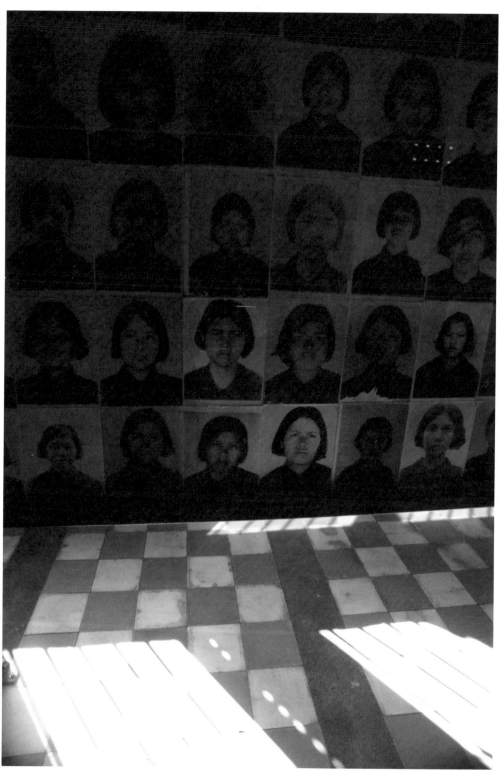

金边集中营 2003

金边，手枪雕塑　2003

金边，在战争中被炸断手臂的少年　2003

金边，在战争中失去手臂的男子和他的儿子　2003

9

　　拖着箱子，向越南的木牌海关走去，柬埔寨的领土还有最后几十米，道路泥泞，到处是碎石、坑洼，被战争破坏了，还是一直是这样？柬埔寨的海关就在这种灰尘飞扬的大路尽头，路边立着几间简易的木棚，那就是海关。而越南那边，则是高大坚实的水泥方盒子建筑物，国徽闪光，国旗飘扬，体现着"国门威严"，很像中国的海关。我们乘的是从金边出发的长途汽车，到了这里，就要换越南的客车了。烂路终结处，出现了光滑平整的水泥路面，像是踏上了镜子。我们进入了越南。越南的海关与柬埔寨的海关有种不同的气氛。那边，一切都很随便，士兵看起来就像乡下的农夫，暗藏着某种不确定的因素，可能会公然向你讨要小费，或者也不要，就耽搁你，这些小花样都是直截了当的，诚实的小邪恶。我们的出境手续是岳从侧门进去办的，越过了那些刚刚从长途汽车上下来的过境者。我们因此成为第一批走进越南海关的人。孔子说，君子行不由径。如果你避开正道，抄近路的话，麻烦会在后面。抄近路是岳的好意，也代表着那个国家，从侧门进去，避免了很多麻烦，行李根本就不检查了，表格也不必填了。我们只是找了个阴凉处站着抽了一支烟，海关将发生的一切麻烦就烟消云散了。越南海关则一派公事公办的气氛，关员神情冷漠，制服笔挺。这使我们认为只要护照没有问题，就很容易通过。海关前厅里站着两个越南汉子，打量了我们一下，互相使个眼色，又是努嘴又是竖大拇指的，什么意思？我们三个人孤零零、怯生生的，不像平常，过境的人络绎不绝地进来。阴谋瞬间已经策划妥当。他们摆出某种姿势，让我们以为是海关工作人员，比画手势，夹杂着英语或者越南语要我们交出护照，稀里糊涂就交出去了。现在，性命捏在人家手里了。又拿出表格，表示这表格得他们填写，以为这是海关的规矩，填完后，每张表收费十美元。刚刚进入海关，有点惊魂未定，这种地方总是令人提心吊胆，海关的职责都一样，但每个国家的风俗不同，有的国家宽厚仁慈，四海之内皆兄弟也，有的国家把所有入境者都视为嫌疑犯。把钱给了他们，才感觉不对，柬埔寨那边也有人帮你填写表格，但是要你自愿，收费三美元。待要问时，人已经从侧门溜出去了。很郁闷地过海关，箱子穿过 X 光机，又打开一件件仔细检查，这是什么，那是什么，箱子被拆成一个杂货摊，药瓶被拧开盖子，闻了又闻。折腾了半个多时辰，才过了关。越南方面来接我们的阮已在外面等着，把先前的遭遇给他说了，他就去找一位军官汇报，那军官没有显示出什么大惊小怪的表情，转身出去了，三十美元就被追回来了。上车的时候，看见那两个男子正在对军官唠叨唠叨，很不理解的样子。我们，是 CCTV 的，也算有来头，箱子里有中国政府与越南政府签署的文件。

西贡现在的名字是胡志明市，我从小知道西贡，胡志明市这个名字令我感到很别扭。我还是称它西贡吧。从金边到西贡汽车要开七个小时，现在还有两个小时的路程。越南国家电视台的驾驶员一路超车前进，他显然已经习惯超车。我发现，这里的军队、公安等特殊单位以及国家电视台有在道路上的优先行驶权，在渡口之类需要排队等候的地方，还有第三条专用车道，因此每次当渡口等待摆渡的汽车排成长龙的时候，我们总是可以通过专用车道到达队伍的最前头。中午时，阮带我们去吃午饭，上来的菜是两条鱼、春卷、鸡蛋肉饼和各种野菜，野菜是生的，蓬蓬松松一大盘，就着蘸水吃，配料有柠檬草、罗勒、胡荽、薄荷、欧芹、酸橙叶、大蒜、姜片等等，酸辣甜。四个人，约合人民币八十元，不算贵。越南的土地上可吃的东西太多了，水里的、陆上的，简直是密密麻麻，后来我对此深有感受。越南是个密密麻麻的国家，给人一种密密麻麻的感觉。密密麻麻的房子、密密麻麻的集市、密密麻麻的水果、密密麻麻的河流、密密麻麻的鱼、密密麻麻的帽子、密密麻麻的商店、密密麻麻的植物、密密麻麻的昆虫、密密麻麻的渡口、密密麻麻的小贩、密密麻麻的吊床、密密麻麻的船只、密密麻麻的小吃、密密麻麻的大米、密密麻麻的桥梁……不是集中于某几个地区，而是密密麻麻地分布在整个大地的每个角落。密密麻麻，生活水平相差不是很大，抢眼的亮点、鹤立鸡群的事物不多。到处都是摩托，郊区、城市中心，仿佛每个人都有一辆摩托，其实汽车肯定比摩托多，但我一点印象也没有。摩托也就是摩托而已，没有哪一辆特别突出，以名牌亮度炫耀。这些摩托成群飞驰，冒着烟，发出浓烈的臭味，就像某种新的物种，蝗虫的近亲。密密麻麻的西贡，无边无际的城市，从它的外围进到市中心，走了一个多小时，漫长的街道。两边全是狭长的房子，人们买土地而不是房子，自己建造，在大的规划街区里，房子像蘑菇那样自然生长，风格各异，参差错落。高低随着各家不同的经济状况来，但最高也就是五层楼。每家的房子都是宽不过三米左右，纵深长得像小巷。经常看见人们开着摩托直接驶进家去，轰鸣的马达在房间深处熄火。这也许是因为每家都希望有一个临街的铺面。因为住房是平面铺开的，因此人们居住的地区范围广大，街道小巷密密麻麻，摩托成为穿街走巷最方便的交通工具。西贡是一个摩托社会，五百万人口，摩托就有将近百万辆。密密麻麻的摩托，从四面八方飞出来，蝗虫般聚集在路口，绿灯一亮，马达惊天动地地一齐轰鸣，蜂拥而去，仿佛全城正在进行一次大搜捕，空气里总是散发着强烈的汽油燃烧后的臭味。

西贡的行政区划有点像巴黎，城区按数字编号，最繁华的街道在第一郡，第五郡主要住着华人。这座城市非常美丽，黄调子，似乎刚刚被阳光漆过一遍。人们的住房没有被大规模地改造成千篇一律，看得出都是私人的，各家我行我素，有的是法国风格，有的是现代风格，有的坚持着家族的传统，房子一般喜欢涂成黄色或者淡绿色，屋顶上覆盖着红瓦或者平顶，上面是阳台，飘扬着衣服，屋宇之间也夹杂着中国风格的佛寺、教堂什么的，就像一幅巨大的拼贴画。生活的天堂，但空气质量太糟糕了。越南人身体非常灵活，好动，老太太坐在孙子的摩托后座上奔驰，白发飘飘。混血少女翘着长腿待在摩托后座上，仿佛这是前面戴墨镜的小伙子的大腿。许多摩托上坐着一家三口，甚至五口，有的摩托后座上绑着一辆皮卡那么大体积的货物。他们把摩托想象成比摩托本身大几倍的载体，也就这么用了。摩托是青年谈恋爱的长凳，摩托手中午小睡的床，报贩的躺椅，小贩的货架……摩托就像是流动着的杂技舞台，每个人都有很高的驾驶技巧、平衡技巧和捆绑技巧。密密麻麻的摩托、迷宫般的街道、密密麻麻的铺面，几乎每家的门面都在卖点什么，轮胎、汽油、杂货、工具、帽子，或者是修车铺、小吃店、咖啡馆、理发店……铺面都是自家的，所以大多有一种家庭氛围，就像多年前的昆明。充满活力的地方，没有湄公河流域普遍的那种昏昏欲睡的气氛。天气也非常热，但是人们始终在劳动、工作。挑着水果担子沿街兜售的妇女从早到晚在街道上游荡，卖了一挑又一挑。赤露身体的人显然少多了，没有湄公河流域的其他地区那么普遍。女性们的旗袍五彩缤纷地飘扬在越南的天空下，最普遍的是白旗袍，使女性娉婷袅娜，犹如仙鹤。这种起源于中国的服装在本土已经少见，却继续流行于越南，似乎是为越南的身体发明的。旗袍真是为女性设计的最美丽的服饰，没有哪种衣服能够像旗袍这样令女子身材尽显。含蓄的裸体，线条分明，顺其自然，随物赋形，但是隔着文明的轻纱薄丝，既彰显了性感又可望不可及，若有若无，保护着纯洁。最人性的文明就是一层纱，太厚就是观念、设计、包装、累赘、装模作样了，太露就是下流。与旗袍比起来，西装真是与身体无关的，只为了观念、礼节而设计的身体刑具，还有根领带勒着脖子！越南是个苗条的国家。女学生也穿着白色的旗袍，那是她们的校服，更显天真纯洁。放学的时候，一群群女生骑着单车驶过街道，旗袍飘飘，如群鸥在水田上掠过。亚洲，许多风俗受到古代中国的影响，中国盛行维新，一切都抛弃了，而周边的人们继续着，在日本、在泰国、在越南……许多人到日本的京都、奈良去寻找古代长安，其实你也可以去越南怀旧。我童年时代那些金黄的街道，在我故乡失踪了，却保留在越南。故乡是一种辽阔的东西，故乡是世界的精华，某个民族创造了某种生活方式，精华总是流传到其他民族中，创造者容易不识庐山真面目，局外人却意识到它的价值，为我所用。世界是一个文明的故乡，文明总是将故乡的精华保存下来，在一些人的故乡被抛弃的东西，在另一些人的故乡却敝帚自珍。有一天在西贡的一条小街，看见街道边露天为顾客掏耳朵的摊子。旁边是一个小花园，里面开着紫色的叶子花，我像失去记忆的人一样忽然苏醒，什么都想起来了，这就是我童年时代的昆明。那些挑着担子满街走的货郎，那卖马樱花的姑娘，那金黄色的挂着巴黎钟的火车站，那个天天在近日楼下的公园里掏耳朵的师傅，他的铁饭盒里有许多长长的小勺子，他像魔术师一样将一根勺子伸进藏在耳轮后面的洞穴，轻轻地转动，有人的耳朵里居然藏着一块石头。想起来了，那些永远是一个老母鸡般的老妈妈在守候着的小摊子，她面前支着个大簸箕，里面放着一堆瓜子、一堆松子，还有一堆花生米，中间放着个玻璃小盅，无论什么都是一毛钱一盅。想起来了，那些光线阴暗的咖啡馆，这种咖啡馆在茶馆和咖啡馆之间，卖咖啡，也卖茶水，从前昆明最有名的咖啡馆就是越南人开的，叫作南来盛。里面永远坐着些没有时间的人，他们似乎从来不工作，也不富裕，却天天在咖啡馆、茶馆中从早待到晚。我恍惚看见已故多年的外祖母坐在某个门洞口纳鞋底，我走过去就要喊外婆，却失望地醒来。昆明曾经与越南有着密切的关系，20世纪，从昆明去国外，总要经过越南，通过滇越铁路。那铁路通向南方，金黄色的车站、阳光、巨大如伞的榕树。我记起少年时代的一个金色的下午，我跟着父亲去看我们家即将搬去的新居，当我们进去的时候，有人在楼梯上奔跑，走廊上传来一阵银铃般的笑声，随即出现了一个金发少女，她是有点混血的越南人。此后，我整个少年时代，都与这家越南人为邻。这一切在昆明已经了无痕迹，我站在西贡的旧街区，不能确定这是20世纪50年代以前的昆明还是越南的西贡。这儿肯定是西贡，人们说另一种语言，商店的招牌写着拼音字母。

住在一家法国风格的酒店，木质楼梯通向幽暗的楼道，房间的窗子外面紧贴着另一栋建筑的墙。猩红色的窗帘，西式卧具，房费包括早餐，有面包、咖啡、果汁，感觉是在巴黎。越南有时候给我不知道身在何处的感觉。大地是越南的大地，但城市和建筑物的气氛则有些模糊，殖民主义的后遗症。西贡市中心基本上是法国风格,街道宽阔、干净,除了市场和一些主要街道,人并不多。1886 年建立的中央邮局依然在营业,宽大深邃,像个礼堂,镶着黄铜边的写信台已经磨得发亮,好像还没有全面进入因特网时代,有许多人伏在那里写信。圣母大教堂建于 1877 年,红砖砌的,外面的广场上有一座圣母像,穿白裙子的新娘在教堂前照相。要不是挑担子卖水果的大嫂在周围晃来晃去,会以为是在巴黎。街道依然是生活的天堂,生活从房间里蔓延到街道上,使得整座城市有一种家的氛围,而不仅仅是贸易商业中心。人们在街道上做生意、摆摊子、搭凉棚、下棋、修理摩托、喝咖啡、开餐馆、烧烤食物,炎热的气候使得日子没法只是龟缩在房间里,露天的生活,使西贡充满着活力,在街道上漫游,走很远也感觉不到累,走走停停,东张西望,一晃就过去了几个小时。西贡之夜,黑暗与光明交替,巨大的游轮在西贡河上飘着,灯光灿烂,人们痛饮狂歌。咖啡店一家接着一家,灯光稀微,人们密谈似的坐在里面,许多咖啡馆看上去已经营业了一百年的样子,鬼魂也混迹于咖啡客中间。咖啡馆本身就是一杯杯黑咖啡,模仿着 19 世纪的巴黎,越南在 20 世纪 50 年代后,与西方有一段隔绝的时间,19 世纪已经成为一个遥远的记忆,这些记忆被越南化了。咖啡馆具有东方的神秘味道,有时候,我觉得波德莱尔、兰波、普鲁斯特已经魂渡大海,就坐在西贡的某个咖啡店里面。印象派在西方已经过时,西贡的画廊里却摆满印象派风格的作品,画得非常好,富于装饰性。光明热闹的地方是夜总会,门口围着摩托和青年,警车待在一边冷冷地看着。有时候黑暗的巷道里出现一个洞穴,姑娘们掀开门帘,火焰般地吐出来,吆喝客人进去。三轮车夫悄悄地停在你身后,用英语向你介绍某些非法的去处,有人惊喜地上了车。西贡沿着西贡河展开,主要部分在河的右岸,右岸是高级饭店、夜总会、旧总统府、政府机构、购物中心、来去匆匆的外国人、咖啡、葡萄酒、外汇……左岸却是另一个世界,那些在右岸摆摊的、走街串巷的、蹬三轮车的、掏耳朵的、擦皮鞋的、卖水果的……大多住在左岸。黎明,他们乘着渡轮渡过西贡河前往右岸淘金,黄昏,他们又乘渡轮回到左岸。一个黄昏,我来到渡轮停靠的码头上,码头上站着一个人,背着一个大袋子,胆怯地望着右岸,她刚刚从渡轮上下来,码头上已经空无一人,她似乎在犹豫着走还是不走。过了一阵子,码头上已经集结了一大群摩托。船一停,摩托手们就驶进大船舱去,熄火,并不从摩托上下来。很多挑着担子在大街上叫卖了一天的妇女夹杂其中,挑着空掉的箩筐。右岸游客如云,衣着时髦光鲜,巴黎香水的气味时断时续,而这个渡轮却集合着右岸的污点,散发着浓烈的汗味、汽油味,大家表情疲惫地望着对岸,就像从矿山下班回家的矿工。西贡河不宽,几分钟就到了对岸,船一停,摩托就一起轰鸣起来,黑雾腾腾,一一吐着黑烟开走了。河这边是另一个世界,河那边繁华矫饰、珠光宝气,这边朴素、安静、自然、永恒。少年刚刚放学,接到了孩子的父母推着摩托慢慢穿越人群,卖纸烟的老爹守着一个摆着打火机和香烟的木盒坐在码头上,几个少年和一个少女蹲在栏杆边抽烟,另一些少年光着身子在河流的一个废桥墩上晒太阳,突然张臂飞起,跳入水中,炊烟在老屋顶上飘着,空气中有煎咸鱼的气味。渡过西贡河不需要护照,自由往来,但这个渡口却像一个海关。彼岸是金山银海、十里洋场,过河来到此岸,立即安静,立即朴素,立即古老,立即亲切,立即肮脏,立即破旧,涂脂抹粉立即消失,反差巨大,简直就像到了另一个国家。父老乡亲、邻居、故乡、日复一日的日子,令我深深感动。

　　越南是个狭长的国家，南北距离长达一千六百五十公里，东西最狭窄处却只有五十公里。我们乘火车去岘港，火车经常沿着海岸，那是南海，大海有时候是灰色的，有时候湛蓝无比，白色的峭石像是刚刚滚到沙滩，鸥鸟尖叫，森林、薄雾或者炊烟、乡村，农家的房屋是法式的建筑，红色的瓦和阳台，一栋栋散落在田野中，像是别墅，已经旧了，绿色地毯中间站着白鹭，戴斗笠的农民在田埂边挽裤脚。如此美丽的大地，那些美国飞行员怎么按得下投掷炸弹的按钮！可怕的意识形态，可怕的一神教，可怕的政治正确，它令人类疯狂。西方文化产生了那么多的飞行员，他们可以理直气壮地以上帝或真理的名义朝大地扔炸弹、原子弹。东方数千年的历史中从来没有产生过一个飞行员，人们望着大地，说：天地有大美而不言！说：大块假我以文章！列车已经运行了一百多年了，越南铁路始建于1881年，全国现有各种铁路约两千七百公里，其中两千两百多公里是米轨。火车很干净，午饭每人发一个长方形的铝盒子，里面有些米饭、一点白菜和两块豆腐，硬座车厢的座位可以像理发椅那样放平一些，每个人发一条毛巾盖着，像是集体在理发。1910年，法国人将米轨修到了昆明，就是滇越铁路。如今，云南境内的那段铁路已经停止了客运，被速度更快的高速公路取代了。列车哐当哐当老牛般慢慢行驶，人们安静地等着到站。那些绿色大地上的黄色车站，像是一个个装着童话的盒子。大地还没有全面破土开挖，几乎看不到挖掘机，安于现状，这是一个还有很多时间的国家。或许这只是我的错觉和担心，世界钟已经被现代化的铁腕拨快了，如今世界的哪一寸土地不在酝酿着提速，越南可以置身事外？

　　岘港附近的美山谷地有一个吴哥风格的遗址，其实它是早于吴哥的东西。1999年联合国教科文组织将美山作为文化遗产，列入《世界遗产名录》。印度教在一千多年前由印度商人传入越南，越南中部的占婆王国开始崇拜湿婆神。公元 4 世纪末，占婆国王巴哈德拉瓦曼选作宗教圣地，开始修建大量的寺院和宝塔。15 世纪末期，占婆王国被占领，神庙荒废，后世的人们已经不知道这些神庙的来历，但继续崇拜着它们。越南不存在宗教歧视和宗教冲突，越南有两千多万各式各样的宗教信徒。大乘佛教（包括灭喜禅派、无言通禅派、草堂禅派、竹林禅派等）、南传佛教、道教、天主教、福音教，以及本土宗教高台教、和好教、原始神灵……今天，人们也在胡志明的雕像前烧香。人们不仅相信万物有灵，而且相信每个民族创造的神灵都是神，都必须尊重，占婆人的神也是神，因此美山神庙得以在其崇拜者失踪后继续存在。美山神庙群是用砖砌起来的，据说人们将砖头用某种树脂砌起来，然后用火烧烤，直到塔身整体融合，非常坚固。一千年过去，无数的风雨雷电、地震都对它们无可奈何。1885 年，美山神庙群被一个法国人发现，有大约五十座建筑还保存比较完好。1898 年，法国派专家到美山开始清理，1937—1944 年，法国远东学院组织人员重修了美山的一些古塔。1969 年，美国空军的 B-52 轰炸机在这里投下了大量的炸弹，著名的 A-1 号殿和许多建筑只剩下瓦砾残渣。如今，美山圣地只剩下二十座建筑保持了原有的形状，没有一座完好无损。在澜沧江-湄公河地方，自古以来，众神只是感化着世界，也许说教，但听不听，悉听尊便。而 20 世纪的意识形态不同，它用炸弹。

岘港附近的会安曾经是一座港口，它距离大海只有几公里。早先，这里是占婆王国的码头，发展到 16 世纪，会安成为东南亚最重要的贸易交流中心。无数中国福建、广东地区的商人来到这里，做生意，安家，传宗接代。到 18 世纪，会安开始冷落，港口淤塞，但那些来自中国南方风格的建筑和饮食风格被越南改造以适应越南的身体后依然继续着。越南人知道这是好东西。旅游小册子告诉我，这是中国风格的，那是日本式样的，说实在，我对这种说法没有什么好感。会安美轮美奂，我内心只有伤感。如果不是在越南，我相信这个小城已经在灰尘滚滚的大拆迁中荡然无存了。会安的传统在它的故乡人们并不珍惜，作为游客又何必津津乐道它的历史呢。会安濒临秋盆河，我印象最深刻的是河畔的会安市场，这是一个传统的大集市，熙来攘往、嘈杂喧闹、污水满地、鲜艳灿烂、堆积如山、密密麻麻、活泼乱跳，腐烂与新鲜共存，鸡鸭与鲜花齐开，摊子上全是新鲜的瓜果菜蔬、水产，鱼闪着银色光辉，一袋袋大米雪白，妇女都戴着斗笠，物产多到好像只有出售者没有购买者似的，卖东西的人比买东西的多，走在里面真是昏昏然，完全乱了方寸，根本不知道自己要的是什么。什么都那么新鲜水灵、生动可爱。这世界是越南人创造的，我只是一过客，就算是这小城曾受过中国文明的福泽，也没有什么可以自豪的。走在会安，感觉就像走在古代中国的南方城市，但这样的地方在其本土已经被抛弃拆掉，越来越少，它本来是越南的城市，现在就连历史渊源也模糊了，它更是一个越南城市了。在过去的一千多年中，越南深受中国文化的影响，这种影响最终成为越南自身的特点之一。越南深受各种文明的影响，无论是何种文明以何种方式，野蛮血腥或者文质彬彬地进入这个地区，最终，越南都是越南。在越南，既受印度教的影响，也有温文尔雅的儒教文化，还有殖民主义和帝国主义带来的西方风格，更有大地上各民族的原始气息。越南是受到各种文化影响的混合体，而各种文化最终都只是过眼云烟，云烟一散，露出来的是越南自身。中国文明也许是各种文明中影响最持久的，但这个文明在 20 世纪革命中的自我否定，其实已经在进一步削弱它的影响力了。

中国的"文革"仿佛一场文明的迁移运动，汉字文化圈其他民族并没有经历"文革"，没有否定正在中国本土被全面摧毁的那些东西，外来文明在起源地式微之后，在它曾经影响的那些地方，文明继续根深叶茂，成为文明的新的故乡。文明其实是超越民族、地方的东西，优秀的文明总是为各民族所用，就像澜沧江-湄公河一样，伟大的河流总是有无数的起源，重要的是它要有益于生命的洪流。

河内比西贡古老，已经有一千多年的历史。据越南史书记载，古代的河内分为内城（市区）和外城（郊区）两部分。内城又分紫城、皇城和京城三部分。皇帝、后妃及其子孙、侍从居住的地方称紫城；环绕紫城的是皇城，是朝臣、官吏的办事机构所在地；皇城之外的街坊、集市、居民区是京城。昔日，皇城内御苑园林，景色秀丽；紫城内楼台殿阁，金碧辉煌；京城内宝塔高耸，寺庙林立。后来因改朝换代，兵荒马乱，战事频发，近千年的李、陈、黎、阮朝的古建筑屡遭破坏，宫殿已荡然无存，现在留下来的是百姓居住的京城。河内的现代化新区被很有远见地建造在老城外面。新城是新国家的象征，生机勃发，空阔的巴亭广场，大理石和花岗岩建造的胡志明陵墓，宏伟气派的灰色水泥建筑，玻璃在闪闪发光。中国崇尚新事物的旅游团喜欢领游客去这些地方，造成了人们对河内的错觉，以为河内是一个相当意识形态化的崭新城市。在旅游手册上，我不知道河内还有这样的地方，轻描淡写一笔带过，幸好我们的旅费有限，只能住价格低廉的旅馆，而这种旅馆大部分在老城内。于是我得以做梦般穿过古代的城门，来到一个过日子的天堂中。老城在还剑湖附近，从 15 世纪起就是一个手工艺人的聚集区。18 世纪以后，建筑大部分改为法国式的，作为意识形态的法国殖民主义已经烟消云散。黄色的城，老气横秋，像是一位历尽沧桑的外祖母。这是个旅游热点，但生活并没有让位于旅游，居民依然是生活的主宰，日复一日地过着旧日子，并没有自我改造甚至挪窝让位来取悦旅游者，没有花费心思去迎合游客的好恶，一副你喜欢也罢，不喜欢也罢，我就这样。生活像百年前那样继续保持着尊严和自信。屋宇大多数是法国式的骑楼，三层或者两层，人行道是长长的拱廊，下雨时逛街也不用打伞，但是都被蔓延到街面上的售货摊子挡住了。所有街道都可以步行，街面不宽，以现在的城市规模，只可以算是巷道。人行道上各种货物堆积如山，像永远在涨潮的海滩，从房间深处漫向街道，退去又涌来。密密麻麻，密密麻麻的鞋子、密密麻麻的帽子、密密麻麻的海鲜干货、密密麻麻的水果、密密麻麻的百货……都是平民风格的大路货，每个人都买得起。只在使人生过得顺心，而不是为赚取更多钱而耗费心机，穷转恶算。许多人公然持着这样的原则，每天的生意赚到够今天的饭钱就可以收摊了。阮告诉我，越南是一个平民社会，确实令人印象深刻。店铺大部分是私人的，国营的极少，几乎每一家的门口都在做生意，生意做得漫不经心，摊子只是摆在那里，卖得掉也好，卖不掉也没关系似的，很少以什么手段来促销，似乎摆摊只是找个玩场来消遣人生，摆在那里就是一种乐趣，享受的是摆摊的过程。一边守着摊子，一边玩耍，与隔壁的邻居聊天、梳妆、下棋、看报纸、打牌、喝茶、掏耳朵、发呆……不会忧心忡忡地等着出货。摊子上的货物被精心分类堆放，摆成各种图案，仿佛这是一个个花园。从商品的摆放，我发现越南人很擅长分类，或许受到西方的影响。而在中国，商品的摆放没有那么清楚严格地分类，方便、好看、营利而已，一个摊子什么都可以卖，只要能赚到钱。卖百货的比分类专项经营的多。河内老城的街道是分类的，这条街主要是旅馆，那条街主要是卖布，这一条卖五金，那一整条街卖鞋子……

在 1875 年的时候，城里已有三十六条街，商业发达，不少的街道以集中交易的货物名称命名，如棉行街、纸行街、帆行街、鱼露行街、银器行街、锡行街、茶行街、皮行街、铜行街、糖行街、麻行街、桃行街、银市街……大多数铺面年复一年地做着祖先传下来的生意，绝不打一枪换个地方。有一条街甚至由于一家传了三代只售卖烤鱼的小吃店而被命名为烤鱼街。能保证他们一代一代继续自己营生的坚实基础是，他们的铺面、房子都是属于自己的，不必担心租金。他们就靠铺面经营的事业生活，传宗接代，因此生意持久，讲求信誉，质量稳定。卖小吃的摊子见缝插针，到处都有。越南是个小吃世界，香米雪糕、香蕉叶包鸡、蕉叶煎鱼卷、越式肉骨茶、猪脚冻、乌榄炒饭、焖猪手、酸辣万寿果、螺蛳粉、鸡粉、牛肉粉、灌肠、春卷、绿豆糕……摊贩推着小车，沿街兜售烤鳅鱼；老妈妈蹲在路边，卖她用私人秘方配制的小吃，这种小吃太便宜了，与这个秘方获得的时间比起来，实在太便宜了，老妈妈的小吃，只是一种，每月每日都是这一种，而且只有那么多，卖三四个小时就完了，其他时间她要闭目养神。这不是一个唯利是图的市场，做买卖仿佛只是一个借口，一个链条，为的是把人们集合在一起生活，从白天到夜晚，熙熙攘攘、摩肩接踵、其乐融融，完全没有孤独感，举城都是熟人。大家穿着拖鞋，从这家逛向那家，从这个摊子逛向那个摊子。老城里没有汽车，只有摩托，街道属于摩托和行人共有，摩托不会不耐烦地跟在行人后面按喇叭，而是鱼似的在行人中慢慢地游。这是典型的亚洲传统的街道，这种街道在仰光有，在万象有，在金边有，在曼谷不多见了，在昆明已经销声匿迹，被拆掉了。被视为脏乱差，是有点乱，是有点落后于时代，是有点不干净，但人在其中，感到安全，可以随随便便，可以放心，好玩有趣。世界不是散发着福尔马林的住院部，不是兵营。如今，荒凉冷漠的大街一条条出现在世界各地，人从街道的王者降为慌慌张张、提心吊胆、心乱如麻、心惊肉跳、心惊胆慑、心劳意攘、心寒胆落、心力交瘁、心焦的过街老鼠，仅仅为了汽车驶得更快，废气更浓烈，以及乏味的购物。现代化大街风暴般席卷了澜沧江-湄公河的城市。河内老城是旧世界城市的一块飞地，令人流连，依然是一个生活的天堂，过日子的天堂，繁华但是朴素，喧嚣但是亲切，繁杂但是令人感到心安神泰、心和气平、心平气定、心开目明、心旷神怡、动心、开心、歇心、散心、舒心、闲心、贴心、称心、顺心、宽心、随心、放心，以致心慈面软，过日子的大杂烩、大集市、大玩场。妇女们挑着百货、果蔬沿街晃荡，有顾客招呼就停下来，并不着急卖掉，而是用这种方式来消磨时间。在这里过日子，永远不会孤独无聊，难于打发：看着一个走江湖的变扑克牌，就过去了半小时；蹲在一老妪的摊子前吃一个糯米团、一个卤蛋和半块卤豆腐，琢磨着那种醇厚的味道是怎么来的，又过去了半小时；在一家卖香的老店看人家怎么做香，过了一小时；在一家卖五香春卷的小店，蘸着混着辣椒的鱼露吃两个春卷，过了一刻钟；在一家卖纸的老店，看各种土纸看了十分钟；在一家脏兮兮散发着霉味的古董店，发现一个占婆风格的、拳头大小的石头佛像花五美元买下，用了半小时；看一个白发苍苍的老画匠坐在小凳子上画肖像，过去二十多分钟；拐进帆蓬街的白马寺，烧三炷香，用了十多分钟，许多庙夹在街道中间，随时可以进去（河内有六百多座寺庙，大部分依然香火旺盛）。许多寺庙的匾上写的是汉字，也有寺庙两边的对联被改成了拼音字母，看起来很奇怪。蹲下来看看越南报纸是什么样子的，过去五分钟，全是拼音，世界的拼音在我看来都是一样的，没有历史感，不像苏美尔人的文字、东巴文字、埃及人的文字和汉字那样富有历史感。报栏是设计成蹲着看的，报纸的种类不多。看几个儿童在街边游戏二十分钟，看一个买鞋的美女在摊子中间对着圆镜子梳头五分钟，看一老者逗他的画眉鸟十分钟，看一老鞋匠以炉火纯青的手艺补皮鞋二十分钟，这一补简直比新的更好，流水线上出来的呆物现在被大师画龙点睛加了一笔。看一家茶叶店的伙计用像昆明旧社会茶业铺里的土纸把茶叶包成一个个小包，过去了半小时；在一家光线昏暗的咖啡馆里喝上一杯，又过了半小时，这种咖啡店把咖啡卖成了茶水，完全没有它的故乡巴黎咖啡馆里的那种沙龙知识分子令人生畏的书卷气，出来的时候已是黄昏，灵感忽至，掏出小本在越南语中间用汉语记下几行诗。这是一个所有人都参与演出的大剧院，慢条斯理的居民，戴着斗笠满街游荡的女子，卖花女，果贩，游客，厨子，卖小吃的老妈妈，下棋、喝咖啡的闲人，借着阳光永远在掏那个叫作耳朵的无底洞的师傅，穿着拖鞋、戴着墨镜瞎逛的浪子，长发飘飘的少女，衣着时髦、模仿着嬉皮士的青年……大家只有一个主题，就是如何把日子过得津津有味，如何把日子过得潇洒、悠闲，充满趣味，如何把日子过得好玩，做买卖、工作、劳动只是人生之乐的润滑剂。注意到街头的电线杆子上都绑着喇叭，已经布满灰尘，从来没听见它们响过。它们曾经是震耳欲聋的，就寻思起来，同样都有过高音喇叭的时代，河内老城怎么就继续着古老的生活世界呢？而在我的故乡，生活就成为那样，完全焕然一新，面目全非了呢？哦，别说是昆明旧城已经到这种地步，就连昔日令人生畏的高音喇叭都找不到一个了。有一晚，我在街上乱逛，结果找不到旅馆所在了，就找了一个摩托车手，给他看旅馆的名片，他比画要五美元，好吧，他的脸上闪过一丝诡秘的笑容，在跨上摩托的刹那，我看见我住的旅馆就在街对面。

越南曾受中国的直接统治达千年之久。前 257 年，蜀国末代王子蜀泮率领其族人，辗转到达现在越南北部，建立瓯雒国，自称安阳王。939 年，吴权自中国五代南汉政权独立（史称吴朝），越南古老的心脏地带——北部交趾地区告别了中国一千多年的统治，但是并未建立国号与使用年号。968 年，丁部领（丁先皇）以武力征服境内的割据势力，建立丁朝，即皇帝位，确定国号为大瞿越；两年后，使用年号太平，算是越南正式脱离中国而自主之始；后来接受中国宋太祖的册封，为交趾郡王。自此，中国皇帝正式承认越南是自治的藩属国，而不再是直接受管辖的中国本土。这藩属关系一直到 19 世纪后半叶法国侵略越南，才由法国取代中国的宗主国地位。但越南仍与中国维持着一定的藩属关系，直到 1945 年胡志明宣布越南独立后才完全独立。越南深受中国的影响,在李朝（1009—1225）和陈朝（1225—1400）时期，越南从中国引进"科举制度"和"儒家思想"。古代越南使用汉字，大约始于赵佗的"南越国"时代。后来越南民间借用汉字创造了一种新的文字——喃字，但未能取代汉字的地位。约 1620 年起，葡萄牙传教士弗朗西斯科·德·皮纳开始用罗马字表记越南语。1651 年，有个叫亚历山大·德·罗德的法国传教士编写了一部《越葡拉词典》，成为越南语用罗马字表记的基础。1859 年，法国声称保护传教士和天主教徒，占领了湄公河三角洲的主要城市西贡，1884 年占领整个越南，越南沦为法国殖民地印度支那的一部分。1865 年，第一份罗马字越南文报纸《嘉定报》在越南南部由官方发行。1906 年，法国殖民者将罗马字列入中学课程，罗马字的地位迅速得到提升，开始被普遍使用。当时，越南民族主义者认为罗马字简单、好学，是教育民众的好工具，可以作为对抗外来统治的利器。1945 年 9 月 2 日，胡志明宣布越南独立，建立越南民主共和国。9 月 8 日，政府宣布全面推行罗马字教育。

汉字在越南依然随处可见，但已经神秘起来，像甲骨文那样，其意义不为一般人知道，只有少数知识分子掌握。似乎越来越退回到占卜的原始功能，只是可以带来好运或者厄运的符号。文字固然带来意识形态，但它也记录历史，创造文化，影响风俗、道德、行为，影响生活世界。取消汉字的后果在过去两百年间也许有非常积极的一面，但长久看来，其负面的因素恐怕也不是没有。越南古代的历史和许多伟大的文学作品都是用汉字书写的，拼音文字使历史发生中断，尤其是在青年一代中间。河内文庙是 1070 年为表达对孔子的尊崇而建立的。1076 年，文庙旁又建起了国子监，是越南第一所高等教育学府，在越南历史上具有神圣的地位。文庙供奉着大成至圣先师孔子以及孟子、颜回等人的造像。文庙里面到处刻着汉字，但是已经没有多少人可以看懂。带我参观文庙的阮忘记了我是中国人，给我解释着那些汉字的含义，能够看懂汉字他很骄傲，他用越南语理解汉字，又翻译成汉语说给我，我只是默默地听着。文庙过去是文化的最高殿堂，也通过文字直接与世俗世界密切联系，普通人可以通过文章登堂入室，位至极尊。现在，文章之路中断了，文字成为神秘的符号。文庙脱离了世俗世界，成了一个神庙。与其他神庙不同的是，其中的神不只有偶像，还有文字。汉字现代化是一种非历史性的空间、平面扩张运动，是人的欲望、身体、行动、思维空间的解放运动。在语言上，它就是能指的解放，现代化需要新的命名，古代的田园牧歌已经不能命名新世界。当这种新世界的唯物主义到来的时候，历史往往成为各民族的沉重包袱、绊脚石。要从所指的深渊回到能指的解放，语言革命是一个关键，亚洲许多国家的现代化，都是从语言革命开始的，尤其是那些文字直接影响日常生活的社会（有些社会不同，其文字的影响只在宗教范围内，而日常生活是无文的，口语的）。只有语言革命可以使各民族迅速地走出历史的阴影。在日本，是平假名的运用；在中国，是白话文的兴起；在越南，是文字的全面拼音化。各国的语言革命不同，但效果都是一样的，就是加速了国家现代化的进程，语言命名新世界的力量被激发出来，改造现实得以摧枯拉朽。但历史也被不同程度地搁浅了，历史是包袱，但也意味着时间的延续，历史是一种精神力量，是经验、典范和约束，颠覆历史固然可以轻装上阵，但也会导致虚无主义的狂妄和盲目。现代主义在精神生活方面的严重贫乏和对地方性的巨大威胁，我相信会被人们越来越强烈地意识到。

澜沧江-湄公河像一条朝着青藏高原抢水的大鱼，它的须在高原上闪闪发光，尾巴在大海边摆动，这个尾巴就是湄公河三角洲。湄公河从柬埔寨大平原进入越南，大海在望了。高原上清澈明亮、清灵高扬的溪流，奔腾了四千多公里后，汇集了无数支流，海拔降到三米以下，主流模糊，湄公河从金边以下分成两支，到越南边境的朱笃后，在面积四万平方公里的大平原上又分为九条流向大海。裹挟着无数的泥巴、石头、鱼群、肥料、垃圾、尸体、朽木，以及大地上各种黑暗无光、无以命名的精华。湄公河的各条支流携带大量沉积物（越南官方资料估计每年沉积物的数量大约有十亿立方米），使得湄公河三角洲每年向南海推进七八十米。湄公河在越南境内的长度仅为湄公河全长的二十分之一，却是湄公河流域最富饶的一段河流。现在，大河无比沉重，它慢下来，宽阔、腐烂、厚载、浑浊、涣漫、凝集滋溢、鱼龙混杂、泥沙俱下、滞滞泥泥、势不可挡、浩浩汤汤、洋洋洸洸，伟大的河流不是单纯的水，而是汤。诞生于水，终结于汤。棕黄色的厚生之汤，湄公河两岸的荒凉的丛林彻底消失了，升起来的是无边无际的稻米。

这是湄公河的辉煌、极端、顶点，其实湄公河三角洲这样的丰富与得天独厚，也是整个澜沧江-湄公河流域的大多数状况。我曾经多次乘飞机俯瞰这个地区，下面是无边无际的稻米平原。据统计，这些平原上所产的稻米占世界稻米总产量的25%。在缅甸的伊洛瓦底江两岸、在云南的西双版纳、在泰国与老挝之间的湄公河台地、在柬埔寨洞里萨湖周边……水稻，一望无际的水稻，因为水田蓄着水，大地像一面面大镜子，有时候天光云影共徘徊，有时候太阳在上面滚动出千千万万个太阳。每当我看到这大地，内心总是升起感激之情，这种感激是向下的，而不是向上的，天堂在下面。《剑桥东南亚史》说，印度人和西方人将东南亚称为"黄金半岛"，即黄金地。东南亚跨越了世界上生物地理变化最古老的地带。这一地区因胡椒和热带雨林产品享誉世界，东南亚是世界香料之都，大约自公元1000年起到19世纪，整个世界贸易或多或少都受东南亚兴衰的支配。其实何止香料，稻米、玉石、橡胶、柚木、蔗糖、鲜花、大象，甚至鸦片……

湄公河在越南境内长两百三十公里，年平均流量可达四千七百五十亿立方米，灌溉着两百四十万公顷农田，这是世界著名的稻米产区之一，越南由于湄公河三角洲而成为世界第二的稻米出口国。在金光灿烂的三角洲上，稻谷一年可以收获三季，甚至是四季，可以收获四季的稻种是法国殖民时代引进的，虽然产量高，但对土地肥力的破坏也很大，种的人很少。大地的赐予是三季。水稻可以随着河流水位的变化而生长，稻秆淹没于水中，稻穗随着水位升高而长高。不需要施加任何肥料，水退时就可以收获。在水稻研究基地，最高的水稻可以长到十五米。这土地没有闲着的时候，也永远不会枯竭，湄公河不停地为它输送着肥料。湄公河从上游和中游带来的大量腐殖质，不断地充实到大地上去，土地上淤积着肥沃的黑泥。湄公河三角洲不仅是个大谷仓，也是大果园、大渔场、大菜园，人们将这里命名为金瓯，也叫作谷筐、面包篮、饭碗、仓库……它直接就是，似乎不需要劳动。小阮说，这个地方的风俗是，人们一天挣两块钱能够过日子就只挣两块钱，挣了四块钱明天就不干了。当我穿过湄公河三角洲的时候，才知道什么叫得天独厚。这土地几乎就是种什么长什么，铺天盖地的大米、铺天盖地的芝麻、铺天盖地的花生、铺天盖地的腰果、铺天盖地的菠萝、铺天盖地的南瓜、铺天盖地的橘子、铺天盖地的甘蓝、铺天盖地的榴梿、铺天盖地的火龙果，铺天盖地的洪水和堤坝，铺天盖地的河渠、水路、渔船、铺天盖地的花园、铺天盖地的水产、铺天盖地的村庄和集市、铺天盖地的鱼米之乡、铺天盖地的收获、铺天盖地的繁忙……大地完全是密密麻麻，麻麻密密，密密麻麻是无可奈何，大地就是这样恩赐的。

越南与水密切联系，在越南语中，国家这个词，同时也是水的意思。湄公河三角洲水网密集，在河流与公路交汇的地方，总是出现集市，密密麻麻地搭着摆摊子的棚子。在湄公河流域，人们最善于搭各式各样的棚子，棚子是非常重要的建筑，抵抗毒日头，简易便宜，通风凉爽，人们在棚子里摆摊、聚会、聊天、休息。棚子就像上游高原上的帐篷，是大地和家之间的一个过渡。物华天宝，大地太丰富了，不是摩西带领以色列人逃离的沙漠，人们热爱大地，赞美大地，大地不是需要重新设计改造的地狱，大地就是生活的天堂。在湄公河三角洲漫游，我经常感觉到人世间洋溢着的喜悦，这土地不需要思想，不需要思考"我们从哪里来，到哪里去"的深刻问题，活着就好，在着就好，实用主义不是一种思想，而是大地决定的，在这样的大地上，实用、妥协、随遇而安，都是非常自然的，无关原则。时间不是金钱，时间就是生活。大清早，就看见路边的咖啡店一排排的躺椅向着大路，人们一边喝咖啡一边观看大道上的风景。公路两边几乎已经没有空地，田野在房子后面，露出绿色的身体。乡村和城市在建筑上差别不大，越南传统的高脚屋已经不多见，大多是受法国建筑影响的红色瓦顶的楼房。大地的奉献于人类的需要已经过剩，多余的东西很难储藏，人们不必储藏，大地本身就是仓库，一切都很容易在炎热的天空下腐烂，湄公河三角洲总是飘扬着生活的鱼米之香，也时时传来物华腐烂的味道。物盛则衰，物产需要的是像河流那样流通，迅速把收获流通出去，实用不是哲学，是大地的要求，这个地区不能忍受封闭，封闭就是淤积，就是腐烂。洪水退去，遍地黄金，洪水来时，汪洋一片。因此必须随机应变，物尽其用，必须有很强的实用精神和应变能力，这种实用性使这个地方特别适应市场，几乎所有人都在做各种大大小小的生意，全民皆商。做买卖光明正大，天经地义。在西贡街头，我甚至遇到四五岁的孩子在兜售口香糖。

芹苴是一个混杂着果蔬味和鱼腥味的小城。河岸排列着棚子搭起来的仓库，堆积着各种农产品。人们得在腐烂之前将它们处理掉，其实处理不完，在集市上，水果蔬菜多到人们已经没有办法整理，只是一堆堆地倒在地上。物产堆积如山，购买者却寥寥无几。

芹苴是湄公河三角洲的一个旅游热点，从前游击队抗击美国入侵者的弹痕累累的水渠已经成为旅游项目。我们上了一艘小船，去这些深藏在甘蔗林里的水渠走一遭,那真是神出鬼没。湄公河不仅分为九条流向大海,而且这九条之间,遍布着密密麻麻的水道,就像旱地上的小路。看上去都是被同样的植物掩映着的无数小河,已经成为一条条绿色隧道、迷宫,只有土生土长的人才知道曲径在何处通幽。这是大地设的局,美国人必然失败,他们不只败于越南游击队,也败于湄公河三角洲。陆地都是岛,忽然来到一个岛上,白胡子老人在凉棚里聊天,青年人在喝酒,妇女在给婴孩喂奶,儿童在乡间小路上歪歪扭扭地骑自行车,昆虫在叫唤,男人扛着一捆甘蔗沉稳地走着,绿荫深处隐藏着屋宇,炊烟报告了它们的存在。中国诗人陶渊明已经来过这里,他写得非常准确:

> 方宅十余亩,草屋八九间。
> 榆柳荫后檐,桃李罗堂前。
> 暧暧远人村,依依墟里烟。
> 狗吠深巷中,鸡鸣桑树颠。
> 户庭无杂尘,虚室有余闲。

戴斗笠的姑娘们蹲在路边卖午餐,糯米饭,配菜是肉丝、菠菜、豆腐,一盒差不多人民币两块钱,吃得很饱。很难想象这样的地方曾经经历过残酷的战争,那些卖糯米饭的美女,当敌人入侵她们的家园时,她们可以瞬间变成斗士,流盼的明眸中喷出火焰。但是,敌人一旦离开,她们马上重返过日子的急流,似乎连伤心都来不及,硝烟才散,回头望见故乡大地那无边无际的稻米,一支支垂着的丰满的穗,立即破涕为笑。我少年时期正是越南战争期间,我看过许多惨烈的镜头,西贡街头自焚的僧侣,大路上赤裸奔跑、被美军汽油弹烧着的女孩，被手枪指着脑门的越共，一个个燃烧的村庄……我想象这土地上一定是血海深仇、累世难平、郁郁寡欢、卧薪尝胆，却发现是我在替别人怀着仇恨，我的仇恨只是一种"政治正确"而已。大地早已与一切和解，大地就是妥协，就是宽恕。

来自高原上的河流，在它的起源处，人们望着它撕肝裂肺地穿过高山峡谷，奔腾激荡，望着它滚滚南下，逝者如斯，不舍昼夜，无可奈何。伟大的河流日夜激荡，却只是在无的层面上有无相生，河流是一个精神性的象征、一个神话、一种隐喻，人们望着有大美、大气象、大力量、大流动而不言的河流，内心充实，感受到永恒的存在。河流影响的是诗人、勇士、思想家、教徒。我曾经在澜沧江的一处高悬河岸的藏式房屋的顶上，看着一群穿红色僧袍的喇嘛面对滔滔江水念念有词，他们试图将河流的神力转移到自己身上。

作为这条河流上游的居民，我曾经在一首诗《横渡怒江》中写道：

黄昏时分的怒江
像晚年的康德在大峡谷中散步
乌黑波浪
是这老人脸上的皱纹
被永恒之手翻开
他的思想在那儿露出
只有石头看见
千千万万年
天空高如教堂

巨石在看不见的河底滚动

被水磨成美丽的石子

装饰现代人的书房……

　　而现在，河流已经完全被实用主义征服了，它是一种水利，物尽其用。它的起源已经无影无踪，生活占领了现场，生活不再是上游高原上冥思的苦行僧了。世界在这里航行、捕捞、排泄、买卖、设闸、发电、睡觉、繁殖……河流现在被生活利用得死去活来，水色浑浊，浓汤似的煎熬着，翻滚着。湄公河三角洲最热闹的地方是水上集市。每天早晨五点多，一艘艘满载瓜果、大米、蔬菜、鱼虾的木船从无数的水巷里集聚到宽阔的主流上，江面上浓烟滚滚，浪花翻飞，划出水路，大多数船只都安装着马达和螺旋桨，烧柴油，木桨也没有放弃，两者兼用。河面宽阔的时候马达突突，飞速前进，进入集市，立即摇身一变，恢复到最传统的摇橹，咿呀划拉。现代技术在湄公河地区通常是被如此接受的，如果那些工业文明的怪物完全排斥木桨之类，人们可能会选择不接受它们。"东南亚不是外来影响的被动接受者，而是这一过程的积极参与者。"（《剑桥东南亚史》）集市聚集着数百艘船，看起来一片混乱，人们却总是能够各行其是，各得其所，各得其宜。为了能让人老远就知道某条船上卖的是什么货物，每条船都有个幌子，幌子就是一根竹竿，船上卖什么竹竿上就系什么，远远望去，天上到处飘着香蕉、萝卜、辣椒、大葱、西瓜的旗帜……买卖一谈成，这条船上的一筐筐萝卜飞向那条船，那条船登时被压得一沉。南瓜、土豆、白菜一筐筐飞来飞去。有浆洗衣服的船，卖小吃的船，卖咖啡、饮料的船，卖衣服、日用品的船，回收废品的船……如果船上插的是一片棕榈叶，就说明这条船在等待出售。许多船主是女性，女性在越南不是娇滴滴的大家闺秀，她们是生活中的主角，强劳力，经常可以看到，妇女们高立船头，眉头紧锁地掌着舵，而男子们坐在岸上的棚子里品咖啡。混乱而生动的集市，将市场的本质——流通直接体现出来。在陆地上，这是生活的暗流，在水上集市，船只的流动、聚散，那就是金融的方向。这些船空了，翘首返航；那些船重了，吃力地慢慢离开。卖西瓜的船被众船围剿，那必然是西瓜行情看好。卖椰子的船停着不动，堆积如山，也许意味着滞销。许多买卖并不立即支付现金，而是赊着，回到岸上再付。我们在某条船上要了几份米粉，大姐做好，递到我们船上，并不收钱，而是去另一条船卖，等我们吃完，她又回来了，收钱连同碗筷。集市上的人彼此认识，熟人社会，做生意讲究的是信任，这个集市取了货，下一个集市再来付款，没问题。在局外人看来，水上集市完全是一团乱麻，哪种货漂在哪里，根本找不到北，为什么急着找到北呢。在各种船只之间缓缓穿梭，忽然出现了白灿灿的大米，忽然出现了黄生生的菠萝，忽然那船上站着一群伸长脖子、嘎嘎直嚷嚷的白鹅……船和船之间还要打情骂俏，开开水战，说说笑话，天气热得受不了，干脆跳到河里游上一圈。船和船经常相撞，撞在一起有时候还撞出爱情、姻缘。来自某个水乡的姑娘出现了，杨家有女初长成，养在深闺人未识，现在坐在船头。小伙子们眼睛发直，有几个就踩空滚下水去。逛这种集市你得有时间，你是在加入一个生活的游戏，一场化装舞会，买卖是次要的，交际、玩耍、培养感情、生活更为重要。水上集市最热闹的时候是早晨，这时候太阳不辣，到了中午，船走人散，漂着混乱中掉下的水果、菜叶子、塑料袋……然后漂走，只剩下一片茫茫大水。混乱，要看是乱什么，暴乱、逃亡、战争导致的丑陋混乱和集市上美丽的混乱是两回事。

生活本来就是一团乱麻，剪不断，理还乱，混乱并不是生活的错误，而是生活的魅力。生活之乱麻，是生活现场的本质，是生活的学校，是积累经验的沼泽地。理清生活的乱麻，是生活的智慧、趣味、动力、创造力所在。人生总是在生活的乱麻中不断地织出耐用美丽的布，又重陷生活的麻烦。麻烦使人生具有意义。今天这个世界害怕乱麻，害怕麻烦，什么都要量化，纳入是非、秩序、格子、经纬、标准，企图一次搞定，永远方便，却产生了更大的麻烦，真正的烦。没有麻烦，世界只有空虚。瞧瞧那些满世界流行的超级市场，多么乏味，确实很方便，人们在选购商品、付款的机械运动中成为白痴，思维停顿，创造力消失，永远被消费驱赶着。水上市场令人兴奋，看不到商品，只看见大地的丰富，大地在水上舞蹈。

河流奔腾，逝者如斯。它的清澈明净、它的奔腾激越、它的深沉雄厚、它的混沌黑暗，启迪了我们的文明。时空彼此隔绝的各个地理单元被联系起来，文明因此与别处不同了，我们这样生活而不是那样生活，这样思想而不是那样思想，这样创造而不是那样创造。河流给了一个地方这种东西，该地方的人们因此创造了他们的神话、语言、诗歌、宗教、历史和文明。从河流的无用中意识到世界的诗意也罢，物质主义、实用主义地利用河流也罢，河流并不是为人类的合理目的流过大地的。天地无德，天地有大美而不言，大河奔流，只是顺着大地的形势，顺其自然，随物赋形而已。它完全不知道文明的存在，它可以没有任何文明，像一万年前那样流淌，在我们诞生之前，在我们死去之后。但文明不能没有河流，文明诞生于这河流经过的大地，文明命名了河流，照亮了河流，河流已经被文明历史化了，文明注定无法离开这河流而存在了。

那个秋天的黄昏，我坐在一艘快艇上向着这河流的入海口驶去。丰富与荒凉只在咫尺之间，快艇行驶了几公里，人声渐远，大地荒凉起来，两岸是茫茫芦苇。湄公河消失了，九条龙齐头并进，奔向大海，我不知道我走的是哪一条河道，乘的是哪条龙躯。澜沧江-湄公河即将到达它的地理学终点，宽阔、深厚、缓慢、苍老，还有些迟疑，来自数万个源头的水色使它周身浑浊，呈现出一派苍茫。快艇前进十多公里后，越南船夫开始倦怠，他并不想送我们去出海口，很少有游客提出这种毫无意义的要求，前面不过是水，更多的水，更浩渺的水，只有水。我们付了重金，他才起锚。他坚决地停下来，说，去不到了，天要黑啦！震得耳膜发麻的马达声瞬即消失，大地安静下来，水天苍茫，大河的源头沉在落日后面，只有水不停地从那边流过来。前面看不见传说中的蔚蓝色，也没有海鸥。湄公河逐渐离开大陆，越过海岸线，缓缓地漫延开去，像一块巨大的墨条，将大海推开，把它的边缘染成了棕黄色。歇了一阵，船夫重新启动马达，返航，向着大河的源头。

2005 年 10 月—2008 年 12 月 21 日　星期日

越南，火车进站　2003

越南鱼市　2003

越南，渔民　2003

越南，在海岸舞蹈的渔民　2005

越南　2003

越南　2003

越南　2003

河内，寺院内　2003

西贡　2003

吴哥旅游者　2007

吴哥窟，这些巨大的脚蹼走到这里就不动了 　2007

吴哥窟　下午六点十分　2003

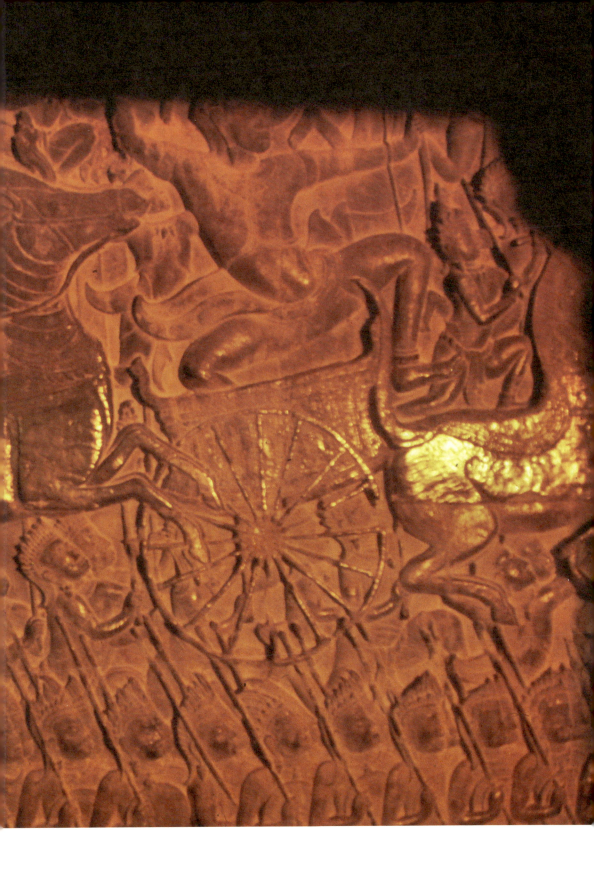

金边的黄昏　2003

图书在版编目（CIP）数据

众神之河：从澜沧江到湄公河 / 于坚著 . -- 北京：
中信出版社 , 2024.3
ISBN 978-7-5217-6279-2

Ⅰ . ①众… Ⅱ . ①于… Ⅲ . ①散文集－中国－当代
Ⅳ . ① I267

中国国家版本馆 CIP 数据核字 (2023) 第 251371 号

众神之河：从澜沧江到湄公河
著者： 于坚
出版发行：中信出版集团股份有限公司
　　　　（北京市朝阳区东三环北路 27 号嘉铭中心　邮编　100020）
承印者： 北京启航东方印刷有限公司

开本：710mm×1000mm　1/16　　　　印张：25.75　　字数：303 千字
版次：2024 年 3 月第 1 版　　　　　　印次：2024 年 3 月第 1 次印刷
书号：ISBN 978-7-5217-6279-2
定价：138.00 元